Soft Focus
by Jayne Ann Krentz

ダークカラーな夜もあれば

ジェイン・アン・クレンツ
岡本千晶［訳］

ライムブックス

SOFT FOCUS
by Jayne Ann Krentz

ダークカラーな夜もあれば

主要登場人物

ジャック・フェアファックス……エクスカリバー社のCEOを務める経営コンサルタント
エリザベス（リジー）・キャボット……投資会社オーロラ・ファンドの経営者
タイラー・ペイジ……エクスカリバー社の研究員
ヘイデン・ショー……リング社のCEO
ジリアン・ショー……ヘイデンの妻
ドーソン・ホランド……映画『ファースト・カンパニー』の共同出資者
ヴィクトリア（ヴィッキー）・ベラミー……女優。ホランドの三番目の妻
ミロ・インガーソル……エクスカリバー社の若き後継者
ラリー……ジャックの異母弟
ルイーズ・ラトレル……エリザベスのアシスタント
メリック……エリザベスの義兄
グレシャム……ミラー・スプリングスの警察署長

プロローグ

六カ月前……

「ついに来たか……」ジャックは聞こえないぐらいの声で言った。祈ったところで、どう見てももう手遅れだ。

バリっとした黒のスーツとハイヒールで武装したプリンセス、エリザベス・キャボットが復讐にやってきたのだ。彼女は黒みがかった髪を後ろでタイトにまとめていた。首に巻いた小ぶりのスカーフが、ブルー・グリーンの瞳の中でダイヤモンドのように輝く炎とよくマッチしている。

エリザベスの進路にたまたまいた白い上着のウェイターは、彼女の殺気を読み取るなり、そこから飛びのいた。ナプキンとクリスタル・グラスがセットされたテーブルのあいだを、彼女は迷路を進むように歩いてきた。だが、その視線は決して獲物からそれることはなかった。その場にいたシアトル・ビジネス界のキーマンたちは、何やら大変なことが起ころうとしている、いいゴシップのネタになることだけは確かだと予期し、パシフィック・リム・クラブの格調高いダイニングは静まり返っていた。

ジャック・フェアファックスは革張りのボックス席で、近づいてくる彼女をじっと見ていた。エリザベスの知的な顔に刻まれた激しい怒りを一目見るなり、これはもう逃げられないと悟らざるを得なかった。今朝、彼女はすべてを知ったのだ。二人のあいだで起きた昨日の夜の出来事は、今の彼女には何の意味もなくなっている。

ジャックは重苦しい気分に襲われながら、彼女の到着を待った。

もうエリザベスはすぐそこまで来ていた。彼はもはやこれまでと腹をくくった。だが、この期におよんで彼の脳裏をよぎったのは、なぜか昨晩の出来事だった。二人のあいだにあった甘美な、熱い期待と、閃光《せんこう》のように互いを貫き、湧き上がった欲望……。残念なことに、二人が共有できたのはそれだけだった。激しい興奮に彼は自分でも驚いた。この一カ月、気持ちを抑えつけてきたから、その反動だったのだろう。結局、その興奮が理性を奪い去り、この年齢の男ならばわきまえていて当然のマナーが忘れ去られてしまった。彼は失態を演じた。自分でもよくわかっていた。そして、エリザベスも絶頂に達したふりをするような女ではなかった。

しかし、彼女はそのことで怒ったりはしなかった。むしろものすごく気を遣ってくれた。まるで、絶頂に達しなかったのは私のせい、私が悪いのよと言いたげに……。それどころか、彼女はがっかりした素振りも見せず、もともとこの出会いにたいして期待はしていなかったから大丈夫、といった雰囲気を漂わせていた。ジャックは謝り、体のほうが復活したらすぐにこの埋め合わせをしたいと願い出た。しかし彼女は、もう帰らなくちゃ、と言い訳した。早朝会議の準備をしないといけないからとか何とか言っていたような気がする。

ジャックはしぶしぶエリザベスを車に乗せ、シアトルの高級住宅街クイーン・アン・ヒルにある、巨大なゴシック様式の屋敷まで送っていった。その大邸宅の玄関でおやすみのキスをしたとき、彼は次のチャンスはあると確信し、今度こそうまくやってみせると自分自身に誓った。

しかし、今や次のチャンスがないのは明らかだった。

エリザベスが席にやってきた。眉間《みけん》のしわが、昨晩の別れ際とはまったく状況が違うことを物語っている。

「もっともらしい顔しちゃって。私をだましてたのね。この二枚舌のゴマスリ男」彼女は声をひそめて言った。「そのまま逃げられるとでも思ったわけ、ジャック・フェアファックス？」

「気を遣うことはないよ、エリザベス。僕のこと、本当はどう思ってるのか言ってくれ」

「まさか本当に、自分の正体がばれないと思ってたわけじゃないでしょうね？　私をキノコみたいに暗いところに閉じ込めて、肥料でもやっとけばいいと思ったわけ？」

自己弁護ができる見込みはなかった。だが、やるだけやってみなくては。「君に嘘をついたことはない」

「冗談でしょ。本当のことなんか一度も話してくれなかったくせに。この一カ月、ギャロウエイ社の乗っ取りをたくらんだろくでなしがあなただってこと、ほのめかしもしなかったじゃない」

「あれは二年越しの取引だったんだ。僕らのこととは何の関係もないよ」

「大ありだわ。わかってるくせに。だから私に嘘をついたんでしょ」

絶望的な状況にもかかわらず、というより、おそらく絶望的だったからこそ、ジャックは腹が立ってきた。「ギャロウェイの件が話題にならなかったのは僕のせいじゃない。君が一度も聞かなかったんだ」

「なんで私が悪いのよ?」エリザベスは声を荒らげた。「あなたがかかわってるだなんて、どうして考えなきゃならないの?」

「それを言うなら、君はギャロウェイで働いてたわけじゃないだろ。君があの会社と関係があったなんて、こっちこそどうして考えなきゃならないんだ?」ジャックがやり返した。

「とにかく、そんなことはどうでもいいのよ。わからないの? 私が腹を立ててるのは、あの乗っ取りよ。ひどすぎるわ! あんな血も涙もないやり方、見たことない。しかもあなたが代理交渉人で、あの会社を引き裂いた張本人だったのよね、ジャック。それを知って、あなたが本当は人間のクズだってことがよくわかったわ」

「エリザベス――」

「あの乗っ取りで、誰もが傷ついたんだから」彼女はエレガントなショルダーバッグのストラップをぎゅっと握り締めていた。「ひどく傷ついたのよ。私はあなたみたいな男とビジネスはしないわ」

　ジャックがふと見ると、近くのテーブルで、落ち着かない様子でうろうろしている支配人、ヒューゴの姿が目に入った。エスカレートしていく口論をどうやめさせようかと思案しているのは明らかだ。ジャックの席に水とパンを運ぼうとしていたウェイターは途中で足を止め、ちょっと離れたところで固まっていた。今や、ダイニングに居合わせた誰もが聞き耳を立てている。しかし、エリザベスは気にも留めていなかった。

　爆心地に立っているも同然なのに、おかしなことにジャックはその場を楽しんでいた。エリザベスにこんなドラマチックなことができるなんて思ってもいなかったのだ。この一カ月、彼女はとても穏やかで、落ち着いていて、控えめな女性に見えたから。

「冷静になったほうがいいと思うけどな」ジャックは静かに言った。

「じゃあ、納得のいく理由を一つでも聞かせてちょうだい」

「理由は二つ。一つ、僕らの話は周囲に筒抜けだ。二つ、頭が冷えた頃には、君は僕よりずっと、この状況を後悔することになる」

　エリザベスは軽蔑をこめた冷ややかな笑みを見せると、右手で大きく弧を描き、ダイニング全体を示した。ジャックは嫌な予感がした。

「周りの人たちなんかどうでもいいわ」彼女の力強い口調ははるか厨房《ちゅうぼう》まで届いたに違いない。「私の考えはこうよ。私はここにいる皆さんに社会奉仕をしてるの。あなたが嘘つきのろくでなしだと教えてあげることでね。後悔なんかこれっぽっちもするもんですか」

「後悔するさ。エクスカリバー社との取引で契約書に署名・調印したことを思い出せばね。もう僕らはお互い、逃れられない関係にあるんだ」

　エリザベスが一度、瞬きをした。ジャックは彼女の目に動揺の色が浮かぶのを見て取った。感情に駆られてカッとなり、どうやら昨日の午前中に両者がサインした契約のことを忘れていたようだ。

　だが、彼女はすぐに反撃に出た。「オフィスに戻ったらすぐ、会社の顧問弁護士に連絡して、今日付けで契約を無効にすることを検討するわ」

「そんなはったりはよせよ。僕がろくでなしだというだけで、取引から手を引くわけにはいかないだろう。君はサインしたんだ。契約は守ってもらうよ」

「いいえ、検討させていただくわ」

　ジャックは肩をすくめた。「これから一〇カ月とか一年とか、僕らを法廷に縛りつけるつもりなら、どうぞご自由に。でも、僕はとことん戦うからね。そして最後に勝つのは僕だ。二人ともそれはわかってるだろう」

　エリザベスは追い込まれた。この単純な事実に気づかないほど彼女は愚かではない。緊迫する中、ジャックは彼女が自分の負けを甘んじて受け入れる様子を眺めた。

　エリザベスは苛立ち、またも激しい怒りの表情を浮かべた。

「いいこと、ジャック・フェアファックス」彼女は手を伸ばし、じっとしていたウェイターの持つトレーから氷の入ったピッチャーをひったくった。「遅かれ早かれ、あなたには自分のしたことの報いを受けてもらうわ」

エリザベスは、ピッチャーの中身をそのままジャックにぶっかけた。彼はよけようともしなかった。唯一の逃げ道は、テーブルの下に潜ることだったが、なんとなく、そっちを選ぶのは席にじっとしているよりも屈辱的に思えたのだ。

水がバシャッとジャックの顔にかかると、それまでなんとか抑えていた感情に火がついた。彼はエリザベスの顔をまじまじと見た。すると彼女の目に、初めて動揺と恐怖の表情が浮かんだ。彼は悟った。彼女は自分がとんでもなく浅はかなことをしたと理解しはじめたところなのだ。

「本当はギャロウェイのことじゃないんだろ？」ジャックは穏やかに言った。「君は昨日の夜のことで怒ってるんだ」

エリザベスはバッグをつかむと、一撃を食らったかのように一歩後ろに下がった。「昨日の夜のことなんか持ち出さないで。今、そんな話をしてるんじゃないでしょ！」

「いや、きっとそのはずだ」彼はジャケットの肩に載っていた氷の塊を払い落とした。「もちろん、埋め合わせはする。僕は紳士的でありたいからね」

彼女は啞然《あぜん》とし、息を吸い込んだ。「セックスの話にすり替えないで。昨日の夜の出来事なんか、私たちの関係でいちばんどうでもいいことよ。それどころか、つまらなすぎて、覚えておく価値すらないことだもの。比べる対象にもならないわ」

昨夜のことは、彼女には何の意味もなかった！　その事実にジャックはすっかり理性を失

った。彼はテーブルの縁をしっかりとつかみ、まだ水がぽたぽた垂れているのもかまわず、悠然と立ち上がった。そしてエリザベスにゆっくりと微笑みかけた。

「自分のために言わせてもらおう」仰々しく丁寧な言い方をした。「まさか本物のコールド・《性的不感症》プリンセス《の女性》のお相手をさせていただいたとは思わなかったよ。その手のことでお困りならそう言ってくれれば良かったのに。そうとわかっていれば、もっと時間をかけて奉仕し、その凍えた体を温めてあげられたかもしれない」

言った途端にジャックは後悔した。しかし、吐き出された言葉はテーブル上空で、氷のかけらのようにキラキラ輝きながら、凍りついていた。そして、この氷は決して溶けないことを彼は知っていた。

エリザベスはさらに一歩、後ろに下がり、顔を赤くしながら目を細めた。「あなたって本当にろくでなしね」その声は低く、もう抑揚もなくなっていた。「ギャロウェイを乗っ取ったあと、どんなことがあったかなんて気にも留めてないんでしょう?」

ジャックは髪に手をやり、水気を払った。「ああ。僕に言わせれば、ビジネスはビジネスだからね。感情的になるのは良くないと思っている」

「わかるわ」彼女は答えた。「私も昨日の夜のこと、そういうふうに考えているもの」

エリザベスは針のように細いヒールを軸にくるっと向きを変え、一度も振り返ることなくレストランを出ていった。

ジャックは去っていく彼女をじっと見つめていた。その姿がドアの向こうに消えるまで。

エリザベスがダイニングに入ってきたとき、迫りくる運命を感じて胸がうずいたが、その痛みはさらにひどくなった。彼女も同じ痛みを味わっているに違いない。

二人ともその事実はわかっていた。

彼女は昨夜の出来事を葬り去ることはできるが、二人がサインしたビジネス上の契約から逃げることは絶対にできない。その契約は、どんな婚姻届よりもお互いを強く結びつけていた。良いときも悪いときも、富めるときも貧しいときも。

1

シアトル　水曜日の早朝
真夜中から夜明けにかけて

彼は駐車場の奥で〝彼女〟を待っていた。レンガの壁に寄りかかって縮こまり、薄いウインドブレーカーを着てガタガタ震えている。街灯は切れかかっていた。ゆらゆらと弱い光を放っているだけで、影を追い散らす役にはほとんど立っていない。駐車場にはあまり車が止まっていなかった。この時間のパイオニア・スクエアは静まり返っている。あたりのナイトクラブやバーはもう閉まっていた。路地に酔っ払いがいたが、それ以外に人はまったく見当たらない。これはいいことだった。というのも、深夜のこの時間に、街のこの地域に姿を見せるのは、かなりたちが悪い連中と相場が決まっていたからだ。

雨が降っていた。容赦のない霧雨のために、夜明け前の冷え込みがますます堪えた。しかし、彼がこんなに寒さを感じているのは夜気のせいだけではなかった。今夜はマダム・ローラとの一日二回のデートをまだ果たせていなかったのだ。今夜は彼女を買う余裕がなく、その報いを受けていた。

初めてローラと出会ったのは、大学院にいた頃だ。彼は化学工学を専攻する優秀な学生で、将来有望だと誰もが認めていた。ローラとさえ出会っていなければ、今頃、特許をいくつか取得していたかもしれない。彼をローラに紹介したのは、同じ講義を取っていたある女学生だった。

ローラはクスリをやったあとのセックスは最高だと請け合った。確かにそのとおりだった。しかし間もなく、セックスよりも、化学工学で博士号を取ることよりも、そして思い描いていた将来の成功よりも、彼女は魅力的な存在となった。やがて彼の人生は完全に狂ってしまった。とにかく、この女は無慈悲な情婦だった。一日二回会うことを要求し、夢中だった彼はおとなしく従った。そのうえ、一度でもクスリをやり損なうと寒気を感じるほど、彼の体は荒《すさ》んでいた。寒くて寒くてたまらないのだ。

だが、もうすぐ〝彼女〟がやってくるはずだ。約束の金を持って。そうすれば、ローラと一緒に過ごす時間をもっと買うことができ、何もかもめでたく元どおりになる。一日二回会う約束を守れば、この関係をなんとか維持できるだろう。とりあえず、仕事を失わないですむ程度に。実際、仕事とローラのバランスを取ることは簡単ではなかった。数カ月どうにかしのぐと、決まって何かしら上手くいかなくなってしまう。病欠の申請は自ずと増えていくし、薬物検査に引っかかることもあった。

彼は今の仕事をもう少し続けられたらと思っていた。今度の職場は多少気に入っている。

エクスカリバー社で働いているとき、彼は博士号でも持っているかのように振る舞うことがあった。自分はドクター・ペイジのような研究チームの立派なメンバーであって、ひょっとすると、ただの平凡なエンジニアではないのかもしれない。そんな気分になっていた。

しかし彼は、その晩、自分がしてきたことを後悔していた。だが、ほかに選択の余地はなかった。エクスカリバーではかなりいい給料をもらっていたが、近頃はローラと過ごす時間をたっぷり確保しようと思うと、それでは足りなくなっていた。その点、彼のもう一人の雇い主はとても気前がよかったのだ。

〝彼女〟はもうすぐここに来る。ローラに払うための現金をたくさん持って。

最初に靴音が聞こえてきた。ハイヒールの音が濡れた舗道に静かに響いている。彼は湿った壁から体を起こした。期待が寒気をかなり追い出してくれた。もう間もなく、冷えた体を温めるのに欠かせないものがまた手に入る。

「こんばんは、ライアン」

「そろそろ来る頃だと思ったよ」彼はぼそぼそ言った。

彼女は暗い影の中、彼のほうに歩み寄った。丈のある黒いレインコートのフードが彼女の顔を隠している。「すべて上手くいったんでしょうね？」

「ああ。研究室はめちゃくちゃさ。片づけるのに数日かかるだろう」

「よくやったわ。たぶん、そこまでする必要はなかったんだろうけど。万が一フェアファックスかエクスカリバーの警備員が警察に通報することを考えて、念には念を入れておかないとね。そこまでやっておけば、いったい何が起きたのか見当もつかないでしょうから」

「何か手立てを考えるにしても、この手のことでは絶対に警察なんか呼ばないさ。イメージダウンになるだろう。投資家やクライアントが黙っちゃいない」

「そうね。それに、今のエクスカリバーにそんな事態を受け入れる余裕はないしね」彼女は片手をバッグの中に入れた。「さてと、これで何もかも片づくわね。あなたはよく働いてくれたわ、ライアン。手放すのは残念よ」

「は？」

「もうあなたは必要なくなったの。というより、あなたがいると都合が悪いのよ」彼女がハンドバッグから手を引き抜いた。今にも消えそうな街灯が、黒っぽい金属をちらっと照らし出す。

銃だ。

彼は目の前の現実をなかなか理解できなかった。だが、それを悟ったときにはもう遅かった。彼は思った。彼女はまるで、ドクター・ペイジが愛する古いモノクロ映画に登場する女みたいだ。そう、男を破滅させる運命の女《ファム・ファタール》。

彼女は引き金を二回引いた。二発目は無用だったが、確実を期したかったのだ。ある映画の脚本に、そんな彼女の哲学を上手く表現したセリフが書かれていた。

過去のある女に失うものはない。しかし、未来のある女は用心するに越したことはない。

2

ついていない日々を送る最高経営責任者《CEO》がいる。

何週間歩いても目的地にたどり着くことができず、恐ろしい赤インクの海（巨額の営業損失）を避けるべく、地図とコンパスが必要になるCEOもいる。

会社の舵《かじ》取りをする人間として、残念ながら自分は今や正式に後者のグループに属している。ジャックはそう判断した。地図の端っこに小さく印刷してある警告まで読むことができる。**この先、ドラゴンに注意。**

これだけの災難に遭遇すれば、迷信を信じるようになって当然だ。どうやら二度あることは本当に三度あるらしい。

「被害対策を講じないと」ジャックが言った。「それも相当な対策が必要だ」

彼は、めちゃくちゃに荒らされた2B研究室の残骸《ざんがい》を見渡した。割れたガラスや砕けた器具が作業台に散乱している。床に目をやると、高精度の装置がすべて粉々になっていた。ここを破壊した連中が残していったのだろうが、壁に真っ赤なカラー・スプレーで〝明日の先導者〟と落書きされていた。

「ひどすぎる」ミロが嘆いた。「ただでさえ問題が山積みなのに、さらにこれじゃあ、あんまりだ。エクスカリバーは潰《つぶ》れてしまう」

仲間のくどくどした嘆きや愚痴がだんだんジャックの神経に障りはじめた。そして、我慢しようにも、もう限界に近づいていた。

この数時間で小さなエクスカリバー・アドバンスト・マテリアル・リサーチ社は次々と不吉な出来事に見舞われていた。2B研究室の破壊はその一番新しい事件に過ぎない。最悪の事件でさえなかったのだ。まだ誰の何のための陰謀かは不明だが、事件リストのトップは、一人のエンジニアが殺されたことだった。

「ミロ、僕らでなんとかするんだ」ジャックは自分に言い聞かせるように言った。自分はこういった類《たぐい》のアドバイスをするために雇われている。今日はきっちり給料分の仕事をしよう。

「なんとかする?」ミロがすばやく振り返り、ジャックと向き合った。やせこけた顔に怒りの表情を浮かべ、目には興奮が見て取れる。「僕らが長い時間をかけてやってきたことがすべてパーになってしまったというのに、この大惨事をどうするつもりなんですか? 僕らには次のチャンスなんてない。ヴェルトラン社へのプレゼンをキャンセルするわけにはいかないんですよ。そんなことわかってるでしょう?」

「なんとかすると言ったんだ」

「なんとかって、どうやって?」ミロはいてもたってもいられないという様子だ。「そもそもグレイディ・ヴェルトランが注目してくれたこと自体、すごくラッキーだったんですよ。

あの人の評判は知ってるでしょう？　こっちが言い訳なんかして、プレゼンを一日でも延ばそうものなら、僕らは候補からはずされてしまう」

文句を言いたいところだったが、ジャックはぐっとこらえた。こんなことをしている場合ではない。確かにトラブルならもう両手いっぱいに抱えているが、ミロ・インガーソルは僕のクライアントだ。こんなときこそ、クライアントとは真剣に向かい合わなければならない。それも仕事のうちだ。

ミロは二五歳になったばかりの青年だが、一風変わったインガーソル一族の中にあって、唯一、リーダーシップと経営の素質を備えた人物として重責を引き継いでいた。エクスカリバー社の創始者であり、大おばに当たるパトリシア・インガーソルが亡くなると、ミロは工学系大学院を辞め、一族が経営する小さな会社の後継者になった。しかし、すぐにこれは自分の手には負えない仕事だと悟る。おまけに、晩年のパトリシアは寝たきりだった。会社は彼女の指揮が得られず、方向性の定まらない状態が続いており、ミロが引き継いだときにはすでに倒産寸前だった。彼はそれを知ると同時に、自分には会社を崖《がけ》っぷちから引き戻すだけの手腕も経験も欠けているということを理解し、すぐに力になってくれるパートナーを探した。そして、ジャックを見つけ出したというわけだ。

ジャックの卓越した洞察力、決断力、むき出しの情熱は、自分を手強《てごわ》い経営者に成長させてくれるだろう、とミロは思った。企業再生請負人、すなわち、傾きかけた小さなハイテク企業を救ってくれるコンサルタントはジャック以外にいない、と。

この熱心な若者がオフィスに飛び込んできた日のことをジャックは一生忘れないだろう。ミロは力を貸してほしいと迫ったり、頭を下げたりするのを交互に繰り返し、一族の会社を救うためならどんなことでもするし、どんな約束も契約も交わすと言った。

エクスカリバーの問題はまさに、ジャックの興味をそそるものだった。閉鎖的な小規模会社を苦境から救うこと。それはジャックの得意分野だった。後継者、今回の場合はミロを育てることも包括契約の一部だ。うわべだけではない長期的成功を収めるには、次の世代のリーダーの育成が非常に重要だと、ジャックは以前から主張していた。会社を一時的に救ったところで、再生請負人が去ったあと、残された者が誰一人、苦境に対処できずに会社が潰れてしまったというのでは、あまり意味がない。

ミロには将来の仕事に必要な資質がすべてそろっていた。熱心で、知的で、勤勉で、そして何よりも重要なことだが、エクスカリバーにすべてを捧《ささ》げていた。この半年で、ミロは様々な面でジャックの技術を吸収し、それは洋服の趣味にも少なからず表れていた。今では、ハイテク業界に特有のカジュアル・ルックは避けるのが当たり前になり、オーソドックスなスーツとネクタイを好んで身に着けるようになった。ただ、残念ながら色の好みは相変わらず緑と茶色に偏っていたのだが。ジャックはエクスカリバーとの契約を終える前にミロを良い仕立て屋に連れていこうと心に決めていた。

しかし今朝のミロは保守的なビジネス・ルックのお手本のような格好はしていなかった。ジャックが電話で研究室が荒らされたことを告げたとき、ミロはまだベッドの中にいた。その知らせに動揺するあまり、どうやら着替えもそこそこに家を出てきたらしい。なんとかジーンズははいていたものの、上半身は色あせた古いストライプのパジャマをそのまま着てきてしまったようだ。骨ばった素足に擦り切れたスリッパをつっかけ、赤毛がつんつん立っていた。分厚いレンズのはまった黒縁の重たいメガネの奥で、鋭い薄茶色の目が強い憤りと激しい絶望でギラギラしている。

ジャックはミロを哀れに思った。

「ミロ、これは大惨事じゃないよ」彼は穏やかに言った。「後退はしたけど、大惨事ってわけじゃない」

「いったいどこがどう違うって言うんですか?」

「大丈夫、僕にはわかるんだ」ジャックは、戸口で不安げにうろうろしている腹の出た男にちらっと目をやった。「よし、ロン。研究室を片づけよう」

「はい、承知しました」小規模ながら、エクスカリバーのセキュリティ部門いうことになっている部署の責任者、ロン・アットウェルが答えた。汗でカーキ色の制服の脇の下に濃いシミができ、額にも玉のような汗が浮かんでいる。

めちゃくちゃになった研究室の中で唯一機能していたのは空調設備だけだった。そして、2B研究室のほかの設備と同様、空調は最新式だが、ジャックは涼しさを感じられずにいた。

ミロの言うとおりだ。荒らされた研究室の状態は確かに大惨事と呼んでいい。だが、そんなことを声に出して認めるわけにはいかない。僕はこの会社を託された。このエクスカリバーに対処できない問題など存在しないと思わせるのも僕の仕事だ。

「万全のセキュリティ体制を維持してもらいたい」ジャックは穏やかな口調で続けた。「この建物で働く権限を与えられたスタッフだけで片づけるんだ。ソフト・フォーカス・チームの誰かが確認するまでは、割れたビンであろうと、何一つ捨ててはいけない。いいね？」

「承知しました」

ミロは『カルメン』最終幕に登場する人物の振り付けを思わせる身振りで、両手の長い指を組み合わせた。「今さら万全の対策を取ったところで、何の意味があるんですか？　泥縄とはまさにこのことですよ」

「ミロ」ジャックは非常に穏やかに言った。

ミロは相手の声の調子にぎくっとし、瞬きをしながら急に黙ってしまった。

ジャックはロンを見つめた。「壊れた物は全部、箱に入れて研究室の中に残しておいてくれ。くれぐれも外に運び出したりしないように」

「承知しました」ロンはシャツの袖のまくり上げた部分で額をぬぐった。「ただちに取りかかります」

「それから、片づけにかかわったスタッフには、秘密厳守を徹底するように。わかったね？」

「それも承知しました」

「会社の外でこの件を口にした者は、自動的に解雇されることになる」

「承知しました」ロンは左のポケットからメモ帳を取り出し、さらにペンを探し回った。

「最善を尽くします。しかし、こんなことになって、どんな噂が立つことやら」

「わかってる。だが、表向きは深刻な被害はないことにするんだ」

ミロが顔をしかめた。「だから警察を呼ばないんですか？」

「そうだ」

「でも、どうしてわざわざ隠そうとするんですか？　あの過激な〝明日の先導者〟にやられた研究所はうちだけじゃないんですよ。あいつらは先月、ワシントン大学の研究施設も荒らしてるんです。新聞に載ってたでしょう」

「それに、数週間前にはソフトウェア会社が荒らされました」ロンが口を挟んだ。「火をつけようとしたらしいです」

ジャックは二人を見据えた。「悪い評判を立てる必要はない。エクスカリバーのセキュリティに問題があるという点に注目が集まることだけは避けたいんだ」

ロンが青ざめた。「申し訳ございません」

ミロは顔をしかめた。「いや、そういうことじゃなくて――」

ジャックはロンのほうに一方の眉を動かしてみせた。ロンはメモを取ることに夢中で、そのちょっとした仕草に気づいてもいなかった。だが、ミロはようやく意図がつかめたらしく、それ以上は話さなかった。不機嫌そうに唇を真一文字に結び、仕方なくおとなしくしているといった感じだ。

「セキュリティ対策の弱点をほのめかすようなことを公表するのは会社のためにならない」ジャックは辛抱強く説明したが、それどころの気分ではなかった。「この手のニュースは、潜在的なクライアントや顧客を臆病《おくびょう》にさせる。この件を完全に隠しておくのは難しいと思う。おそらく〝明日の先導者〟の連中がマスコミに犯行声明を流して、自分たちの手柄を誇示しようとするだろうからね。だから我々がすべきは、その話を最小限に抑えることだ。わかったかな？」

「はい、承知しました」ロンがメモ帳をぱたんと閉じた。

「社内の機密漏えいを防ぐのは、ロン、君の仕事だ。マスコミへの対応は広報のラングリーにやってもらう」

「承知しました」ロンは薄くなりつつある白髪に指を突っ込んで髪をなでつけていた。肩を落としていたが、なんとか姿勢を正そうとしているのがよくわかる。「申し訳ございません。あんな悪漢どもにやすやすと侵入されるなんて」彼はうんざりしたように言った。「今まで、こんな問題が起きたことはありませんでした。誰が想像できますか？」

「そうだな」ジャックが答えた。「誰が想像できただろう？」エクスカリバーの悲惨なほど時代遅れのセキュリティ部門には、どう見ても想像できた人間がいたとは思えない。しかし、今それを指摘するのはやめておこう。

半年前、ジャックはエクスカリバー社のＣＥＯの地位に就くことに同意した。その際に作成した優先事項のリストには、セキュリティ・システムの最新化も載せていた。しかし、引退間際のスタッフが大半を占めるローテク夜警団を一新し、現代的かつ能率的なセキュリティ・チームを編成するには時間と金が必要だった。思い返せば、ほかにも優先課題はたくさんあり、安上がりにできることは一つもなかった。そのうえ、エクスカリバーの財源は限られていた。それらを鑑《かんが》みて、彼は覚悟を決め、全資金をソフト・フォーカス・プロジェクトに注ぎ込むことにした。これは勇気のいる決断だった。

ところが、このプロジェクトを中心になって進めていた研究員のタイラー・ペイジが、この二四時間のあいだに、その新型ハイテク・クリスタル〈ソフト・フォーカス〉のたった一つしかないサンプルとともに消えてしまったのだ。これは理性的なエグゼクティブをもひどく動揺させる事件だった。

ジャックはきびすを返し、ドアのほうに歩いていった。「オフィスに戻るよ。ロン、掃除のあいだ、許可をもらってないスタッフをここに近づけないようにな。終わったら報告してくれ」

「承知しました」ロンはそう言って咳払いした。「あらためてお詫《わ》びを申し上げます。こんなことになってしまって、本当に申し訳ございませんでした」

「あと一度でも謝ったら、クビにするぞ」

ロンはたじろいだ。「はい、承知しました」

ジャックは重い扉に手をついて押し開け、廊下に出た。

「待って」ミロが呼び止めた。「ちょっと待ってください。話があるんです」

「ミロ、あとにしてくれ。今すぐラングリーをつかまえないといけないんだ。マスコミが問い合わせてくる前に、彼に状況を説明しておきたい」

「そんなことわかってます」ミロはジャックを追って、小走りで廊下に出た。「でも、もう一つの問題について話し合う必要があるでしょう」

「あとだ」ジャックはエレベーターに向かって歩き続けた。

「だめです。今です」ミロはバタバタとやってきてジャックと並んだ。「殺人事件と研究室が破壊された件で……あの女がやってきたらどうするんですか？　彼女、きっといろんなことを質問してきますよ」

「心配するな。エリザベス・キャボットが現れたら、僕がなんとかするから」とんでもない、無謀な約束というものだ。ちょっと前に受けた仕打ちを考えれば、彼女の高級イタリア製レザー・パンプスのヒールで串刺しにされなければラッキーと言えるだろう。

ミロが鼻を鳴らした。「だけど、毎月の役員会議であの人がどんなふうか知ってるでしょう？　いっつも細かいことまで知りたがって、情報をよこせ、詳細を説明しろと迫るんだ。ペイジとサンプルが消えたなんてことをかぎつけたら、どうなるか、わかったもんじゃない」

「それは違うな」

ミロの目に希望の光が走った。「違う？」

「ああ」ジャックは顔をゆがめて笑った。「彼女の出方はちゃんとわかっている。2B研究室が片づく前に投資を打ち切ってしまうだろう」

エリザベスはこの半年間、エクスカリバーとの契約を破棄する口実をずっと探していたに違いない。研究室が破壊され、ソフト・フォーカスが行方不明になったことは、オーロラ・ファンド社の弁護士たちに、この会社にはもう収益性がないと主張する根拠を与えてしまう。大口の出資者であるオーロラ・ファンドが撤退すれば、エクスカリバーは倒産に追い込まれる。

「やっぱり」ミロは小声で言った。「こっちに勝ち目はないですよ」

「落ち着くんだ、ミロ。エリザベス・キャボットが破壊行為のことで問い合わせてきたら、僕がなんとかする。ソフト・フォーカス・プロジェクトに問題があるなんて、わかりっこないから安心していい」

「怪しまれたらどうするんですか？」ミロはひどく動揺しているらしく、声が震えている。「色々かぎまわるようになったらどうするんですか？　あれこれ質問してきたら？　わかってますよね。あの人の押しの強さときたら……」

「彼女が何か訊いてきたら、僕が答える」

「どうやって？」

「さあね。しらじらしい嘘でもついて切り抜けるよ」

ミロはジャックをじっと見つめた。「こんなときに、よく冗談が言えますね」

「冗談なもんか。言っただろう。エリザベス・キャボットのことは僕がなんとかする。君は身内への対応に専念するんだ。この件では、君の家族からも口出しされては困るからね」

ミロは何度も瞬きをし、ぶつぶつ文句を言いはじめた。「ドロレスおばさんはヒステリーを起こすだろうな。アイヴォおじさんは卒倒するかも。いとこたちの反応にいたっては神のみぞ知るだ。とくにアンジェラはね」

「アンジェラの反応なんかわかりきってるじゃないか。エクスカリバーを売るか、どこかと合併させてしまえと言い出すに決まってる。彼女は君の大おばさんが亡くなってからずっとそう言い続けてきたんだ」

ミロは片手をぎゅっと握り締め、顔を上げた。「そんなこと絶対にさせない。エクスカリバーは僕の会社だ。僕なら一族のために会社をうまく切り盛りしていけると思ったから、パトリシアおばさんも僕に会社を遺してくれたんだ」

ジャックはひどく苛立っていたが、悟られないように少し微笑んだ。「いいぞ、ミロ、そうこなくちゃ。心配するな。ソフト・フォーカスは取り戻すさ」

「でも、どうやって？」

「任せとけって」ジャックはエレベーターの前で立ち止まり、ボタンを押した。「僕が取り返してやる。だが、それにはちょっと時間がかかると思う。だから、一〇日かそこら、ほかのことは全部、君に任せるよ」

「一〇日？ ヴェルトランでのプレゼンは二週間後なんですよ。それまでにクリスタルが戻ってこなかったら、何もかも水の泡だ」

「君が今、言ったとおり、僕らには二週間ある」ジャックは穏やかに言った。「君はまだ僕が満足するほどの経験があるわけじゃない。でも今の我々に選択の余地はない。僕が留守のあいだ、君はここに残って親族とマスコミの相手をし、日々の業務をすべて自力で取り仕切るんだ。できるね？」

「もちろん、できますよ。そんなこと問題じゃありません。問題はあのクリスタルです」

「わかってる」

ようやくエレベーターのドアが開いた。ありがたい。少なくとも正常に動いているものがまだあった。ジャックはエレベーターに乗り込み、三階のボタンを押した。それから、不安にさいなまれたミロの顔に目をやり、彼を安心させる言葉をもう一度口にした。「ミロ、僕が見つけるから」

「どうやって見つけるつもりなんですか？」ミロが泣きそうな声を出した。

「まずは休暇をもらうことから始めるかな」そうは言ったものの、ジャックの笑顔は硬かった。

ついにドアが閉まり、ミロの半ば悲鳴のような金切り声は途中でさえぎられた。

エレベーターの中で独りになったジャックは、片方の肩を壁にもたせかけ、コントロール・パネルの光を見るとはなしに見ていた。結局、ミロの言うとおりだった。ソフト・フォーカスが行方不明になったことはエクスカリバーにとって、とんでもない大惨事だ。

このハイブリッド・コロイド・クリスタルは独自の光学特性を持ち、コンピュータ開発の次の波、すなわち、光ベースのテクノロジーに基づく次世代システムの開発において、重要な役割を果たす可能性をはらんでいた。情報を暗号化し、光信号に変えることで光学コンピュータに活用されるのだ。ソフト・フォーカスは非常に特異な方法で光を制御・伝達できるように、顕微鏡レベルで設計がなされていた。

パトリシア・インガーソルは、多くの特許を取得した素晴らしい研究者で、ソフト・フォーカスのコンセプトを生み出し、発展させたのも彼女だった。だが病を患い、それを自分の研究室で実現化させることなく亡くなってしまった。引き継いだタイラー・ペイジは――パトリシアと同様、優秀な研究者だが、エクスカリバーの研究開発チームの中では極めて風変わりなメンバーだ――長年、彼女と密接に協力してきた人物だった。ペイジにはこの研究を完成させる自信があった。

エクスカリバーを救済する任務を引き受けたとき、ジャックはソフト・フォーカスの開発を基盤にこの会社の将来像を構築することにした。今思えば、それは大きな間違いだったのかもしれない。ジャックはエレベーターの中でそう思った。だが、ほかにいい手立てがあったわけでもない。事実、あのクリスタルがなければ、エクスカリバーは救いようがなかった。ジャック個人には輝かしい実績があったが、いつもは顔の利く出資元から資金を調達しようとしたところ、ことごとく断られてしまった。結局、パトリシア・インガーソルがいなくなった今、エクスカリバーを後押ししようという者はいなくなってしまったのだ。

その後、ある晩ジャックは、ほどよい量のスコッチの助けを借りつつ、会社の古い財務記録の山に目を通していて、数年前にオーロラ・ファンド社が一度、エクスカリバーのプロジェクトを支援していたことを発見した。彼が理解したところでは、その取引はパトリシア・インガーソルとオーロラ・ファンドの前代表シビル・キャボットとの個人的な取り決めだったらしい。契約書といっても、ごく短い合意事項が書かれているにすぎず、法的にはほとんど意味をなさなかっただろう。

やがて、ジャックはシビルが二年前に亡くなっていることを知った。シビルはオーロラ・ファンドを姪《めい》の手に委《ゆだ》ねていた。

たいして期待はしていなかったが、ほかの選択肢が見当たらなかったため、ジャックはオーロラ・ファンドの新しい経営者、エリザベス・キャボットと連絡を取り、再び資金援助を申し入れた。意外にも、彼女は話し合いに応じてくれた。

エリザベスのオフィスは古い大邸宅の一階にあった。そこを訪れた日の朝、ジャックは、これは困ったことになったと思った。そして彼女の会社で過ごすこと一時間、彼はついに認めた。僕は公私混同はしないという鉄則をきれいさっぱり忘れようとしている……。

エリザベスはエクスカリバーの計画を気に入ってくれた。また、ジャックがディナーに誘うと、それにも応じてくれたのだ。だが二週間後、ジャックはエリザベスがギャロウェイ社と取引関係にあると知り、自分が危険な綱渡りをしていると気づいた。

エレベーターが開き、彼は過去の考えを無理やり脇へ押しのけた。そして、カーペットが敷かれた廊下を歩いて、自分のオフィスである重役室に向かった。まだ午前八時にもなっていなかったので、三階のフロアは静かだった。

ジャックはさっそく頭の中で優先すべきことを挙げた。まず最初にやるべきは、秘書に頼んで人事部に問い合わせ、ライアン・ケンドルの近親者の電話番号を調べることだった。この殺人事件を担当しているデュランド刑事が、ライアンの親類に連絡すると言ってくれた。だが、エクスカリバーのCEOとして、またライアン・ケンドルの雇用主として、それは自分が責任をもってすべきことだとジャックにはわかっていた。気の重くなる仕事だ。

ケンドルの人事ファイルによれば、シアトルに彼の家族はいないらしい。ケンドルは数カ月前に研究室のエンジニアとして雇われた。社内に親しい友人はおらず、独りでいることが好きだったようだ。そして彼は殺された。

ケンドルはドラッグの世界にのめり込んでいた、というのがデュランド刑事の仮説だった。彼の説明によれば、どうやらこのエンジニアはドラッグの取引でまずいことになり、深夜から夜明けの時間帯にパイオニア・スクエアのひと気のない駐車場で撃たれたらしい。

ジャックは重役室とドア続きになっている秘書室に入っていった。秘書が早くから出勤しているとわかり、急に安堵感がこみ上げた。マリオンはデスクの向こう側に立ち、コーヒーを淹《い》れていた。

彼女はすぐに振り向いた。丸顔に緊張した表情を浮かべ、大きすぎるメガネの奥で、不安げに目を見開いている。コーヒー用の計量スプーンがデスクの上でカタンと音を立てた。

「社長」

「おはよう、マリオン。君に会えて本当に嬉しい。今日はとんでもない一日になるぞ。次の勤務評定のとき、僕がそれを忘れてたら、ちゃんと言ってくれよ」

「社長、お耳に入れておきたいことが――」

「あとにしてくれ。午前中の仕事をやり遂げる唯一の手段は、一度に一つずつ終わらせていくことだ」

ジャックは、部屋の隅にある年季の入った真鍮《しんちゅう》のコート掛けに黒いウインドブレーカーを引っかけた。半年前にエクスカリバーのCEOを引き受けたとき、この会社はカジュアル・フライデーの概念を拡大解釈しすぎていると気づいた。というより、金曜から木曜日まで適用していたのだ。ネルシャツにジーンズとスニーカーというのが、ほとんどのスタッフの典型的なスタイルだった。

だがジャックは最初から、決まってスーツとネクタイで出勤し、金曜日ですら、それで通した。ある意味、彼は古いタイプの男だった。しかし、今朝三時に電話が鳴って、今回の惨事を知らされたときに限っては、クローゼットを開けて最初に目に入ったものを引ったくって着てきた。それは黒の長袖のプルオーバーとジーンズだった。

実は、彼はその電話で起こされたわけではなかった。暗いリビング・ルームに座って、行方不明のソフト・フォーカスのことを考えながら、スコッチのグラスを片手にクイーン・アン・ヒルの灯《あか》りを眺めていた。そのわずか数時間前、ソフト・フォーカスが研究室の保管庫から消えてしまったと知ったのだ。

ジャックはマリオンのデスクを通り越して自分のオフィスに向かう際、彼女にちらっと目をやった。「2B研究室で何があったか聞いてるんだね？」

「はい。出勤したときに警備員が教えてくれました」

「もうすぐマスコミが電話をかけてくるだろう。〝明日の先導者〟の連中は、テクノロジーという邪悪な存在をまた攻撃してやったと、真っ先に吹聴《ふいちょう》するに決まってるからね」ジャックはドアノブに手をかけ、いったん言葉を切った。「ラングリーを呼んでくれ。すぐに会いたい」

「かしこまりました」

「ラングリーと僕以外のスタッフはマスコミと話をしてはいけない。いいね？」

「承知しました」マリオンは妙な表情を浮かべてジャックをじっと見ていたが、声を落としてこう言った。「でも、申し上げたかったのはそういうことじゃありません。私、数分前に出勤したんですが、もうお部屋でお待ちの方がいらしたんです」

「刑事かい？　殺人課のデュランドだろう？」ジャックはドアを押しながら肩越しにマリオンを見た。「今頃何の用だろう。もう人事部に言って、ケンドルのファイルは全部コピーして渡してあるのに」

「いいえ」マリオンは意味ありげに咳払いをした。「刑事さんじゃありません」

「じゃあ、いったい誰が許可もなく人のオフィスに入ってきたんだ。図々しい――」床から天井まである窓の前に立っている女性の姿が目に入り、ジャックは言葉を切った。

くそっ。少し前に、二度あることは三度あると思ったが、間違っていた。彼には四度目が訪れたのだ。

3

エリザベスはほぼ一晩中、不安と苛立ちがない交ぜになった状態でこの対決を待っていた。そして、いよいよ避けられない事態となった今、自分の反応に驚いていた。彼女は冷静だった。

確かに、隠そうと思っても首筋がぞくぞくするのがわかった。ジャックのそばにいると、いつも心がかき乱される。それに、少し緊張していることは間違いない。いや、かなり緊張している。それでも、彼女はその緊張感を上手く隠していた。この半年、エクスカリバーの月例役員会議に出席してきたので、もう慣れたものだった。

肝心なのは、自分の感情を抑えること。彼女は両手をひらつかせたり、怒りに震えたりはしなかった。ジャックに背中を向け、広大なワシントン湖の景色をじっと眺めていた。

まったく冷静だ。

今朝のエリザベスは勝負服に身を包んでいた。髪はきっちりとしたツイスト・スタイルにまとめ、上等な生地に細いストライプ柄を織り込んだシルバー・グレーのスーツを着ている。体にフィットしたジャケットには薄いパッドが入っていて、肩のラインが強調されていた。

裾に折り返しのあるパンツは、革のハイヒールに包まれた足の甲をきれいに隠していた。そして、耳にはゴールドのイヤリングが控えめに光っている。戦う女のイメージを完成させるのに欠けているものといえば、乗馬用のムチくらいだ。

「おはよう、エリザベス。君に立ち寄ってもらえるのはいつだって嬉しいよ」

何が起ころうが、彼女は短気を起こしたり、彼を怒鳴りつけたりはしないつもりだった。

彼女は冷静だった。

それがわかってよかった。なぜなら、彼女はいまだにジャックにひどく腹を立てていたからだ。パシフィック・リム・クラブのダイニングで惨事を引き起こしてからというもの、彼女はいつかまたジャックに対して理性を失い、ばかなまねをしてしまうのではないかという大きな不安を抱えていた。

彼女は、霧に包まれた湖の景色と、その向こうにぼんやりと見えるシアトルのオフィス・ビル群からゆっくりと顔をそむけた。

エリザベスは、これ以上ないほどクールでよそよそしい笑みを浮かべようと努めた。これがなかなか難しい。胸を締めつけ、喉が詰まるような興奮に襲われることなく彼を見られるようになるには、いったいどれだけかかるのだろう？　あれからもう半年が経っていた。しかし、状況はちっともよくなっていない。

彼女は逃げ場を求めて、今日ここへ来た用件を口にした。

「おはよう」歯切れのいい言い方だ。「エクスカリバーで問題が起きたみたいね」

「手に負えない問題じゃないよ」ジャックはドアを閉め、座るように促した。「掛けてくれ。マリオンにコーヒーを持ってきてもらおう」

「ありがとう」エリザベスは、すぐ近くにあるクッションの利いた革の椅子に腰を下ろした。そして、特別にあつらえた高級ウールのパンツを実に慎重な手つきで引っ張り、脚を組んだ。彼女は冷静で、感情をうまくコントロールしていたが、呼吸が少し乱れ、自分の鼓動が聞こえそうだった。オフィスを突っ切っただけだと言うのにまるでトレーニングをしたときのようにドキドキしてしまう。

彼女は、ジャックが自分のデスクに向かい、黒い革の椅子に腰を下ろす様子を見ていた。彼は前かがみになり、内線ボタンを押して秘書に短く指示を与えた。

エリザベスは、ジャックの黒っぽい豊かな髪が、まるで指でとかしたように少し乱れているのに気づき、ちょっとショックを覚えた。誰かほかの人の指で触られたのかもしれない。そう思うと愕然《がくぜん》としたが、彼女は動揺をしっかりと抑え込んだ。

とはいえ、こんなカジュアルな格好をしているジャックを見るのは妙な気分だった。この数カ月のあいだ、二人が顔を合わせる機会はあまりなかったが、ジャックはいつでも、上から下までエグゼクティブらしい身なりをしていた。仕立ての良いスーツにパリッとしたシャツ、コンサバティブなネクタイというスタイルだ。この日の黒のプルオーバーにジーンズという装いは、かえって彼をいつもより危険な男に見せていた。おそらく、服がぴったりフィットしているせいなのだろう。肩のたくましさや、締まった肉体の優美さや力強さが服の視覚効果ではなく本物なのだということは一目瞭然《りょうぜん》だった。

二人が出会い、めくるめく数週間を過ごしていた頃、エリザベスはジャックが定期的にトレーニングをしていることを知った。ただし、スポーツ・クラブで普通の筋力トレーニングをするのではなく、武道を習っていたのだ。そのとき彼女は、ジャックがエキゾチックな運動や哲学に興味を持つのは、心の奥底にロマンチックなところがある証拠だと思い、ますます彼に興味を持った。だが今では、あのことは性欲が脳の分析力を偏らせていただけにすぎないと思える。ジャックが大昔の戦術や護身術を勉強するのは、ロマンチックだからではない。単に冷酷だからだ。このろくでなしは生まれながらの略奪者。彼女はそう結論づけていた。

ドアが開き、マリオンが二人分のコーヒーを持って現れた。彼女は指示を求めるように不安げにジャックをちらっと見ると、取ってつけたような笑みを浮かべ、一方のカップをエリザベスに渡した。

「ありがとう」

「どういたしまして、キャボットさん」マリオンはもう一方のカップをジャックのデスクに置き、逃げるように出ていった。

エリザベスは気づかないふりをした。だが、自分がエクスカリバー社でとても用心深い目で見られていることはよくわかっていた。私がオーロラ・ファンドの手綱を握っていて、エクスカリバーの運命を支配していることくらい皆知っている。だから、たとえ全社員がパシフィック・リム・クラブでの壮絶なやりとりの噂を耳にしていたとしても、驚きでもなんでもない。もともと、この手のゴシップは街中に広まるのが普通だ。

ジャックはコーヒーをぐっと飲み込むと、椅子にゆったりともたれかかり、エリザベスを見た。「じゃあ、君はもう、うちのちょっとしたトラブルについて聞いてるんだね？　こんなに早く君の耳に入るとは驚きだな」

エリザベスが眉を吊り上げた。「ええ、そうでしょうね。いつまで隠しておくつもりだったの？」

ジャックは肩をすくめた。「僕だって、ほんの数時間前に知ったばかりなんだ。マスコミからもまだ問い合わせは来ていない」

エリザベスは顔をしかめた。「マスコミに話すつもりなの？」

「たぶん、避けられないだろう」

「それもそうね。でも、レポーターたちがやってきたら、具体的にどう説明する気？」

「説明することなんか、たいしてないじゃないか」ジャックはコーヒーをもう一口すすってカップを置いた。「ワシントン大学やエクト・デザインの研究室を破壊したのと同じ連中にやられたんだ。片づけるのに数日かかるだろうけど、来週の半ばまでに、2B研究室はまたフル稼働させる。そのあいだに、セキュリティ対策を強化するつもりだ」

エリザベスはジャックをじっと見つめた。一瞬、調子が狂ってしまった。「いったい何の話をしてるの？」

ジャックは怪訝《けげん》そうな顔をしている。「失礼だが、話題が違ったのかな、ミス・キャボット？　今朝ここで起きた事件の話かと思ったよ」

「何の事件？」

「昨夜、うちの会社の研究室の一つが〝明日の先導者〟に破壊された。彼らのことはご存じだと思うが」

「ええ、もちろん」彼の慇懃無礼な態度に、エリザベスは思わずカップを投げつけたくなった。だが、かつて誘惑に負けてジャック・フェアファックスに水をぶっかけてしまったときのことを考え、ここは思いとどまった。「反テクノロジーを掲げる変わり者の集団でしょう？　被害はどの程度だったの？」

ジャックは肩をすくめた。「研究室はメチャメチャだ。高価な電子機器がいくつか使えなくなった。だが、それもほとんど保険でカバーできる。さっきも言ったけど、数日のうちに元通りにして、業務が再開できるようにするよ」

「わかったわ」エリザベスは椅子の肘掛けを指でコツコツ叩いた。「エクスカリバーは最近、不運続きみたいね」

ジャックの片方の眉がすっと上がった。「ケンドルの件も知ってるのかい？」

「ケンドルって？」

「研究室のエンジニアだ。今朝早く、パイオニア・スクエアで殺された。警察は、彼がドラッグの世界に足を突っ込んでいて、トラブルに巻き込まれたんだろうと言ってる。駐車場で誰かに撃たれたらしい」

「ケンドルさんが亡くなったことも初耳だわ。お気の毒に」

「僕らも皆そう思ってるよ、ミス・キャボット」ジャックは体を前に乗り出し、デスクの上で手を組んだ。「でも、ケンドルの死も〝明日の先導者〟の侵入も、ソフト・フォーカス・プロジェクトには何の影響もないから安心してほしい。ヴェルトランへのプレゼンは予定通り行われる。わざわざ投資先の状況をチェックしに、シアトルから足を運ぶ必要もなかったのに」

ジャックの厚かましい物言いに、エリザベスは薄情な守銭奴に仕立てられた気がして腹が立った。まるで私の器が狭くて、オーロラ・ファンドは彼にだまされて大金をエクスカリバーに注ぎ込んだんじゃないかと心配しているみたいじゃないの。

エリザベスはジャックの目を見据えた。「そう言っていただけるとありがたいわ。社員が亡くなったことも、研究室が荒らされたことも、ソフト・フォーカス・プロジェクトに影響しないというその言葉、信じましょう」

「よかった。じゃあ、納得していただけたなら、お引き取り願えるかな。予定がぎっしり詰まってるもんで。自分の仕事をさせてもらうよ」

「あら、納得なんかしてないわ」エリザベスは穏やかに言った。「殺人と不法侵入はプロジェクトに影響しないという話を理解したと言っただけよ。影響しようがないものね？」彼女は一呼吸置いた。「私が聞いたところでは、ソフト・フォーカスが消えたらしいじゃない」

ジャックはひるんだ様子を微塵《みじん》も見せなかった。エリザベスも、その点は称賛に値すると感心した。

「どこでそんなことを吹き込まれたんだい?」

彼女は脚を組みなおした。「ゆうべ、ヘイデン・ショーと食事をしたの」

「それはよかった」ジャックは慇懃に尋ねた。「じゃあ、やっと離婚が成立したんだね?」

エリザベスが体をこわばらせた。「そんな話はしてないわ。あくまで仕事上のお付き合いだもの」

「なるほど。仕事ね。ってことは、ショーは投資家のご機嫌を取って、新世代光ファイバー・ネットワーク機器の開発を軌道に乗せようって魂胆なんだな。いつになったらそのプロジェクトをスタートさせるんだろうと思ってたんだ。企画が行き詰まってから、もう一年近く経つからね」

トップ・シークレットにしていた商品開発の噂がもう最大のライバルの耳に届いていると知ったら、ヘイデンはさぞショックを受けることだろう、とエリザベスは思った。慎重に話を進めなくては。ジャックとヘイデンは昔から犬猿の仲だ。二人の確執の原因については何も知らなかったが、彼らが単なる商売敵でないことはエリザベスも気づいていた。

「フロントランナー・プロジェクトのこと、知ってるのね?」

「もちろん。ショーの運はもう尽きたも同然だ。それなのに、まだ大金をどぶに捨てようとしてる。でも、それは彼の問題であって、僕の問題じゃない」

その声には相手を見下して面白がっているところがあったが、エリザベスは無視した。

「ヘイデンがこんな噂を耳にしたと言ってたわ。エクスカリバーの研究室から、新しく開発された製品の、たった一つしかないサンプルが盗まれたって」

ジャックが組んでいた両手の指を伸ばした。「ミス・キャボット、君のために無料でアドバイスしてあげよう」

「それはご親切に。私たちの関係で安上がりに済むことなんてまずないんだから、とってもありがたいわ。ましてやタダなんて」彼女は小声で言った。「でも、あいにく私はアドバイスが欲しくてここへ来たんじゃないの」

「わかってるさ。でも、親切心からあえて言わせてもらおう」ジャックは彼女の目をじっと見た。「ヘイデン・ショーを信用しちゃいけない。むしろ投げ飛ばしてやるべきだ」

「おかしいわね。彼もあなたについて、まったく同じようなアドバイスをしてくれたわ」

「だろうね」

エリザベスはカップを持った。「例の噂について、話を戻しましょう」

「この業界の噂なんて、新設企業の自社株購入権《ストック・オプション》と同じぐらいありふれたものだ。それ以上に値打ちがないかもね」

「つまり、ヘイデンから聞いた噂はまったくのでたらめだと言うの？　ソフト・フォーカスは無事なのね？」

「エクスカリバーでは何もかも順調だってことさ」

今朝ここに来る途中で我慢すると自分に誓ったのに、エリザベスはついかっとなった。

「いい加減にして、ジャック。もう嘘はうんざり！　私はこの新規事業にオーロラ・ファンドのお金を何十万ドルも投資してるのよ。それに、この会社の役員でもあるの」

ジャックは顔をしかめた。「君の地位について、わざわざ念を押してくれなくてもいいよ」

「私には何が起きているのか知る権利があるわ」

ジャックはしばらく黙っていた。興味深い研究標本でも観察するようにエリザベスの顔を一心に見つめ、肩をすくめた。

「いったいショーはどんな話をしたんだ？」

彼女はなんとか理性を取り戻した。「言ったでしょう。あなたの会社の研究室から新しい開発品のサンプルが盗まれたという噂を聞いたんですって。私もあなたも、エクスカリバーの唯一の企業秘密はソフト・フォーカスだってことはわかってるわ。ジャック、あのクリスタルはなくなったの？　私は本当のことが知りたいのよ。ねえ、どっちなの？」

ジャックはハチミツにも似た黄色の瞳にふさいだ表情を浮かべ、かなり長いあいだ彼女を見つめていた。エリザベスはがっかりした。どうせ彼はまた嘘をつくつもりなのだろう。真実を話してくれるかもしれないなどとこりずに期待した私がばかだった。ジャックの優先事項のリストに私が載っているとすれば、おそらく下のほうで、名前の脇にはこんな注意書きがあるに違いない。〝できるだけ無視すること。追い詰められたら防御に徹せよ〟

「本当だ」ジャックが口を開いた。「クリスタルは消えてしまった。ついでにペイジもね」

エリザベスはジャックをじっと見つめた。というより、あまりの驚きに彼から目が離せなかった。つまり、ソフト・フォーカスが消えたというニュースよりも、彼が思いがけず正直に白状したことに面食らってしまったのだ。彼女は口を閉じ、何とか平静を取り戻した。

「私には黙っているつもりだったんじゃないの？」

「できるものなら、そうしようと思っていた」ジャックは握り締めていた手を開き、指を少し伸ばした。「ある計画があったからね」

「ええ、そうでしょうね。あなたにはいつだってたくらみがあるみたいだもの。でも今回は考えつくのがちょっと遅かったんじゃない？　役員の一人として言わせてもらうわ。ソフト・フォーカスが消える前にセキュリティを強化しておくのが賢明だったと思うけど」

「ミス・キャボット、君やほかの人たちがタイラー・ペイジとクリスタルが消えたことを知る前に、僕はどっちも見つけ出すつもりだった」

「ペイジとクリスタルが消えたのはいつなの？」

「はっきりとはわからない。昨日は遅くまで仕事をしていたんだが、ふと思いついて、九時頃、予定外の見回りをしたんだ。クリスタルがなくなっていることに気づいたのはそのときさ。二重コンテナは空っぽだった。中をチェックしなかったら、僕はまだソフト・フォーカスが消えたことを知らなかったかもしれない」

エリザベスは顔をしかめた。「二重コンテナは残ってたの？」

「ああ。まだ保管庫にある。このことは、ミロ以外には誰にもしゃべっていない。ほかの連中は、クリスタルはまだ研究室で無事だと思ってるよ。研究チームには、ペイジ博士が戻るまで触るなと指示してある」

「クリスタルがいつ消えたのか、少しは心当たりがあるんでしょう？」

ジャックは口元をかすかにゆがめた。「タイラー・ペイジは昨日の午後、具合が悪いと言って早退してるんだ。会社を出るときにサンプルを持ち去ったんだと思う」

「ソフト・フォーカスを持って、ここから歩いて出ていったって言うの？」

「タイラー・ペイジは研究チームの中でも最も尊敬されているメンバーだ。セキュリティの連中も、博士のボディ・チェックをする必要はないと思ってたのさ」

ジャックが言葉を切ったと同時に、激しい怒りの波が再び彼女を襲った。「どうしてすぐに知らせてくれなかったの？」

「まず何よりも、君がかっとなって、もう投資は打ち切ると脅しを掛けてくるだろうとわかっていたからさ」

エリザベスは冷ややかに微笑んだ。「誤解だわ」

「誤解？」

「少なくとも、ある点ではね」彼女は急に立ち上がった。「私はかっとなったりはしません。でもオフィスに戻ったら、なるべく早く弁護士と相談するつもりでいることは確かよ。あのクリスタルがなければ、エクスカリバーはにっちもさっちもいかなくなる。それは私もあなたもわかってるでしょう。それに、オーロラ・ファンドには契約を打ち切る権利があるわ」

「それはちょっと短絡的すぎじゃないかな？　君も、君の大切なオーロラ・ファンドも、手に入るはずの利益を失おうとしているんだ。長い目で見れば、ソフト・フォーカスは何百万ドルという価値がある」

「まずは、それを見つけることが先決じゃない？」

「見つけてみせるよ、ミス・キャボット」ジャックの目はキラキラ輝き、動揺している様子はなかった。「それは一秒たりとも疑わなくていい」

ジャックの声に強い確信が感じられ、エリザベスの神経の末端に電気のような何かが走った。彼は本気で言っている。クリスタルを取り戻すためなら、何だってするつもりなのだろう。

エリザベスはゆっくりと椅子にもたれかかった。「それで、あなたの計画というのは？」

ジャックは考え込むように、しばらく彼女を観察していた。そして、急に立ち上がったかと思うと、ジーンズのポケットから車のキーを取り出した。「一緒に来てくれ。見せたいものがある」

エリザベスはためらった。

ジャックはドアに向かいながら、肩越しにちらっと彼女を見た。「心配しなくていい。君をまたベッドに誘うつもりはない。半年前にこりたからね」

4

一五分後、ジャックが小さな家の前で車を止めたとき、エリザベスはまだ怒りで腸《はらわた》が煮えくり返っていた。ジャックのせいでいとも簡単に守りの体制に入ってしまう自分が許せなかった。当てつけのようにほんのひとこと、一夜限りの情事を思い出させることを言われただけだというのに。いまだにジャックはこんなにも影響力がある。それが信じられなかった。束《つか》の間の情事を話題にされて屈辱を受けるべきは、私ではなく、彼のはずなのに。

エリザベスは、その家の汚れた窓や、手入れもされず植物が一面に生い茂った前庭、ペンキがはげたり欠けたりしている玄関ポーチをしげしげと眺めた。

「ここがドクター・ペイジの家？」

「そう。ご覧のとおり、彼は家のメンテナンスに関しては、細かいことにこだわらないようだね」ジャックはエンジンを切り、キーを抜いて車から降りた。そして身をかがめて、ドアの隙間からエリザベスに話しかけた。「ゆうべ、ソフト・フォーカスがなくなったと気づいてすぐ、彼を探しにここまで来てみたんだ。だが、とっくにいなくなっていた」

エリザベスはゆっくり車から出た。ジャックはボンネットの前を通って彼女がいるほうに回った。それから、二人で一緒にひび割れた歩道を歩き始めた。

ジャックが財布から鍵を取り出した。

「それ、どこで手に入れたの?」彼女は強い調子で尋ねた。

「君は疑い深い人だね、ミス・キャボット」

「苦い経験をしましたから。学んだの。たとえば、気になることがあったらまず訊いてみる。そうすれば損はしないと悟ったのよ」

ジャックはあからさまに非難されていることに気づき、首を少しかしげた。「わかるよ、苦い経験をして学ぶってのがどんなことか。僕の場合、この半年というもの、レストランでは水を頼んでいない」

エリザベスはジャックに険しい目を向けた。彼が教訓について意地悪な皮肉を言うのはこれで二度目だ。まさか、半年前の事件の被害者は自分だ、などとほのめかしているのだろうか? 本当に人の神経を逆なでしてくれる。

「あなた、何かの恐怖症にかかっているみたいね」彼女は甘ったるい言い方で気遣ってみせた。「セラピストに診てもらったら?」

「あいにく忙しいもんで」ジャックは鍵を差し込み、ドアノブを回した。「それに、セラピーよりミネラル・ウォーターのほうが安上がりだ」

「ペイジの家の鍵をどうやって手に入れたか、教えてくれないの?」自分の口調がひどく堅苦しいのがわかり、エリザベスはうんざりした。あなたのせいよ。ジャックは彼女のかわいげのなさを引き出すべを心得ているようだ。

ジャックは肩をすくめ、ドアを開けた。「ペイジはオフィスのデスクにスペアの鍵を一式しまってあるんだ。典型的なうっかり者の科学者さ。しょっちゅう鍵を忘れて、家や車に入れなくなってる」

「じゃあ、勝手に持ってきちゃったの？」

「そう。彼は僕のソフト・フォーカスを勝手に持ち出したんだから、こっちも同じことをさせてもらったってわけさ」

「私たちのソフト・フォーカスよ」彼女は思わず訂正した。「ペイジが盗んだと考えてるの？」

「今のところそれが僕の仮説だ」ジャックは脇に寄り、真っ暗な居間にエリザベスを通した。「ペイジは行方不明になっているし、研究所からソフト・フォーカスを持ち去る動機もある。それに、持ち出すためのノウハウがわかるのも彼だけだからね。もちろん、君にもっといい仮説がなければの話だけど」

「ないわ」暗闇に目が慣れてくると、エリザベスは不意に立ち止まった。「ひどい有り様だこと。あなたの言ったとおりだわ。ペイジは、あまり家事が得意じゃないみたいね」

ほったらかしにされた部屋には、むさくるしさが漂っていた。色あせたクッションが、安っぽいオレンジ色の布をかぶせた、くたびれたソファーの上に置かれていた。見えている部分はほとんどほこりで覆われている。擦り切れたカーペットは、少なくとも一〇年は掃除機をかけていません、といった感じだ。しかもソファの肘掛けには、パンくずだらけの皿が危なっかしく載っていた。コーヒー・テーブルに置いてあるカップの底には飲み残しが茶色くこびりつき、その表面には何やら緑色のものが生えていた。

この部屋はただ散らかっているというわけではない、とエリザベスは思った。古びた感じがして、タイムスリップしてしまったかのようだ。そういえば、どこかで見たような、妙に親しみを覚える雰囲気がある。ブラインドから斜めに差し込む光が、床の上に筋を描き、その様子を見ていると、古い映画のシーンが思い出された。エリザベスは、みすぼらしい探偵事務所にいるような気分になった。ガラス板の入ったドアから今にもミステリアスな女性依頼人が入ってきそうだ。

それから、エリザベスは壁に映画のポスターが貼ってあることに気づいた。銃を持ったクールな男と、官能的で危険なファム・ファタールと、けばけばしい黄色や赤の文字。影もたくさん描かれていた。

彼女はそれらのタイトルに目を走らせた。『青い戦慄』、『ミルドレッド・ピアース』、『ストレンジャー・オン・ザ・サード・フロア』

「ペイジはフィルム・ノワールにのめり込んでいるのね」

ジャックがドアを閉めた。「そんなもんじゃないよ」

彼女は部屋の中をゆっくり歩いた。「ちょっと見た限りでは、彼が今にも帰ってきそうな気がするんだけど」

「それはどうかな。クローゼットは空っぽだし、バスルームの洗面道具もきれいになくなっている。彼は出ていったんだ。クリスタルを持っていったに違いない」

「でも、どうして彼はクリスタルを盗もうとしたのかしら？　自分独りで、それを使って何をしようと思ってるの？」

「売るのさ」ジャックはあっさりと言った。

「でも、エクスカリバーはあのクリスタルの特許をたくさん持ってるのよ。その気になれば、ペイジを訴えて何年も法廷に縛りつけておくことができるんだから、ライバル企業はどこもクリスタルに手を出せないでしょう」

ジャックは口元をゆがめ、おかしくもないと言いたげな笑みを浮かべた。「つまり、買ってくれそうな客はほかにもたくさんいるということさ。たとえば、外国の企業とか政府とかね。皆、特許権なんて気にも留めないよ」

エリザベスはため息をついた。「ええ、確かにそうね」

「僕らも候補者だ」ジャックは静かに言った。

「何ですって？」エリザベスは振り向いてジャックを見た。「タイラー・ペイジがエクスカリバーにクリスタルを買い戻させようとするかもしれないと思ってるの？」

「そういう可能性だってあるだろう？　ペイジは会社にとってあのクリスタルがどれだけ重要なものかよくわかってる。それに、我々が時間的に追い詰められていることも知ってる。ヴェルトランのプレゼンにソフト・フォーカスがなければ、僕たちはおしまいだ。デモンストレーションに使えるほど大きなクリスタルのサンプルをもう一つ作るとなれば、また何カ月もかかってしまう」

「でも、それじゃあ、クリスタルを人質に取って身代金を要求するのと一緒だわ」

「そのとおり」

「どうして彼なんかに――」突然、意気消沈する考えが浮かび、彼女は言葉を切った。「でも、彼はそんなことしないと思うわ。だって、エクスカリバーには現金がないもの。オーロラ・ファンドの蓄えに手をつけても、外国の企業や政府が出してくる入札額と張り合うことはできないわ。タイラー・ペイジもそれはわかってるはずよ」

「確かに」ジャックは一息ついた。「でも僕らも候補だと考える理由は二つある」

「何？」

「まず、ペイジは専門分野では異彩を放っているが、ほかの面での経験が乏しい男だ。人生の大半を研究室で過ごしてきたからね。外国の企業と連絡を取るすべがわかっているとは思えない。ましてや、相手が外国の政府となればなおさらさ。こういったことは、ある程度したたかさと経験を要するんだ」

「もしかすると、外国企業のほうからペイジに接触してきて、クリスタルを買いたいと申し出ていたかもしれないわよ」

「それもあり得る。でもペイジがすでに我々を裏切っているとすれば、さっさと国外に逃げてたんじゃないかな。彼だって僕が探しに来るとわかってるだろう。見つけるまであきらめないってこともね」

エリザベスは彼の声に冷酷な決意を感じ、眉をひそめた。「もう手遅れでエクスカリバーは救えないとしても、自分の時間とお金を費やしてペイジを探すって言うの？」

「ほかに選択肢はない」彼の答えはあっさりしていた。

「ほかに選択肢はないってどういうこと？　別にあなたがそこまでする必要はないでしょう。損失の少ないうちにエクスカリバーから手を引いて、新しいクライアントを見つければいいんだから」

「僕はそういうビジネスはしない」ジャックはもう会話にうんざりしてきたかのように部屋を見回した。

「ちょっと待って。つまり、自分の評判がどうなるかが問題ってこと？」

「エリザベス、僕はコンサルタントだよ。評判がすべてなんだ。いつだって契約はまっとうする。僕が管理しているあいだに、これだけ大損をしたクライアントは今までなかった。もちろん、エクスカリバーを前例にするつもりはこれっぽっちもない」

「あきれた。なんだか、依頼人のために敵を撃ち殺して生計を立ててる殺し屋みたい」

ジャックは肩をすくめた。「何とでも言えばいいさ」

「あなたがやっていることは、プロとしての評判がどうのこうのじゃなくて、まるで復讐だわ」

彼は先ほどにもまして、そういう話には関心がないといったそぶりを見せている。「好きに呼んでくれて構わない。要するに、ペイジを見つけるためなら、やるべきことは何でもするということさ。ペイジもそれはわかってるんじゃないかと思う」

彼女は警戒するような目でジャックを見た。「なるほど、要点はわかったわ。ペイジがまだ国内にいると考えるいちばんの理由は、彼にはソフト・フォーカスを海外に売るノウハウがないということね。で、二つ目の理由は何？」

ジャックは壁に貼ってあった映画のポスターのうち、いちばん手前の一枚を頭で示した。

「これさ」

エリザベスが彼の視線を追った。「え？　どういう意味？」

「彼の秘かな情熱がわかれば、最大の弱点もわかるよ」

彼女は困惑したように、ポスターをさらに念入りに観察した。謎めいたハンフリー・ボガートと官能的なローレン・バコールの緊迫したシーンが描かれ、二人はそれらしいポーズを取っている。下のほうには映画のタイトル『潜行者』が赤いインクでなぐり書きされていた。

エリザベスが振り返ってジャックを見た。「つまり、タイラー・ペイジはフィルム・ノワールが好きってことね。それが彼を見つけることとどうつながるの？」

「彼は単なる古い映画のファンというわけじゃない。実は新作を一つ製作してるんだ」

「どういうこと？」

ジャックはテーブルのところへ行き、色々なものが乱雑に積み重なった山の中から白黒の表紙の本を一冊取り上げた。エリザベスはそのタイトルに〝ノワール〟の文字があることに気づいた。

ジャックは本を開き、そこにぞんざいに挟んであった小さな光沢紙のパンフレットを抜き出した。「ゆうべ、ペイジを探しに来たときにこれを見つけたんだ」彼はパンフレットをエリザベスに渡した。

表紙には、暗い路地に立っているみすぼらしい探偵の写真が載っていた。トレンチコート姿、片手に銃。探偵の典型的スタイルだ。近くの酒場のネオンサインが頭上から冷たい光を投げかけ、探偵の横顔にくっきりと明暗ができている。写真の下のほうの片側に、黄色いインクで〝ミラー・スプリングス、アニュアル・ネオ・ノワール映画祭〟と印刷されていた。

エリザベスが顔を上げた。「いったい何なの？」

「さっきも言ったとおり、タイラー・ペイジは映画を作ったんだ」ジャックは親指をぐいと突き出し、ポスターの一枚を示した。「具体的には、あそこに貼ってあるやつ」

「まさか」エリザベスはそのポスターに近づき、じっくり観察した。

デザインはクラシック調だが、今こうして見てみると、現代風のイメージであることがわかる。そこには官能的な金髪女優が写っていた。彫りの深い顔立ちは美しく、この世の暗い部分を見すぎてしまったような目をしている。女優は体にぴったりフィットした襟ぐりの深いドレスを着て、片手には銃を携えていた。その握り方はさりげなく、武器の重さに慣れているといった様子だ。

ポスターの上部に、傾いた筆記体の赤い文字で〝悪い仲間《ファースト・カンパニー》に入って走り出したら、もう止まることはできない〞とある。エリザベスはポスターの残りの部分を素早く読んだ。『ファースト・カンパニー』、主演ヴィクトリア・ベラミー、製作タイラー・ペイジ……。

彼女はちらっと目を上げた。「それで？」

「パンフレットの中を見てごらん。ミラー・スプリングスの映画祭でプレミア上映が予定されている作品に『ファースト・カンパニー』が入ってる」

エリザベスがパンフレットを開き、作品リストのページをめくっていくと、そのタイトルが目に飛び込んできた。『ファースト・カンパニー』、製作タイラー・ペイジ。

顔を上げると、ジャックと目が合った。「映画を作るにはお金がかかるわ。こういう、小規模なインディーズ作品でもね。ペイジはそんな大金、持ってたの？」

「いい質問だ」ジャックは満足げな笑顔を彼女に向けた。「たまたま知り合いに、コンピュータにとても詳しい男がいてね。そいつに頼んでみたんだ。過去数年分のペイジの銀行取引記録を見られないかって」

「とても合法的とは思えないわね」

「雇い主の極秘研究プロジェクトの成果を盗むのだって、とても合法的とは言えないよ。とにかく、ペイジはこの数カ月で大金を使い果たしたらしい。ほとんど映画絡みの出費だ。でも、その額から判断するに、彼が『ファースト・カンパニー』の製作費をすべて負担していたとは思えないんだ。出資者はほかにもいたんじゃないかな」

エリザベスが眉をひそめた。「でも、ペイジが製作者としてクレジットされてたでしょう？」

「ああ。ただそれだけじゃ判断できない。おそらく彼が最大の出資者ってことなんじゃないかな。例のコンピュータの達人は、ペイジがこの数年間、『ファースト・カンパニー』に出資してきたことに加え、こんな事実も突き止めたんだ。ペイジは二日前に口座の金を全部引き出している。さらに、どこにいるんだか知らないが、移動にクレジットカードは使っていない」

「その達人君にペイジのカード利用記録まで調べさせたの？」

「やるなら徹底的にやったほうがいいと思ったのさ」

エリザベスは顔をしかめた。「めんどくさい法律問題はさておき、ペイジは計画的に姿を消したってことは認めざるを得ないわね」

「うん」ジャックの目は思案と期待で輝いていた。「そして、彼が次に姿を現す場所もわかってるつもりだ」

エリザベスは自分が手にしているパンフレットを彼が見ていることに気づき、それを一度、振ってみせた。「この映画祭？」

「ああ。ペイジは『ファースト・カンパニー』にすべてを注ぎ込んでいる。たいした映画じゃないだろうけどね。大予算で作られたハリウッドの大作とは違うんだ。ミラー・スプリングスの映画祭を逃したら、おそらく、ほかで上映される機会はないだろう。それから、この数時間でタイラー・ペイジのことを詳しく調べてみたら、一つ、確かなことがわかったよ」

「何なの?」

「何があろうと、ペイジは『ファースト・カンパニー』のプレミアには、はってでも出席する。この映画は、彼の幻想の集大成であり、幻想の極地なんだ。彼は自分を大物だと思っているんだよ。ネオ・ノワール映画祭に参加すれば、一週間は自分の夢の中で生きられる。こんな機会を逃すわけがない」

エリザベスにもだんだん見えてきた。彼女はパンフレットに載っている日程をチェックした。「映画祭は今週の土曜日から始まるのね。今日は水曜日だから……」

「金曜の朝、ミラー・スプリングスに向かおうと思ってる。あのケチなろくでなしは、そこに姿を現すはずだ。僕にはわかる。だから、そこで待ち構えてやるのさ」

ジャックの断言に容赦のなさを感じ、エリザベスは背筋がぞっとした。

「ジャック、警察に助けを求めたほうがいいんじゃないかしら」

「警察を呼んだって何の役にも立たないことは君だって知ってるだろう。これは知的犯罪だ。この手の事件で誰も警察なんか呼ばないさ。僕らの最終目標はソフト・フォーカスを取り戻すことであって、ペイジを刑務所送りにすることじゃない。警察の気配を感じたら、ペイジは逃げてしまうだろうし、彼を見つけられなければ、ヴェルトランへのプレゼンの前にクリスタルを取り戻すことはできない」

「認めたくはないけど、たぶんあなたの言うとおりだわ」

彼女は百も承知だった。ビジネスの世界では、こういった状況で警察に頼ることはまずない。悪い評判が立ち、クライアントを動揺させ、投資家をパニックに陥れる懸念は、企業が当局に届け出るのをためらう理由としては十分すぎる。

「ペイジを見つけるチャンスは二つ考えられる。彼が自分から接触してきて、僕にソフト・フォーカスを買い戻させようとするか、さもなければ、例の映画祭に姿を見せるかだ。彼はきっとどちらもやるよ」

「それはどうかしら。ねえ、あなたはビジネス界のエグゼクティブであって、探偵ではないのよ。どうしてペイジを見つけられるなんて思うわけ？」

「限りない賞賛と無条件の支持はほどほどにしていただけるかな？　我がクライアントの最大の出資者から、そんなにびっくりした顔でおほめにあずかると、どう対処していいかわからないよ」

エリザベスは反応するまいと思った。だいたい人を真鍮《しんちゆう》の胸当てをした女戦士《ワルキューレ》のように仕立てるその言い方が気に入らない。ジャックのそばにいるときほど、自分の女らしさを思い知ることはない。それなのに、彼はといえば、この女ならタイタニックを沈められるだろうといったようなことを平然と言いかねない。

エリザベスはゆっくりと、丁寧にパンフレットを折りたたみ、ショルダーバッグの中にしまった。そして、ジャックに冷たい微笑みを向けた。「確かにそうね、ジャック。私はあなたたちの最大の出資者よ。だからソフト・フォーカスのサンプルを取り戻すことに関しては、それなりに利害関係があるわ。私も一緒にミラー・スプリングスに行きます」

ジャックは目を細めた。「その必要はないよ」

「もしペイジがクリスタルを買い戻させてやると言ったら、現金が必要になるでしょう。しかも大金がね。融資してくれる銀行なんかないわよ。エクスカリバーには準備金がないんだし、あなた個人にそんな資金源があるとはとても思えないわ。現実を見て。あなたにはオーロラ・ファンドが必要なの。違う？」

「ペイジのことは自分でなんとかできる」

「でしょうね。でもそうはさせないわ。私をクレジットカードだと思えばいいじゃない。私を置いていくわけにはいかないのよ」

ジャックはしばらく彼女をじっと見ていた。「致命的な物理的問題が多少なりともあるんだよ」

仕方なく我慢しているといった彼の態度に、エリザベスはいらいらした。「たとえば？」

「ミラー・スプリングスといえば、コロラド・ロッキーでは小規模ながら、質の高いサービスを提供する高級リゾートだ。この地域のホテルやモーテルはどこもかしこも、映画祭のおかげで何カ月も前から予約でいっぱいになってる。こんなギリギリになって、部屋なんか取れるわけがない」

「あらそう？」彼女は穏やかに微笑んだ。「あなたはどうやって部屋を取ったの？」

ジャックは何気なく片手を動かした。「僕の友達に、シアトルの大きなホテルで副社長をやってるやつがいるんだけど、そいつが別れた二番目の奥さんのコネを使ってくれたんだ。

元奥さんはデンバーでホテルを経営してるんでね。で、彼女がまたコネを利用して、ミラー・スプリングス・リゾートというホテルのコンシェルジュに口をきいてくれたというわけさ。でも、これだけコネを使っても通常料金の三倍も出すことになった」

「大丈夫、泊まるところは見つけられるわ」

ジャックが残忍そうににやっと笑い、彼女はうなじの毛が全部逆立つのがわかった。

「どうしても一緒にミラー・スプリングスに行くと言うなら、僕に頭を下げてくれたら部屋をシェアしてあげてもいいけどね」彼はやたらと丁寧な言い方をした。その目は挑むように輝いている。「でも、そのときは、お行儀よく頼んでくれないと困るよ」

「ご親切に。でも、そんな金額じゃ、私にはちょっと高すぎるわ」エリザベスはまた無理やり冷たい笑顔を浮かべた。「もう少し安い部屋を見つけるから大丈夫よ」

彼女は向きを変え、ドアから出ていった。

ああ、エリザベス、今のは本当に大人の対応だったわね。男の扱い方をちゃんと心得ているじゃない。

5

ジャックは吐息のような低いうめき声を耳にし、何とも言いようのない、かすかな空気の乱れを感じた。相手は強烈な蹴りを繰り出そうとしている。それを読み取った彼は脇によけ、すっと攻撃をかわした。一撃を加えようとしていたその足は、わずかにジャックの太ももをはずした。それが当たっていたら、ジャックは倒れていただろう。

彼はぐるりと向きを変え、相手が体勢を立て直すほんのわずかな隙《すき》に反撃のチャンスをうかがった。そして相手の片腕をつかみ、自分のほうに引き寄せながら、反動をうまく利用した。

ジャックの腹違いの弟、ラリーがバランスを崩してマットに倒れ込み、顔をゆがめた。ラリーはゆっくりと立ち上がり、ジャックのお辞儀に返礼をした。

「これで三連敗だ」二人で道場を出ていくとき、ラリーが文句を言った。「最近かなり稽古《けいこ》してるでしょ？　ずるいよ」

確かにそうだ、とジャックは思った。近頃では少しでも時間が空くと、この道場で過ごしていた。心身を厳しく鍛えることが、彼のストレスのはけ口にもってこいだったからだ。いや、ほかに手段が見当たらなかったというほうが正確かもしれない。たとえばセックス。少なくとも、合意に基づく大人のセックスはすっかりご無沙汰だった。彼はこの半年、修道僧のように暮らしていた。

「おまえの最後の蹴り、もうちょっとでやられるところだったぞ」

「でも、だめだった」ラリーは黒っぽい眉をひそめた。「兄貴に負けてばかりいると、弟としては自尊心が傷つくものなんだよ」

「そうなのか?」ジャックは道場の奥で稽古をしている一組の生徒を眺めていた。「誰がそんなことを言ったんだ?」

「雑誌か何かに書いてあったんだと思う」

「ラリー、前にも言っただろう。そういう男性誌は読むんじゃない」

「記事しか読んでないよ」ラリーはもっともらしく言った。

「それが心配なんだ」

ラリーがにやっと笑った。「もしかして写真のほうを見てたほうがよかった?」

「違うよ。精力は大事に取っておけ。僕も写真は試したことがある。頑張れば、少しは興奮らしきものが味わえるけどね」

「まあ、写真なんか、実際に誰かと付き合うのとは比べものにならないよ。でもこの半年、兄貴はその写真のお世話になってるってことか」

「忙しかったんだ」ジャックは自分が守りに入っていることに気づいた。言い訳をしていると思うとイライラする。

それに、言い訳が通用しないこともわかっていた。相手がラリーでは……。腹違いの弟はコンピュータのエキスパートとして多くの素質に恵まれていたが、人間観察にかけても、驚くほどの洞察力と直観を発揮する。

ジャックとラリーは別々に育ち、父親が同じということを除けば共通点はほとんどなかった。身体的にも、目の色以外は似たところがあまりない。ラリーのほうが五センチほど背が高かった。髪の色は明るく、銀幕から飛び出してきたような端整な顔立ちをしている。彼らはほんの数年前まで顔を合わせたこともなかった。それでも、二人のあいだにはすぐに絆《きずな》が生まれ、やがてそれは揺るぎないものになった。また、ラリーと妻のミーガン、二人のあいだに生まれたばかりの女の子は、ジャックに少しばかり家庭的な気分を味わわせてくれた。

ラリーはわかったような顔でジャックを見た。「この半年で兄貴がしたことって……そうだなあ……三回のデート？　そのうちの一回はミーガンのいとこのサンドラが相手だったから、数には入らないか」

「どうして数に入らないんだ？」ジャックは眉をひそめ、義理の妹のいとことのデートについて、細かいことを思い出そうとした。記憶はあいまいだったが、彼女のかわいい顔やキュートで丸みのある小柄な体は思い出せる。彼女を死ぬほど退屈させたことはほぼ間違いない。あの晩、彼がすっかり退屈していたのは事実だ。ほかのこと……つまり、その夜、エリザベスはほかの男とデートをしてるんだろうか、ということで頭がいっぱいだったのだ。

「数に入らないよ」ラリーは再び強く言った。「だって、あとでミーガンから聞いたけど、食事中、二時間ぶっ通しで北西部の経済に関する話しかしなかったそうじゃないか。で、そんな胸躍る話のあと、ミーガンのいとこを家まで送っていって、玄関に置き去りにして、それ以来電話もしてないんでしょ？」

「忙しかったんだよ」ジャックはまた同じ言い訳をした。

「とぼけんなよ。あのオーロラ・ファンドの女経営者に未練があるんだろう？ 自分でもわかってるくせに」

「ラリー、現代の男は未練なんて残さない。よく覚えておけよ。大事なことだからな。女に未練を残すなんて、別の時代の話だ。ばかなまねをしても、愛しているからやったんだと言えば、おとがめなしだったころの話だよ。そんな理屈、今じゃもう通用しない」

「ねえ、いい加減、僕に説教するのはやめてくれよ。わかってるさ。失われた時間を埋め合わせなきゃいけないと思ってるんだろう？ でも、そんなことしなくていいよ。本当に」ラリーはジャックの顔をちらっと見た。「で、僕にしたかった話って？」

「またおまえの腕を発揮して、ドーソン・ホランドという男の財務状況をネットで調べられるかな？」

ラリーの黒っぽい目に、見慣れたマニアックな好奇心の光が躍った。「たぶんね。なぜその男に興味があるんだい？」

「興味があるのかどうかはわからない。でも、そこが出発点なんだ。ほら、よく言うだろう。

金の流れを追えって。ホランドは投資商品の企画として、『ファースト・カンパニー』という小さなインディーズ映画に資金を提供することにしたんだ。僕は、この映画に関することなら何でも知りたい。つまり、ホランドについて何らかの情報が欲しいんだ」

「ネットで調べるまでもなく、一つ言えることがあるよ。ホランドが何者であれ、資金調達をしていたとすると、おそらくそいつは自分の金をいっさい映画に注ぎ込んでいない唯一の人物だろうね。儲かるのは実はそいつだけなんだ。実際の投資者、つまり、しぶしぶ金を出した人たちは、びた一文見ることはないんだろうな。作品の規模はどうであれ、映画界で金を儲けられるのは、他人の金を動かすやつだってことさ」

「よく聞く話だ」ジャックはタイラー・ペイジの小さな家で発見した映画作りの聖地を思い出した。「でも、映画に資金提供しようと集まってくる人間はあとを絶たないようだな」

ラリーは肩をすくめた。「皆、スターに憧《あこが》れてるんだよ。大物気分を味わいたいんだ。オープニング・ナイトに行くとか、スターや監督と仲良くなるとか、クレジットに自分の名前が出るとかね。映画作りは世界でいちばん華やかなクラブと言えるんじゃないかな。多くの人が大枚はたいてでも入会したがるよね」

「そうだな。ホランドと例の映画について、何か情報を手に入れてくれればそれでいい。携帯電話のほうに連絡をくれ。しばらく留守にするから」

ラリーは面白がるように、興味深げに目を輝かせた。「まさか、休暇を取るなんて言わないだろうね？」

「休暇というわけじゃない。フィルム・ノワールについて何か知ってるかい？」

「四〇年代の白黒映画のこと？　ギャングやみすぼらしい探偵やファム・ファタールが出てくるやつ？　人生は短し、しぶとく生きろ、みたいなことを言ったりするんだよね？　テレビの深夜番組で古い映画をいくつか見たことがあるけど。昔の脚本にはいいセリフがあったよなあ」

「僕よりずっと詳しいみたいだな。でも、これからフィルム・ノワールの映画祭に行くから、そのあいだにたくさん勉強してくるよ」

ラリーはジャックをしげしげと見つめた。「その映画祭、一人で行くの？」

「いや、実は仕事仲間も一緒なんだ」

「へえ、それは珍しい。で、仕事仲間って誰？」

ジャックは腹をくくった。「エリザベス・キャボット」

ラリーが大笑いした。

ジャックは目を細めた。「何がそんなにおかしい？」

「だって……」大笑いは収まったものの、ラリーは意地悪そうにくすくす笑い続けている。

「だって、自分のファム・ファタールと一緒にフィルム・ノワールの映画祭に行くなんてさ……」

6

「いつからフィルム・ノワールに興味なんか持つようになったの？」ルイーズは疑わしそうに顔をしかめ、老眼鏡の縁からエリザベスを見た。「まったく。普段、映画にも行きたがらないくせに。去年のアカデミー賞で最優秀作品賞が何だったかも言えないに決まってるわ」

　エリザベスはアシスタントのデスクの前で立ち止まった。「私にしょっちゅう、働きすぎだ、休暇が必要だと言ってるのはあなたでしょう。この映画祭に目が留まったのよ。気分転換になりそうだって思ったの」

「気分転換？　笑わせるじゃない。そんなこと言って、この私に通じるとでも思っているの？　嘘でしょう、そんなの」

　エリザベスは思わずにやっとした。「失礼しました。あなたが嘘に対して経験をたっぷり積んできた人だってこと、時々忘れてしまうのよ」

　オーロラ・ファンドのスタッフは、エリザベスのほかにはルイーズ・ラトレルしかいない。エリザベスがおばのシビルからこの会社を譲り受けたとき、ルイーズも譲り受けたのだ。

　ルイーズのデスクの向こうには、黄ばんだ様々なタブロイド紙の第一面が額に入れられ、ずらりと並んでいた。彼女がかつて新聞業界にいたことを物語る証拠だ。〝UFOに拉致《らち》された女性、拉致犯と結婚〟、〝巨大ガエルに食われた男〟、〝古代エイリアンのミイラ、目覚める〟。これらの記事にはすべて、ルイーズ・ラトレルの署名がある。

年齢は六〇代、逆毛を立てた髪に豊満な体、歯に衣着《きぬき》せぬ物言い。エリザベスにとって、ルイーズは秘書であり、会社の受付であり、旅行会社であり、信頼のおける友人だった。ルイーズは毎朝九時ぴったりにこの大邸宅にやってきて、オフィス・スペースを完全に仕切っている。彼女がいなかったらオーロラ・ファンドは潰《つぶ》れてしまうんじゃないかしら？ エリザベスはそう思うこともしばしばだった。

「正直におっしゃい。嘘を見抜くことにかけては、こっちはプロなのよ」ルイーズは目をぎょろりと動かして額に入ったタブロイド紙のほうを示してから、エリザベスをじっと見つめた。「話してちょうだい。いったいどうしたの？ まさかとんでもないことをたくらんでるんじゃないでしょうね？」

ルイーズに隠し事などしても無駄というものだ。

「かもね」エリザベスは答えた。「でもほかに選択肢がなかったの」

「心配しなさんな。信じてあげるから。私はエイリアンのミイラなんて記事を書いてきたんですからね。あなたの話ぐらいで、驚いたりしないわよ」

エリザベスは、革張りのウィングチェアから立ち上がり、深紅と黒と金色で彩られたアンティークの絨毯《じゅうたん》を横切って窓際に立った。その日のシアトルは、初秋にしては珍しく、見事に晴れ渡っていた。地元のプロ・カメラマンたちが外に飛び出し、絵葉書やカレンダー用にレーニア山やスペース・ニードルを写真に収めるのにうってつけの陽気だ。

エリザベスの立つ場所からダウン・タウンの高層ビル群を望むことができた。ジャックが住んでいる建物も見える。そのコンクリートとスチールでできたビルを、彼女は幾晩も眺めて過ごした。三〇階のフロアがもっとよく見えないものかと、シビルが使っていた古いバード・ウォッチング用の双眼鏡を引っ張り出してきたことも一、二度あった。だが、スモークが貼ってある窓に、のぞき行為は阻まれた。

エリザベスは街の景色に意識を集中し、考えをまとめた。

「エクスカリバーが社運をかけてソフト・フォーカスという商品を開発していたの。で、その中心になっていた研究者、タイラー・ペイジが行方不明なのよ。困ったことに、どうやら彼がそのクリスタルのサンプルを持ち逃げしたらしいわ」

背後でしばらく間があった。

「それは厄介ね」ようやくルイーズが反応した。

「ひとことで言えばね」

「単なる好奇心で訊くんだけど、この件でうちの含み損って、どれくらいになるのかしら？」

「クリスタルがうまく機能して、グレイディ・ヴェルトランがライセンス契約に合意したとして……」エリザベスは振り返ってルイーズと向き合った。「見当もつかない。エクスカリバーの利益が数百万ドルという単位で上がる可能性はあるわね」

「そして、私たちは大儲け……」一瞬、ルイーズはしたり顔をした。オーロラ・ファンドの株を持っているのだから当然だ。

「逆にクリスタルを取り戻せなければ、あるいはそれがうまく機能しなかったら、オーロラ・ファンドは大打撃を受けるのよ」エリザベスはそう付け加えた。

「でも、潰れやしないわ」

「そりゃそうよ。ソフト・フォーカスの損失は絶対に乗り切れるわ。でもエクスカリバーは生き残れないでしょうね。今、私たちの最大の敵はゴシップよ。すでに噂がちらほら出回ってるわ。クライアントのエクスカリバーの件で、誰かがその背景を探ろうとオーロラ・ファンドの見解を尋ねてきても、表向きは何も心配していないってことにするのよ。何も問題はないってことで」

「オーケー。何も心配していないし、何も問題はない」ルイーズは目を細めた。「つまり、私たちはすっかりパニックってことね。それで、ミラー・スプリングスのネオ・ノワール映画祭は、クリスタルのサンプルを探すことと、どう関係してるわけ？」

「ジャック・フェアファックスが言うには、ペイジが映画祭に現れると考えられる根拠があるんですって」

「ストップ、ちょっと待って」ルイーズはびっくりして勢いよくそり返った。座っていた椅子がキーキー鳴いている。彼女は咳払いをして続けた。「えーっと、話を整理させてちょうだい。つまり、あの二枚舌のゴマスリ男も映画祭に行くってことなのね？」

エリザベスはおかしくもないといった感じで微笑んだ。「どこでそんな、ジャック・フェアファックスを軽蔑する言葉を吹き込まれたんだか、見当もつかないんだけど」

「どこって、あなたからに決まってるでしょう。しらばくれる気？」ルイーズは唇を突き出し、何か熟考しているような顔をした。「実はね、私はあのろくでなしにもいいところがあるんじゃないかって秘かに思ってたのよ。あなたが今までに付き合ったどの男にもない何かがあるんじゃないかって」

エリザベスはルイーズをにらみつけた。「いったい何の話？」

「フェアファックスがあなたにしたことよ。そのせいであなたは、この街でいちばんお堅い、企業のやり手たちの目の前で彼を追い詰めて、頭から水をぶっかけてやったんでしょう」ルイーズはにやっとした。「あなたを小さいころから知ってるけど、あんな思い切ったことをするのは初めてよね。公の場でかっとなるなんて。シビルが見ていなかったのが残念だわ。弱者である女性が力業に出るのを見るのが何よりも好きだったもの」

「さあ、おばがほめてくれたかどうか怪しいわ」エリザベスはそっけなく言った。「私がなぜあんなまねをしたのか知ったらね」

デスク正面の羽目板張りの壁に飾られた肖像画にエリザベスはちらっと目をやり、悔しさで身がよじれる思いがした。シビル・キャボットは厳格だが思いやりのある知的な人だった。そんな彼女の特徴がよく表れた目が、エリザベスを見下ろしていた。おばからオフィスに呼ばれ、オーロラ・ファンドをあなたに譲るつもりだと言われた日のことは、生涯忘れないだろう。

「オーロラ・ファンドの可能性を最大限に引き出す条件を備えた人は、親族の中であなたしかいないわ。二つあるの。一つは財務のノウハウを持っていること。二つ目はギャンブラーとしての直感があること。あなた、心の奥底では、リスクの一つや二つ冒してやろうと思っているでしょう。それこそが、オーロラ・ファンドを動かしていくために必要なものなのよ」

財務面のリスク管理にかけては幸運にあずかってきた、とエリザベスも思っていた。だが私生活はといえば、悲惨そのもの。どういうわけか、いい男を選ぶより、見込みのあるビジネスを選ぶほうがずっと簡単だった。

ルイーズが目を細めた。「じゃあ、フェアファックスと一緒にミラー・スプリングスに行くのね？　物理的に近くにいるってことなのね？」

エリザベスは覚悟を決めて答えた。「いいえ、物理的に近づいたりはしないわ。私たちは別々に行動して、別々の場所に泊まるのよ」

「あら、そうなの？」

「そうよ。誰が何と言おうと、そう」エリザベスはそこで言葉を切った。「それで思い出したんだけど、予約をしなきゃいけないの。どうやら映画祭のおかげで、ミラー・スプリングスのホテルはどこもいっぱいらしいわ。でも、どこか見つけてもらえる？」

「たぶん大丈夫でしょう」ルイーズは座ったまま身を乗り出し、住所録に手を伸ばした。「ミラー・スプリングスはスキー・リゾートとして人気があるし、スキーをするクライアントは、現在、過去を問わず、山ほどいるわ。それに、新聞社にいたころのツテもあるし。何人かに電話してみましょう。知り合いの編集者に、ミラー・スプリングスに休暇用の別荘を持ってる人がいたような気がするわ」

エリザベスは額に入ったタブロイド紙の、やけに目立つ見出しを見た。「その人って、エイリアンとか、最近生き返ったミイラとかじゃないでしょうね？」

「あら、選り好みするつもりなら――」

「わかったわよ。見つかったところに泊まらせていただきます」

「じゃあ、あなたとフェアファックスは本当に探偵ごっこをするつもりなのね？」ルイーズは名刺ファイルをめくりながら言った。「面白そうじゃないの」

「私は警察を呼んだほうがいいと言ったんだけど、ほら、企業のエグゼクティブって、この手のことで警察の厄介になりたがらないでしょ？」

ルイーズが鼻を鳴らした。「知的犯罪で警察なんか呼ぶ人はいないわ」

「当たり前よね」エリザベスは自分のオフィスに向かって歩き出した。「ミラー・スプリングスで泊まる場所が見つかったら知らせてちょうだい。それからデンバーまでの飛行機とレンタカーの予約もお願い」

「了解」ルイーズは一瞬、言葉を切った。「そうそう、忘れるところだった。義理のお兄さんからまた電話があったわよ」

「メリックから？」エリザベスがうめくように言った。「彼に何て言ったの？」

「その前に四回かかってきたときと同じよ。あなたは忙しいのでって言っといたわ」

「本当のことでしょ」

「お兄さんのこと、ずっと避けてるわけにもいかないでしょう？」

「わかってる。でも、せめてコロラドにいるあいだの数日間は勘弁させてもらうわ」

ルイーズの目が探るように光った。「くだらない好奇心で訊くんだけど、あなたがフェアファックスと一緒にミラー・スプリングスに行くっていうのは誰のアイディアだったの？フェアファックス？　それともあなた？」

「からかってるの？　もちろん私のアイディアよ。彼は独りでどうにかしたいみたいだけど、私がそんなのとんでもないって言ったの。彼がどう思おうと、私は一緒に行くわ」

ルイーズは住所録を調べつつ答えた。「そんなことだろうと思ったわ」


「気は確かですか？」ミロが跳び上がり、体を引きつらせながらジャックの家の居間を行ったり来たりしていた。「今、出かけられちゃ困りますよ。災難を抱え込んでるっていうのに」

「災難を回避するには、ペイジと、あのクリスタルを見つけるしか方法がない」ジャックはカフスボタンをはめながら寝室から出てきた。「僕らの最善策はミラー・スプリングスに行くことだ」

「納得いきませんね。ちっとも納得いかない」

「僕だってそうさ。でも、ほかに選択肢がないんだ。いいかい、僕が留守のあいだ、君の仕事は噂やゴシップを抑えておくことだ。表向きは、エクスカリバーでは何もかも上手くいっているということにしないと。いいね？」

「ええ、ええ、わかってますよ」ミロの顔がこわばった。「きっと、いとこのアンジェラが厳しいことを言ってきますよ。昨日、またミス・キャボットに会いに行ったらしいし」

ジャックは鋭い目つきでミロをちらっと見た。「何か理由があってかい？」

「僕が知るわけないでしょう」ミロが両手を広げた。「たぶん、二カ月に一度のお決まりのミス・キャボット詣《もうで》ですよ。CEOとしてあれこれ手を出してくるあなたを支持しないように説得してるんでしょう。エリザベス・キャボットがあなたの敵に回れば、役員会であなたを厄介払いできるだけの票が集められると思ってるんですよ」

これまでエリザベスがいつも自分を支持してくれていたことを考えたが、アンジェラとエリザベスが結託するのかと思うとジャックはぞっとした。

ミロが目を大きく見開いてジャックを見つめていた。「どうしてタキシードなんか着てるんですか？」

「ちょっとね」ジャックは窓の外に目をやってから、上着を取って袖を通した。

部屋の窓からクイーン・アン・ヒルがよく見えた。目を細めれば、エリザベスの屋敷の明かりもかろうじて見分けることができる。この半年、スコッチのグラスを片手にこの居間に独りで座り、遠くに光る明かりを見つめて過ごしたのは一晩どころではなかった。望遠鏡まで持ち出すなんて見苦しいぞ。彼は自分にそう言い聞かせてきた。

それに無駄な努力だ。

単なる科学実験として双眼鏡をのぞいたが、エリザベスの寝室のバルコニーには植物がたくさん置かれていて、部屋の中はよく見えなかった。

今この瞬間、彼女は例のチャリティ・イベントに向けて着替えをしているのだろうか？

ソフト・フォーカスが消えて頭を悩ませるようになるまでの数日間、ジャックのスケジュールのハイライトは仕事絡みのチャリティ・イベントだった。いつもなら、そのようなイベントはなるべく避けるのだが、エクスカリバーの役員会を前にしたときと同様、ひねくれた期待と不吉な予感が入り混じった気分で、彼はそのチャリティを楽しみにしていた。それはエリザベスにまた会える機会であり、逃してしまったありとあらゆる可能性にもう一度さいなまれる機会でもあり、次のチャンスがあるかもしれないとあらためて空想を巡らす機会でもあった。

そして、運命はとんでもないいたずらを仕掛けてきた。これから数日間、エリザベスと密接に協力して仕事をすることになったのだ。ただし、最悪のプレッシャーのもとで。おかしくならずに戻ってこられたらラッキーだ。

「まさか、今夜のパーティに行くつもりじゃないでしょうね？　明日の朝、ミラー・スプリングスに発《た》つんでしょう？」ミロが語気を強めた。

「チャリティ・イベントのことは君にも話しておいただろう」

ミロが口をあんぐりと開けた。「まだ行くつもりなんですか？　あんなことがあったあとなのに？」

「さぼるのは得策じゃないと思ってね」ジャックは腕時計に目をやった。「僕が姿を見せなければ、すでに広まり出した噂をさらにあおることになりかねない。それじゃあ困るだろう。ビジネスの世界では、状況をきちんと把握することが肝心なんだ。忘れるんじゃないぞ、ミロ」

「まったく」ミロのやせこけた顔がたちまち不機嫌な表情になった。「どうしてあんな噂が流れ出したのか本当に知りたいですよ」

「僕も知りたいね」ジャックは鍵の束を拾い上げた。「でも誰がリークしたのか調べている暇はない。そいつを探し出すのはソフト・フォーカスを取り戻してからだ」

ミロはジャックのあとについてドアのほうに歩いていった。「本音はどうなんです？　本当にペイジを見つけられると思ってるんですか？」

ジャックはドアを開けながら、ちらっとミロを見た。急に同情が込み上げてきた。ミロはまだ若くて経験もないのに、その肩にたくさんの重荷を背負っているのだ。

「見つけてみせるよ、ミロ」

7

　ヘイデン・ショーがきらびやかなダンスホールを見渡すと、ジャックの姿が目に入った。

「フェアファックスが入ってきたぞ。ということは二つの可能性が考えられるな。エクスカリバーでトラブルがあったという噂は嘘だった。あるいは……」

　エリザベスは片方の眉をすっと上げた。「あるいは？」

「噂は本当だが、嘘だと思わせるために、君たちは二人とも冷静に振舞っている」

　エリザベスは自分でも驚くほどに自然に小声でクックと笑った。「これだけは言えるでしようね。ジャック・フェアファックスはまったく血も涙もない男よ。だから、たとえ自分の会社が深刻な問題を抱えていようと、そんなこと顔には出さないわ。でも私だったらきっと、災難が降りかかっているときにシャンパンなんか飲んでいられないでしょうね。自分のオフィスで、コーヒーの入った大きなカップを片手にパソコンの前で縮こまって髪をかきむしってるわ」

　本当は今夜のチャリティ・イベントには来たくなかった。しかし、出席しなければエクスカリバーでトラブルがあったことを嗅《か》ぎつけたヘイデンのような人たちに、噂は本当だったと思わせてしまう。ジャックも明らかに同じ理由でここに来ていた。彼がエリザベス以上に楽しんでいるとは思えなかった。

エリザベスは思いを巡らせた。ジャックは私がヘイデンと並んで立っていることに気づいているのかしら？　気づいているとしたら、彼の最大のライバルとおしゃべりをしている私の姿を見て、腹を立てるかしら？　たとえジャックをわずらわせたとしても、彼がそれを顔に出さないことはわかっている。

　どうして彼が腹を立てるかどうか気にしたりするのだろう？　ばかげてるわ。私はまた、あの妙な気分に陥っている。ジャックに会うことになると、決まってその何日か前からこうなってしまう。定期的に開催されるエクスカリバーの役員会議の前は、いつだって調子が狂う。いろんな感情が入り混じったこの妙な気分に襲われるであろうことは、毎月やってくる生理のように前もってわかっていた。

　あなたと顔を合わせることを考えただけで重い月経前緊張症《PMS》になると言ったら、ジャックはどんな反応を示すだろう？

　丸々一週間だなんて。ああ、どうしよう。二人でどうやって過ごせっていうの？　ビジネスの勝算をはじき出すのは慣れていたけれど、タイラー・ペイジを見つける前に、二人で首を絞め合うことになるのかどうかさえ予想できない。

　ヘイデンは、エリザベスのすっきりしたシニヨンをしげしげと眺めた。「今夜はとても素敵だね」

「ありがとう」

ヘイデンは声を落とし、ゆっくりとハスキーな声で言った。

「ドレスも本当によく似合ってる」

バックが大胆に開いた黒いドレスからエリザベスの背中が露出していた。そのラインに沿って、ヘイデンがほれぼれした様子で目をはわせていたが、彼女は気づかないふりをしていた。彼はやり手だし、面白い男だ。瞳は温かみのある茶色で、髪は黒く、目鼻立ちが整っていて、ジャック・フェアファックスより十倍もハンサム。それに歳も少し若い。それでも、今夜はヘイデンといちゃつく気にはなれなかった。

昨日の朝、ジャックが何気ないそぶりで口にしたヘイデンの結婚生活に関する疑問は、エリザベスを動揺させた。もちろん彼はそのつもりで言ったのだろう。いかにもジャックらしいやり方だった。ヘイデンならいいかもしれない、と彼女が思いはじめたところを狙《ねら》って、はっとするようなことをさらりと言ってのけるのだ。

ジャックの言ったことなど無視すればいい、と自分に言い聞かせたが、そんなことはできそうにないとわかっていた。多くの知り合いと同様、彼女もヘイデンの離婚は決まったものという印象を持っていた。しかし、ジャックにあんなことを言われると、どうしても事実を確かめずにはいられない。

今朝、自分の顧問弁護士にこっそり調べてもらったところ、案の定、ヘイデンはまだ離婚係争中だった。子供の問題はないものの、どうやら財産の分配を巡る争いが泥沼化しているようだ。そんな修羅場には近寄りたくなかった。

公平な目で見るなら、ヘイデンが嘘をついていたことを責めるわけにはいかなかった。こちらがきちんと尋ねなかったのだから。とはいえ、離婚が成立したのかどうか、ずばり尋ねるのはちょっときまりが悪い。まだきちんとデートに誘われたわけでもないのだからなおさらだ。ヘイデン・ショーとはいつも、いわば仕事の打ち合わせのような形で顔を合わせてきただけだった。

ところが最近、二人のあいだの雰囲気は微妙に変わりはじめていた。はっきりいつからとは言えないが、エリザベスはヘイデンがある種のサインを送っていることに気づいた。彼はビジネス以上の関係に興味が向いているようだった。ただ、その読みが正しいのかどうか、彼女はまだ自信が持てずにいた。

というのも、異性関係にまつわる気のめいるような問題をじっくり考える気になれなかったからだ。彼女はジャックとの小競り合いで受けた傷をまだ癒《いや》しているところだった。傷はちっとも良くなっていない。いや、むしろ悪化している。彼女は異常なほどジャックを意識していた。数分前、ヘイデンからジャックがダンスホールに到着したと教えられたが、そんなことは教わるまでもなかった。うなじがぞくぞくしたせいですでにわかっていた。この不可解な感覚は、戦わなければやられてしまうという、原始的な前兆反応のようなものなのかもしれない。

エリザベスはジャックから目を離せそうになく、せめて露骨な見方をしないように最大限の努力をしていた。

タキシードを着たところで、彼の大きな特徴である鋭さはちっとも和らいでいなかった。どちらかと言えば、にじみ出る性的魅力を必死で抑えようとする態度がさらに強調されている感じがした。彼の姿を目にするたびに心の奥底にぬくもりが広がり、エリザベスは苛立ち、動揺した。彼女は、ジャックが立ち止まり、ビュッフェ・テーブルのそばに集まっている人たちに話しかける様子を観察した。彼女のことにはまったく気づいていないようだった。

「ねえ」ヘイデンが小声で言った。「ビジネスで来ているからと言って、必ずしも仕事の話をしなきゃいけないってことにはならないだろう」

エリザベスはちらっと彼を見た。「仕事の話をしていたとは気づかなかったわ」

「してないさ。君の注意を引こうと思っただけだよ」ヘイデンは悲しげに微笑んだ。「フェアファックスのことばかり気にしてるようだから」

「そんなに驚くことじゃないでしょう。エクスカリバーにたっぷり投資してるんですもの。その対象は常に監視することにしているの」

ヘイデンはひどく耳ざわりな声で短く笑った。「君がフェアファックスに送るのと同じようなまなざしで僕が女性から見つめられたら、その人には〝この男は私のために、たくさん稼いでくれるのかしら〟なんてことじゃなくて、別のことを考えていてもらいたいね」

エリザベスは愛想よく微笑み、グラスを置いた。「あなたはもう私の恐ろしい本性を知ってるのね。そう、結果がすべてよ！」

「そうかもしれないし、そうじゃないかもしれない」ヘイデンは彼女をまじまじと見つめた。「君を理解するのは簡単じゃないよ、エリザベス。ところで、エクスカリバーと言えば、僕がちょっと話した例の噂については確認したのかい？」

「したわ。エクスカリバーでは何もかも上手くいってるわよ」

「それはよかった。じゃあ、ダンスにお誘いしても構わないかな？」

「またの機会にしていただけるかしら。今日は仕事で来てるのよ」

「仕事ばかりじゃなく、少しは遊ばないと――」

「警告してくれるのはいいけど、ちょっと遅かったみたい。すっかり働きすぎて、本当に面白みのない仕事人間になっちゃったわ」

ヘイデンの目が思わせぶりに輝いた。「そんなのはどうってことない問題だ。僕が解決してあげるよ。西海岸でのんびりと週末を過ごそう。金曜日に出発して、月曜日の遅くに戻ってくるってのはどうかな？」

彼のサインに関し、やはりエリザベスの読みは正しかった。彼女は内心ため息をついてから、こっそり盗み見ていたジャックから目をそらし、ヘイデンのほうを向いて愛想よく微笑んだ。

「タイミングが悪かったわね。出かける予定が入っているの。ちょっとしたバケーションよ。秘書からどうしても休まなきゃだめだって言われてたし」

ヘイデンは期待を込めてにやっと笑った。「せめて二日ぐらい、道連れがいてもいいんじゃないかな？　僕もちょっとした休暇が取れればありがたいと思っていたんだ」

ヘイデンは彼女を窮地に追い込もうとしていた。ここは上手くやり過ごさなくては。彼女はヘイデンと目を合わせた。「離婚はまだ決まっていないそうね、ヘイデン。私、妻帯者と休暇を過ごすつもりはないの」

ヘイデンが顔をゆがめた。「まいったな。そういうことか。離婚は何カ月も前に片がついていたはずだったと言えば、効果があるのかな？　片づいていない唯一の理由は、ジリアンが執念深い女だからさ、と言っても無駄なんだろうか？」

「ええ、何を言っても無駄よ」エリザベスは、小さなゴールドのイブニング・バッグをもう一方の手に持ち替え、立ち去ろうとした。「失礼するわ。オーロラ・ファンドのクライアントを見かけたの。ご挨拶《あいさつ》に行かないと」

「どうぞ」一瞬、ヘイデンの目にどこかこわばった表情が宿ったが、すぐに消え去り、今度は皮肉の色が浮かんだ。「近いうちに、この離婚訴訟は終わらせる。いくら優秀な弁護士だって、いつまでも引き延ばすわけにはいかないさ。これが済んだら、二人で長い週末について話そう」

「さあ、どうかしらね」エリザベスはわざとあいまいな言い方をした。ただ、なんとなくではあったが、ヘイデンと週末を過ごすことは絶対にないだろうという気がしていた。

彼女はただ義務的に人込みを縫って進み、クライアントや、この先オーロラ・ファンドへ投資してくれそうな人たちに挨拶をして回った。目に見えないレーダーにより、常にジャックに近寄らないようにしていたが、時々、彼の姿が垣間見えることもあった。一度は、ジャックがカウンターにもたれ、グラスを片手に、見覚えのある弁護士としゃべっている姿が目に入った。

その瞬間、ジャックは彼女のほうをちらっと見た。君が僕を見ていることはわかってるよ、と言わんばかりに。彼はグラスをちょっと上げ、からかうように挨拶すると、またおしゃべりに戻った。しかし、そのあとの四〇分間、ジャックは彼女の視界に入らなかった。エリザベスはふと、彼もわざと彼女を避けているのだと気づいた。

一一時を少し回ったころ、エリザベスは腕時計に目をやり、心の中でつぶやいた。もう必要最低限のお付き合いは果たしたわよね。ミラー・スプリングスへ発つ前に少しは眠っておかないと。彼女は、すでに引退した、かっぷくのいい元銀行家に笑いかけた。彼は手に入れたばかりの新しいボートについて語っているところで、その熱い話しっぷりから、ボートへの惚れ込みようがよくわかった。彼女は、幸運をお祈りしますと告げて、そっと会場を抜け出し、預けたコートを取りに行った。

クロークから出てくると、彼女は向きを変え、ダンスホールに出入りする人が大勢行き交う通路を避け、カーペットが敷かれた静かな廊下を歩いていった。背後に人の気配を感じた直後、その女性が話しかけてきた。

「彼には近づかないほうが賢明よ」

その声に露骨な悪意を感じ、エリザベスはぞっとして立ち尽くした。ゆっくり振り返ると、パーティにふさわしい上品なメイクを施した小柄な女性が、とてもシックで高そうな赤いシルクのスーツにピンヒールという格好で廊下に立っていた。歳は三〇代半ばといったところだろうか。淡いブロンドの髪は流れるようなラインにカットされ、顔の輪郭を際立たせていた。口元をキッと引き結んでいる。

「どこかでお会いしたかしら？」エリザベスは慎重に尋ねた。

「失礼。自己紹介させていただくわ。私がわがまま女のジリアンよ」

「は？」

「あら、これでもわからないの？　それは意外ね。いつもヘイデンが私のこと、そう呼んでるんでしょう」ジリアンの笑みはとても張り詰めていて、パリンと割れてしまわないのが不思議なくらいだった。「彼の妻ですの」

「そうですか」最高！　一日の締めくくりとしては申し分ないじゃないの。

「ヘイデンがあなたにどういう言い方をしているのか知らないけど、私はまだ前妻ではないの。今のところ、彼の妻よ。彼の思いどおりにはさせないわ。彼が私から奪ったものを父の弁護士が全部取り返してくれるまではね」

「私にはまったく関係のないことです」エリザベスはこれ見よがしに腕時計に目をやった。「帰るところなんです。申し訳ありませんが、失礼させていただきます……」

ジリアンは目を細めた。「私の父はオズマンド・リングステッドよ」

それ以上の説明はいらなかった。リングステッドといえば、非常に大きな勢力と政治方面のコネを持ち、裕福な生活を送る、リング社の社長だ。彼はリングステッド家の敷地内にいながらにして、とても閉鎖的な巨大企業帝国を指揮していた。政界入りを考えているとの噂もある。ヘイデンが自分の思いどおりの条件で離婚調停を進められないのも無理はない。リングステッド一族の力と金と野望に逆らえる者はほとんどいないだろう。

「ご立派なお父様をお持ちですこと」エリザベスはそう言ってから続けた。「さてと、もう行ってもよろしいかしら?」

「ヘイデンがあなたに話しかけているところを見たの」ジリアンは冷たい目をしていた。「彼の手はわかってるわ。連休を西海岸で過ごそうと誘われたんでしょう?」

エリザベスはぎくっとしたが、なんとか驚きを隠した。「何のことだかさっぱりわかりませんわ、ミセス・ショー。でも、ご心配なく。あなたのご主人に個人的な関心はございませんので」

「あなたのためにも、その言葉が嘘じゃないことを祈るわ」ジリアンはエリザベスに一歩近づいた。「別れる前に、彼を潰《つぶ》してやるつもりよ。びた一文、残らないようにしてやるわ。何もかも取り上げてやる。何もかもね。父がそう約束してくれたのよ」

ジリアンの声には激しい怒りを通り越した、何か痛みのようなものが感じられた。エリザベスは急に彼女が気の毒になった。

「本当です。あなたたちのプライベートな問題にかかわるつもりはございません、ミセス・ショー」

「この離婚で、ヘイデンは間違いなく破滅よ。私を見捨てようたって、そうはいかないわ」

「今、言ったでしょう。私には何の関係もないことです。帰るところなので、失礼させていただきます」

「ヘイデンは嘘をついたのよ」ジリアンの目に熱い涙があふれ、頬を伝った。「あいつは最初から私に嘘をついてたの。私は彼を信じたし、愛してた。父も彼を気に入っていたわ。でもヘイデンが欲しかったのは私のお金と父のコネだけだった。私を利用したのよ」

エリザベスは背中を向けて反対方向に、歩いてではなく走っていってしまいたかった。でも、泣いている女性を廊下に独り置き去りにする気にはなれない。彼女はコートのポケットからティッシュを何枚か取り出し、ジリアンに差し出した。

「ほら、使って」ジリアンの手にティッシュを無理やり握らせた。「すぐそこに女性専用の休憩室があるの。私も今、行ってきたところなんだけど、誰もいなかったわ。行きましょう」

「彼は私をこけにしたのよ」ジリアンはティッシュに向かって吐き出すように言った。

「わかるわ」ほかにどうしていいかわからず、エリザベスはジリアンの肩を優しく叩いた。

「水を持ってきましょうか?」

「彼には近づかないことね。利用されるだけよ」

「ミセス・ショー、あなたのご主人には何の関心もありませんから」

「さっき、ヘイデンがあなたを眺める様子を見てたの」ジリアンは濡れた目をぬぐった。

「私にはわかる。彼はあなたを自分のものにしたいのよ」

「でも私には必要のない人だわ」エリザベスは穏やかに返した。

「信じるもんですか」ジリアンは濡れたティッシュを持った手を下ろした。声が大きくなっている。「決まってるじゃない。あなただって彼を必要としてるのよ。かつての私みたいにね。それも彼の本性がわかるまでの話だったけど」

エリザベスがその点についてはっきりと言ってやらねばと思ったそのとき、例のぞくぞくした感覚に襲われた。と同時に、ジリアンの背後に人影が現れた。

「ハニー、帰る仕度はできたのかい？」ジャックは自信に満ちた横柄な態度を見せながらこちらに近づいてきた。その口調にはなれなれしさというか、独占欲のようなものがはっきりと表れていた。「もうこんな時間だ。明日は長旅が待っているんだぞ」

ジリアンは彼の声を耳にすると、急に顔を上げ、あわてて涙をぬぐった。「あらやだ、恥ずかしいところを見られてしまって」

エリザベスは彼女を通り越してジャックを見た。ジリアンには見えていないが、ジャックは眉を上げ、わかっているさと言いたげに、面白がっているようなクールな笑みを浮かべていた。彼は助け舟を出しに来たのだが、エリザベスが喜んでいないことはわかっていた。だが、彼女が助けを断れない立場にあることも十分承知していた。

「準備オーケーよ、ジャック」エリザベスはやっとの思いで小さく笑ってみせた。「ミセス・ショーとちょっとおしゃべりをしてたところなの。二人は初対面だったかしら？　ジリアン、こちらはジャック・フェアファックス」

「ジリアンと僕は昔からの知り合いなんだ」ジャックの言い方は驚くほど優しかった。

「こんばんは、ジャック」ジリアンは瞬きをして涙を払いのけ、濡れた目で微笑んだ。「見苦しいところを見せてしまって、ごめんなさい」

「気にすることないさ」

「数カ月前にエクスカリバーの仕事を引き受けたって聞いたけど。調子はどう？」

「忙しくしてるよ」ジャックはさりげなく、彼女は自分のものだとばかりにエリザベスの腕を取った。「でも、エリザベスも僕も、ようやく同じ週にスケジュールを空けることができたもんで、明日、バケーションに出かけるんだ。二人とも休暇が必要だと思ってね。そうだろう、ハニー？」

エリザベスはじっと笑顔を崩さずにいたが、これがなかなか難しかった。「そうなのよ、ね」

「よくわからないんだけど」涙をためたジリアンの目が混乱したようにキラキラ光っている。彼女はジャックとエリザベスの顔にかわるがわる目を走らせた。「二人で一緒に出かけるの？」

「そのとおり。もう何週間も楽しみにしてたんだ」

「あら、そうなの」ジリアンは、言われていることがまだよくのみ込めないようだった。

「二人が付き合ってるとは気づかなかったわ」

「内緒にしてきたのよ」エリザベスは警告するようにジャックに微笑んでみせた。「仕事に差し支えるでしょう」

「西海岸に行くの？」ジリアンが尋ねた。

「いや」ジャックはエリザベスの腕を握った手にぎゅっと力を込めた。「ロッキーのリゾートに行くんだ。ファックスも電話もなく、Eメールも来ないところにね。森の中で二人きりで過ごそうと思って。でも、早朝の便を取ってしまったので、もう失礼しなきゃいけないんだ。すまないね」

「そう、そうなのね」ジリアンはつぶやき、最後にもう一度涙をぬぐうと、震えながらジャックに温かみのある笑顔を見せた。「楽しんできてね」

「ありがとう。そのつもりだよ」

彼はエリザベスの向きを変え、そのまま彼女を促して、ロビーを目指して廊下を進んでいった。

二人とも外に出るまで口をきかなかった。そしてようやく、ホテルの正面玄関を照らす明るい光の下までやってきた。

「振り返っちゃだめだ。彼女、ロビーまでついてきてたからね」

「無理もないわ。ものすごく驚いていたもの」

「同じタクシーに乗ったほうがよさそうだな」

エリザベスは何も言わず、ただ短くうなずいてジャックの提案に同意した。彼の言うとおりだ。ジリアンが二人を見ているとすれば、一緒にここを去るのが妥当だった。

ジャックが合図を送ると、ドアマンが笛を吹いて待機していたタクシーを呼んだ。車のドアが開き、エリザベスは急いで後部座席に滑り込んだ。そして、隣にジャックが座り、ドアが閉まった。

突然、タクシーの後部座席がとても小さな、とても親密なスペースのように思えた。

車が通りに出ると、エリザベスは窓越しにまっすぐ前を見つめた。

「お礼を言わなきゃね」ぎこちない声だった。

「いいよ。そこまでしてもらえるとは思ってないから」

彼女はうめくような声を上げ、シートにもたれかかった。「ありがとう」

「どういたしまして」

「ちょっと気まずいことになってたの」

「すぐにわかったよ」

「あなたの言ったとおりだったわ。離婚はまだ成立してないそうよ」

ジャックは謎めいた視線を送った。「そう言ったじゃないか」

エリザベスはなんとか怒りをこらえた。「そうね、あなたが言ったのよね」

ジャックはすぐには反応しなかった。エリザベスが用心深く目を向けると、彼は横の窓から夜の街を眺めていた。街灯の弱い光が頬骨と顎をかすめ、目は暗い影に隠されている。

「今週、アンジェラが君を訪ねたそうだね」しばらくして彼が口を開いた。

話題が変わり、エリザベスは驚いた。「アンジェラはたいてい、月に二度、オフィスに訪ねてくるわ。それが何だっていうの？」

「今回は何の用だったんだ？」

エリザベスは三日前の不愉快な場面を思い出した。アンジェラ・インガーソル・バローズは、長身で人目を引く手強《てごわ》い相手だった。おとなしかった五三歳の夫が二二歳の秘書と駆け落ちをして周囲を唖然《あぜん》とさせ、アンジェラの一五年間の結婚生活は突然、終わりを告げたのだった。残された十代の息子を育てるため、その一人息子に一族の財産が正当に分配されるよう、多くの時間を費やし、細心の注意を払っていた。一族の財産と言っても、エクスカリバーの資産しかなかったのだが。

「彼女のいつもの関心事について話したわ」エリザベスはできるだけそつなく話をした。「彼女はエクスカリバーが買収されるか合併されればいいと思ってるの。息子がエクスカリバーからわずかでもお金を受け取るには、それしか方法がないと確信してるのよ」

「それで、君は何て言ったんだい？」

「いつもと同じ。彼女が会いに来るたびに言っていることを繰り返したわ」

ジャックは影の中から彼女を見つめた。「つまり？」

エリザベスはイブニング・バッグの縁にかけた指を曲げ、相変わらず抑揚のない声で続けた。「つまり、あなたはエクスカリバー最大の期待の星だから、彼女の息子がエクスカリバーから十分な遺産を受け継げるかどうかはあなた次第だ、と言ったのよ」

またしても、重苦しい、短い沈黙が訪れた。ジャックは座ったまま体の位置を少しずらし、さらに深く影に沈んだように見えた。

「僕を援護してくれたんだ」

「そうよ」

「君はいつもそうだ。アンジェラの相手をするときに限った話じゃなく、役員会でも僕を援護してくれる」それはシアトルの雨と同じく当然のことであり、いつものことであり、予測できたことだった。それでも、どうしても理由が訊きたくなった。「なぜなんだ？」

エリザベスはその質問を面白がった。「私とあなたは意見の相違はあるけど、あなたは仕事ができるという点については、一度も文句をつけたことがないでしょ。エクスカリバーにチャンスがあるとすれば、それをつかむのがあなたの役目よ」

「つまり、CEOである僕の決断を支持しようと思ったのは、ビジネスのためにすぎないってことかい？」彼はしぶしぶと言った。

「それ以外に何があるっていうの？」

「知るもんか」ジャックはエリザベスを見た。「僕らは二人ともソフト・フォーカスを取り戻したいと思っている。君がどうしても付き合うって言うから――」

「付き合うんじゃないわ」エリザベスはぴしゃりと言った。「この件では、私はれっきとしたパートナーよ」

「わかりましたよ、パートナーさん。あのクリスタルを手にするまで、二人は協力し合うってのはどうかな？」

「その前に協力の範囲をはっきりさせて」

「それは始めてみなきゃわからないよ」

8

その木造の家はカントリー調のデザイナーズ設計だった。つやのある木目の壁、急勾配《こうばい》の屋根、それに景色がよく見渡せる広々した窓を備えている。高級志向のリゾート雑誌や旅行雑誌の表紙に取り上げられそうな家だ。日は暮れていたが、窓から金色の光がたっぷり差し込み、テラスに設置された露天風呂《ホット・タブ》を照らしていた。六人は入れそうな大きなホット・タブだ。その脇には、どっしりしたアウトドア用のステンレス製最新式ハイテク・グリルがある。さらにアウトドア用のパッドの入ったラウンジ・チェアとテーブルも置かれていた。

外だけ取ってもこれだけの設備だ。どこも予約でいっぱいのこの街で、急なことにもかかわらず、エリザベスの信用で、このような宿泊場所を確保できたのだ。

ジャックはカバーのかかったホット・タブにもう一度、目を走らせた。泡だらけの湯の中で、エリザベスが裸で座っている姿が脳裏をよぎる。信じられないほど澄み切った、すがすがしい山の空気を吸い込み、彼は一〇からカウントダウンを始めた。だが、ゼロまで来てもまだ少し勃起していた。それに少し頭がくらくらする。高度に慣れるまでにしばらくかかりそうだ。

ジャックはホット・タブの妄想から無理やり意識を引き離し、目下の問題に集中した。どうあがいたところで、今の自分はちっともかっこよくない。彼はダッフルバッグを玄関の前に下ろし、鳥の頭をかたどった真鍮《しんちゅう》のノッカーでドアを叩いた。こんな調子で本当にやっていけるのだろうか……。

彼は片手を壁に置き、エリザベスが出てくるのを待ちながら景色をじっと眺めた。ミラー・スプリングスの村を見下ろす丘には、斜面の上のほうまで高級コンドミニアムや家が続き、その明かりが夜の闇にきらめいていた。下を見ると、ヴィクトリア朝時代を丁寧に復元した商業地区に立ち並ぶ店やレストランのこうこうとした明かりが目に入ってきた。その中でひときわ明るい光を放っていたのが、映画祭のメイン会場の一つ、シルバー・エンパイア・シアターだった。

「どなた?」厚い木のドアにさえぎられ、エリザベスの声はくぐもって聞こえた。

腹をくくるしかない。「ジャックだ」

一瞬、間がり、ジャックとしたことが、またしてもかたずをのんで待ってしまった。やがて、鍵がはずされる音がしてドアが開いた。

エリザベスは、心地よい暖炉の光に照らされて立っていた。抱きしめたくなるような柔らかな素材でできた、ネックラインにドレープの入った黒いセーターを着ている。丈はちょうどヒップが隠れるくらいだ。それに、ぴったりした黒いベルベットのスパッツを合わせている。また、黒い髪を後ろに流し、うなじのあたりでシルバーの髪留めで押さえていた。

彼女は用心深く、油断のない表情でジャックを凝視していた。

「いったいどうしたの？　荷ほどきしてから、村で食事を取ることになっていたでしょう？　そのときに作戦を練ろうって言ってたじゃない」

「問題が発生したんだ」

エリザベスの目に浮かんでいた警戒の色は疑いの色に変わった。「問題って？」

「例のリゾート・ホテルにチェックインしようとしたら、部屋がないって言われたんだ」

「それで？」

「それで――」ジャックはとてもゆっくりした口調で言った。「泊まるところがなくなった」

エリザベスの疑いの色は非難の色へと変わった。「知り合いのコネを使って部屋を取ってもらうって言ってたのに？」

「コネが切れたんだ」

「なるほど」エリザベスはドアの側柱に片方の肩をもたせかけ、胸の下で腕を組んだ。「私に何を期待してるわけ？」

ジャックは戸口の先に目を走らせた。高い吹き抜けの天井があり、彼女の背後には、温かみのある調度品をしつらえた広々した部屋が見えた。石造りの見事な暖炉では火が赤々と燃えている。階段も目に入った。その先には寝室用のロフトが二つあり、中央の部屋を見下ろしている。

彼は咳払いをした。「ここを一緒に使わせてもらえないかなと思って」

「今さら、なんで私がそんなことをしなきゃいけないの？」

「僕らは協力することになってるからさ」ジャックは視線を彼女のほうに戻した。「本当に申し訳ないと思ってる。でも、街中どこもかしこも満室なんだ。例のホテルの連中に、この近辺では、ほかに空いてるところはまったくないと言われてしまってね。約束する。床に靴下を脱ぎっぱなしにしないし、トイレの便座は必ず下ろすようにするから」

エリザベスはまだ考えていた。その目は冷たくて、謎めいていた。それから、あきらめたように低くため息をつき、側柱から離れて姿勢を正した。「こんなことになるとは思ってもみなかったわ。でもしょうがないわね。使っていいわよ。バスルームは二つあるし、あなたのバスルームなら便座は好きにしたらいいわ」

「ありがとう。恩に着るよ」安堵と期待で、のぼせたような感覚に襲われた。これもきっと、高度のせいだ。すぐに慣れるだろう。

「まったく困った人ね」エリザベスは後ろに下がり、彼に中に入るよう促した。

ジャックはダッフルバッグを取り上げ、玄関から中へ入った。そして、艶やかなフローリング、暖炉の前に敷いてある毛足の長いパイル織りの絨毯《じゅうたん》、豪華な革張りの調度品にぐるっと目を走らせた。「壁にへら鹿《ムース》の頭の剝製が飾ってないね。あったほうがいいんじゃないか？」

「ムースの頭が欲しいなら、自分で調達してきて」

「いや、いいんだ。僕は順応性があるんでね。ムースの頭はなくてもどうにかなる」

エリザベスがそっけなく、しぶしぶ微笑んだ。それを見たジャックは腹をガツンと殴られたような気がした。あの惨事が起きる直前に彼女が見せた笑顔とまったく同じだったからだ。

彼女は階段のほうを身振りで示した。「左のロフトはもう私が使ってるの。右を使ってちょうだい」

「了解」ジャックは彼女の気が変わる前に部屋を突っ切り、階段に向かった。「バッグの中のものを出してしまうから、ちょっと待ってて。それが済んだら、車で村に行って、軽く何か食べよう。ホテルの予約ではしくじったけど、その分は挽回《ばんかい》してみせる」

「本当に？」彼女は明らかに疑っていた。「どうやって？」

ジャックは階段を上りはじめ、肩越しにちらっと彼女を見た。「この二日、ラリーに頑張ってもらって、『ファースト・カンパニー』にかかわっているペイジ以外の連中の情報を集めたんだ」

「ラリーって誰？」

「前に話したコンピュータのエキスパートだよ。僕の腹違いの弟でもある」

エリザベスはびっくりしたようだ。「弟さんがいたとは知らなかったわ」

「二人いるんだ。ちょっと複雑でね」ジャックは二階に着くと、右のほうへ行き、ベッドの足元の台にバッグを置いた。「とにかく、金を出してる人間を集中的に調べてくれとラリーに頼んで、ついでに脚本家、俳優、監督など、映画にかかわった人間についてわかったことを全部教えてもらった」

「それで？」

「まあ、予想どおりさ。今週、彼らは全員、このミラー・スプリングスに来る予定になっている」ジャックはバッグのファスナーを開けた。「だから誰かしらつかまると思うんだ。たぶん、一人くらいはペイジを見つける手掛かりになるんじゃないか」

「この街は人であふれてるのよ。どうやって『ファースト・カンパニー』の関係者を見つけるつもり？」

ジャックはたたんだシャツをベッドにぽんと置くと、手すりまで歩いていって、彼女を見下ろした。「明日の夜、パーティが開かれるから、手始めにそれに出席しようと思ってる」

「パーティ？」

「その主催者がこの映画の本当の出資者なんだ。名前はクレジットされていないが、『ファースト・カンパニー』の資金を工面したのはそいつさ。名前はドーソン・ホランド」

エリザベスは興味をそそられてきたようだ。「面白いじゃない」

「それだけじゃない」ジャックは手すりの上で腕を組んだ。「ホランドの妻はヴィクトリア・ベラミーだ」

エリザベスが眉をひそめた。「主演の？」

「そう。そもそもホランドがこの映画を支援したのは彼女のためだった、ってのはどうだい？」

「彼女が主役になれるようにってこと？」

「おかしくないだろう?」ジャックは体を起こし、バッグのところに戻った。「愛する女に役を与えるべく、映画に出資した男はホランドが初めてってわけじゃないだろう」

「まあ、そうだろうけど」また言葉が途切れた。「招待状もないのに、どうやってそのパーティに乗り込むの?」

「そんなのわけないさ。何か訊かれたら、本当のことを言えばいい」

「本当のことって?」

「僕らはプロデューサーの知り合いだ。タイラー・ペイジのね」


リフレクションズは、ヴィクトリア朝をベースにしたシックで現代的な雰囲気のあるレストランだった。エリザベスは席に着くと、あたりをぐるっと見渡した。ミラー・スプリングスのほぼすべての建物と同様、ここもぜいたくな黄金のオーラを放っていて、高級旅行雑誌の広告を思わせた。

巨大な暖炉では炎がパチパチ音を立てていた。その光が木をふんだんに使った床や壁で反射し、落ち着いた雰囲気の影を投げかけている。食事をしている客は、ロサンゼルスやニューヨークから今、飛行機で到着しましたといった感じの人ばかりだ。プリーツの入ったパンツや、くたっとした麻のジャケットや、豊かな胸毛を見せびらかせるほどボタンを思いっ切りはずした黒いシャツや、光沢のある、ちょっとした黒のドレスもたくさん見受けられた。黒い服ばかりが目立つが、時々デニム姿もいる。

ここにいるのはハリウッドのスタジオに集まってくるような人たちではないのよ。エリザベスは自分に言い聞かせた。彼らは主流からはずれた独立系の映画製作者やそのファンたちだ。シネコンでは決して上映されない、小規模な芸術紛《まが》いの作品に入れ込んでいる人たち。このような人たちが作った小規模低予算映画の大多数にとって、ミラー・スプリングスで行われるネオ・ノワール映画祭のようなイベントが唯一の上映場所なのだ。エリザベスもその程度のことは知っている。だが、実際に近くのテーブルで交わされている会話から感じ取れる情熱や意気込みには、妙に心を動かされるものがあった。

「……彼女が表現するイメージは素晴らしい。映画というフィルターを通してまったく別の現実を描き出していて……」

「確かに、ものすごくチャンドラー風だよね。見事な映像スタイルだと思う。物語風の終わり方をしていないし……」

「……昔は、殺人犯を生かしておくなんて許されなかったからね。厳しい製作の掟《おきて》があって、犯人は必ず最後には死を迎えたんだ……」

エリザベスはテーブルの正面にいるジャックを見た。彼に部屋を使っていいと言ってしまったのは大きな間違いだったかもしれない、と今さらながら後悔していた。しかし、あの状況でどうすればよかったのだろう。ジャックが長い指をした力強い手で、目の前に置かれたばかりのジンファンデルのグラスを包むように持っていた。彼女はその様子を眺め、自分に言い聞かせた。その長い指は、策略に長《た》けた指だということを忘れてはいけない、と。

ジャックは自分の手をエリザベスが見つめていることに気づき、詮索するように眉をぴくっと動かした。「どうかした?」

「何でもないわ」彼女はメニューを手に取った。

「この街の妙なところ、気づいた?」

エリザベスはシャルドネを一口すすり、慎重にグラスを置いた。「歩道にゴミ一つ落ちていないとか、ホームレスのいる気配がまったくないとか、リゾート以外の商売は、気の利いたレストランやアート・ギャラリーばかり、といったようなこと?」

「うん。やっぱり君も気になった?」

彼女は肩をすくめた。「通常よりも、かなりお金のかかってる都市計画事業なんじゃないかしら」

ジャックがうなずいた。彼はグラス越しにしばらく彼女を見つめていた。「話がしたいんだろう?」

「ミラー・スプリングスの都市計画事業について?」

「いや」彼はわざと間を置いた。「二人のことについて」

エリザベスは、レストランからすべての空気が吸い取られてしまったような気がした。彼と直接対決なんて思ってもいないことだった。でも、これがジャック・フェアファックスのやり方だ。予想外なことこそ、予想しておかなければならない。

「いいえ」エリザベスは慎重に答えた。

ジャックは彼女から目を離さなかった。「これから数日間、僕らは行動をともにしなきゃいけない。誤解を解いておいたほうが仕事がしやすいだろう」

どういった風の吹き回しかしら。彼女の経験では、男性はこういう会話を避けるのが普通だった。エリザベスは二回深呼吸をし、意識を集中するよう自分に言い聞かせた。

「どんな誤解を解くの？」彼女は自分の口調に満足した。さりげなく、クールに、まったく気にも留めていないような言い方ができた。「過去を掘り返す理由もないでしょう。そのまま埋めておいたほうがいいと思うけど」

彼女の口調は狙《ねら》いどおりだったのだろう。ジャックの目つきが険しくなった。だが、彼の声は落ち着いていた。むしろ情け容赦がなさそうだった。「一つ、はっきりさせておこう」ジャックが冷ややかに言った。「ギャロウェイの件は、僕が個人的にやったことじゃない。モーガン社が買収戦略を練るために僕を雇い、僕はその目的を果たしただけだ。エリザベス、僕はコンサルタントだ。ああいう仕事を年中しているんだ」

たちまち彼女の善意は消えうせた。うまく抑えていたつもりの激しい怒りと、生々しい心の痛みが突然、溶岩のように噴き出しそうになり、彼女は声が震えぬよう努めた。

「いいえ、あなたは年中あんなことをしてるわけじゃないわ。あなたの正体がわかってから、ちょっと調べさせてもらったのよ」

「僕の正体？」彼はあざけるような目でエリザベスを見た。「僕に秘密の顔があるみたいな言い方だね」

「私に言わせれば、結局そういうことになるわね。繰り返すけど、調べたのよ。そして、ギャロウェイの件はあなたがいつもやっているような仕事とは、まったく違うってことがわかったわ。あなたはまるで人食いザメみたいにあの会社を追い回した。よくも平然と、個人的にやったことじゃないなんて言えるわね」

「あれはビジネスだ」

「あなたはギャロウェイを破滅させたのよ。あの買収で、多くの人が傷ついたわ。社員に仕事を提供してきた素晴らしい老婦人も含めてよ」

「企業買収に社員の失業は付き物だ」ジャックはあくまでも辛抱強く言った。「避けがたいことなんだよ。いいかい、カミール・ギャロウェイがオーロラ・ファンドの昔からのクライアントだったことは知ってるし、君の義理の兄弟が彼女に雇われていたことも知ってる。気の毒だとは思うが、あれは仕方のないことだったんだ」

「仕方ないことなんかじゃないわ。カミール・ギャロウェイは単なるクライアントの一人じゃないの。それ以上の存在だったわ。我が家の昔からの友人で、とても親しくしてたのよ。子供の頃、よくカミールにクッキーやミルクをごちそうになったわ。義理の兄のメリックが仕事がなくて困っていたときに手を差し延べてくれたのもカミールだったの」

「まるで聖人扱いだな」

「カミールはとても素晴らしい人よ。一人息子のガースに遺《のこ》してやるものを築こうと、生涯、一生懸命働いてきたの。でもあなたに、その生涯をかけた仕事をずたずたに引き裂かれてしまった。心もずたずたになったのよ。私は大げさな話をしてるんじゃないの。知らないだろうから教えてあげる。カミールはね、あなたが彼女の会社を踏みつけた数カ月後に心臓発作で亡くなったわ」

「知ってる」ジャックの声は低く、つっけんどんだった。

エリザベスはグラスをぎゅっとつかんだ。「ギャロウェイの件はあなたが個人的にしたことよ。本当に許せないわ」

「許せない？　もうたくさんだ」ジャックはいきなり前かがみになり、テーブルの上で腕を組んだ。「確かに、ギャロウェイの件は君の言うとおりだ。あれは僕が個人的にしたことさ。僕はあの会社を狙った」

「やっぱりね」しかし、それを確かめても自分が満足していないことに彼女は気づいた。それどころか、さらにふさいだ気分になっただけだった。

「僕からモーガン社に出向き、おたくのライバル会社を簡単に手に入れてみせると提案した。そしてモーガンは、あの買収を担当する人材として僕を雇うことに同意したんだ」

「どうして？　カミール・ギャロウェイがあなたに何をしたって言うの？」

「よく聞いてくれよ、能天気なお嬢さん。僕が人食いザメだって？　優しくて親切なミセス・ギャロウェイは、ある意味、僕に教訓を与えてくれたのかもしれないな」

「何言ってるの？」

「五年前、彼女は一九歳の若者を食い物にしたんだ。その若者は、非常に独創的な、まったく新しいソフトウェアをちょうど完成させたところだった。限られたデータをもとに、非常に細かい部分まで財務状況を予測できるプログラムだ。そのソフトを実用化して一年と経たないうちに、ギャロウェイの利益は二倍近く上昇した。でも、開発者の若者は、ソフトの代金としてカミール・ギャロウェイから五〇〇〇ドルを受け取っただけで、それ以上は一セントももらえなかった。僕は彼女に若者を食い物にした代償を払ってもらおうと思い、確実にそうなるように手を打った。ギャロウェイの一件はそういうことだ」

ジャックの口調に、エリザベスは一瞬、反撃をためらった。彼は大まじめに話している。

「カミールがその若者を利用したって証明できるの？」

「いや。彼女が若者にサインさせた契約書はまったく合法的なものだった。だから彼女を訴えることはできなかった。そこで僕は彼女に近づき、その若者とロイヤルティ契約かライセンス契約を結んでほしいと頼んだ。でも、彼女は面と向かって僕をあざけって、まったく取り合おうとしなかった」ジャックは肩をすくめた。「だから、彼女の会社を潰《つぶ》してやったのさ」

エリザベスは足の先まで寒気が走った。「どこでそんな話を仕入れてきたの？　どうして、カミールがその若者をだましたってわかるの？　そもそも、彼が利用されたことを、なぜあなたが気にするの？」

「その若者は、僕の腹違いの弟ラリーだからさ」

彼女はその意味を理解し、唖然《あぜん》として言葉もなかったが、ジャックの目の中に真実を探ろうとした。だが、しばらくすると、椅子にどっと沈み込んだ。「弟さん？」

「ああ」

「あなたが話してた人ね？　ドーソン・ホランドや『ファースト・カンパニー』関係者の情報を集めてくれたっていう人？」

「そう」

エリザベスはジャックをじっと見つめた。「復讐のために会社を一つ潰したの？」

「正義のためだと思いたいね」

「でしょうね。そのほうがずっと品よく聞こえるもの」

「モーガンとの取り決めの中に、例のソフトについて、ラリーとライセンス契約を結ぶことも入っていたんだ。弟は今じゃ、使用料も受け取れるようになったよ」

「なるほど」エリザベスは自分に活を入れるようにワインを一口すすった。「家族絡みのことだったのね」

ジャックは少し不意を突かれ、顔をしかめながら言った。「そういう言い方もできるな」

「つまり、あれは個人的なことだったのよ」

「ああ、個人的なことだった」

エリザベスは、ソフト・フォーカスを取り戻すにはもう手遅れかもしれないというのに、それでもタイラー・ペイジを追うと言ったときのジャックを思い出した。「あなたの辞書には、復讐とか評判といった言葉が、ものすごく目立つように書かれているみたいね」

ジャックは何も言わず、ただ彼女を見ていた。

エリザベスは座ったまま、もう一度、体を前に倒した。「エクスカリバーへの投資を頼みに来たとき、私が誰だか知ってたんでしょう?」

「もちろん知ってたさ。君はオーロラ・ファンドの代表だ」

「話をそらさないで。私が言いたいのは、あなたはオーロラ・ファンドがカミール・ギャロウェイと付き合いがあったことを知ってたし、私が財務支援をする可能性が低いってこともわかってた。だって、相手が……こんな……」ぴったりしたののしり言葉が思いつかず、エリザベスは手をひらつかせている。

「ろくでなしのゴマスリ男?」ジャックは助け舟を出してやった。

「かつてのクライアントであり、家族の友人でもあった人を破滅させた人間だとわかってたら投資なんかしていないわ」

ジャックは指でテーブルをコツコツと叩き、ゆっくりと息を吐き出した。「僕は必ず、ビジネスの相手について下調べをする。だからギャロウェイが君の会社のクライアントだったことは知っていた。君のおばさんとカミール・ギャロウェイが仕事上の関係はもちろん、個人的な付き合いがあることも知っていた。ただし、君の義理のお兄さんがそこで働いてたことは知らなかった。そこは考慮してもらえるのかな?」

「よく冗談なんか言えるわね。問題は、あなたがオーロラ・ファンドとギャロウェイとの関係をしっかり把握してたくせに、その話題を出さなかったことよ」

「僕らの取引には何の関係もないことだからね」彼は穏やかに返した。

「それで気が楽になるなら、自分にそう言い聞かせたらいいわ。でも私を納得させようと思ったって時間の無駄よ。真相はこうでしょう。あなたが私に正体を明かさなかったのは、自分がギャロウェイの乗っ取りをたくらんだコンサルタントだとばれたら、私が契約書にサインするわけないとわかってたからよ。認めなさい」

「さっきも言ったけど、ギャロウェイの一件は、僕らの取引とは無関係だ」

「あなたが逆の立場で、もし私が、あなたのかつてのクライアントを潰したなんて些細《ささい》なことを言い忘れていたとわかったら、どう思ったでしょうね？」

「エリザベス――」

「どうぞお構いなく。二人とも答えはわかってるんだから」彼女はぞっとするような笑顔を見せた。「ねえジャック、弟さんのことがあったから、あなたはギャロウェイに仕返しをするのが当然だと思った。そういうことで私は納得すべきなのかもしれないわね。私にも家族があるもの。ラリーへの兄弟愛から、あんな悪魔のようなことができたんでしょう。それは理解できるわ。それに、あなたが取った行動のおかげで、義理の兄はもう一つの仕事を奪われたけど、あなたがそれを知らなかったのも仕方ないわ……」

「もう一つの仕事？」

「気にしないで。肝心なのは、あなたが弟さんのかたき討ちに燃えていた事情をもっと早く知っていたら、私は言われるがまま大目に見てしまっていたかもしれないってことよ。ただし、あなたのやり方を認めるわけにはいかないわ」

ジャックが眉をすっと上げた。相手をからかいつつ、失礼にならないようにけしかけているといった感じだ。「どうしても？」

エリザベスは、彼が人を見下すような、何でもわかったような顔をするのが大嫌いだった。

「そうよ。私が見て見ぬふりをするとは思わないで。あなたはギャロウェイの乗っ取りを陰で操っていたくせに、それを私に話さず、エクスカリバーでのプランを支援してくれと言ってきたのよ」

「つまり、二人がベッドをともにする前に僕が言わなかったってことだろう？」ジャックは彼女を見つめた。「君が見過ごせないのはそこなんだ。僕がギャロウェイの件を陰で操っていた男だとわかる前に、その男と寝てしまったことが問題なのさ」

エリザベスが顎をつんと上げた。「ええ、それも一つの要因ね」

ジャックはしばらく黙ったまま彼女をじっと見つめていた。

「僕が何を考えてるかわかるかい？」ようやく彼が口を開いた。

「何なの？」

「これは僕だけの問題じゃないと思う。君は自分にもイライラしているんだろう。ひょっとすると、僕のことより、自分に腹が立ってしょうがないのかもしれない」

「いったい何の話？」

「自分に腹が立つのは、だまされたと思っているからさ。君は、僕が望みのものを手に入れるためにセックスを利用したと思っていて、まんまと引っかかった自分を責めてるんだ」彼は一旦言葉を切って、片方の手のひらを上に向けた。「自分がばかみたいに思えるんだよ。だからつい、その矛先を僕に向けるというわけさ。簡単な心理学だね」

エリザベスはあっけに取られ、口をぽかんと開けてジャックを見つめていた。「いつ心理学の勉強をしたの？」

「僕らの関係について、何がまずかったのか考える時間はたっぷりあった。正確には六カ月」

エリザベスは不意打ちを食らったような気がした。「二人の関係をわざわざ分析しようとしてたなんて驚きだわ」

「僕らは関係なんか持ってない。あれは束の間の情事だ」

「一夜限りの情事よ」

「もっと親密な間柄になれる可能性はある。たった一晩で終わらせたのは君だ」

「あなたの正体がわかったからよ。ヘイデン・ショーが教えてくれなかったら、いつまで続いたことやら――」彼女はそこで急に言葉を切ったが手遅れだった。あとの祭りだ。

「どうりでね」ジャックは一度うなずいた。そうじゃないかと思っていたことを彼女が立証してくれた、という感じだった。「ギャロウェイの件で、糸を引いていたコンサルタントが僕だってことを、誰が君に話したのか聞きたかったんだ。ヘイデンだろうと思っていたけどね」

「彼を責めないであげて」

「誰だろうが、僕は責めたいと思った相手を責める」ジャックはメニューのほうに注意を向けた。「何かを注文して話題を変えよう。こんな話にならなきゃいいと思ってたのに、結局なってしまった」

エリザベスはメニューを手に取り、勢いよく開いた。「コミュニケーションを深めるには誤解を解くに限るわね」

「ああ、それは僕も常々言っていることだよ」彼はメニュー越しに彼女を見た。「この話題を葬り去る前に、もう一つ話しておきたいことがあるんだけどね」

「今度は何？」彼女は用心深げにジャックを見やった。

「ちゃんと記録しておいてもらいたいんだが、僕は今も昔もゴマをすったことは一度もない」

「うわあ、ヴィクトリア・ベラミーの格好、『ファースト・カンパニー』のポスターのまんまよ」エリザベスは恐れ入ったようにしゃべっていた。

ジャックはびっくりした。エリザベスがスターに会って感動しているのかと思うと滑稽ですらあった。彼はエリザベスの視線を追って部屋の向こうに目をやり、ヴィクトリアの姿をとらえた。

9

グループを作っているゲストのあいだを縫ってブロンドの女性が歩いていくさまは、さえない小魚のあいだを人魚が物憂げな気品を漂わせながらすり抜けていくようだった。時刻は一時。パーティ会場となったその大きな屋敷は人でごった返していたが、ヴィクトリアを見失わずにいるのは簡単だった。一つには、彼女が黒い服を着ていない数少ない出席者だったからだ。淡いブルーの、流れるようなサテンのドレスは、深く開いたネックラインにドレープを寄せてあり、まるで一九四〇年代後期のクチュリエサロンから出てきたかのようだ。プラチナ・ブロンドの髪はウェーブを描きながら彼女の美しい輪郭を囲み、ふっくらとした唇には口紅がたっぷり塗られ、まつ毛はマスカラの重みで下を向いていた。そして、耳元と首周りにはダイヤモンドがきらめいていた。

「ほんとだ。ポスターのまんまだな」ジャックは一息つき、もう少し近寄ってヴィクトリアを見た。「でも今夜は、銃は持ってないみたいだね。君は何を期待してたんだい？」

ジャックは話しながら、そこに集まっている人々をつくづく眺めた。ジャックとエリザベスがいるガラス張りの部屋は人であふれている。映画祭の参加者は今夜、一人残らずここに来ているのではないかと思えるほどだった。ドーソン・ホランドはこうした映画業界の片隅では影響力のある人物らしい。

部屋の装飾はシンプルだった。大部分は映画の巨大なポスターで、それらが天井から吊り下げられていたる。ほとんどは『ファースト・カンパニー』のモノクロ・シーンだ。ひときわ照明の明るいショットのほとんどにヴィクトリア・ベラミーが写っている。周囲には、手の込んだ気取った料理がたくさん並べられ、入り口の近くにはテラスに面してバーが設置されていた。先ほど、そこで飲み物を受け取る際に、ジャックはボトルのラベルから、どれも最高級品だと目ざとく気づいた。

「さあ……」エリザベスは間を置き、考えを整理しようとするかのように眉根を寄せた。「そうねえ、実物のヴィクトリアがこんなにきれいで、魅力的とは思ってなかったかも。そりゃあ、ここはハリウッドではないわ。でも、彼女は本当にスターになれそうなルックスね」

「スターらしく見えるからといって、演技が上手いとは限らない」

「確かにそうね」エリザベスも認めた。

ジャックはナッツを取ろうと手を伸ばすのにかこつけて、少しエリザベスに近づいた。隣にいる彼女を意識せずにはいられない。フローラルでスパイシーな香水がふっと漂ってくると、胃が締めつけられるような気がした。

ここに来る前、エリザベスがセクシーな細身のドレスを着て、髪を夜会巻きにしてコテージの二階から下りてきたとき、ジャックは物に当たりたくなった。欲求不満を和らげるために、何でもいいから壊したい衝動に駆られた。これから一週間、彼女と同じ屋根の下にいるのはつらいだろう。ひょっとすると、これまででいちばんつらい思いをするかもしれない。

気持ちを集中させなくては。〝仕事〟を終わらせるんだ。

「ほら見て。彼女が歩いていくと、皆が振り返るわ」エリザベスが言った。

ジャックはちらっと後ろを向き、ヴィクトリアに目を走らせた。彼女は立ち話をしており、相手はべっこう縁のメガネをかけたくせ毛のやせた若者だった。彼は真剣な表情で何かしゃべっている。「彼女は美人だ。美人は人から見られる。自然の摂理だね」

「ほかの男性陣ほど見とれていないみたいね」エリザベスは不思議がった。

「見とれてるさ」ジャックはナッツをボリボリかんだ。「でも興味はない」

「どう違うの？」

「大違いさ」

エリザベスは注意深くジャックを見つめた。「説明して」

彼はナッツをかむのをやめ、その難問に取り組んだ。

「上手く説明できるかどうかわからないけど」言葉を切り、しばらく考え込んだあと、彼は再び口を開いた。「ヴィクトリアはすごくきれいだ。自分でもそれがわかってる。でも、どんなに魅力的でも、結局セクシーとは言えないんだよな。少なくとも、僕にとってはね」

「ふーん」

ジャックはほかに説明のしようはないものかと考えた。「彼女は冷たそうに見える。まるで氷入りの水を――」彼はそこで言葉を切った。

そのときエリザベスが見せた笑みは、熱帯の海をも凍らせていたかもしれない。「ヴィクトリア・ベラミーは冷たそうだってことね？　その点について詳しく説明してもらえないかしら？」

「いや、やめておこう」彼はナッツをもう一つかみ取った。

「私と同じく、ヴィクトリアもコールド・プリンセス呼ばわりするつもり？」大事なことだからはっきりさせましょうと言わんばかりにエリザベスは静かに集中する表情を浮かべた。「それとも彼女の場合、それじゃあ言いすぎになるのかしら？　結局、彼女のこと、よく知らないんでしょう？　コールド・プリンセスに分類するのは早すぎるかもしれないわよ」

「まったく」エリザベスと気の利いた会話をしようとすると、どうしていつもこうなってしまうのだろう。ジャックは意気消沈した。

「ねえ、ジャック、この世にコールド・プリンセスが本当にたくさんいるってことが問題だと思っているの？　それとも、女をそういうふうにさせてしまうあなたの問題にすぎないのかしら？」

「僕らは理由があってここに来てるんだよ」ジャックは落ち着いて言った。「仕事に取りかかったほうがよさそうだ」

「話題を変える気ね」

「そうさ」彼はエリザベスの腕を取り、別のビュッフェ・テーブルのほうへ導いた。「この前のチャリティの晩みたいに、うまくやろう」

「ペイジがこのパーティに現れると思うのは、期待しすぎじゃないかしら？」

「最近の僕の運からすると、そうだね。でも可能性がないわけじゃない。僕が見たところ、ペイジは映画ビジネスに身を置きたがっていたし、それに伴う色々なイベントに参加したいとも思っていた。今夜のパーティに出席することは、彼にとって重要かもしれない」

「ペイジを見つけたら、私が彼を絞め殺さないよう気をつけたほうがいいかもしれないわよ」


その脚本家はスペンサー・ウエストと名乗った。エリザベスは彼を見るや、テキーラ・サンライズの飲みすぎだと思った。

「崇高なテーマ《ハイ・コンセプト》」あまりろれつが回らない口調で彼は言った。「それがすべてさ。ハイ・コンセプトが必要なのさ。さもなきゃ、ハリウッドじゃやってけないね」

「わかるわ」エリザベスは声に強い興味と感嘆の気持ちを込めようと精一杯頑張った。

スペンサーはとてもやせていて、痛々しいほど真剣だった。くせ毛で、べっこう縁のメガネをかけ、やせた肩にゆったりした麻のジャケットを羽織っている。まあ、いい人みたいね、とエリザベスは思った。しかし、見ず知らずの人たちとお近づきになろうと、この手の会話を一時間も続けたあとだったので、彼女の忍耐力も限界に近づきつつあった。

「テーマを一文で説明できなきゃだめなんだ」スペンサーはテキーラ・サンライズをさらに流し込んだ。「たったの一文でね」

「広告のキャッチフレーズみたいに？」

「そのとおり」スペンサーは気難しそうな顔をしていたが、彼女の認識には満足しているようだった。

「大変そうね」

「ハリウッドで脚本を書くなんて、何のビジョンもなく、自分の作品がどっかの委員会に回され、まるまる書き直されても気にしない低脳なやつらのすることだ。だから僕はインディーズ作品の脚本を書いてるのさ」

「『ファースト・カンパニー』にはどんなビジョンがあったの？」

スペンサーはドラマチックな効果を狙《ねら》って少し間を置いた。「〝悪い仲間《ファースト・カンパニー》に入って走り出したら、あなたはもう止まることはできない〟。これがこの映画の最後のセリフになってる」

エリザベスがうなずいた。「アンハッピー・エンディングなんでしょう?」

スペンサーが顔をしかめた。「リアルなエンディングと言ってもらいたいな」

「そうね。リアルなエンディング。あなたもそうだろうけど、脚本家にはずいぶんプレッシャーがかかるんでしょう」

「恐ろしいプレッシャーさ」

「映画にかかわっている人は皆、アイディアを一つや二つ押しつけたがったりするんじゃない?」エリザベスは慎重に言った。

スペンサーはうんざりしたように鼻を鳴らした。「一つや二つなんてもんじゃない。『ファースト・カンパニー』の脚本を書くのに僕がどれだけのアイディアを検討させられたか、想像もつかないだろうね。どいつもこいつも口を出してくるんだ。まったく、ヴィッキーのために、僕はヒロインをすっかり書き直すはめになったくらいさ」

「ヴィッキーって?」

スペンサーはいぶかしげに顔をしかめてエリザベスを見た。「ヴィッキー・ベラミー。ドーソンの奥さんだよ」

「ああ、そうね、ヴィッキーね」エリザベスはにこやかに笑った。「どうしてその役を書き直したの?」

そのときのスペンサーの表情から、エリザベスは自分がものすごくばかなことを尋ねたか、びっくりするほど素朴な質問をしたのだと悟った。

「彼女の旦那がドーソン・ホランドだからさ」スペンサーは途方もない忍耐を発揮して質問に答えた。『『ファースト・カンパニー』の財布のひもを握っているのはホランドだからね。彼は金を集め、妻が主役ならという条件でこの映画に資金を提供したんだ。当然、映画は彼の思いどおりになった。この場合、ヴィッキーの思いどおりってことになるね」

「なるほど」エリザベスは力なく笑った。「実は、今夜は友達に会いに来ただけなのよ。この映画の出資者の一人なんだけど」

スペンサーは、皮肉っぽい、いかにもわかったような顔をしてみせた。「ああ、金持ち連中のことか」

「まあね」エリザベスはどう切り出そうかと言葉を探した。「その中でヴィッキーやホランドみたいに、脚本に口を出してきた人はいるの?」

スペンサーが顔をしかめた。「現場でうろついてた連中はいるよ。邪魔だったね。何度か口を出そうとしたやつが一人いたけど、無視してやった。だって、そいつに何がわかるって言うんだい? シアトルから来た、ただの映画オタクのくせに、大物気取りでさ」

ミネラル・ウォーターを飲んでいたエリザベスはむせてしまい、激しく咳き込んだ。「シアトルって言った?」

スペンサーはテキーラ・サンライズをもう一口飲み込んだ。「ペイジってやつさ。タイラー・ペイジ」

「ああ、プロデューサーのね」

スペンサーは目をぎょろつかせた。「ペイジはクレジットされてるけど、いろんなことを取りまとめているのはドーソン・ホランドさ。小規模な作品だって、映画作りには大量の現金がいるだろう。出資者は何人かいるのが普通なんだ」

「でも、『ファースト・カンパニー』にはペイジの名前しかクレジットされてないじゃない？　どうしてだろうと思ってたのよ」

スペンサーはうんざりした顔をしていた。「おそらく、いちばん金を出してるんだろう。あるいは、ホランドと取引をしたのかもしれない。何とも言えないよ。出資者の中にはクレジットに名前を載せるためなら何だってするやつがいるからね」

突然、近くのゲストの群れからヴィクトリア・ベラミーがひらりと出てきた。

「スペンサー」

ヴィクトリアの声には、彼女のほかの部分と同様、色気があった。ハスキーな低い声。まるで『三つ数えろ』のローレン・バコールね。エリザベスは、ヴィクトリアとスペンサーが挨拶《あいさつ》のキスを交わすのを見ていた。

「素敵なパーティだね、ヴィッキー」スペンサーが言った。

「楽しんでもらえてるなら嬉しいわ」ヴィクトリアが何か問いたげにエリザベスのほうを向いた。「お友達を紹介してくださらない？」

スペンサーの目はしばらくどんよりしていた。相手の名前すら聞いていなかったことにふと気づいたのだろう。エリザベスはヴィクトリアに笑いかけ、片手を差し出した。

「エリザベスです。映画の出資者の一人が私の仕事仲間なの。私も楽しませていただいて構わないかしら、ミズ・ベラミー？」

「ヴィッキーと呼んでちょうだい。皆そう呼んでるから」ヴィッキーはハスキーな声で笑った。「ええ、もちろん構わないわ。お金を出してくれる人たちのことは、とても大切に思っているのよ。映画祭のあいだ、ずっとこちらにいらっしゃるの？」

「ええ。どのイベントもすごく楽しみにしています」エリザベスはシアトルからの飛行機で目を通したことなど、ヴィッキーは気にもならないようだ。エリザベスが苗字を名乗っていないことを視覚的メタファーとして使う手法がすごく独特。昔の名作は、現代が持つ道徳的にあいまいな部分を見事にとらえていたし、暗い都会の風景を使って――」彼女は急に話すのをやめた。「まあ、典型的なアメリカ映画ということになりますね？」

ヴィッキーがにこっと笑った。「ウエスタンもお忘れなく」

「おっしゃるとおり。ウエスタンもフィルム・ノワールもアメリカ独自のジャンルです」

「素晴らしいわ」ヴィクトリアがしみじみ言った。

ちょっとやりすぎたかしら、とエリザベスは不安になった。「何が素晴らしいんでしょう？」

「お金を出す人たちは、たいていそんなふうに映画の話をしたりしないのよ」

「私は出資者の友達ってだけですから」エリザベスはよどみなく言った。「映画ファンとして映画祭に来ているんです」

「お友達ってどなたのこと？　出資者の一人っておっしゃってたけど」ヴィッキーが尋ねた。

エリザベスは一呼吸置いた。「タイラー・ペイジです。たぶん『ファースト・カンパニー』の製作中にあなたとも会ってると思いますけど」

「ええ、もちろんタイラーなら知ってるわ」ヴィッキーが微笑んだ。「小柄な、なかなか感じのいい人だったわね。来られるときはいつも現場にやってきて、セットのあたりをぶらついてたわ。確か、目がきらきら輝いてる人だったわよね、スペンサー？」

スペンサーは大げさに肩をすくめてみせた。「金を出す人間は皆、目が輝いてますよ」

ヴィッキーがハスキーな声で笑った。「ほとんどの人が儲けを見ることはないんだもの。それくらいの夢は見させてあげないと。そう思わない、エリザベス？」

「夢は大切だわ」エリザベスが答えた。「それしか持てないときだってあるもの」

ヴィッキーは微笑んだ。「なんだかスペンサーの書くセリフみたいね。なんなら、『ファースト・カンパニー』の脚本、読んでみる？」

「ええ、ぜひ」エリザベスは即答した。

「きっと、スペンサーが一部用意してくれるわ」ヴィッキーが期待を込めた目でスペンサーを見た。

スペンサーはテキーラ・サンライズから顔を上げ、「え？　ああ、もちろんいいとも。予備の脚本が一部あるから、今夜、帰るまでに渡してあげるよ、エリザベス」

「ありがとう。感謝するわ」

スペンサーは足元をふらつかせながらヴィッキーを見た。「ストーカーのほうはどうなった？　この前、スパで危ない目に遭ったって聞いたけど」

ヴィッキーが顔をしかめた。「結局、また前みたいに、服に赤いペンキをべっとりかけられたわ。この一カ月でそいつに三回、襲われたのよ。ドーソンもだんだん心配になってきたみたい」

エリザベスはヴィッキーを見つめた。「ストーカーされてるの？」

「私を聖書に出てくる売春婦の生まれ変わりだと思っている大ばか者がいるのよ。そいつにひと月前からつけ回されてるの」ヴィッキーは片方の耳の脇で指先をくるくる回した。「本当にいかれてるわ」

「そうなの……」エリザベスが小声で言った。「こっそりつけられるなんて、そんな恐ろしいことないわ」

ヴィッキーの顎に力が入った。「確かに、ちょっと薄気味悪いわね。ドーソンのほうが私より心配してるのよ」

「警察は何をしてるの？」エリザベスは強い調子で尋ねた。

「警察なんて、たいしたことできないわ。この街の警察署長はグレシャムっていうの。とてもいい人だし、仕事熱心。でも、ここの警察は小さいし、ハイテク機器や最新技術を備えてるってわけでもないのよ。今週は映画祭で街に人がいっぱいやってくるから、おそらくそれで手一杯でしょう」

「なんなら、ドーソンがボディ・ガードを雇えばいいんだよ」スペンサーが妙な顔をして肩をすくめた。「それぐらいの金はあるんだから」

「彼はそう言ってくれたんだけど」ヴィッキーはあいまいな言い方をした。「私がしばらく様子を見ましょうと言ったの。ボディ・ガードをつけなきゃいけないなんて、考えただけで本当にぞっとするわ。そうせざるを得なくなる前に警察がつかまえてくれたらいいんだけど」

「幸運を祈ってるよ」スペンサーが飲み物に向かってもごもごつぶやいた。

「ありがとう」ヴィッキーはそう言ってあとずさりした。「そろそろ失礼するわ。皆さんに挨拶して回らないといけないから。どうぞ楽しんでってちょうだい」

人込みに消えていくヴィッキーをスペンサーはじっと見ていた。エリザベスは、ほかにも数名の男性が、それに女性も一人か二人、同じようにヴィッキーを見ていることに気づいた。エリザベスは、少し前にジャックが言っていたことを思い出し、スペンサーを試してみることにした。

「彼女、本当にきれいよね？」何気なく尋ねた。

「ああ。驚きなのは、ヴィッキーがまんざら悪くない女優だってことさ。ハリウッドには向いてないが、悪くはない」

「気の毒だわ。ストーカーだなんて。きっと、ものすごく怖いでしょうね」

スペンサーが短く、ほえるような声を上げた。おそらく笑ったつもりなのだろう。「僕ならヴィッキーのことも、ストーカーのことも、あまり気にしないけどね」

「どういうこと?」

「賭けてもいい。あれは全部、宣伝目的のやらせさ。ひょっとすると、ヴィッキーが自分で思いついたのかもしれない」

エリザベスはびっくりした。「本気で言ってるの?」

「もちろん」彼はエリザベスの反応を面白がっているようだ。「ねえ、お嬢さん、ここはハリウッドじゃないかもしれないけど、映画業界であることに変わりはないんだ。ヴィッキー・ベラミーみたいな人たちにとって、知名度は自分の血と引き換えにできるほど大事なんだよ」

「ぞっとする話ね」

「そんな話でびっくりしてるようじゃ、まだまだ甘いね」スペンサーはテキーラ・サンライズを飲み干した。

「フィルム・ノワールについて言えば、すべては視覚効果と照明で決まる」バーナード・アストンは明言した。「視覚効果と照明をうまく使わなきゃいけない」

「それに、金もね」ジャックが付け加えた。

彼は部屋をぐるりと見渡し、エリザベスを探した。彼女のほうが運に恵まれているといいのだが。これまでのところ、照明技術者一人、撮影スタッフ一人、『ファースト・カンパニー』の端役二人と話をしたが、誰もペイジのことは知らないし、気にもかけていないようだった。ようやく監督のアストンをつかまえることができたものの、彼もほかの人々と同様、たいして役には立ちそうになかった。

バーナードは背が低く肉づきのいい男で、デニムのデザイナーズ・シャツのボタンを胸の下まで外していた。白髪まじりの薄い胸毛に覆われた胸部に、アンクと呼ばれるエジプト十字架のシルバーのペンダントをぶら下げ、髪を無造作にポニーテールにしていた。こんな格好をしていても、どうも本人の理想とするイメージは演出しきれていない、とジャックには思えた。

「金の工面はプロデューサーの問題だ。私は監督として、視覚効果と照明に意識を集中させなくてはならない」バーナードが説明した。

「そうですね。でも、資金の調達はドーソン・ホランドがやってくれたんだから、思う存分、集中できたんじゃないですか？」

「まさか。ホランドには最初からいらいらさせられた。『ファース・トカンパニー』に資金を提供する主な条件として、ヴィッキーにヒロインをやらせるってことをはっきりと打ち出してきたんだからな。正直言って、彼女を上手く見せるのは容易じゃなかった。女性はどうしても軟弱な演技をしがちなんだ」

ジャックは天井から吊り下がっている巨大なポスターの一枚に目をやった。「あの写真の彼女はすごくいいと思いますけどね」

「視覚効果と照明のおかげさ」バーナードはマティーニのグラスからオリーブを取り出し、口に放り込んだ。「ヴィッキーにも何度もいらいらさせられた。ハリウッドでは通用しなかった女優だからね」

今夜、ここに来ている連中の中で、ハリウッドで成功し損ねたのはヴィッキーだけじゃないだろうに、とジャックは心の中でつぶやいた。

ジャックはタイラー・ペイジの話題を引き出す質問を考えていた。そのとき、バーナードはジャックの背後に目をやり、挨拶代わりにぞんざいにグラスを掲げた。

「いいパーティになったな、ホランド」

「礼ならヴィッキーに言ってくれ。こういうことは彼女が仕切っているのでね。楽しんでもらえてるなら嬉しいよ、アストン」

品のいい、さらりとした声を耳にし、ジャックは実にさりげなく振り返った。そしてドーソン・ホランドに素早く目を走らせ、ラリーがくれた情報と照らし合わせた。

年齢は五七歳。妻より二〇歳以上年上だが、ラリーから知らされていなかったら、なかなか年齢の見当はつかなかっただろう。ドーソンは品のある禁欲的な顔立ちをしていて、髪には程よく銀髪が混じっていた。〝気品のある顔〟。彼のことを表現するのに、たいがいの人はおそらくこの言葉を思い浮かべるだろう。ドーソンは体を鍛えているらしく、身のこなしも軽かった。黒いシルクのシャツに黒いパンツという装いだが、あまりハリウッドっぽく見えないようにしているのがうかがわれた。

ドーソンはジャックを見て、かすかに笑みを浮かべた。上品な灰色の目が、いぶかしげな表情を浮かべていた。「初めてお会いしますね」

「ジャック・フェアファックスです」ジャックは右手を差し出した。「ええ、僕はご招待を受けているわけではありません。連れの女性と押しかけてきちゃいましてね。一つだけ言い訳をさせてもらうと、プロデューサーと知り合いなんです。プロデューサーというか、正確には映画にクレジットされてる人物ですけどね。タイラー・ペイジのことです」

「いや、まったく問題ないよ、ジャック」ドーソンは銀行家のように力強い握手をした。「映画に金を注ぎ込んでくれる人たちの商売仲間はいつでも大歓迎だ。君も一口乗る気はないかね？」

「さあ、僕は……」ジャックは思わせぶりにポスターに目をやった。「映画は金がかかりそうだ。それに、金銭的な面から見ると、インディーズ映画はギャンブルだって聞きましたからね」

「おっしゃるとおり」ドーソンは思わずクックッと笑った。「だが、完成した作品は何物にも代えがたい。そうだろ、アストン？」

「ああ」一瞬、アストンの目がきらっと光った。「この世に映画作りに勝るものはないな」

「ジャック、君とご友人は映画祭が目的でこちらに来られたのかね？」ドーソンが尋ねた。

「連れが古い映画のファンなもので」ジャックは肩をすくめた。「だから一週間ずっといるつもりですよ」

「ご友人はいい趣味をお持ちだ」ドーソンがウィンクをしてみせた。「それと、ご婦人を喜ばせておいて損はない」

ジャックは部屋の向こうに目をやり、エリザベスを見た。彼女はメガネをかけた若い男と熱心におしゃべりをしていた。

「喜ばせるのが人一倍、難しい女性もいるんですよ」

10

ドーソンは枕にもたれかかり、ターコイズ・ブルーと白のタイルが張られたバスルームから出てきたヴィッキーを眺めていた。彼女は先月パリで買ってきたバスローブをまとっている。えび茶色の重みのあるシルク地に、手の込んだ花柄模様の刺繍が施されたローブだ。彼女は髪を頭のてっぺんでまとめていた。

化粧はもう落としてあった。ノーメイクでも彼女はやっぱり、息をのむほど美しい。前の二人の妻も美人だったが、ヴィッキーの足元にもおよばない。

ドーソンは股間にいつもの重苦しさを感じた。多くの男たちがヴィッキーの美しさを決して見逃さないことは知っている。だが、ばかな男どもは、彼女の頭が切れることに決して気づかない。しかし、彼は気づいた。だから彼女はほかの男ではなく、彼を選んだのだ。ヴィッキーは自分の美しさを利用しても、それしか見えない男、彼女の内面などどうでもいいと思っている男たちをひたすら軽蔑していた。

ドーソンは一瞬、先月、ロサンゼルスで会った赤毛の女のことを思い出した。名前は思い出せないが、いい胸をしていた。もっとも、ヴィッキーの胸には遠くおよばないが。彼は内心ため息をつき、どうして一夜限りの情事を繰り返してしまうのか考えた。ヴィッキーと結婚してからの二年間、夜をともにしたほかの女たちは、彼にとって何の意味もなかった。名前も知らなければ、誰が誰だか区別もつかない。そのような女と過ごすときは、ヴィッキーと一緒にいるのだと空想するのが常だった。

ヴィッキーのような女とベッドをともにしているというのに、どうしてほかの女と無駄な時間を過ごしてしまうのだろう？　この数カ月で、同じ疑問に悩まされることがどんどん増えていた。精神科医に診てもらったほうがいいかもしれない、と真剣に考えるほどだ。

ドーソンはヴィッキーが化粧台の前に置かれた白いビロードの椅子に座り、すらりとした脚を組む様子を眺めた。ヒールの高い室内履きが片方の足にぶら下がっている。

「今夜は万事うまくいったな。いつものことながら、君の美しさには目を見張った」

「ありがとう。嬉しいわ」彼女はぼんやりしながら片方の足首をぶらつかせ、鏡越しに彼と目を合わせた。「でも、ストーカーのことがちょっと問題かもしれないわ」

「どうしてそんなことを言うんだ？」

「皆、あれは宣伝目的のやらせだと思いはじめているみたい。スペンサー・ウエストがそう言ってたの。私にはわかるわ。彼は疑ってるのよ。それに、そう思ってるのは、きっと彼だけじゃないわ。そろそろ終わりにしたほうがいいかもしれない」

「映画祭のあいだはこのまま行こう。この前の事件のあと、地元の新聞はかなりのスペースを割いて君のことを取り上げた。疑う連中がいたって構やしない。たいしたことじゃないさ。

それで我々が費やした金の元は取れるだろう」

ヴィッキーがにこっと笑った。「あなたが費やしたお金でしょう」

「私は喜んでそうしてるんだ。本当さ。君のキャリアを前進させるのに役立つなら、投資のしがいもあるというものだ」

ヴィッキーから笑顔が消え、深く考えこんでいるような顔になった。「ドーソン、あなたには感謝の言葉もないわ」

「どういたしまして」

彼女は組んでいた脚を元に戻して立ち上がり、シルクのローブのベルトをほどいた。下には何もまとっていなかった。

ドーソンは自分自身が石のように硬くなるのを感じた。「ああ、君は本当に美しい」

ヴィッキーは再び微笑み、明かりを消すと、暗闇の中、ドーソンに近づいていった。彼女にくわえられると、ドーソンはまるで津波にさらわれ、その渦に巻き込まれたような気分になった。ほかの女と寝るときは、自分があれこれ尽くさなければならないのに、ヴィッキーは熟練した高級娼婦《しょうふ》並みのわざで愛の営みをしてくれる。彼はただ仰向けに横たわり、スリルに浸っていればいいのだ。

ロサンゼルスで赤毛の女と浮気をしたことで、さっきは色々と疑問が浮かんだが、それもすぐに消えうせた。ほかの女の存在はヴィッキーに知られないようにしよう。彼女がまたがってきたとき、ドーソンはそう誓った。彼はいかなるときも慎重だった。

ドーソンは、彼女を思いやって分別を働かせているんだと考えたかった。何と言っても、彼女は妻なのだから。それぐらいの気遣いは受けて当然だ。

彼は強烈なオルガスムと衝撃の波に襲われ、体の力がすっかり抜けていくその直前まで、ヴィッキーが写った『ファースト・カンパニー』のポスターをしげしげと眺めるジャック・フェアファックスの様子を思い浮かべていた。ジャックの目には、何かを読み取ろうとする表情が浮かんでいた。おそらく、ヴィッキーとベッドをともにしたら、どんな感じなのかと想像していたのだろう。

だが、その疑問に対する答えをフェアファックスが知ることはない、とドーソンは思った。なぜなら、前の二人の妻たちとは違い、ヴィッキーは夫を裏切らないからだ。ヴィッキーの場合、人生で優先すべきことは最初からはっきりしていた。彼女が切望しているのは、ドーソンの金がもたらす経済的安定であり、映画スターになることだ。彼がこれまで知り合った女たちと同様、ヴィッキーもオルガスムに達するふりはできるのだろう。だが、個人的にはセックスにさほど興味は持っていないのだとドーソンはほぼ確信していた。彼女は夫が与えてくれるものと引き換えに体を提供しているだけなのだ。

ヴィッキーは金のかかる女だが、それだけの価値があった。これまで多くの女と寝てきたけれど、ヴィッキーに匹敵する女は一人もいない。

その後、ドーソンはセックスで疲れ果て、ベッドに倒れ込んだ。だが、その直前に何を考えていたかといえば、やはり、自分はなぜわざわざほかの女と浮気をするのだろうということだった。

11

ジャックは、ごぼごぼ音を立てているホット・タブに浸かっていた。暗闇の中、水面から湯気が立つ様子は見えなかったが、バスタブを包み込む、その暖かな空気を感じ取ることはできた。

数分前にロフトから下りてきたとき、彼は明かりをつけなかった。バスタブの内側にある水中ランプも消したままにしておいた。デッキを唯一照らしていたのは、月と星が放つ冷たい光だけだった。

ジャックはバスタブの縁に沿って両腕を伸ばし、後ろにそり返って深夜の空をじっと見つめていた。時刻は午前二時を過ぎている。彼とエリザベスは一時少し前にこのコテージに帰ってきた。

ジャックの知る限り、エリザベスはベッドに直行してしまい、それが何やらはっきりしない理由で彼を苛立たせていた。彼が隣の部屋で横たわり、夜のとばりが下りた山を窓越しに見つめているというのに、なぜ彼女はあっさり寝入ってしまえるのか？　答えは単純明快だった。目と鼻の先に彼が寝ていようとも、エリザベスの気持ちはこれっぽっちも動かなかったということだ。

結局、ジャックはホット・タブにでも浸かれば、もっと頭が冴えるだろうと思ったのだ。以前にも真夜中に最高のアイディアが浮かんだことがあった。しかし、それにはリスクも伴う。なぜなら、これまでの最低最悪のアイディアも夜中に思いついていたからだ。たとえば、ギャロウェイ社買収を推進しているのは自分だと告げる前にエリザベスと付き合うことにしてしまったのもその一例だった。半年前、あの素晴しいアイディアが浮かんだのも午前三時を少し回ったころだった。

ジャックは、ホット・タブのブーンという控えめなモーター音と、湯が泡立つ穏やかな音に耳を傾けた。ほかに聞こえるものといえば、近くの木の枝が風にそよぐ音だけだ。

そして、ふと気づいた。大人になってからは当たり前のことのように思っていたが、自分には特定の目標に意識を集中させる能力がある。昔、父親のソイヤー・フェアファックスから、それは作曲ができたり、絵が描けたりするのと同様、天賦の才能だと言われたことがあった。父親いわく、どんな才能も使わなければ失われる。だからジャックは、これまでその才能を活用してきたのだ。

彼が半年前に犯した大きな過ちは、二つの目標、すなわちエリザベスとエクスカリバーに同時に意識を集中させようとしたことだった。

彼はすでに一つ目の目標を失った。二つ目もいつ失うかわかったものではない。

そのとき、背後でガラスの引き戸が開く音がした。

「ジャック？」エリザベスは好奇心に駆られて、鋭い声を出した。「こんなところでいったい何やってるの？」

「考え事」

「あら、そうなの」そこで一瞬の間があった。「ちょっと待ってて。私も入るから」

「いや、それはちょっとまずいんじゃ……」ジャックは小声で言った。声が小さすぎて、彼女には届いていない。

エリザベスはコテージの中に消えていき、ロフトの明かりがついたが、彼女はすぐにまた姿を現した。ジャックは暗い陰の中から近づいてくる彼女を眺めた。ふかふかの白いタオル地のバスローブに包まっている。

エリザベスがバスローブのベルトを解いたとき、熱いものがジャックの体を貫いた。下りてくる前に明かりを消してきてくれればよかったのに。ロフトの窓からもれてくる光だけでも、彼女の姿が目に入ってしまう。

バスタブに入ってくるあいだ、彼が平気でいられるとエリザベスが思っているとしたら、よく考え直してもらう必要がある。

バスローブをするりと脱いだ彼女は、ワンピースの水着を着ていた。裸の彼女とホット・タブに入るという幻想もそこで終わった。

エリザベスは彼に怖い顔をしてみせながら、中に入ってきた。「ジョークでも言ってくれない？」

「嫌だね」

「どうして？」

「自分をネタにすることになるからさ」

エリザベスはまたしても不可解な表情を素早く浮かべ、ベンチの一つに腰を下ろした。胸のなだらかな膨らみのあたりで湯が泡立ち、暗がりの中でも、その様子を見ることができた。しかし、水面下にあるものは何もかも隠されている。想像力を働かせるしかないな、とジャックは一瞬考えたが、それもいいアイディアではないことに気づいた。

「結局、眠れなかったのかい？」

「少し眠ったわ。でも、ちょっと前に目が覚めて、考え事を始めちゃったの」エリザベスは頭をそらせ、バスタブの縁に載せた。「今夜はあまり収穫がなかったわね」

「そうは思わない。『ファースト・カンパニー』のセットでうろついていたタイラー・ペイジを知ってるという人物をたくさん確認できたじゃないか。あの中の一人が、彼の居場所について、何かヒントをくれるかもしれないだろう？」

「ミラー・スプリングスは今、人であふれてるわ。彼が街のどこかにいるとすれば、何週間も前に予約を入れてたはず。ひょっとすると――」

「その線ならもういいんだ。最初にラリーに当たってもらったよ。この街や近くのホテル、モーテル、B&B、どこにもタイラー・ペイジが予約を入れた記録はない。彼がこの街にいるとすれば、偽名を使って潜んでいるんだろう。それにラリーの調べじゃ、クレジットカードを使った形跡もないらしい」

エリザベスはその点についてしばらく考えていた。「何週間も前に偽名で予約を入れ、クレジットカードも小切手も使っていないとすると、きっと、クリスタルのサンプルを盗み出す計画はかなり前に立てていたんだわ。これは思いつきでやったことじゃなかったのね」

「そのとおり。あいつはずっと前から計画してたんだ」

「こんな用意周到に悪巧みをするなんて、あなたから聞いていた彼の性格にそぐわないわね。ぼんやりしていて、ちょっとだらしのないやつだって言ってたでしょう。仕事となると話は別だってことだったけど」

「ひょっとすると彼は、クリスタルを盗み出すことも研究開発の一環ととらえていたのかもしれないな。そこで、これまで仕事に注いできたエネルギーをそのままこの計画に向けた……」

「あるいは、手引きした人間がいるのかもしれないわね」エリザベスが静かに言った。

「う……」ジャックがうめくような声を上げ、バスタブの中に沈み込んだ。「その可能性は考えないようにしてたんだ。複数の人間がかかわっているとなると、この事件はもっとややこしいことになってしまうから」

「でも可能性はあるわ」

「ああ、可能性はある。だが、いい面を見ると、タイラー・ペイジが働いていた研究室で謎の失踪を遂げた人間はほかにはいない。彼には親しい友人や親戚《しんせき》もいないようだしね」

「恋人は?」

ジャックは鼻を鳴らした。「エクスカリバーでペイジを知っている人は皆、言ってるよ。彼には異性関係はなかった。女性には興味がなかったらしい」

「男には?」

ジャックが首を横に振った。「男にもないよ。彼の頭にあったのは、ソフト・フォーカスと映画を作ることだけだ」

エリザベスが目を閉じた。「彼は見つからないかもしれないわね、ジャック」

ジャックはバスタブの縁にかけた指を曲げた。「見つけるさ。ペイジは映画祭に必ず現れる。この誘惑に勝てるわけがない」

「本当に確信があるのね?」

「前にも言ったけど、何に最大の情熱を注いでいるかがわかれば、その人の弱点もわかる。ペイジは『ファースト・カンパニー』に情熱を注いでいた。遅かれ早かれ彼は現れるさ。僕の考えは変わっていない。ペイジは僕にクリスタルを買い戻させようとするだろう」

「どうしてそこまで確信が持てるの?」

「売る以外に、彼はあれをどうすることもできないからさ。それに僕は最も見込みのある買い手だからね」

エリザベスは目を見開いて彼を見た。「あなたは二日前、自分のプロとしての評判をタイラー・ペイジに台無しにさせるつもりはないとか何とか言ってたけど、ヴェルトラン向けのプレゼンまでにサンプルを取り戻せなかったら、どうするつもりなの？」

「今はエクスカリバーを救うことしか考えていない」ジャックは冷静に言った。

「それと自分の評判を守ることね」

「そう、自分の評判を守ることも」

「今回は厄介な会社を選んじゃったわね。でも、ほとんどそんな会社ばかりだったんでしょう？」

彼はエリザベスをちらっと見た。「今度は何の話だい？」

「あなたの引き受ける仕事のこと。この六カ月間でちょっと調べてみたの。エクスカリバーが初めてじゃないのね。あなたは、一族が支配する小さな会社をこれまでいくつか救ってきた。なぜなの？」

いったいどういうことなんだ？　なぜ彼女はこんなに熱心なんだ？　ジャックはすっかり混乱していた。「エクスカリバーのような会社を立て直すこと。それが僕の仕事だ」

「たぶんね。でも、あなたはすごく頭がいいから、エクスカリバーみたいにどう転ぶかわからない会社にかかわって時間を無駄にする、なんてことはしないだろうと思ってたわ」

「賭けが好きなのさ」

「ソフト・フォーカスを取り戻せたとしても、それを市場に出すための資金を集められるかどうかわからないのよ」

「取り戻したら、僕が市場に出す」

「損失が少ないうちに手を引いて、また別のクライアントを見つければいいじゃない」

ジャックは泡立つ湯の向こうにいる彼女を見た。「いったん契約書にサインをしたら、クライアントから逃げたりはしない」

「そうなると、別の疑問が出てくるわ。何人かの知り合いに電話をして、あなたの過去の契約について訊いてみたの。あなたの仕事ってパターンがあるみたいね」

「いったい何なんだ？　半年間、僕に関する資料ファイルを作って過ごしてたのかい？」

「丸半年、そんなことをしてたわけじゃないわ。ちょっと時間を割いただけよ」

ジャックはびっくりして口もきけなかった。資料ファイルを作ってただって？　僕のファイルを？　怒るべきなのか、用心すべきなのか、得意になるべきなのか、さっぱりわからなかった。

「まったく」結局、彼はどっちつかずの言い方をしてしまった。

「あなたは大抵、悪戦苦闘中の、閉鎖的あるいは一族が支配する小企業と契約を交わしていることに気づいたの。ギャロウェイ乗っ取りの戦略を練るためにモーガンと契約したのは、いつものパターンからすると例外だったけど」

ジャックは星を見上げた。「目的を達成するには、モーガン社クラスの企業が必要だったんだ。事業規模が小さいと、他社を買収する動機や資金がないかもしれないからね」

エリザベスは弱々しく笑った。「そして、あなたはギャロウェイに復讐しなければならず、そうしようと決意してたってことね？」

彼は何も言わなかった。

「ねえ、どうして株式非公開の小さな会社としか契約しないの？　一般的に、会社が大きければ、それだけ企業再建コンサルタントに支払われる報酬も大きくなるでしょう。あなたと同じ立場にあるトップ経営者が大企業の舵《かじ》取りをする場合、辞めるときに高額の退職金を受け取っていることは誰でも知ってるわ。たとえその会社が潰《つぶ》れても、型どおり、サラリーのほかにボーナスをもらってさっさと去っていく。でも、あなたはそういう契約にはサインしないのよね？」

「君は何でも知ってるんだろう？」

「あなたの職歴はすべてファイルしてあるから」

「ふーん」ファイル。僕に関するファイル。

「説明してもらえない？」彼女が促した。

ジャックは慎重に言葉を選んだ。「小規模の家族会社で働くのが好きなんだ。そういうところのほうが僕の権限が大きくなるし、成果を左右するチャンスが増える。それに、なだめたり、機嫌を取ったりしなきゃいけない株主もいないからね」

エリザベスは面白がっているような、そんなの信じられないと言っているような顔を向けた。「つまり、エクスカリバーの役員のような、つまらないことでごちゃごちゃ言ってくる家族を相手にするほうが好きだと本気で言ってるのね？」

エリザベスの皮肉たっぷりな口調に、彼は短くにやっと笑った。「中でも、アンジェラ・

インガーソルの相手をするのはやりがいがある。僕の心の中にある暗い秘密を知りたいかい？」

「どういうこと？」

「この半年のあいだに、君が役員会のメンバーにしろとしつこく迫ってくれたことに、とても感謝してるんだ」

エリザベスはしたり顔を向けた。「自分を援護させるために私を利用してきたんでしょう？」

「ああ」

「よかった。私はあなたにとって、容赦ないイバラのトゲじゃなかったのね」

「そうは言ってない。役に立つトゲだったってだけさ」

彼女はしばらくジャックを見つめていた。「要するに、やりがいと、自分が仕切っている実感が伴うってことが大事なのね？」

「今度は何の話だ？」

「あなたがいつも小さな会社のために仕事をする理由。あなたはやりがいが感じられて、企業を方向転換させなきゃいけないような状況で指揮を振るうのが好きなのよ」

「さっきも言っただろう。それが僕の仕事だ」

「ずいぶん男らしいのね」彼女の口元が少しゆがんだ。「荒野の用心棒が現代によみがえったってところかしら。どんな困難があろうとも雇い主に忠誠を誓い、仕事が済んだら、夕日に向かって去っていくのね」

ジャックは反応しなかった。

「ねえ、ジャック、それだけじゃないんでしょう？」エリザベスはとても穏やかに言った。

「どうしてこんな会話をしてるのか教えてもらえないかな？」

「午前二時を回ってるからじゃない？」一瞬、間があった。「こんなところに出てくるべきじゃなかったかも」

「いや、そんなことはないさ」

エリザベスは泡風呂の中で急に立ち上がった。光沢のある、体にフィットした水着が濡れて、細いウエストと豊かなヒップにぴったり張りついている。「なんだか、ひどい議論になってきたわね。ベッドに戻るわ」

ジャックは彼女がホット・タブから上がる様子を見ていた。「本当に僕のファイルがあるのかい？」

「分厚いやつがね」彼女がバスローブを羽織った。「お互いのためにも、あなたが実績どおりの優秀な人材であることを祈ってるわ」

彼女はくるりと向きを変え、暗い戸口のほうへ歩いていった。

「ああ、僕もそう祈ってるよ」ジャックも立ち上がり、泡風呂を横切ってバスタブのステップを上り、外に出た。

「ジャック、本当にもう……」

彼は腰にタオルを巻いていた手を止め、戸口のほうに目をやった。「今度は何なんだ？」

エリザベスはしばらく彼を見つめていたが、急に顔をそむけた。

「何でもないわ」その声は妙にくぐもっていた。

「いったいどうしたんだ？」

「気づかなかったのよ……」彼女はジャックに背を向けていた。「てっきり、あなたも水着を着てるとばかり思ってたの」

「なんでそんなものを着てなきゃいけないんだ？　だいたい水着なんか持ってきてないよ」

「何か言ってくれてもよかったじゃない」彼女は声のトーンを上げて言い返した。

「ああ、そうだね。メモして僕のファイルに入れといてくれ。〝ホット・タブの中で海パンははかない〟ってね」

ジャックはコントロール・パネルのところへ行き、ホット・タブのスイッチを切った。**逃げる時間をたっぷり与えてやろう。**

しかし彼が振り向くと、エリザベスは相変わらず暗い戸口に立っていた。彼女は再びジャックと向き合い、胸の下でしっかり腕を組み、ふさいだような、不可解な目で彼を見つめている。

「ごめんなさい」その言い方はぎこちなかった。「過剰反応だったわね」

「そんなこと気にしなくていいよ」彼は湯気で湿った髪に片手を突っ込み、水滴をぽたぽた垂らしながら彼女のほうに近づいていった。「二人とも、ここでは相当なプレッシャーがかかってるからね」

「ええ」彼女は顔をしかめた。プレッシャーという言葉がとりわけ新しい厄介な発想に思え、今の今までそんなこと考えてもみなかった、といった様子だ。「そのとおりね。お互い、それを頭に入れておかなくちゃいけないわ」

「じゃあ、そうしてもらおうかな。もう寝るよ」ジャックは戸口のところで彼女を通り越そうとした。

「ジャック？」

彼は立ち止まり、振り返ってエリザベスを見た。彼女は手を伸ばせば触れそうなほど近くにいた。腕の中に抱き寄せられるほど、目の中のとりつかれた表情をのぞきこめるほど近くに。

「何？」彼は優しく尋ねた。「この一週間、二人でやっていけるか心配なのかい？」

「いいえ」

「そりゃよかった」ジャックはエリザベスにさらに近づき、ガラスの引き戸枠の彼女の頭上に片手を置いた。「僕はものすごく心配だけど」

「どうして？」彼女は顎をつんと上げたが、逃れようとはしなかった。「あなたがホット・タブに入っているのを見るたびに、私が興奮するんじゃないかとでも思ってるの？」

「いや」ジャックはエリザベスのほうに体を倒した。「君を見るたびに、半年前の続きを始めたくなるからさ」

「どうしてそんなことがしたいわけ？　私をコールド・プリンセスと呼んだくせに。忘れたの？」

「あのときは腹が立ってたんだ」

「もう怒ってないとでも？」

「今だって思い出すと腹が立つさ。でも、だからと言って、半年前の続きを始める気がないってことにはならないよ」

彼女のまつ毛が目を覆い隠した。「そんなのばかげてるわ。ものすごく」

「ものすごくね」彼は片手をドア枠に置いたまま、もう片方の手で彼女の強情そうな顎を持ち上げた。「でも、僕がばかなまねをするやつだってことは、皆、知ってるさ」

「たぶん、そこまでばかじゃないでしょう」

「どうかな」

「前と同じってわけにはいかないのよ」エリザベスはきっぱりと言った。「今はね」

二人で過ごした一夜がジャックの頭をよぎり、あのとき感じた激しい衝動が思い出された。そう、あのときはエリザベスに対する反応に自分でも驚いてしまった。絶対的支配権を握り、細かいところにも注意を払うという、ビジネスと同じ流儀でいつもはセックスをするのに、大失態を演じてしまった。ちょっとした兆候が、おまえは急ぎすぎだとはっきり警告を発していただろうに、まったく気づきもしなかったのだ。いや、正直に白状するなら、そんな兆候に気づいたところで、たいして勢いを落とすことはできなかっただろう。あの最初の夜ではだめだったに違いない。だが彼女を抱き、満足させられなかったせいで、ひどい代償を払うことになったのだとわかっている。そして翌朝、彼女は僕がギャロウェイ乗っ取りを裏で指揮した男だと知り、ベッドをともにする次の機会はなくなってしまった。

「いちばん避けたいのは――」彼はとても低い声で言った。「前と同じパターンを繰り返してしまうことだ」

「ジャック――」

「今度はまったく違った状況になると保証するよ」

エリザベスは咳払いをした。「あなたは見当違いをしているわ」

「そうは思わないね」ジャックは彼女の唇のわずか数センチ上のところまで自分の唇を持っていった。「君だって、夜の闇の中に逃げもしないし、叫びもしないじゃないか」

「そうすべきかしら?」彼女は押し殺した声で言った。

「確かめてみよう」

ジャックは唇を重ねた。

半年前と同様、急激な興奮が彼を襲った。しかし今は心の準備ができていた。大きな竜巻のど真ん中で強風にあおられながら、足を踏ん張って持ちこたえていた。今度こそ、うまくやろう。今度こそ自分をコントロールしてみせる。

彼は自分を抑え、自分が望んでいる反応を探りつつ、キスを長引かせた。エリザベスは体を引き離しはしなかったが、彼の首に腕を回すこともしなかった。ジャックは前かがみになり、さらに彼女に近づいた。バスローブに覆われた彼女の小さな胸が張りのある曲線を描いているのが感じ取れる。彼女の体はまだ少し湿っていた。

エリザベスは両手を彼の肩に置き、唇を少し開いた。

突然、ジャックはひねくれた気持ちになった。彼女は僕のことも、そして、おそらく彼女自身のこともじらして様子をうかがおうとしているのではないだろうか? 様子見をしても、今度は半年前のように頭から飛び込むつもりはないらしい。

ジャックは絶望的な気分に襲われそうになった。自分はずっと幻想を抱いていたのだ。これまでは頭の片隅で、次のチャンスが与えられたら、彼女の心に火をつけることができると確信していた。でも、もしその考えが間違っていたら?

ジャックはドア枠から手を離し、エリザベスを両手で抱き寄せた。彼女は小さな、押し殺したような声を上げた。抗議の声ではないが、かと言って降参の合図というわけでもなかった。それでも彼には、初めて嘘偽りのない反応がわずかながら見て取れたという確信があった。

ジャックはさらに熱烈なキスをした。そして、ついにエリザベスも彼に体を預けた。彼の中に安堵と期待が込み上げてきた。

「これがテストなら――」彼は彼女の唇にささやいた。「合格に必要なことは何だってするよ」

ジャックはすぐ、チャンスを逃したと悟った。彼女は体をこわばらせ、彼を押してかすかに逃れようとした。陰になったその目は謎めいた表情を浮かべている。「予告してくれてありがとう」

彼は再び、エリザベスの頭上のドア枠に片手を持っていき、そこを強くつかんだ。これでだめなら、彼女をもう一度、抱き寄せるかだ。しかしそれが得策ではないことはわかっていた。

「なんだ。結局、夜の闇に向かって叫びながら、走って逃げることにしたのかい？」

「歩いていきます。走ったりしないわ。それに、叫ぶ必要があるとも思わないけど」エリザベスは、ぴんと伸ばした彼の腕の下から抜け出ると、居間の暗がりを奥へ奥へと進んでいき、ロフトへ向かった。

エリザベスは彼のもとを去り、ベッドに戻っていった。独りで……。ジャックは、冷たい凍りついた手で腸《はらわた》をつかまれたような気がした。今夜はもう、次のチャンスは訪れないだろう。

「半年前に僕が君にしたことで、いつまで僕と自分を罰し続けるつもりなんだ？」

エリザベスは階段の下で立ち止まり、肩越しに彼をちらっと見た。暗くて、ジャックには彼女の表情が見えなかった。

「今週、あなたはソフト・フォーカスを探すことで手一杯だと思ってたわ。でも、本気で別の挑戦がしたいって言うなら、コールド・プリンセスを誘惑するなんてことを繰り返すより、もう少しましなことに励んだらどう？」

「僕がこんなまねをするのは、君とのことを一種の挑戦と見なしているからだと思っているのか？」

「ええ。まさにそのとおりよ」

「そんなんじゃない」

彼女はじっとしていた。「何が望みなの？」

「次のチャンスだ」

「どうして？」

「僕は君が欲しいし、君も僕を欲しがってると思うからさ。それとも、さっきキスをしているあいだに起きたことは僕の幻想だったのかな？」

エリザベスは何も言わず、彼をじっと見つめたまま、いつまでもそこに立っていた。それから、何も言わずに階段を上ってロフトの暗闇の中に消えていった。

ジャックは息を吐き出した。それまで息を止めていたことにすら気づかなかった。そして目を閉じ、片手をぎゅっと握り締めた。次のチャンスはもうないんだ。

「ジャック？」ロフトからエリザベスの声がふわりと降ってきた。

ジャックは目を開け、努力をして上を見た。彼女は手すりから少し身を乗り出している。白いバスローブのぼんやりした輪郭が目に入った。

「今度は何だ？」

「考えておくわ」

電話が鳴り、ジャックの途切れがちな眠りを台無しにした。彼は目を開け、時計をちらっと見た。四時三〇分。

電話が再びわめき声を上げた。

ジャックは手探りで受話器を探し、枕の上にたぐり寄せた。

「フェアファックスだ」

「ミラー・スプリングスまでやってくるとは、なかなか切れますな、ミスター・フェアファックス。でも、心配にはおよばない。もともと君はリストに載っているんだから。どのみち場所を知らせるつもりだったんだ」

ジャックは急に目が覚めた。「何のリストだ？」

「オークションにご招待する方々のリストだ。君のいないところで、ソフト・フォーカスを売却するなんてことは夢にも思わないさ」

「いつ？　どこでやるんだ？」

「落ち着きたまえ、ミスター・フェアファックス。時間と場所は連絡する。それはそうと、街にいるあいだは映画祭を楽しんでくれたまえ」

「誰なんだ？」

「私のことかね？　私は競売人だ。あ、そうそう、コールバックをしようとしても時間の無駄だ。公衆電話からかけてるのでね」

ガチャと音がして、何も聞こえなくなった。

明かりがついた。ジャックは枕で体を支え、エリザベスが彼のロフトに駆け込んでくる様子を眺めた。顔の周りで髪が揺れ動いている。彼女はバスローブのベルトをいじり回していた。

「誰だったの？」エリザベスは心配そうに尋ねた。

「競売人だと言っていた。僕はソフト・フォーカスの入札者として招待リストに載っているらしい」

「入札？　つまり、オークションがあるってこと？」

「そのようだ」

彼女は顔をしかめた。「クリスタルを買い戻せるかもしれないと言ってたけど、あなたの憶測もここまでね。オークションなんかやったら、値段がすごく釣り上がってしまうわ」

「そうだな」

エリザベスはジャックと目を合わせた。「電話の主はタイラー・ペイジかしら？」

ジャックは、電話から聞こえてきた、機械でひずませた声を思い出した。「さあ。でもあれじゃあ、誰であってもおかしくないな」

12

エデンが化粧台の椅子に座り、鏡に映る自分の美しい姿に見入っている。彼女はシルバーのピンヒールを履き、安っぽい、シルバーのラメをちりばめたガウンを着ている。そして、ガウンの襟の折り返しと袖口はフェイク・ファーで飾られている。やがて、エデンの顔はメイクによって、美しい、謎めいた仮面へと変わっていく。

彼女の背後でネオン・サインが点滅し、その冷たい光が一つしかない窓越しに見える。ハリーは明らかに取り乱していて、窓の前をいらいらしながら行ったり来たりしている。

ハリー「警察は、俺がおまえの夫を殺したと思ってやがる。俺を逮捕しようとしてるんだ」

エデン「お気の毒ね」

ハリー「なんで、そんな平然としていられるんだ？　おまえが助けてくれないと、俺は刑務所行きで、一生出てこられないんだぞ」

エデン「今、ちょっと忙しいの」

ハリー「頼むよ、エデン、俺は無実なんだ。わかってるだろう?」

エデン（考え込みながら鏡に見入っている）

「無実《イノセント》。それって、どういうスペル? Nは一つ? 二つ?」

ハリー（歩くのをやめ、くるっと向きを変えて、不信感と恐怖を募らせた表情でエデンを見つめる）

「誰がイノセントのスペルなんか気にするっていうんだ?」

エデン「私、しょっちゅう辞書で調べなきゃいけないの。意味がよくわからない単語のスペルって、なかなか覚えられないのよね」

フィルムは突然終わり、ぱらぱらと拍手が起きた。照明がつき、四人のパネリストが姿を現した。ホテルの会議室の正面に長テーブルが置かれ、四人はそこに座っていた。

司会者が話しはじめた。「ありがとうございました。ただ今ご覧いただいた『ファースト・カンパニー』のシーンは、バーナード・アストン監督にご提供いただきました。エデンのキャラクターは、ネオ・ノワール作品に登場する現代のファム・ファタールとしては最高の例ですね。今日はこの作品で主役を演じられたヴィクトリア・ベラミーさんにお越しいただきました。もちろん、ディスカッションにも加わっていただきます」

再び軽く拍手が起きるのに乗じて、エリザベスは隣に座っている若い女性のほうに体を傾け、話しかけた。「メイクが素晴らしかったわ。まさにノワール風ね」

「ありがとう」クリスティ・バーンズは、最初びっくりした顔をしていたが、ほめられて嬉しそうにしていた。

エリザベスはホランドのパーティで、『ファースト・カンパニー』のスタッフだった、この若いメイクアップ・アーティストと出会った。クリスティはまだせいぜい二三、四の、やせて目鼻立ちのはっきりした赤毛の女性だ。今朝、エリザベスはクリスティが〝ファム・ファタール――フィルム・ノワールの女たち〟と題したセミナーの会場に入っていくところを見かけ、衝動的に自分も中に入って彼女の隣に座った。

ヴィッキーに加え、ある本の著者、自称セラピスト、そして映画評論家がパネリストとして紹介され、そのあいだにエリザベスは観客を素早く見渡した。小柄で、頭がはげかかり、べっこう縁のメガネをかけたうさん臭そうな男が来ている気配はなかった。いくら『ファースト・カンパニー』の一部が上映され、主役の一人が参加しているとはいえ、タイラー・ペイジがそれに惹かれてパネル・ディスカッションにやってくると考えたのは、期待しすぎだったのかもしれない。

「このクラシカルなフィルム・ノワールに登場するヒロインは蜘蛛《くも》女です」司会者が続けた。「隠れた意図を持った危険な妖婦《ようふ》であり、男という男を脅かす、ミステリアスで性的にも攻撃的な女性です。蜘蛛女は男を操り、誘惑し、破滅させます。結局、彼女を理解することはできません。彼女はあらゆるものを引き寄せもすれば、拒絶もする、まるで自然児のような存在なのです」

テーブルの端に座っていたヴィッキーがおどけたように微笑み、マイクを手にした。「女優として申し上げれば、演じていてこれまでになく楽しい役でした」

観客が面白がるようにくすくす笑った。

パネリストの作家が顔をしかめ、二本目のマイクを手にした。「ファム・ファタールというキャラクターはフィルム・ノワールの中核を成しています。私は新しい著作『暗黒の世界――フィルム・ノワールの歴史』の中で、フィルム・ノワールのヒロインというものは、見かけはどうであれ、家父長制度をくつがえす存在であることを証明しています。ヒロインは自分の性的魅力を利用して男を破滅へと導きます。典型的なファム・ファタールを思い出してみますと、よこしまな未亡人《ブラック・ウィドー》、意地の悪い女神《ビッチ・ゴッデス》という言葉が浮かんできます」

エリザベスはそのパネリストを頭から追い出し、一時間前に朝食のテーブルでジャックが見せた近づきがたい雰囲気を思い出した。彼はオークションを待つ気はなく、タイラー・ペイジの居場所を突き止める計画をさらに進めると言っていた。エリザベスにはわかっている。

ジャックは、エクスカリバーの財産を取り戻すために金を払わなければいけないことが腹立たしいのだ。そんな彼を責めるわけにもいかなかった。

しかしエリザベスは、ジャックの不機嫌の原因は、朝の四時半に競売人がかけてきた電話だけではないとも思っていた。ジャックは昨日の晩、彼女に拒まれたことを受け入れられずにいる。彼女のことを、今度はビッチ・ゴッデス、あるいはブラック・ウィドーだと思っているのだろうか。どちらにしても、コールド・プリンセスよりはまだましな気がした。少なくとも、ビッチ・ゴッデスやブラック・ウィドーのほうが面白みがある。

ただ、これだけは言えた。あんな焼けつくようなキスをされたあと、私がどんなに後ろ髪引かれる思いであの場を立ち去ったか、彼が知ることは決してないだろう。あの階段を上っていくのに、彼女はありったけの理性をかき集めなければならなかった。

次のチャンス。ジャックは本当にそんなことを望んでいるのだろうか？　いったい全体、何を思って私は二人の鼻先にその可能性をぶら下げてしまったのか？　半年ものあいだ、二度と彼を信用するまいと言い聞かせてきたのに。ジャックの実績を調査しているうちに、自分が抱いていた憶測に疑わしい部分があるように思えてきた。どこにでもいる冷酷な乗っ取り屋は抜け目がなく、崖《がけ》っぷちに立つ大企業ばかりを狙《ねら》って手を差し伸べるものだ。ジャックはどう見ても仕事はできるようだけど、彼と同じように仕事ができる再生請負人《コンサルタント》たちは、大企業に雇われ、財産を蓄えてどんどんお金持ちになっていく。彼らはわざわざ時間を費やして小さな会社を救済しようとはしないものだ。

この数カ月、エリザベスは絶えず自分の好奇心に悩まされてきた。だから昨日の晩は誘惑に負けて、ジャックに説明を迫った。私としたことが。彼はホット・タブの中で心の内をうっかりしゃべってしまうような人ではない。そんなことぐらいわかっていたはずなのに。

会議室の正面では、セラピストがマイクを握っていた。「ファム・ファタールというのは一つの原型であって、過干渉な母親を思わせる脅威の存在をわかりやすく体現しているのです」

ヴィッキーはまたにこっと笑い、マイクのほうに体を傾けた。「エデンにはたくさんの顔がありますが、母性はまったく見せていませんわ」

観客はくすくす笑っている。セラピストはヴィッキーをにらみつけた。

先ほどの作家がすかさず話を切り出した。彼が宣伝にまつわる古い金言を信じきっていることは明らかだった。〝マイクを向けられたときは必ず、自著のタイトルを最低三回は口にすること〟

「私は『暗黒の世界――フィルム・ノワールの歴史』の中で、過干渉な母親像は、ファム・ファタールの極めて複雑な役割を恐ろしく単純化していると主張しているんです」

「エデンは複雑じゃありませんよ」ヴィッキーは間延びした言い方をした。「実は、とても単純な人なんです。自分が生き延びることにしか興味がありません。ほかのことはどうでもいいんです」

映画評論家とセラピストが二本目のマイクを同時に奪い取ろうとしたが、作家はそのマイクを放さなかった。

「私は『暗黒の世界――フィルム・ノワールの歴史』の中で、ファム・ファタールというキャラクターが持つ様々な役割を数章にわたり解説しております」

マイクを奪えなかったセラピストが声を張り上げた。「肝心なのは、ファム・ファタールのキャラクターが、完全に破綻《はたん》した家庭環境に育ったことに由来していると理解することです。子供時代に性的虐待を受けたため、他者をセックスで操ろうとするのです」

「いやいや、そうじゃない。あなたは原型の役割を理解していない」映画評論家がマイクに向かって叫んだが、そのマイクは相変わらず作家の手の中にあった。「キャラクターの様々な原型は、現代の心理学的理論にある、限られた概念よりももっと深いところにあるのです」

エリザベスはちらっとクリスティを見た。退屈しはじめているようだ。

作家は映画評論家に悪意のある視線を送った。「私は『暗黒の世界――フィルム・ノワールの歴史』の中でいくつもの例を挙げて、女優によってファム・ファタールの演じ方がいかに違うかという点を解説しております。たとえばクレア・トレヴァーは――」

セラピストは悪戦苦闘の末、ついに作家の手からマイクをもぎ取った。そして、破綻した子供時代が人格におよぼす影響について、だらだらとしゃべりはじめた。

エリザベスはクリスティのほうに顔を向けた。「こんなの、もうたくさん。どこかでコーヒーでも飲まない？　メイクのテクニックについて、ぜひ、お話をうかがいたいわ」

クリスティの顔がぱっと輝いた。「いいわよ。行きましょう」

四五分後、エリザベスはシダにびっしり覆われた小さなコーヒー・ショップの窓際に座っていた。気づけば、思っていた以上に映画のメイク技術に詳しくなっていた。クリスティにメイクのテクニックについて語ってもらうのは難しいことではなかった。何が大変かと言えば、彼女に話をやめてもらう方法を見つけることだ。

『ファースト・カンパニー』のような映画は、メイクでそのキャラクターのイメージが完全に決まってしまうんでしょうね」エリザベスは腕時計にこっそり目をやり、プロデューサー向けのセミナーに参加したジャックがもっと上手くやっていることを願った。

「それがわかっている人はまずいないのよ」クリスティは泡立てたミルクのたっぷ入ったエスプレッソにビスコッティを浸した。「皆、モノクロフィルムを使うだけで効果が出せると思っているけど、それは間違い。私は俳優がシャープな顔に映るように、ずいぶん研究しなくちゃならなかったの。カギは眉毛よ」

「それにしては、ヴィッキー・ベラミーのメイクはナチュラルに見えるわね」

クリスティは目を動かし、あきれたような表情をした。「色々な意味でね」

「どういうこと?」

「メイクも含め、ヴィッキーはいつだって何もかも本当に特別扱いだったの。よく腹が立ったものよ。眉のアーチがちゃんと描けてないとか、アイメイクが自分の思ったとおりになっていないとか、さんざん文句を言われたわ。まるで、私が昔の映画を勉強してこなかったみたいな言い方だったんだから」

「女優なんて皆、気難しいそうじゃない？」

「まあね」クリスティはしかめっ面をした。「それに、ご主人が映画の資金を出してるから、撮影現場ではほとんどやりたい放題だったのよ」

「映画の資金と言えば」エリザベスは慎重に切り出した。「プロデューサーには会ったことがあるの？」

「ドーソン・ホランドのこと？　もちろんあるわよ」

「そうじゃなくて、クレジットに名前が載っている人。タイラー・ペイジ」

「ああ、あの人。神経質そうで、ぱっとしない感じの小柄な人じゃない？　その人なら撮影現場をしょっちゅう、うろうろしてたけど」

「タイラーらしいわね。私の友達なの。ミラー・スプリングスに来てからずっと探してるんだけど、まだ会えてないのよ」

「どこに泊まっているか知らない限り、この人出じゃあ、誰を探すにしても大変よ」

「残念ながら、宿泊先はわからないのよ」エリザベスは少し間を置いた。「それじゃ、あなたも見かけてないってことね？」

「そう」

「撮影のとき、彼とはよくしゃべった？」

「まさか」クリスティはまたあきれた顔をした。「あの人、若く見積もっても五〇、いや六

○でしょう。それに、私より背が低いし」
「なるほど」

クリスティは目を大きく見開いた。「ねえ、あなたエンジェル・フェイスじゃないわよね？　もしそうなら、本当にごめんなさい。彼を侮辱するとか、そんなつもりはなかったのよ」

エリザベスは息をのんだ。「エンジェル・フェイス？」

「彼がそう呼んでたの。一度、彼がその人と電話で話しているのを聞いたことがあるわ。メイク室の裏に行って電話をしてたの。誰にも聞かれたくなかったんじゃないかしら。でも、あの部屋の壁はベニヤ板並みに薄かったから」

「話を偶然、聞いちゃったのね？」

「そう。こっちが恥ずかしくなるような話。彼、本当にのぼせ上がってたわ」クリスティはいったん言葉を切った。「相手はあなたじゃなかったの？」

「違うわよ。私は友達だけど、恋人じゃないわ。どうして彼がエンジェル・フェイスにのぼせ上がってるってわかったの？」

クリスティは顔をしかめた。「話し方とか、色々だけど。安っぽい脚本のセリフを読んでるみたいだったわ」

「何て言ってたの？」

「さっきも言ったとおり、彼女をエンジェル・フェイスって呼んでて、いいかい、君のためなら何でもするよ、なんてことを話してたわ。これが終わったら、ずっと一緒にいようって約束してたみたい」

「何が終わったら、なのかしら？」

「『ファースト・カンパニー』の撮影のことだと思うけど」クリスティが肩をすくめた。「あとは忘れちゃったわ。記憶に残るようなことを言ってたわけじゃないもの」

「じゃあ、ペイジの恋人には会ったことがないのね？」

「ないわ。彼が話しているところを一度耳にしただけよ。どうして？」

「恋人が見つかればペイジに会えるかなと、ふと思ったものだから。それじゃあ、彼女の見た目もわからないってことよね？」

「お役に立てそうにないわ。でも、彼女が誰であれ、彼が夢中だったってことは確かよ」クリスティは眉間《みけん》にしわを寄せて考え込んだ。「そういえば、ちょっと変だなと思ったのよね」

「何が変だったの？」

「あの人が彼女をエンジェル・フェイスって呼んでいたことよ」

「そんなに変かしら？　ちょっとばかみたいな呼び方かもしれないけど――」

「違う違う、そういうことじゃなくて……」クリスティがじれったそうに言った。「『天使の顔《エンジェル・フェイス》』って、映画のタイトルなのよ。ロバート・ミッチャムとジーン・シモンズが出演してる古いフィルム・ノワールのこと。私、『ファースト・カンパニー』向けのメイクをきちんと理解しておこうと思って、古い作品をいくつかじっくり観たんだけど、その一つにあったの」
「それがどうかしたの？」
「あのね、ジーン・シモンズ扮《ふん》するファム・ファタールは、ミッチャムが演じてる人物も含めて、結局、周りの人たちを一人残らず破滅させちゃうの。ペイジみたいなフィルム・ノワールに入れ込んでる男が、自分の恋人をエンジェル・フェイスって呼ぶなんて、ちょっと奇妙じゃない？　ほめ言葉とは思えないもの。つまり、その映画のヒロインはサイコキラーだったのよ。ペイジだってそれを知ってたはずだし」

ドーソン・ホランドはセミナーの参加者を見渡し、口元をゆがめて笑った。「このパネル・ディスカッションでは、インディーズ映画の製作にかかわる際の落とし穴について、できる限りのことをお伝えできたかと思います。金を失う確かな方法という話になれば、映画への投資は、カジノに行ってスロットマシンに金を注ぎ込むことにも匹敵するでしょう」彼は意味ありげに間を置いた。「それなのに、たくさんの方がまだ残っておられますな」

参加者が笑った。プロデューサー向けのセミナー会場はほぼ満席だった。ジャックは会場のいちばん後ろに立っていた。片方の肩を壁にもたせかけ、腕組みをして、ドーソンがパネル・ディスカッションを締めくくる様子をじっと眺めていた。

「どんな映画でも、金銭的には莫大なリスクを伴いますが、インディーズ映画ではそれが二倍になります。十分資金のあるスタジオが後ろ盾になってくれるとか、損失を負担してくれるなんて話があるわけないですからね。結論としては、損失を出すわけにはいかないと言う方はこのビジネスに手を出すな、ということになります」

「でも、大手のスタジオが目をつけて、全国に配給してくれることになったら？」誰かが質問した。

ドーソンは首を横に振った。「それは大きな夢ですけどね。実際には、まずそんなことにはなりません。いつの日かビデオ・ショップのいちばん下の棚に自分の作品が並んでいるのを目にすることはあるかもしれません。あるいは、こういう映画祭で上映されることもあるでしょう。あるいは、たまに外国のマーケットでちょっと上手くいく場合もありますがね。でも現実的なことを申し上げれば、それで受け取る報酬は、自分の名前がクレジットされるだけ、ということになりがちです」

別の人が意見を出した。「でも最近では、インディーズ映画の製作者の手で、重要な実験的作品がたくさん作られていますよね？」

パネリストの一人が鼻でせせら笑った。「重要な実験的作品と一ドルを持っていっても、カプチーノ一杯、買えませんよ。映画製作の世界に足を突っ込むつもりなら、映画が大好きだからという理由でやってください。投資の見返りを期待してはいけません」

「同僚は真実を語っております」ドーソンが言った。「最後に一つ、アドバイスをいたしましょう」彼は効果を狙って間を置いた。「ひょっとしたら自分の作品は利益を出すかもしれないなどと思ったときは、この業界で繰り返し言われる言葉を必ず思い出してください。契約書に、報酬は純利益ではなく総利益の何パーセントという形で書かれていることを確認すること。断言しましょう。純利益が出ることは絶対にありません」

先ほどよりも大きな笑いが起き、パチパチと拍手が広がっていった。ジャックが見る限り、インディーズ映画のビジネスに関する厳しい現実を知らされても、誰もこれっぽっちもがっかりはしていないようだ。皆、映画が作りたいんだな。ジャックは向きを変え、会場を出ようとした。大勢のプロデューサー志望者を駆り立てる熱意と興奮と期待が痛々しくて見ていられなかった。

タイラー・ペイジもこれと同じ興奮に取りつかれていたんだな。ジャックはあらためて思い出した。おそらく、クリスタルを売った利益でまた別の映画に出資をするつもりなのだろう。

なんてばかなことを。

しかし、昨日の晩、ジャックはエリザベスにばかなまねをしたわけで、そんな彼が人の叶う見込みのない夢を笑える立場にはなかった。

ジャックはセミナー会場を出て、窓のある広い廊下を歩き出した。廊下はミラー・スプリングス・リゾートのロビーへと通じていた。腕時計に目をやると、一〇分の遅刻だった。彼はエリザベスと正午にランチの約束をしていた。

「おや、フェアファックス君？」ドーソンが彼の隣に並んだ。「我々は君をがっかりさせることができたのかな？」

ジャックは素早く思考を元に戻し、ドーソンをちらっと見た。「インディーズ映画の製作におけるマイナス面がよくわかりましたよ。それが金を失う最高の方法だとしたら、どうしてあなたはいまだにこのビジネスにかかわっておられるんですか?」

ドーソンはジャケットのポケットに両手を突っ込んだ。くつろいでいて、自信に満ちた態度だった。「前にも言ったが、映画作りを愛していなければできないことだ。この地球上で、映画作りに匹敵するものはない。もちろん、ヴィッキーの存在も大きいがね」

「そうですね」

「ジャック、妻は私にとって、とても大事な存在なんだ、ジャック。彼女を幸せにできるなら何だってするさ。そんな彼女の望みというのが、映画に出演することなんだ」

「だから、奥さんの夢を実現してあげるんですね?」

「彼女と一緒にいられるんだから、その代償としては安いもんだよ」ドーソンは一息ついた。

「あの魅力的なミス・キャボットは女優志望なのかね?」

「違います」

「それでは君の映画製作に対する関心は個人的なものなんだね?」

「そうかもしれません」

「それなら、セミナーに来ていた人たちと共通点がたくさんあるな。実生活では、彼らは歯科医だったり株の仲買人だったり、企業の幹部だったりするんだよ」

「研究科学者もいますよね」

「何だって？」

「『ファースト・カンパニー』のプロデューサーですよ。タイラー・ペイジはシアトルのハイテク研究所で働いています」

「ああ、ペイジはそうだったな」ドーソンは上の空でうなずいた。「確か、シアトルに住んでいると言ってた。でも、仕事の話はあまりしてなかったよ」

「プロデューサーとして名前をクレジットに載せるために、彼はきっと『ファースト・カンパニー』に相当な大金を注ぎ込んだんでしょうね」

「ペイジは最初に、クレジットを共有にはしたくないとはっきり言ったんだ。映画を自分のものにしたいとね。その特権を買うのに喜んで資金を提供してくれた」

「ほかの出資者はどうなんですか？」

ドーソンは肩をすくめた。「同じ額を出資しようとする者は一人もいなかった」

ジャックは職業柄、興味をかきたてられた。「よろしければ、教えていただけませんか？映画を企画した人間にとって、出資に関するパートナーシップはどんな利益をもたらすんですか？」

「私のような立場にいる人間にとってということかね？」

「たぶん、あなたはほかの出資者が負うようなリスクは負っていないんじゃないですか？」

「私は手数料を受け取るんだ。パートナーシップにかかる標準的な経費と言えるだろう」ドーソンの行く手にぬっと人影が現れ、彼は急に話をやめた。

見知らぬ男はあわてて、ぎこちなく後ろに下がり、ジャックをかわすように両手を挙げた。中背で、頭はきれいに剃ってあり、ピンク色の頭皮が露出している。黒のタートルネックに黒のパンツ、黒のローカット・ブーツというでたちで、片方の耳にシルバーのリング・ピアスをしている。男の目は照明の薄暗いホテルの廊下には不要な、しゃれたサングラスの奥に隠れていた。この男がサングラスをかけているのは、そうでもしなければ優しく見えてしまう丸顔にシャープな印象を与えたいためなんじゃないだろうか、とジャックは思った。

「未来のノワール」男が歌うように言った。

ジャックは歩くペースを落とさずに言った。「は？」

「未来のノワール」男はジャックの前で、相変わらず廊下を後ろ歩きしていた。「ゴシック風のリアリズム。暗い未来を生きる魂の暗い夜。あいまいなモラル。情熱のために犯す殺人。永遠のファム・ファタール。こういったことがすべて、モノクロの未来を背景に描かれるんだ」

「どいてもらえるかな？」ジャックはまた腕時計を見た。「ロビーで人と待ち合わせをしてるんだ」

ドーソンがクックッと笑った。「レオナルド・レジャーを紹介しよう。彼は映画製作者なんだ。ここに来てるほかの製作者と同様、次の作品に出資してくれる人を探してるんだよ」

「『ダーク・ムーン・ライジング』」レオナルドが言った。

ジャックは好奇心をそそられてレオナルドを見た。「『ダーク・ムーン・ライジング』？」

「仮のタイトルだけどね」レオナルドが説明した。「僕はこの作品を、モノクロの未来を背景に語られる古典的なフィルム・ノワールと見なしている。すばらしい照明効果。最低限のセット。あらゆるアングル、ライン、影がそろった作品さ」

ジャックがうなずいた。「で、君は金が必要なんだな？」

レオナルドは相変わらず後ろ向きに歩いている。「ものすごくハイ・コンセプトな作品なんだ。大手のスタジオが目をつけて配給してくれるような作品だよ。彼らはこういう作品が喉から手が出るほど欲しいんだ」

「こっちから連絡するよ」ジャックはそう言って、ドーソンのほうをちらっと見た。「こう言えばいいんですよね？」

「どう見ても、君はこの世界でビジネスをするために生まれてきた人間のようだな」ドーソンは面白がっているようだった。

ジャックはレオナルドのほうに向き直った。「すまないが、約束があると言った気がするんだがね」

「どうぞどうぞ」レオナルドはしぶしぶながら、すっと脇によけた。「脚本があるんだ。持ってくるよ。きっと気に入るはずだ」

ジャックはどんどん歩き続けた。レオナルドの声が少しずつ後方へ遠のいていった。

「慣れることだな」ドーソンがアドバイスをした。「金を出してくれそうな人物として目星をつけられてしまったんだから、レオナルド・レジャーとは何度も顔を合わせることになるだろう」

「足元をすくわれないよう、気をつけなきゃいけませんね」

ジャックは『ファースト・カンパニー』の資金についてもう一つ質問をしようと思いながら角を曲がり、ミラー・スプリングス・リゾートの上品な丸太造りのロビーに入っていった。

エリザベスはすぐに見つかった。彼女はどっしりした石の暖炉のそばに立っていたが、独りではなかった。なれなれしく彼女に身を寄せ、親しげに話をしている男は、紛れもなくヘイデン・ショーだった。

「あの野郎」ジャックは聞こえないくらい静かな声で言った。

13

「誤解があったみたいで、すまなかった」ヘイデンは唇を引き結んだ。「この前のパーティでジリアンが言ったことはすべてお詫《わ》びするよ。彼女は和解案が気に入らないんだ。だが必ず離婚はする。彼女の弁護士たちは、僕からもっと金を取ってやると言ってるみたいだけど、それも絶対にさせない」

　エリザベスはヘイデンの肩越しに、ジャックが会議室の廊下からこちらにやってこないか、こっそり確認した。「ヘイデン、私、本当にあなたの離婚に関する話なんかしたくないの」

　ヘイデンはさらに体を傾け、先ほどよりも彼女に近づいた。ターゲットに狙《ねら》いを定めて迫ってくる様子は、なんとなく誰かに似ていて、人を落ち着かなくさせるとエリザベスは思った。

「誰が何と言おうと、僕は自由の身だってことを君に知っておいてもらいたいんだ」

「まだそうとは言えないでしょう」エリザベスは鋭い視線を向けた。「それに、あなたの言ってることが本当だとしても、私には何の関係もないことだから、どうでもいいわ。あなたがここにやってきたのは、私に会うためでもないし、急に低予算の映画製作に興味を持ったからでもないんでしょう」

「君は自分自身の魅力に気づいてないんだね」

エリザベスは突然ハッとし、顔をしかめた。「あなた、どうやってここに部屋を取ったの？　この街は、何カ月も前から予約でいっぱいのはずよ」

ヘイデンはそっけなく片手を振った。「たいしたことじゃないさ。このホテルの総支配人と知り合いなんだ」

「コネを使ったのね？　ずいぶん時間の無駄遣いだこと」

「どういう意味だい？」

エリザベスはいらいらしてヘイデンをにらみつけた。「ふざけないで。あなたがここに来たのは、ソフト・フォーカスの噂を耳にしたからでしょう？」

「それは君が今、フェアファックスと一緒にいる理由だろう？」ヘイデンが言い返した。

「それとも、いちばんの投資先から目を離さないためにここへ来たのかな？」

「あなたには関係ないわ」

「君とジャックが帰ったあと、ジリアンがあの人込みの中で僕を見つけてね」ヘイデンが顔をゆがめた。「ご満悦だったよ。君とフェアファックスが一緒に休暇に出かけるという話を聞かせたくてうずうずしていた。でも、僕にはお見通しだ。君はとても賢い人だからね。半年前に一杯食わされた男とまたベッドに飛び込もうなんて、突然思うわけがない」

「あなたの言っていることは一つだけ正しいわ。私は賢いの。だから、あなたがここにいる理由が私ではなく、ソフト・フォーカスだってことぐらいちゃんとわかってるわ」言い終えて、エリザベスは再びハッとし、顔をしかめた。「もしかして、あなたも招待されてたの？なんてことかしら！」

ヘイデンは努めて礼儀正しく、いぶかしげな表情を見せた。「何に招待されたって？」

「わかってるくせに、まったく」

彼はゆっくりと息を吐き、思いを込めた目で彼女を見つめた。「僕らは協力できるはずだ。そうすればジャックに勝てる。もともと君がいなけりゃ、たいした資金はないんだから」

ヘイデンはオークションに招待されていた。できることなら夢であってほしいが、これは現実だ。エリザベスはショルダーバッグのストラップにかけていた手をぎゅっと握り締めた。「ねえ、納得のいく理由を教えてもらいたいわね。なぜ私は彼と競り合って自分のクライアントを苦しめるようなことをしなきゃならないの？」

ヘイデンはゆっくりと微笑んだ。「復讐かな？」

エリザベスはぽかんと口を開け、しばらく彼をじっと見つめた。彼は本気で言っているらしい。「私がくだらない復讐のためにエクスカリバーを痛めつける？　勘違いしないで、ヘイデン。私はビジネスでここに来ているの。クライアントのために常に利益を追求するのが私の仕事よ。クライアントが利益を出さなければ、オーロラ・ファンドは儲からない。それは紛れもない、シンプルな事実なの」

ヘイデンはわざとさりげなくあたりを見渡し、それから一見、優しそうな表情を作ってうつむいた。「仮にソフト・フォーカスの可能性が僕の聞いている話の半分だとしても、それで儲ける方法はほかにいくらでもある。なにも、悪戦苦闘中の小さな研究開発会社に任せなくたっていいんだ。いずれ、ふらっとやってきた大手の一流企業に吸収されるのがオチなんだから」

彼女の全身に悪寒が走った。「よくも言ったわね。そんな話、誰が信じるもんですか。復讐だなんて、そんな空しい無意味なことのために、私がクライアントを妨害をするなんて本気で思ってるの？」

ヘイデンの目が険しい表情になった。「空しいことでも無意味なことでもないさ」

エリザベスは彼の顔を探るように見つめた。「ジャックをそこまで憎むなんて、いったい彼があなたに何をしたって言うの？」

ヘイデンは答えなかった。彼の注意はエリザベスの背後へと移っていた。

彼女もヘイデンに教えてもらうまでもなく、ジャックが近づいてくることはわかっていた。すでに首の後ろに、いつものちくちくする感覚が走っていたからだ。

彼女が振り向くと、ジャックが冷酷な気品を漂わせながら、人込みを縫って流れるようにやってくる様子が目に入った。間違いない。標的は私とヘイデンだ。ただ、彼の顔が妙に無表情なのが気になる。

「君の仕事仲間のお出ましだ」ヘイデンの目も敵意でギラついている。「僕がいるのが気に入らないみたいだな。エリザベス、さっきの僕の提案、考えておいてくれよ」

ジャックがやってきて、エリザベスのすぐ後ろで立ち止まった。〝彼女は僕のものだ〟という猛烈なオーラを放っている。腹立たしい気持ちはあったが、エリザベスは自分に言い聞かせた。今は彼の勘違いな態度を問題にしている場合じゃない。何よりも二人の男にこれ以上闘争心を発揮させるわけにはいかないのよ。もうたくさん。

ジャックがヘイデンを見た。「遅かれ早かれ、現れると思っていたよ」

「昔から映画を見るのが好きでね」

「見るだけにしておけ」ジャックはそう言ってエリザベスのほうをちらっと見た。「行こう。遅くなってしまった」

ジャックが彼女の腕を取った。彼女は、そういう態度には絶対応じるものかと思ったものの、ここで口論することだけは避けなくてはと、自分に言い聞かせた。

「どこに行くの？」彼女は気味が悪いほど丁寧に尋ねた。「街でランチを取るんじゃなかったの？」

「うちに戻ろう」ジャックが〝うち〟という部分を強調していることは明らかだ。「やらなきゃいけないことがある」

彼女はヘイデンに向かって無理に笑顔を作ってみせた。「じゃあ、またあとで」

「ああ」ヘイデンが冷ややかに言った。「そういうことになるだろうね」

エリザベスはジャックに導かれるがまま、ロビーのフロントまでやってきた。ドアマンが飛んできて、板ガラスのはまった重たい扉を開けた。

外に出ると、あまりにも明るい日差しに、エリザベスは額の位置で手を翳《かざ》した。空気はずいぶんと乾いている。彼女はバッグからサングラスを取り出した。

ジャックはすでにサングラスを手に持っていた。それをかけると、先ほどから無表情だった顔がさらに冷たい、凄みのある顔になった。

「あいつはどこに泊まってるんだ？」ジャックは前置きもなく尋ねた。

予想外の質問だった。「そんなこと、どうでもいいじゃない」

「よくないよ」ジャックはエリザベスのほうに顔を向けた。彼女を見てはいるが、その目はサングラスの陰に隠れている。「ミラー・スプリングスではなかなか部屋が取れないんだぞ、忘れたのか？」

エリザベスはようやくジャックが何を言おうとしたのか気づき、顔をしかめた。「ヘイデンはこのホテルに泊まってると言ってたわ」

「そりゃ、すごい」ジャックはそれだけ言うと口をゆがめた。「こんな急に部屋が取れたなんて、うさん臭い話だな」

「コネを使ったんですって」

「嘘だな」

「そうかしら？」エリザベスは突然、冷たい皮肉めいた気持ちに襲われた。「そういえば、ついこの前まで、あなたも似たようなことを言ってなかった？　彼のコネのほうがきっと強力だったのね。切れなかったんだから」

ジャックは彼女の言葉を無視した。それから車の助手席側で足を止め、暗いレンズ越しに彼女を見た。「ヘイデンがいつ予約をしたのか知りたかっただけだ」

「どうして？」

「予約をしたのがこの前の火曜の夜より前なら、あいつはソフト・フォーカスのサンプルが盗み出される計画を事前に知ってたことになるだろ」ジャックは車のドアをぐいと引き開けた。「ひょっとすると、その計画に手を貸しているのかもしれない」

身を切るようなひんやりした空気に、エリザベスは上着の前をかき合わせた。「無駄なエネルギーを使うのはよしなさい。ヘイデンを調べるのは時間の無駄よ。火曜日の夜遅くに噂を耳にするまで、彼はサンプルが盗まれたことを知らなかった。それはほぼ間違いはないわ。ここにいるのは、オークションに招かれたからよ」彼女は車の助手席に滑り込んだ。

ジャックは長いこと彼女をじっと見つめていた。

「まったく……」彼は小声で言った。

エリザベスの胸に、新たな不安が波のように押し寄せた。「どうしたの？」

「ほかに誰が招待されているんだろう？」

ドアがバタンと音を立てて閉まった。

エリザベスは、ジャックが車の前をぐるっと回って運転席に乗り込む様子を見ていた。オークションにはほかに誰が招かれているのか？　その問いが頭から離れない。

ジャックは駐車場に止めていたシルバー・グレイのレンタカーのギアを入れ、いったんバックで駐車スペースを出てから出口へ向かった。

「ねえ、ヘイデンがオークションのために来ているとしたら、少なくとも彼は盗みにはかかわってなかったことになるわね」なぜかわからなかったが、エリザベスにはそれが重要なことに思えた。

ジャックは不満げな声を上げた。「だとしたら、君はホッとするのか?」

「そうよ」

「なぜ?」

エリザベスは片肘を窓の下枠に載せ、手で顎を支えた。「彼のことは嫌いじゃないわ。ただ、また簡単に信用して裏切られるなんて――」彼女はあわてて言葉を切った。

しかし、手遅れだったようだ。

「あいつに裏切られるのも嫌なんだな」ジャックは道路から目をそらさずに言った。「僕に裏切られたみたいに?　そう言いたいのか?」

「シビルおばさんならこう言うわ。そろそろ話題を変えたほうがよさそうねって」

ジャックの顎に力が入り、強情そうなラインを描いた。「ヘイデンが盗みにかかわっていた可能性はある。たとえば、何か問題が起きたから、オークションにやってきたとは考えられないか?」

「何を言ってるの?」

「よく考えてごらん。ひょっとすると、ヘイデンがソフト・フォーカスを盗むことを企て、タイラー・ペイジに協力させたのかもしれない。でも、ペイジがあとになって、ヘイデンの手を借りなくてもクリスタルは売却できると判断したとしたら？　そして、ペイジが別行動を取りはじめたとしたら？」

「仲間割れがあったんじゃないかってこと？　それで、ヘイデンはタイラー・ペイジとクリスタルを見つけ出そうとしている？」

「僕らと同じようにね」

エリザベスは、車のボンネットの前に広がる山道を眺めた。「私たち、もっと大きな問題を抱えているのかもしれないわ」

ジャックはちらっと彼女を見た。「どういうことだい？」

「あのホテルでヘイデンと出くわす前、クリスティという若い女性から面白い話を聞いたわ。彼女、『ファースト・カンパニー』のメイクを担当してたの」

「それで？」

「彼女の話じゃ、タイラー・ペイジがある女性に熱烈な恋をしているらしいの」

ジャックは嫌気が差したように、あからさまにフンっと鼻を鳴らした。「ペイジが？　恋をしてる？　勘弁してくれよ」

ジャックの軽蔑しきった態度に、エリザベスはなぜか苛立ちを覚えた。「そこまで信じられない話でもないでしょう？　ペイジがなぜソフト・フォーカスを盗んだのか、これで説明がつくかもしれないじゃない。彼が映画に異常なほど入れ込んでいたことは明らかなのよ。

女性にも入れ込んでしまって、その人のために(クリスタルを盗んだのかもしれないじゃない」

「タイラー・ペイジがソフト・フォーカスを盗んだのは、それを売って手に入れた大金で、女の気を引くためだったって言うのかい?」

「クリスティは、彼が携帯電話でエンジェル・フェイスという女性と話しているのを聞いたんですって。彼は、これが終わったら、二人でずっと一緒にいようと約束していたらしいのよ」

ジャックは道路から一瞬、目を離し、詮索するように素早くエリザベスを見た。「君は本気で、この件に女がかかわってると思っているのか?」

「ペイジはフィルム・ノワールを愛してるわ。人生は芸術を模倣するって言うでしょう? 彼がファム・ファタール・タイプの女性に惚れ込んでいるとしたらどう? 誰かが彼を誘惑して、ソフト・フォーカスを盗めば二人で一緒に夕日のかなたへ逃げられるわ、なんてそそのかしたとしたら? 彼の突飛な行動はこれで説明がつくかもしれないじゃない」

ジャックはしばらく黙っていた。再び意識を運転に集中させている。頭の中でこれまでの情報を分析し、整理しているのだろう。

「やはり、そうは思えないな」彼がやっと口を開いた。

「どうして?」

「映画の中ではそういうこともあるだろう。でも現実では、女のために、人生の大半をかけて取り組んできたものを何もかも投げ捨ててしまうなんてあり得ない。大金を手にするためなら話は別だ。特に映画に注ぎ込むための大金ならね。でもペイジに限って、女のためにそんなことはしない」

エリザベスはシートに深く座り直し、腕組みをした。そして、ジャックがロマンチックの欠片《かけら》を隠し持っていると本気で期待してしまった自分を愚かしく思った。

ジャックの携帯電話が鳴ったのは、エリザベスがランチ用に急いでこしらえたタプナードとレタスとトマトのサンドイッチを切り終えたときだった。彼は冷蔵庫から出したミネラル・ウォーターのボトルを置き、ポケットから電話を取り出した。

「フェアファックスですが」一瞬、間があった。「そのことなら心配しなくてもいいよ、ミロ。新しい情報があったら電話しろという指示だっただろう？　何かわかったのかい？」

エリザベスはぼんやり耳を傾けながら、キッチンと居間を隔てているみかげ石の長いカウンターをぐるっと回ってサンドイッチの皿を運んだ。

「何だって？　デュランドは確かだと言ってるのか？」ジャックの声が突然、熱を帯びた。「そもそも、どうしてケンドルが雇われたんだ？　いや、答えなくていい。やつがエクスカリバーの従業員名簿に載った経緯ぐらいわかる。誰もわざわざ身元照会なんかしなかったんだろう？　人事部のスコットにあとで話があると伝えておいてくれ」

エリザベスは皿をテーブルに置いた。

「もう、その話はいい」ジャックが電話に向かって怒りをぶつけている。「ちょっと遅すぎたな。デュランドはケンドルのことでほかに何か言ってたか？」

また短い間があった。

「そうか」ジャックは窓辺に行き、立ったまま外の山々を見ている。「なるほどね。いや、別にたいしたことじゃない。ちょっと……面白い話だと思っただけさ。〝明日の先導者〟の件はどうなった？」

彼が耳を傾けているあいだ、また張り詰めた沈黙が続いた。

「マスコミにはまったく出ていないんだな？　どうやら運が向いてきたみたいだ。ミロ、うまくやったな。それでいい。ヴェルトラン側への君の説明は適切だった。よくやった。ああ、こっちはだんだん近づいてるよ。ちゃんと見つけてみせるさ。また何かわかったら連絡してくれ」

エリザベスは、ジャックの冷静で穏やかな声に根拠のない確信を感じ取り、顔がほころびそうになった。すべてを統括する男、ジャック・フェアファックス。彼がすべてを掌握していると思うから、部下も彼についていくのだろう。

ジャックは電話を切り、ポケットに入れた。そして部屋を見渡し、エリザベスが自分をじっと見ていることに気づいた。「エクスカリバーの研究室を破壊した連中、覚えてるかい？」

「〝明日の先導者〟のこと？」彼女はテーブルに着いた。「それがどうかしたの？」

「あいつらは事件を起こすと、手柄を誇示したくて犯行声明を出すんだが、まだ何も動きがないそうだ」ジャックは彼女の向かい側に座った。「どうやら、マスコミには接触してないらしい。それに、自分たちのサイトに自慢話を載せたりもしていない。妙だと思わないか？」

エリザベスの心に不吉な予感が走った。「まさか、クリスタルが盗まれたことと、研究室の破壊事件が関係あるなんて言い出すんじゃないでしょうね」

「どうかな。ペイジはあの晩、クリスタルを盗んだあと研究室に戻って、しばらく盗難がバレないように隠蔽《いんぺい》工作をしたのかもしれない。無事に街を出るための時間稼ぎをするためにね」

「でも、あなたがソフト・フォーカスがなくなっていると気づいたのは、研究室が荒らされる何時間も前のことよ。それにペイジに会いに行ったときに、彼はもう荷物をまとめて出ていったあとだったんでしょ」

「確かにそうだ。だが、僕が火曜日の晩、クリスタルを確認しに行ったのは偶然にすぎない」ジャックはサンドイッチに手を伸ばした。「ペイジは、僕があんなにすぐ、クリスタルがなくなっていることに気づくとは思いもしなかったんだろう。翌日まで気づかれまい、あるいはもっとあとまで気づかれまいと思っていたとしても不思議はない。だからあの時点で、おそらく彼が最も恐れたのは僕が警察を呼ぶことだったろうね」

エリザベスはその点を考えてみた。「もし警察を呼んでいたら、盗難の件は〝明日の先導者〟のいかれた連中の仕業ということにされていた可能性が高いわね」

「そのとおり」ジャックはサンドイッチにかぶりつき、考え込むように口を動かしている。「あの破壊行為は、警察の捜査を間違った方向に導いただろう。本当に必要だったかどうかはともかく、人の注意をそらすにはいい手だったな。戦略としては悪くない。それから、別件でわかったことがある」

彼女の不吉な予感がさらに強くなった。「何？」

「ミロが言うには、ライアン・ケンドルの近親者が見つからなかったのは、彼の履歴書がでたらめだったからだそうだ。身元も住所も職歴も全部いんちきだった。今、警察が彼の正体を洗ってる」

エリザベスは手に持ったサンドイッチをゆっくりと置いた。「あり得ることよ。皆よく履歴書をごまかすのよね」

「まあね」ジャックはミネラル・ウォーターを一口飲んだ。「前科があるからごまかす場合もある」

「彼もそうだったのかもね。警察は、彼がドラッグの世界に足を突っ込んでたと言ってたんでしょう？　ドラッグの取引でトラブルがあったから殺されたって話だったわよね」

ジャックはテーブル越しに彼女を見た。「ミロはこの件を捜査してる殺人課の刑事から、新たな情報を入手したそうだ」

「どういうこと？」

「警察はやっと目撃者を探し当てたらしい。たまたま駐車場の入り口で寝ていた酔っ払いだ。

そいつは、ケンドルが撃たれるところは見てないが、銃が発射される直前に彼が誰かとしゃべっているのを聞いたような気がすると証言しているらしい」

「誰かって?」

ジャックは一瞬ためらった。「女だ」

女。エリザベスの脳裏に〝エンジェル・フェイス〟という名前が駆け巡った。周囲の人間を一人残らず破滅させるファム・ファタール。彼女は指を曲げ、ちくちくする感覚を追い払おうとした。「ケンドルが何らかの形でクリスタルと関係していたと思ってるのね?」

「今はまだ結論を急ぐのはやめておくよ。女が絡んでる可能性も含めてね」

「でもジャック、これは知的犯罪なのよ。知的犯罪では人は殺されないわ」

「どんなルールにも例外はあるさ」

エリザベスは少し不安を感じたが、気持ちを引き締め直した。そして無言のまま顔を上げてジャックを見た。

ジャックが顔をしかめた。「何を考えてるんだい?」

「タイラー・ペイジみたいな男が、仕事でファム・ファタールと出会う機会なんてあまりないんだろうなと思って」

「僕を信用してくれ。エクスカリバーでは、ファム・ファタールは一人も雇っていない」ジャックが言葉を切り、急に考え込んだ。「ただし……」

「ただし?」

「エクスカリバーの関係者で、会社を無理やり方向転換させようとしている女性が一人いるけどね」彼はわざとらしく言った。「アンジェラ・インガーソルだ」

エリザベスはその名前を頭の中で繰り返した。「私はそうは思わないわ。この数カ月、彼女と話す機会が何度もあったの。条件さえそろえば、アンジェラをファム・ファタールと呼べるかもしれないわね。それは認めるわ。彼女はそれだけ魅力的な人だし、息子の将来を守ることに執着しているのは確かだから、動機はあるし。だけど——」

「ソフト・フォーカス・プロジェクトを妨害すれば、会社の売却なり合併が確実なものになると考えていれば——」

エリザベスは首を横に振った。「まさか。やめてよ。暴力や殺人となれば、なおさら違うわ。それに、彼女がタイラー・ペイジを誘惑しようと企てるなんて想像できない。でも……」

「でも？」

エリザベスは深く息を吸い込んだ。「ペイジが本物のファム・ファタールに出会った可能性のある場所が一つだけ思い浮かぶの」

ジャックは彼女を一心に見つめた。「どこ？」

「『ファースト・カンパニー』の撮影現場」

ジャックはしばらく黙っていた。「ヴィクトリア・ベラミーのことを言ってるのかい？」

「ふと思っただけよ」エリザベスは身震いした。「ただ、それじゃ筋が通らないわ。つまり、彼女は女優であって、産業スパイじゃないってこと。彼女に新しいハイテク技術の何がわかるって言うの？　ましてや、それで一儲けする方法なんかわかるわけないわ」

「たいしてわからないだろうね」ジャックはしぶしぶ認めた。「でもドーソン・ホランドならわかるかもしれない。彼については、調査が終われば、ラリーが詳しいことを教えてくれるさ」

「たぶん時間の無駄よ」

「ほかにできることがたくさんあるわけじゃないだろう」

「私にはあるわ」エリザベスはサンドイッチをもう一切れ取った。「本物の映画の脚本を読まなきゃいけないの」


真夜中を少し回ったころ、ジャックがそっと階段を下りていく音が聞こえた。エリザベスは数分前に『ファースト・カンパニー』の脚本を読み終え、明かりを消して眠ろうとしていたところだった。

足音を耳にしたとき、彼女は最初、ジャックがまたホット・タブに向かったのかと思った。それから玄関の扉が開き、静かに閉まる音がした。

「ああ、やられた」彼女は起き上がり、寝具を押しのけた。まさか、私に何も告げずに出かけるなんて……。

しかし、外で車のエンジンがかかる音がした。ジャックが行ってしまう。

もちろん、行き先は見当がついている。確信していると言ってもいい。パニックに襲われつつも、エリザベスはベッドから飛び出るとジーンズを引っつかんだ。

14

彼は窓のそばの暗闇に座って待った。寒々とした月明かりがブラインドから斜めに差し込み、ホテルの部屋のカーペットに何層もの影ができている。彼は冷たい格子模様をじっと見つめながら、昔を思い出した。

しばらくしてから、ミニバーから出しておいた小さなボトルを開けた。彼がスコッチを手に取るのは珍しいことだった。壁に突き当たったときしか飲まないのだ。

今夜はまさにスコッチがふさわしかった。これから立ち向かう壁のせいだけではない。彼の父親がスコッチ好きだったことも理由の一つだ。もともと、すべて父親のせいなのだから。

ドアが開いた。廊下のまぶしすぎる明かりが床の上に楔形《くさびがた》を描いた。戸口にヘイデンのシルエットが浮かび上がる。

「話がある」窓辺の暗闇からジャックが言った。「中に入ってドアを閉めろよ。心配するな、長くはかからない」

「いったい、ここで何をしてる？　どうやって人の部屋に入ったんだ？」

「客室係からマスター・キーを拝借した」

「ふん。相変わらずだな」ヘイデンはドアを閉めたが、明かりはつけなかった。「父親にそっくりだ」

「昔の話をしに来たんじゃない」

「なら、何しに来た？」ヘイデンは部屋を突っ切ってミニバーのところへ行き、扉を開けて中に手を伸ばした。小さなボトルがカチャカチャ鳴る音がする。「俺がエリザベスをベッドに誘うんじゃないかと、そんなに心配なのか？」

「エリザベスは巻き込むな」

「そうはいかない」ヘイデンはミニバーの扉を閉めて体をまっすぐ起こし、ジャックの正面にある椅子まで歩いてきてどかっと腰を下ろした。その顔に月の光が格子模様を映し出す。彼はスコッチの小さなボトルを掲げ、乾杯のまねをした。「彼女はもう足を突っ込んでしまってる。それはあんたのせいであって、俺のせいじゃない」

「彼女は関係ない。これ以上振り回さないでやってくれ」

ヘイデンは、面白いじゃないかと言いたげな顔をした。「それはそうと、あんたとエリザベスはどうなってるんだ？　わけがわからんね」

「おまえには関係ない。余計なお世話だ」

「ギャロウェイの件で、あんたが後ろで糸を引いてると教えてやったとき、これで彼女はあんたから手を引くだろうと思ったんだけどね。すでに契約していたとはな」ヘイデンはスコッチをボトルから一口飲んだ。「相変わらず、絶妙のタイミングだ」

「彼女を巻き込むなと言ったはずだ」

「一足違いであんたの資金調達を阻止できなかったが、俺の努力がまったく無駄だったわけじゃない。そうだろう？　あんたのちょっとした情事が、あっという間に終わっちまったんだからな。まさに、〝してやったり〟だ」ヘイデンは含み笑いをもらした。「パシフィック・リム・クラブでの一件は、シアトルのビジネス界じゃ語り草になってる」

「もうたくさんだ、ヘイデン」

「彼女をコールド・プリンセス呼ばわりしたのは、ちょっとやりすぎだったかもしれないと思ってるんだろう？　人の秘密をバラすなんて、あまり紳士的とは言えないものな」

ジャックは、スコッチの小瓶が手の中でくだけなかったことに軽い驚きを覚えた。「黙れ」

「もう噂が広まってるぜ。彼女と寝てもちっとも面白くないらしいとね。この半年、エリザベスに男ができたなんて話は聞いたことがないもんな。参考までに教えてくれよ。彼女、本当に不感症なのか？」

床を照らしていた銀色の光の筋が突然まぶしくなり、フラッシュのように強烈な光を放った。二人のあいだにある幾筋もの影は、月の裏側のように暗い。この部屋の何もかもがおかしく思えた。

アドレナリンが一気に流出し、ジャックは駆り立てられるように椅子から立ち上がった。そして半分空になったボトルを脇へ投げ捨て、ヘイデンの上着の襟をつかんで椅子から立ち上がらせた。

「今夜は調子に乗りすぎだぞ」ジャックは努めて穏やかに言った。「もう一回、エリザベスと言ってみろ、今度こそぶん殴るからな」

「いいねえ。新聞の見出しが目に浮かぶよ。〝エクスカリバーの幹部、暴行で収監〟。その手の宣伝活動をしてしまうと、将来のクライアントもあんたを雇うことをためらうだろうね」

ジャックはヘイデンを壁に押しつけた。「俺が世間の目を気にすると本気で思ってるのか？」

短い、張り詰めた間が訪れた。ヘイデンの笑顔が消えた。

「あんたも少しは暴走することがあるんだな。らしくないぜ」

「そうだな。でも、よく聞け。実はちょっといい気分なんだ」

ヘイデンが目を細めた。「エリザベスのことじゃないなら、何しに来た？」

フィルム・ノワールの一場面のようだった部屋は、いつの間にか元に戻っていた。影の様子も普通に見える。ジャックは、ヘイデンの上着をつかんでいた手をやっとの思いで緩めた。やがてその手も離し、後ろへ下がった。

「〝明日の先導者〟のことだ」ジャックが言った。

ヘイデンは上着を脱ぎながら顔をしかめた。「ハイテク関連施設を破壊してる過激派のことか？　それがどうした？」

ジャックは窓辺に歩いていった。そして、近くの峡谷から転がり落ちるように流れる川を覆う影を見下ろした。「この前の火曜日というか、水曜日の早朝、やつらがエクスカリバーの研究室の一つを破壊した。だが、どういうわけか犯行声明が出てない」

ヘイデンはほんの一瞬ためらってから返した。「それで？」

「結局、〝明日の先導者〟はいっさい関係ないんじゃないかと思わざるを得ない。その代わりにおまえがかかわってるんじゃないかと思ってる」

短い沈黙が流れた。

「証拠を見せろよ」ヘイデンが言った。

「そんなものは必要ない。おまえがやったという結論に達したんだから、それで十分だ」

「そんなでたらめな結論に飛びついて、いったい俺をどうしようって言うんだ？」ヘイデンは少し興味があるような言い方をした。

「あとのお楽しみだ」

「脅すつもりか？」

「約束だと思ってくれればいい」ジャックは振り返ってヘイデンを見た。「エクスカリバーは俺のクライアントだ。それにインガーソル一族はいい人たちだ。俺を攻撃したいからと言って、彼らを傷つけるようなまねはよせ」

「俺は研究室の破壊とは無関係だ」ヘイデンの声が鋭くなった。「今の今まで、そんな事件があったことさえ知らなかった。警察に行っても無駄だぜ」

「警察に行くつもりはない」ジャックがドアのほうに歩き出した。「今のところはな。でも、おまえが〝復讐〟だとか言って、罪もない人たちを傷つけたとわかったら、ただじゃおかない」

「勝手にしろ。俺は事件とはいっさい関係ない」

「それと、もう一つ」ジャックがドアノブを回した。「おまえがミラー・スプリングスにいるのは、ソフト・フォーカスが手に入ると思っているからだってことはわかったよ。僕らがここで演じさせられてるちゃちな脚本の中で、おまえがどんな役を与えられているのかはまだよく見えないけどな。でもこれだけは言っておく。いいか、自分の望みを叶えるためにエリザベスを利用するのはやめろ。絶対に忘れるなよ」

ヘイデンはいらいらした様子で、短くハッと笑った。「なんでそんなルールに従わなきゃならないんだ。あんたこそ利用してるじゃないか」

ジャックは何も言わずにドアを開けて廊下に出た。そしてドアを閉め、廊下を歩いてエレベーター・ホールにたどり着き、ぐったりした様子で、もたれるようにして降下ボタンを押した。エレベーターを待つあいだ、反対側の鏡張りの壁に映る自分の姿が目に入った。そこには彼を見つめ返す父親の目があった。

「あんたが残していったごたごたの後始末は楽じゃないぜ、このろくでなしが」彼は鏡の中の人物に毒づいた。

エレベーターのドアがヒューッと静かな音を立てて開いた。ジャックは乗り込み、ロビーまで下りると、寒い月明かりの夜へと出ていった。

それから車を止めておいた駐車場に向かい、ほとんど目の前までやってきてようやく、黒いダウンのロング・コートを着込んだエリザベスに気づいた。

「あなたのゲームに付き合うのはもうたくさんよ、ジャック」暗がりの中、彼女の目は激しい怒りでギラギラしている。「いくつか質問に答えてちょうだい。私にそれだけの借りはあるでしょう」

ジャックは彼女を見て、ヘイデンに言われたことを思い出した。人の秘密をバラすなんて、あまり紳士的とは言えないものな。

「そうだな」彼は片手で顔をさすり、その手をストンと脇に下ろした。「君にはそれだけの借りがある」


エリザベスはコニャックのボトルをキッチンの食器棚に戻し、酒を注いだグラスを二つ持って、炉火の光に照らされた部屋へ入った。四角いコーヒー・テーブルのそばで立ち止まり、ジャックを見つめている。

彼は炉床の前に立っていた。マントルピースに片手を突いて体を支え、炎をじっと見入っている。

エリザベスは黙ってグラスを差し出した。彼は顔をしかめてグラスを見つめたが、やがて受け取った。

「ヘイデンと対決するためにホテルに行ったのね？」エリザベスは静かに言った。

ジャックは肩をすくめ、コニャックを一口飲んだ。

「どうして?」エリザベスは彼の顔をじっと見つめた。

「いったい何をしようと思ったの?」

「さあ」彼はゆっくりとグラスを下ろした。「話せば長くなる」

「一晩かけて話せばいいじゃない」

ジャックがエリザベスと目を合わせたとき、彼女は悟った。これまでもジャックが内面をちらっと垣間見せることはあったが、半年前に知り合ってから初めて、それ以上の表情を見せてくれた。だが、エリザベスはなぜか目のやり場に困ってしまった。

「僕の父親はソイヤー・J・フェアファックスと言ってね。ある企業の戦略担当者だったんだ。将来を有望視されてた。特に前回の好景気では、合併や買収で大儲けをした。小さな非公開会社を強引に乗っ取るのを得意としていたんだ。若い頃は、小さな同族会社を数限りなく潰《つぶ》した。ただ単に、そういうやり方をすれば大儲けできるとわかってたからさ」

「それで?」

「父は金儲けが得意で、嘘の生活を送ることも得意だった。ヨーロッパ出張中に死んだんだが、当時、僕は二四だった。葬式の日まで自分は父の一人息子だと思い込んでたよ。母もそう思ってた」

エリザベスは顔をしかめた。「ラリーのことは知らなかったのね?」

「知らなかった」ジャックは手に持ったコニャックのグラスを見つめた。「ラリーも彼の母親も僕の存在を知らなかったそうだ。二人はボストンに住んでたんだ。父が結婚していることや、出張が多いことはわかってたらしい」

「だから、家にいなくても、それですべて説明がついたわけね」

「ああ。でも三人目の息子がいたなんて、僕らは誰一人、想像もしなかった。遺言状を読み上げるときに本人が現れて初めて知ったんだ」

エリザベスが息をのんだ。「もしかして……?」

「そう、ヘイデンだ」

「信じられない。それはショックよね、本当に」

「ヘイデンは葬式には来なかった。彼は母親が自殺したのは父のついてきた嘘のせいだと思っているから、父に対する恨みは相当に根深いんだ。だが、残念ながら、恨みを晴らす前に父が死んでしまった」ジャックはここで一呼吸置いた。「で、恨みの矛先が僕に移ったってわけなんだ」

エリザベスが目を閉じた。「なるほどね。それで?」

「僕は遺言執行人に指名された。そして、父が残していった様々な問題を、法律的なものから、経済的、個人的なものまで処理するハメになった。係争中の訴訟がいくつもあってね。中には、清算しなきゃならない、ものすごく不可解な商取引もあった。それから、そういう取引で父が傷つけた人たちが大勢いたし、父が潰してきた小さな会社、父が崩壊させた家庭もたくさんあった」

ジャックにまつわるいくつかの謎がようやく解けた。エリザベスは目を開けた。「だからあなたは、小さな同族会社を守ることに専念しているのね。お父様が与えた損害の償いをしようとしているんでしょう」

ジャックがコニャックをすすった。「勘違いしないでほしいな。僕は自分のためにビジネスをしてる。自分なりに隙間市場を発掘して、それがたまたま儲ってるだけさ」

エリザベスは聞き流した。「話の続きを聞かせて」

「さっきも言ったとおり、父の仕事上の後始末をするのは楽じゃなかった。でも、難しいというほどでもなかった」

「難しかったのは？」

「家庭問題」

「でしょうね」エリザベスはしばらくジャックを見つめていた。「家庭のことはいつだっていちばんの難問よ」

「ひとこと父の弁護をしておくよ。父は遺言の中で、僕ら三人を平等に扱った。ラリーはいちばん年下なんだ」ほんの束の間、ジャックの口元に笑みが浮かんだ。「共通点はほとんどないんだが、僕らは上手くやってる」

「でも、あなたとヘイデンはものすごく似てるんじゃない？ 二人とも頭がいいし、ビジネスのことになると勘が働くでしょう。目標達成や問題解決に驚くべき才能を発揮しているわ。あらやだ、考えてみればあなたたちって、着る物や食べ物の好みまで一緒なのね」

ジャックの表情がこわばった。「僕らは生き別れの双子ってわけじゃないぞ」

「そりゃそうよ」エリザベスはすかさず同意した。「外見ははちっとも似てないもの」

ジャックは警告するように彼女を見た。「もし、ヘイデンのほうがハンサムだと遠回しに言いたいのなら――」

「彼のほうがハンサムだなんてことはないわ」彼女はぶっきらぼうに言った。「見た目が違うと言っただけよ」

「実に気の利いた言い方だ」ジャックは肩をすくめた。「僕が父親似だとしたら仕方ないな。話はそれたが、ラリーの母親は優しくて、面倒見のいいタイプだから、僕の存在を知っても、それほど驚かなかったらしい。でも、ヘイデンの母親はそうはいかなかった。彼女は父が結婚していることは知ってたんだが、そのうち離婚して自分と再婚してくれるだろうとずっと信じてたんだ。それに、僕の存在も知らなかった」

「さぞ、つらかったでしょうね。愛していた男性が、約束していた離婚を果たす前に死んでしまったばかりか、その人に自分が聞かされていない息子までいたとわかったんだから」

ジャックはコニャックをもう一口すすった。「ヴィヴィアン・ショーは父の死後、ひどいうつ病になってしまってね。どういうわけか、父が離婚しなかったことより、僕が存在していることのほうが大きな裏切りだと、いつも言ってたらしいんだ。ついには大量の薬を飲んで逝ってしまった」

「それでヘイデンは、ソイヤー氏に抱いていた怒りをあなたにぶつけるようになった」

「彼は一連の出来事について、母親と同じ思い込みをしているんだ。つまり、僕は父親にかわいがられたが、自分はだまされ続けたとね」ジャックはコニャックを飲み干した。「だから、ヘイデンは僕を心の底から憎んでる」

「家族間の争いって本当に醜いわ」

「まさに、僕はそれを証明してるな」

「でも、どうしてヘイデンは別の苗字を使っているの？」

「彼が育ったのはカリフォルニアの小さな町でね。母親がミセス・ショーと名乗ってたんだ。彼はその苗字のまま大人になり、今もそれを使っている。これもフェアファックス家への仕返しの一環なんだろう」

「なるほどね」エリザベスは少しためらってから尋ねた。「それで、今夜ヘイデンは何て言ったの？　彼はオークションに招かれていることを認めた？」

「オークションの話はしなかった」

エリザベスはジャックを見つめた。「どういうこと？　ほかに話すことなんてあったの？」

「あいつが研究室を破壊したんじゃないかと思ったから確かめに行ったんだ」

「何ですって？」

ジャックには、彼女がすごく苛立っているように見えた。「ヘイデンの抱いている敵意が、僕のクライアントに飛び火したのかもしれないと、ちょっと心配になったのさ」

「そういう状況を言い表す適切な言葉があるわ」

「巻き添え被害《コラテラル・ダメージ》、か？」ジャックがそっけなく言った。

「違うわ」彼女は素早く首を横に振った。「あり得ない、よ。ヘイデンがそこまでやるなんてあり得ないわ」

「彼が復讐のためにどこまでやるか、どうして君にわかるんだ？」

エリザベスは向きを変え、部屋の中を行ったり来たりしはじめた。「あなたに仕返しするだけの目的で、彼がインガーソル家に何千ドル相当の損害を与えるなんて想像できないもの。私の知ってるヘイデン・ショーはそんな人じゃないわ」

「あいつのことをわかったつもりになっちゃいけない」ジャックは目を細めて彼女をじっと見つめた。「なぜあいつが君をベッドに誘おうと一生懸命なんだと思う？」

「あなたを苦しめるため？」怒りが込み上げてきた。エリザベスはあざけるような笑みで何とかその怒りを押し隠した。「野暮なことを訊く人がいるものね」

ジャックの横顔がこわばり、硬直している。「あいつが君を追い回しているのは、僕が不利になるように君を利用したいからだ。どう見てもそれははっきりしている」

「つまり、彼を足元にひざまずかせたのは、私のほれぼれするような素晴らしい体とセクシーな眼差しではなかったってこと？」エリザベスは大げさにため息をついた。「そのとおりよ。どうぞ、私のファム・ファタール妄想を引き裂いてちょうだい」

「いい加減にしろよ、エリザベス。僕はただ説明しようとして――」

「ああ、二人の男が私のために争ってくれているのかと思っていたのに、結局、一人どころか二人とも自分の計画のために私を利用していたとはね」

ジャックは相変わらず熱っぽい目で彼女を見つめている。「何を言っても言い訳にしかならないが、僕がギャロウェイの件を伝えなかったのは、伝えたところで、君は何もかも誤解するに決まってると思ったからだ」

エリザベスは、自分でも少しやりすぎじゃないかと思うほど愛らしく微笑んだ。「そして、あなたの弟さんは、私が間違った印象を持つんじゃないかとかと思って、離婚が決まっていないことを黙っていたのよね？」

「僕とヘイデンを比べないでくれ」ジャックは努めて穏やかに言った。

エリザベスは構わず続けた。「こんな争いに巻き込まれるなんて御免よ！」彼女は空になったグラスをテーブルにドンと置いた。「プライドがズタズタに切り裂かれたわ」

ジャックは彼女のほうに一歩近づいた。「エリザベス——」

「もしかしたら、一流官能小説の全集や、面白い大人のオモチャに投資してたら、男性と付き合おうなんて思わずに済んだかもしれないわね」

ジャックはエリザベスに近づいた。彼女は後ろに下がりたい衝動に駆られたが、屈しなかった。体温が感じられるほど近づいたところでジャックは立ち止まったが、彼女には触れなかった。

「そういうやり方はお勧めしないな」

彼女は首をかしげた。「試したの？」

ジャックは片手を挙げ、彼女の首筋にゆっくりと指を滑らせた。「僕はオモチャではなく手を使ったけどね。それと、官能小説は一流というわけじゃないが、うん、試してみたよ」

意識的にささやかれるその声に、彼女の五感はかき乱された。興奮を抑えようとしたが、上手くいかない。彼に触れられるといつもこうなってしまう。まるで魔法だ。それ以外に説明がつかない。

「それで、どうだったの?」エリザベスは息もつけずにいることがバレないようにと願いながら尋ねた。

「別にその……」ジャックの親指が彼女の首に小さな模様を描いている。「想像力を発揮したら、ようやく上手くいった」

彼女は舌先で下唇を湿らせ、つばをのみ込んだ。「何を想像したの?」

「君さ。僕と一緒にいる君」

高地のせいか、今さらのようにエリザベスは目眩《めまい》に襲われた。ドアを開けたら彼が玄関のデッキに立っていたあの晩には、こんなことがあるかもしれないと予感していた。気を持たせるような約束をして彼のもとを去った昨日の晩には、こうなることを密かに確信していた。そう、遅かれ早かれ……。でも、なぜだかそれはもっとあとのことだろうと思い込んでいた。

「つまり、こういうことかしら」彼女はとても慎重に言った。「成人雑誌のモデルの体に私の顔がついてるところを想像したってこと?」

「顔だけじゃないさ」ジャックは頭をかがめた。彼の唇は、そっと誘うように彼女の唇をかすめた。「ほかの部分も一つ残らず想像した」

エリザベスは身震いした。「鋲《びょう》のついたレザーのジャケットを着て、ピンヒールを履いてた？　前からずっとそういう格好をしてみたかったの」

「僕が想像した君は――」ジャックは彼女の唇に向かって言った。「何も着ていなかった」

彼のキスは予告もなく激しくなった。彼は彼女の体に両腕を回し、そっと抱きしめた。彼女は彼の肩に両手をかけ、その滑らかな力強い筋肉に指を食い込ませた。

「ジャック」

「頭がおかしくなりそうだった」彼は燃えるような唇を彼女の首に当てた。「正気じゃいられなかったんだ」

エリザベスは目を閉じてジャックの匂いを吸い込み、何とも言いようのない、うっとりするような彼とのキスを堪能《たんのう》した。興奮の波が彼女を襲う。彼の手が彼女のブラウスのボタンをはずしているのがわかった。その直後、ブラウスは床に落ちた。彼は手のひらで彼女の乳房を覆った。彼を追いかけようとあわてて着替えをしたので、ブラジャーをしていなかったのだ。

「思ったとおりだ」ジャックはエリザベスの口元にささやきかけた。

「何が？」

「君の感触」彼の親指は彼女の乳首の上で動き回っている。「僕はたっぷりと時間を費やして、君がどんなに柔らかかったか正確に思い出そうとしていたんだ」

エリザベスはジャックの肩から手を離した。そして、彼が着ているプルオーバーの裾から手を入れて胸にぴたりと当てた。「シャツを着ていないあなたを想像するのに、ずいぶん時間を無駄にしてしまったわ」

「僕らは半年も時間を無駄にしたんだ」

「無駄だったのかどうかわからないわ」

「僕は無駄にした」

　突然、ジャックはエリザベスを両腕で抱き上げ、暖炉の前に敷いてあるラグの上に下ろした。炎がパチパチと音を立てている。ジャックにジーンズを引っ張って脱がされると、火のぬくもりが彼女を包み込んだ。だが、それも彼の熱い眼差しにはかなわない。

　彼女の太もものあいだを三角形に覆う巻き毛の上に、ジャックは手を置いた。

「いつから下着をつけるのをやめたんだい？」

「今夜はあわててたのよ」

　彼の唇がカーブを描き、笑顔が見えた。「僕もだよ」

　その直後、ジャックがジーンズのファスナーを下ろし、エリザベスは彼の言葉の意味を理解した。彼もブリーフをはく時間がなかったらしい。しかし、財布にコンドームを入れておくのは忘れていなかったことを、エリザベスは見逃さなかった。

　ついにジャックが彼女の上に覆いかぶさった。彼の指が太もものあいだを滑っていくのを感じ、エリザベスはあえいだ。この数カ月で、彼女は心の奥にあるかすかな欲望を抑えることを覚えたが、今その欲望は猛烈に強まっている。彼が欲しくてたまらなかった。彼女はすでに濡れていて、彼の指を湿らせたことに気づいた。ジャックは苦しげにうめき、彼女の片方の乳首を口に含んだ。

エリザベスは吐息を漏らし、彼の背骨に両手を滑らせながら、たくましい背中の輪郭をなぞって楽しんだ。ジャックの手は刺激的に、それでいてじらすように動き続けている。彼は彼女の中で優しく指を彼女の中に出し入れした。体のすべての部分が興奮でうずき、こわばっていく。高まる期待をどうすることもできず、彼女は息を吸い込んだ。そしてジャックの肩にしがみつき、片方の耳をかみ、彼にせがんだ。

「今度はうまくやると言っただろう」ジャックがささやいた。

彼はエリザベスの体に熱いキスをしながら、ゆっくり下におりていった。しかし、彼女がジャックの目的をようやく悟ったのは、彼の唇が秘部に触れ、衝撃が走るのを覚えたときだった。

「ジャック」彼女は彼の髪をわしづかみにした。

彼はまったく気に留めずその行為に没頭した。ジャックのように一つのことに集中できる人はいないだろう、とエリザベスは思った。今や彼にきつく絡みつかれ、感情が爆発してしまいそうで怖かった。彼女は彼の髪に手を差し込み、強く引っ張った。とても強く。

だが、ジャックはやめなかった。

「ジャック、お願い」

甘い興奮に、もうほとんど耐えられなくなっていた。ジャックも動きを止めなかった。エリザベスは叫び声を上げたかったが、息を継ぐこともできない。

「ジャック、本当にもう、だめ――」

やがて彼女は絶頂に達し、甘美な興奮の波が次々と訪れた。こんな興奮はジェットコースターでも味わったことがない。彼女はこのどきどきする旅を続けるために、ただしがみついているしかなかった。

旅が終わる前に、ジャックは彼女の体をまた上ってきた。それから彼女の脚をさらに開かせ、片手で自分自身を彼女の中へと導いた。

エリザベスは半年前に二人が過ごした一夜について、細部まで覚えていると確信していた。でも、それは間違いだった。ジャックがゆっくりと当然のように入ってくるのがわかったとき、すっかり興奮しているときの彼がどんなに硬くて、どんなに存在感があったか、きちんと思い出せていなかったことに気づいた。

それから、ついにジャックが奥まで入ってきた。彼は深くまで突き進み、彼女をすっかり満足させた。

彼は頭を下げ、彼女の喉にキスをした。「言っただろう。もう一度このテストを受けるチャンスがあれば、合格に必要なことは何だってするって」

15

彼は一時停止ボタンを押し、前かがみになってコマ止めした画面を念入りに眺めた。このシーンのヴィッキーには目を見張るものがある。それはエデンが恋人のハリーと一緒に、残忍な夫の殺害を企てている場面だった。特に照明が素晴らしい。ライトは彼女のエレガントな頬骨をきらめかせ、目の周りの陰影を強調していた。彼女は本当に美しい。本当に取りつかれたような、必死の表情をしている。映画祭で最優秀女優賞をもらうのは確実だろう。

彼は外のグリルで作ってきたハンバーガーにかぶりつきながら、批評家的な目でそのシーンをじっと見続けた。食べ終わったら、ちゃんと片づけておかなくては。彼は自分に念を押した。〝彼女〟はこの美しい家を提供してくれたのだ。ここにいるあいだは、物を置きっぱなしにしないでほしいとはっきり言われていた。のんきな独身男の生活をしてもらっては困るのだそうだ。まあ仕方ないさ。だが彼女を喜ばせようと努力していたものの、実際これがなかなか難しい。まず彼女はとても注文が多い。それに気まぐれだ。最近じゃ、感情の起伏がさらに激しくなっているような気さえする。でも、彼女には相当なプレッシャーがかかっているのだ。それはわかっている。だから、仕方がないんだ。

彼女は本当に美しい。彼がこれまで出会った女性の中で、おそらくいちばんだ。彼女が望めば、どんな男だってものにできるだろう。しかし、彼にはわかっていた。彼が愛しているほどには、彼女は彼のことを愛していないということを。彼のように、情熱的かつ献身的に、信念を持って女を愛せる男はほとんどいないと言っていいのに。それに今の彼がしているように、最愛の人のために何もかも投げ出せる男はほとんどいないだろう。

だが彼女には彼が必要だった。そう、必要としているのだ。彼女が何よりも望むプレゼントを与えられるのは、彼を置いてほかにいない。そのプレゼントとは、〝復讐〟だ。彼はそれを成し遂げる能力を持っているおかげで、ほかのどんな男が望んでも得られない好意を彼女から得られるのだ。

彼はハンバーガーを食べ終え、うっかりパンくずを床に払い落としてしまった。二つの名画のタイトルが頭に浮かんだ。暗闇の中、彼はそれを声に出して自分に言い聞かせた。というのも、そのタイトルが今の自分の状況を如実に言い表していると思ったからだ。

「私は『危険な場所で』『追い詰められて』いる」

完璧だ。彼がフィルム・ノワールを愛する理由は、まさにこれだった。フィルム・ノワールは彼の人生そのものを表現している。

しばらくしてから、タイラー・ペイジはリモコンの別のボタンを押した。小さな画面に映し出された『ファースト・カンパニー』のビデオが再び回りだす。俳優たちの声が部屋に静かに響いていた。

「愛のためにすることなのよ、ハリー。それと、復讐のためにすることでもあるわ。でも、理由なんかどうでもいいの。どっちの理由を選ぼうが、結局、皆あなたのことを頭がおかしくなったんだと思うでしょうから」

16

月明かりが顔を横切り、ジャックは目を覚ました。高窓の向こうを見上げると、深夜の空を背景に銀色の円が光り輝いていた。暖かくて心地いい。いや、満ち足りた気分と言ったほうがいいだろう。実際、それがいちばんぴったりくる言葉だった。

エリザベスは彼の腕の中でかすかに体を動かし、けだるそうに伸びをした。先ほど彼がソファーの背から引っ張ってきた毛布は、彼女の腰のところまでずれていた。彼女は、あらわになった自分の胸を見つめる彼の視線に気づいたらしく、手を伸ばし、大きなストライプ柄の毛布を首まで引き上げた。

「このラグ、少しごわごわするわね」

「少しね」

今は黙っていたほうがいい、少なくとも質問はタブーだ、と脳がジャックに警告を発していた。ここで色々尋ねてしまうのは愚の骨頂というものだ。今夜、彼は幸運に恵まれた。次、、、のチャンスなんて、普通ではまずあり得ない。彼は好運に感謝し、口を閉じているべきだった。

しかし、エリザベスへの愛しさに我慢できずに、警告を無視した。確かめたかったのだ。ジャックは横向きになり、肘を突いて彼女を見下ろした。

「なぜなんだ？」

エリザベスは彼を見上げた。今、部屋を照らしているのは暖炉の火と月の光だけだった。

「ラグがごわごわする理由？」

「僕が何を訊いてるか、わかってるくせに。なぜ今夜、僕に次のチャンスをくれる気になったんだい？」

「考えておくと言ったでしょ」彼女は肩をすくめ、またずれてしまった毛布をかけ直した。

「だから考えたのよ」

「僕がヘイデンや過去の話をしたからなんだろう？」

「そんなこと、どうでもいいじゃない」

ジャックは彼女の顔をじっと見つめた。「よくないよ」

「どうして？」

「僕は君が欲しいけど、お情けは嫌だからさ」

エリザベスはショックで目を見開いた。「ジャック、なんてことを――」

「僕が父親のしでかした不正を正そうと、ある種、高潔な目的を果たそうとしているから、復讐しようとする腹違いの弟に手を焼いているから慰《なぐさ》めてあげよう、なんてことを思ってほしくないんだ」

彼女は目を細めた。「今まで出会った崩壊家庭出身の男性全員と寝てあげるとしたら、私は休む暇もないわね」

ジャックは思わず黙ってしまった。僕は少しこだわりすぎているんだろうか？

エリザベスは指先で、彼のむき出しの肩に優しく触れた。「あなたの願いを叶えてあげたいと思って寝たんじゃないわ。私はそういう好意の示し方はしないのよ」

「そんなこと、わかってるさ」こんな態度を取るなんて、明らかにこだわってるじゃないか。もうこれぐらいでやめておかなくては。しかし、ジャックは自分を抑えられなかった。「じゃあ、どうして僕と寝たんだ？」

エリザベスは彼の首に両腕を巻きつけた。ゆっくりと官能的に、少し気取った感じで満足気な笑顔を見せた。「六カ月もの長いあいだずっと、あなたとまたこうしたいと思っていたからしたのよ。今度はきっと上手くやれると思ってたわ」

「セックスだけの問題だったのか？」

「ただのセックスじゃないわ」彼女はふざけて顔をしかめ、さとすようにジャックの唇を指でトントンと叩いた。「ものすごく素敵なセックスよ」

一気に熱いものが押し寄せ、ジャックの体を締めつけた。「その点では反論の余地はないね」

「よかった。私も議論する気分じゃないもの」彼女はジャックを自分のほうに引き倒し、彼がこれ以上何か尋ねてくる前に、素早く、誘惑するようにキスをした。

慣れ親しんだ興奮が再び湧き上がった。彼は、エリザベスの味、感触以外のものは何もかも忘れ、頭をかがめて乳房の曲線に沿ってキスをしていたが、彼女にしつこく肩を押されていることに気づき、動きを止めた。

ジャックはにやっと笑い、押されるがまま、これから何をされるのか興味津々でごろっと仰向けになった。エリザベスは彼にまたがり、その手首をつかんでラグに押しつけ、身動きが取れないようにした。彼女の目は、意地悪を楽しんでいるような、挑むような表情を見せていた。

「これは第二ラウンドってこと？」

「この半年、あなたは暇な時間に男性誌を読み、私は女性誌を読んで過ごしたのよ」

ジャックの手首をラグに押しつけたまま、エリザベスは彼を攻めはじめた。彼女の太ももの内側は滑らかで引き締まっていた。すでに硬くなっていた彼はさらに硬くなった。

ジャックは彼女を見上げた。「ムチで叩かれたりもするのかな？」

「いいの？」

「僕もやっていいならね」

「それはどうかしら。私は攻めるほうがいいわ」

「僕もだ。あの手の女性誌の内容は最先端を行ってるらしいね」

「そうよ」エリザベスは彼の平らな乳首にキスをした。「それに差別的じゃなかったわ」

「差別的？　ああ、女性上位ってことか。いいね。たまには、そういうふうにするのも構わないさ」

彼女は再び微笑み、ジャックの耳をかんだ。

彼は穏やかに笑いながら、楽しんでいる。

「今度は僕の番だ」しばらくしてジャックが言った。

「まだだめよ」

彼女はもう一度キスをした。彼の体を熱いものが音を立てて駆け抜けていく。

「僕の番だ」

ジャックはエリザベスをそっと押して仰向けにした。二人の位置が入れ替わり、彼は顔を下げて彼女の唇を奪った。

ジャックがまさに中に入れようとしたとき、彼女が「待って」と言った。「ムチはどうするの？」

「今度やってみよう」彼はそっと約束した。

ほの暗い夜明けの光が高窓に差してきた頃になってようやく、彼女にはぐらかされたことに気づいた。効果的な戦術だったと、ジャックは思い返した。しかし肝心な点、つまり、彼の疑問は晴れていない。この半年続いた二人のよそよそしい関係に、彼女がなぜ終止符を打ったのかはわからず仕舞いだ。

そんなことはどうでもいい。いや、どうでもよくない——そんな押し問答が彼の心の中で何度も繰り返されていた。

だが、彼女とベッドをともにするチャンスさえ巡ってくれれば、何もかも上手くいくと彼は確信していた。

セックスの部分をきちんとやり直すチャンスを得たことには心から感謝していた。しかしそのハードルを越えた今でも、問題はまだ未解決のまま残っていると感じていた。

いったい自分は彼女に何を求めていたのだろう？

ここ〝ザ・ミラー〟なら古い映画の一シーンでセットとして使えたかもしれない、とエリザベスは思った。混雑したそのナイトクラブにはぼんやりとした暗い雰囲気があり、けだるく怪しげな、退廃的ムードが満ちていた。壁には形も大きさも異なるアンティークの鏡が飾られ、曇った鏡面がそれぞれに不均整な像を映し出していた。

『カサブランカ』に出てくるリックの店にそっくりとは言わないまでも、かなり近いものがあった。

小さなステージでは、なまめかしい赤毛の女が、体にぴったりフィットしたドレスを着てスポットライトを浴びていた。豊かなハスキー・ボイスで、ややぶっきらぼうに失恋の歌を歌っている。

少し想像力を働かせれば、片隅のテーブルで酒を前に、ハンフリー・ボガートがパリの思い出に浸りながら座っている様子が目の前に浮かんできそうだった。

ジャックは何軒か調べたあと、このクラブを選んだ。もっとも、選択肢がたくさんあったわけではない。ミラー・スプリングスはおしゃれなところではあったが、しょせん小さな街であり、ナイトクラブは数えるほどしかなかった。ザ・ミラーは、その中でもいちばんの人気スポットだ。

ジャックは、この店なら映画祭参加者の主だった面々が来ているだろうと踏んだのだ。エリザベスは店の中をちらっと見回し、彼の判断は正しかったと思った。ステージ近くのテーブルでは、ヴィッキー・ベラミーとドーソン・ホランドが注目を集めていた。別の薄暗い場所では、脚本家のスペンサー・ウエストが一定のペースでテキーラ・サンライズをあおっている。彼は、黒い服を着てまじめくさった顔をした人々に囲まれ、彼らと一緒に酒を浴びるように飲んでいた。

この店に来ることを決めたのはジャックだった。二人はその前に、『路地裏の訪問者』という映画祭参加作品の上映会に行ってきたのだが、これがまたつまらない作品で、最後に登場人物が全員、死んでしまうのだ。

エリザベスは、キャンドルに照らされた小さなテーブルにいくらか身を乗り出し、ささやき声より少し大きいぐらいの声で言った。「あなたの計画実行能力を信用してないと思わないでほしいんだけど、自分が何をしてるか本当にわかってるの?」

「僕を信用しろよ」ジャックは歌手から目を離さなかった。「経験から言って、行き詰まりを打開するには、ちょっとばかり金を使うに限るんだ」

「ちょっとばかりじゃないでしょう。これは大金よ」

「ペイジがまんまとオークションをやってのける前にやつを見つけることができれば、一セントだって無駄にはならない」

「でも、ジャック――」

彼は歌手に向けていた目をエリザベスに移した。ブルーを基調にした照明が当たり、彼の顔にはくっきりと影ができていた。そこには、全身にみなぎる決して妥協を許さない決意があふれ出ていた。

「僕らにたいした選択肢があるわけじゃないんだ。残された時間はどんどん少なくなってるっていうのにな」

「それでも言わせてもらうけど、ペイジは授賞式か『ファースト・カンパニー』のプレミアに現れるわ。つまり、彼をつかまえるチャンスは二回あるということよ」

「僕の作戦が上手くいけば、授賞式や上映会の人込みで彼を見つけ出す苦労はなくなる」ジャックは急に話をやめた。そして目を細め、エリザベスの背後にいる誰か、あるいは何かに視線を移した。「ほら、レジャーがやってきたぞ。男子トイレのほうに向かってるみたいだな。ちょっと失礼するよ。約束があるんでね」

エリザベスが思わず顔をしかめた。「仕事の話をするにしては、結構な場所だこと」

「ばかにしたもんじゃないぜ」ジャックはもう立ち上がりかけていた。「これまでも、いちばん重要な取引を男子トイレでやったことがあるんだ」

「どうしてトイレなんかで?」

「サイズが重要だからね」

エリザベスは頰がかっと熱くなり、気まずさを感じながら彼をにらみつけた。心の中で照明が薄暗くて助かった、とつぶやきながら。ジャックはわかってるさ、と言いたげに横目でにやっと笑うと、小さなテーブルのあいだを滑るように通り抜けていった。彼の引き締まった堂々とした姿が、ゆらめくキャンドルのほのかな光に照らし出されていた。謎めいた人。ジャックは暗い廊下に消えていき、やがて見えなくなった。入り口の上部には〝化粧室〟という紫のネオンサインがあった。

暗がりから人が現れ、エリザベスのそばで立ち止まった。

「ご婦人が独りぼっちで座っているのは放っておけない性分でね」ヘイデンの声だ。「ご一緒しても構わないかな?」


ジャックはレオナルド・レジャーのあとについて男子トイレに入っていった。ちらっと見たところ、中には彼ら二人しかいない。なぜかここかしこに鏡が飾られていた。洗面台の上には、アンティークのフレームに入った三枚の鏡が一列に並んでいる。ごく普通の鏡のようだ。しかし、小便器の壁にはめ込まれた横長の鏡は、普通とは言えなかった。この鏡は、ちょうど股間の高さにはめ込まれていて、用を足す男性は、ふと気づくと鏡に映った自分のペニスを上から眺めるはめになる。

それはまさにレオナルド・レジャーがしていたことだった。というより、レオナルドは満足げに、その光景に釘づけになっているように見えた。

ジャックが近づいてよく見てみると、小便器の鏡は実物より大きく映るようになっていた。設計者は、鏡に〝注意――実物はもっと小さい可能性があります〟と刻み込んでおくべきだったかもしれない。

ジャックは後ろに手を伸ばし、ドアの鍵を閉めた。かすかな、それでいて聞き間違えようのないカチッという音を耳にし、レオナルドは肩越しにちらっと振り返った。彼は少し困惑した様子だったが、そこに立っている人物を確認すると、ぱっと顔が明るくなった。

「ジャックじゃないか。いやあ、奇遇だなあ」レオナルドは陽気に言った。「明日、君をつかまえようと思ってたんだ。『ダーク・ムーン・ライジング』の脚本が一部用意できたからさ」

「そうか」

「君はラッキーだな。今夜、たまたま持ってきてるんだ。持って帰って読んでもらえるかな。きっと気に入るよ」

「よっぽど映画の製作資金に困ってるんだな」

レオナルドはびっくりして目をぎょろつかせ、体を二回振って自分自身をパンツの中にしまった。「冗談はよせよ」彼はファスナーを引き上げた。「金は映画作りにとっては血みたいなもんなんだ。いくらあっても足りないよ」

「いくらあっても足りない？」

レオナルドがひどいへまをやらかしたんじゃないかと心配しているのは一目瞭然《りょうぜん》だった。彼はジャックを安心させようと、あわてて付け加えた。「予算を守るすべを知らないってことじゃないよ。その点は心配いらない。『ダーク・ムーン・ライジング』は予算内でスケジュールどおりに完成させると約束する。大丈夫だから」

「その言葉を信じておこう。君の作品に投資してみてもいいかと思ってるんだ」

レオナルドのスキンヘッドが興奮したようにうっすら赤くなった。「素晴らしい。後悔はさせないよ、ジャック。『ダーク・ムーン・ライジング』は必ずヒットする。大ヒットするに違いない。さらに海外で配給される可能性だってあるんだ。そうなったら、利益はどんどん増えていく。本当さ」

「配給の話はまたあとで聞こう。今は我々の取り決めの条件を検討したい」

レオナルドは目をしばたたいた。「条件？」

「ある男を見つける手助けをしてもらえるなら、『ダーク・ムーン・ライジング』の出資者になろう」

レオナルドはもうイエスと言うべく口を開いていたが、急いで口を閉じ、咳払いをした。

「男？」彼は相手の言葉を淡々と繰り返した。

「そうだ」

「あのさ、誤解しないでくれよ」レオナルドは両手を胸の高さに挙げ、手のひらをジャックのほうに向けた。「あんたの性的嗜好《しこう》がどうだろうが構わないさ。個人的なことだからな。ただ、そっちの方面で力になれるかどうかはわからない。仲介屋じゃないんでね。知ってるやつを少しは紹介できるかもしれないが——」

ジャックが微笑んだ。「デートの相手を探してるわけじゃない。僕からある物を盗んだやつを探しているんだ」

レオナルドはなおさら用心深くなっているように見えた。「何を盗んだんだ？」

「それはどうでもいい。そいつをできるだけ早く見つけることが肝心なんだ」

レオナルドの顔に警戒の色が浮かんだ。「ドラッグとかそういう話じゃないだろうな？そんなもんに巻き込まれるのは——」

「いや、ドラッグじゃない。違法なことは何もないし、危険もない。これはハイテク産業を狙《ねら》った窃盗で、知的犯罪なんだ」

「警察の世話になったほうがよさそうだけど」

「この手の犯罪で誰も警察は呼ばないよ」

「ああ、そうか。聞いたことがあるよ。評判が悪くなるってんだろう？」

「そのとおり」

レオナルドは顔をしかめた。「そいつを探すのに、地元のホテルはチェックしたのか？」

「ああ。彼はこの街のどこのホテルにも予約を入れていない」

「それなのに、このあたりにいると確信してるのか？」

ジャックは、オークションに招待すると言ってきた電話を思い出した。「やつはこの街のどこかにいる。僕が必要としているのはこのミラー・スプリングスで、裏舞台の有力者と通じてる人間なんだ」

レオナルドが澄ました顔で言った。「大物と付き合いのある人間ってことだな」

「まあ、なんでもいい」ジャックがこの映画祭で出会った、低予算インディーズ映画の製作者たちは、誰を取ってもハリウッドで言うところの大物ではなかった。だが、あえてそのことは黙っていた。レオナルドを侮辱したくなかったのだ。「『ファースト・カンパニー』という映画の製作に手を貸した男の名前を教えたら、君はそいつを見つけ出せるかい？」

レオナルドは目を細めた。「たぶん。そいつがこのへんをうろついてるならね。条件ってのはそれだけかい？」

「些細《ささい》なことだが、あともう一つある」

レオナルドは世の中に嫌気が差したかのようなうめき声を上げた。「そんなことだろうと思ったよ」

ジャックはかすかに微笑んだ。「それほど大変なことじゃない。くれぐれも目立たないようにやってほしいんだ。僕の目的はそいつを見つけることであって、びびらせることじゃない」

レオナルドは緊張を解き、また満足げな顔になった。「了解。心配はいらないよ。『ミラー・スプリングス・ガゼット』に広告を出したりはしないから。で、探してる男の名前は何て言うんだい？」

「タイラー・ペイジ」

「聞いたことないな」レオナルドは片手を中途半端にひらつかせた。「あまり大物とは呼べないやつなんだろうな」

「呼べないね。でも彼には野心がある」

「野心は皆、持ってるだろう？　オーケー、調べられそうなところを調べてみるよ」それから、レオナルドは顔をしかめた。「どうやって連絡すればいい？」

「二つの番号のどっちでもいいから電話をくれ」ジャックはポケットから名刺を取り出すと、そこにエリザベスと泊まっているコテージの電話番号と自分の携帯電話の番号を走り書きし、レオナルドに渡した。「昼でも夜でも構わないよ。くれぐれも事を荒立てないようにしてほしい。君が失敗すると、彼は僕の前から姿を消してしまう。もしそんなことになったら、『ダーク・ムーン・ライジング』に対する関心はまったくなくなると思ってくれ」

レオナルドは名刺をちらっと見てから顔を上げた。最初に示した熱意は若干、消えていた。

「そいつのこと、本当になんとしても見つけたいんだな？」

「そうだ」ジャックはドアまで歩いていき、男子トイレの鍵を開けた。「なんとしてもだ」

「ちょっと待っててくれ」レオナルドはジャックのあとから急いで外に出た。「脚本を持ってくるよ」

ジャックはドアのところで立ち止まった。「まず手を洗ったらどうだ？」

「はっきりさせておいたほうがいいと思うんだけど、私はあなたとジャックのいざこざには、中立でいるから」エリザベスが言った。

「あいつのそばにいれば、罪のない見物人も痛い目に遭うんだよ」テーブルの向こうで、ヘイデンがにやっと不気味な笑みを見せた。「でも、君はもう十分にわかってるんだろう?」

「ヘイデン、いったい何の話?」

「ソフト・フォーカスのことさ」

「あなたとまたその話をするつもりはないわ」

ヘイデンは彼女の言葉を無視した。「君はオークションのためにここに来ている。ジャックの金づるとしてだ。オーロラ・ファンドのバックアップがなければ、彼は入札を続けることはできないからね」

「ヘイデン、ばかなこと言わないで」

「昨日は最後まで話をするチャンスがなかったが、君と僕が協力すれば、この件で大金を手にできる」

「そういう話はもううんざりなの」

ヘイデンは彼女のほうに身を乗り出した。目がキャンドルライトに照らされて光っている。

「冷たいな、エリザベス。手を組もう」

「なんでそんなことしなきゃいけないの?」

「ジャックは信用できないからだ。君だってわかってるだろう。この件で、僕のほうについてくれれば損はさせない。約束するよ」

「いったい私に何をしてほしいわけ？」

「何も」

「どういうこと？」

ヘイデンが一瞬にやりとした。ふと、エリザベスはその顔がジャックに似ていると思った。

「オークションでジャックをバックアップしないと同意してもらいたいだけさ。そうすれば、彼は自力では、僕より高い値をつけることはできないからね」

「昨日、はっきりさせたつもりだったんだけど。私はエクスカリバーと利害関係にあるの。誰かの復讐に手を貸すつもりはないわ」

「がっかりさせるなよ、エリザベス。君は向上心と想像力に満ちた女性だと思ってたのに」

「そういう勘違いをする人が多いみたいね」

「君の足かせになってるのが金だけなら、その問題は僕が片づけよう。僕の会社はエクスカリバーの一〇倍の資産があるし、独自の研究開発プロジェクトも持ってる。忘れたのかい？少なくともそのうちの二つは大ヒット間違いなしだ。君が僕に手を貸してくれれば、オーロラ・ファンドにも配当が行くように段取りする」

エリザベスはヘイデンを慎重に見つめた。「あなたがジャックの腹違いの弟だってことは知ってるのよ、ヘイデン。彼が話してくれたの。兄弟げんかに私を巻き込まないで」

ヘイデンは彼女をじっと見返した。と同時に彼の目が険しくなった。「まったく、君はいったいどうしたって言うんだ？　あいつは君を利用してるんだぞ。わからないのか？」

「私にわかるのは」彼女は穏やかに言った。「あなたが復讐心でいっぱいになってるということよ。過去の未解決の問題に加えて、あなたは難しい離婚問題を抱えている。それで、ストレスがだいぶ重なっているのは間違いないわ」

「人の分析をしないでくれ。僕の過去について、君はジャックがしゃべったことしか知らないじゃないか。あいつに都合のいい話に決まってる。それに離婚についてだって、君は何もわかってない。誰にもわからないさ。欲しいものは何でもお金持ちのパパが買ってくれると思ってる、わがままお嬢さんを相手にしてるんだぞ。それがどういうことか、わかるわけないね」

ヘイデンの声に突然、非常に激しい怒りを感じ、エリザベスは警戒した。

「ヘイデン――」

「リングステッドに首を絞められる前に抜け出したんだから、ジャックは賢かったよ。それは認めてやろう。でも僕はつかまってしまった」

「いったい何の話？」

「ジャックから聞いてないのか？　あいつは昔、僕の妻と付き合ってたのさ。ジリアンとね。最高だろ？」

「なんてこと！」

「ジリアンの父親はジャックを気に入っていた。しかも、ジャックにはリング社を監督するのに必要な資質があると判断していた。だが僕は愚かにも、僕のほうがもっと気に入ってもらえるはずだとジリアンを納得させてしまった。どういうことかわかるだろう？」ヘイデンは自分をあざ笑うように口をゆがめた。「リングステッドは僕を気に入ってくれた」

エリザベスがうめいた。「ジャックからジリアンを奪ったのね？」

「難しいことじゃなかったさ」ヘイデンは小さなテーブルに載せた手を握り締めた。「今じゃ、その理由もわかるけどね」

「理由って？」

「ジャックは、あの一族のもとにいたら、自分がだめになるとわかってたんだ。僕が結婚した日には笑い転げてたかもしれないな。リングステッド一族から逃れるために僕がどれほどの犠牲を払うことになるか知って、今じゃ、もっと笑ってるだろうね」

「ジリアンとの結婚生活が上手くいかなかったことをジャックのせいにはできないわ。心の底ではわかってるんでしょう」エリザベスは衝動的にヘイデンのこぶしに触れた。「あなたが過去に問題を抱えていることははっきりしてるわ。でも、自分の兄弟に復讐しようとしても、問題は解決しないのよ」

「腹違いの兄弟だ」ヘイデンは勢いよく立ち上がった。「エリザベス、僕は何としてもあいつを破滅させる。あいつの父親が僕の母を破滅させたようにね。君のためにも、あまりジャックの近くにいてほしくないんだよ。信じてもらえないだろうが、僕は本当に君が傷つくところを見たくないんだ」

ヘイデンは向きを変え、大またでクラブの出入り口のほうへ去っていった。ステージでは例の歌手がもう一曲、耳に残るバラードを歌いはじめた。愛とそのリスクを歌った曲だ。聴き覚えはなかったが、エリザベスにはその曲がかもし出す物悲しい憂鬱な気分は嫌というほど理解できた。

ノーよりイエスがいい
罰を受けるほうがいい
愛のない人生より、ちょっとした愛があったほうがいい

その歌をエリザベスは聴くとはなしに聴いていた。聞き流している分には安心だった。だが、何の前触れもなく、ある節からその曲が心の中に入り込んできた。昨晩の記憶を呼び起こされ、グラスを握る手に力が入った。

彼女は自分に誓っていた。ジャックに抱かれるときは肉体的快感や満足のことしか考えないようにしよう。今度はうわべだけの付き合いにしなさい。しかし、歌声は心の奥深くに入り込み、そこでくすぶっていたもっと危険な残り火をかき立てた。

もはや聞き流すことはできなくなったのだ。

動揺を振り払おうと、彼女は〝化粧室〟と書かれた紫色のネオンサインのほうをちらっと

見た。ジャックが出てくる気配はない。男子トイレで取引をするのに、こんなに時間がかかるものなのかしら？

エリザベスは腕時計に目を走らせた。再び暗い廊下を見やると、ブロンドの髪を高い位置で優雅に結い上げた女性の姿が垣間見えた。ヴィッキー・ベラミーが女子トイレのほうに歩いていくところだった。

エリザベスは衝動的に立ち上がり、小さなイブニングバッグを肩にかけると、暗がりの中、紫のネオンサインのほうへ向かった。女子トイレでヴィッキーを話に引き入れる上手い方法がないだろうか。ファム・ファタールのパネル・ディスカッションでのコメント、とても良かったです。ところで、ご主人のために、タイラー・ペイジを誘惑して、あるハイテク製品の極秘サンプルを盗ませませんでした？ これでは上手い訊き方とは言えないが、核心をずばり突いている。

廊下の壁は濃い紫に塗られていたが、薄暗いのでほとんど黒に見えた。廊下はネオンサインの下で二又に分かれていた。壁のプレートには、男子トイレは左と記されている。エリザベスはその方向をちらっと見た。ドアはしっかり閉まっている。どうやらジャックはまだ交渉中らしい。

エリザベスは右を向いて短い廊下を進み、女子トイレのドアを開けた。中には個室が三つあって、どれも紫色に塗られていた。扉の下から足がのぞいている個室はない。

彼女は後ろ向きで無人の小さな化粧室から出ると、廊下の配置をもう一度確かめた。クラブのメインルームには通じていない出口が一つある。彼女はその出口のドアに近づき、ノブを回した。

外に出てみると、そこは荷物の搬入口だった。

冷たい夜風が顔に当たった。頭の上で裸電球が一つ、弱々しい光を放っている。暗がりに目を凝らすと、搬入用の通路と従業員用の小さな駐車スペースがあるのがわかった。右に目をやると、大きな金属製のダストボックスがあった。すえた生ゴミと気の抜けたビールの臭いがかすかに鼻を突く。

ヴィッキー・ベラミーがいる気配はまったくなかったが、近くの暗闇で押し殺したような声がしたのをエリザベスは聞き逃さなかった。

彼女は後ろ手にドアを閉めると、刺すような冷気から身を守るべく両腕を体に巻きつけ、搬入口の階段を下りていった。コートを持ってくるべきだった。外は凍えるほど寒い。と言っても、ヴィッキー・ベラミーが裏口から出ていくなんて思いも寄らなかったのだから仕方がない。

そんなことを考えながら階段を下りていると、突然ある可能性が頭に浮かび、エリザベスはすっかり足がすくんでしまった。「ヴィッキー・ベラミーがソフト・フォーカスの窃盗事件に本当にかかわっているとしたら？　ジャックが男子トイレで取引をしているあいだに、ヴィッキーが今夜クリスタルを持ってタイラー・ペイジと一緒に逃げ出すことに決めてしまったら？」

でも、ちょっと待って。オークションが行われる予定なのだから、ヴィッキーがこの件に関係しているとすれば、金を手に入れる前に逃げるとは考えにくい。

ただここに突っ立って、何もしないでいるわけにもいかない。エリザベスは腹をくった。彼女は、黒っぽい車の列に沿って、そろそろと歩き出した。何をしているんだと訊かれたら、新鮮な空気を吸いにちょっと外に出ただけだと言えばいい。

彼女は努めてさりげないふうを装いながら車から車へと移動し、前の座席をのぞき込んだ。月明かりが反射し、大きなものは見分けることができた。ヴィッキーが運転席に座っていれば、シルエットでわかるだろう。

だが、その体は車の運転席にはなかった。古ぼけたフォードの後輪のそばで地面に横たわっていたのだ。

エリザベスは左右に投げ出された腕をじっと眺めた。月明かりに照らされ、腕はとても青白く見えた。彼女は叫ぼうとして口は開けたものの、まったく声が出ない。そして、本能的に一歩、後ろに下がり、身の安全を求めてナイトクラブの裏口に向かおうとした。

しかし思い直し、無理やり一歩前に出た。「大丈夫……？」ばかげた質問だ。そして恐怖におののきながらもうずくまって、脈を調べようとした。大丈夫なわけがない。その女性はまさに死んでいるように見えた。

エリザベスが脈を調べようと手を伸ばしたそのとき、強い光が当たり、目がくらんだ。

「触るな」暗がりから、男が怒り狂ったように叫んだ。「このシーンの準備に三〇分もかかったんだぞ」

エリザベスの神経はすでに限界まで張り詰めていたが、怒りに任せた男の叫び声が、さらに追い討ちをかけた。彼女はびっくりしてようやく悲鳴を上げ、後ろに飛びのき、車のフェンダーに激しくぶつかった。

「な……何なの……？」彼女は無理やり深呼吸をしなければならなかった。「いったい何のつもり？」

「撮影中なのよ」ヴィッキー・ベラミーの声はそっけなく、それでいて面白がっているように聞こえた。

エリザベスはぐるっと向きを変えた。突然、明るい光に照らされたせいで、目の前にまだ斑点《はんてん》が見えていたが、ヴィッキーの姿は見分けることができた。女優は、駐車してある二台の車のあいだに立っていた。月明かりに照らされ、髪が銀色に輝いている。

「さっきは怒鳴ったりして悪かった」男はそう言ったが、申し訳なさそうな口調ではなかった。むしろ苛立っているようだ。彼は高性能の小型ビデオカメラを見せつけながら、照明のほうに歩いていった。「びっくりさせるつもりはなかったんだ。でも、君はもう少しでこのシーンを台無しにするところだったんだよ」

地面に倒れていた死体がもぞもぞ動いた。「早く終わらせてくれない？　体がすっごく冷えてきちゃったのよ」

「ああ、そうだな。よし再開しよう。いいね、じっとしててくれよ」カメラを持った男は照明の奥の自分の位置に戻った。

それから、別のスタッフが長いアームのついたマイクを調節した。

ヴィッキーがくすくす笑いだした。「彼らはコンテストに参加してるのよ」

「何のコンテストですか？」エリザベスが尋ねた。

「即興ノワール・コンテストよ」ヴィッキーが説明した。「この映画祭では毎年恒例なの。参加者はフィルム何本かと機材を与えられて、映画祭の一週間で、短編映画の脚本を書き、撮影と編集までをこなすの」

「ああ、そういうこと」エリザベスは呼吸が正常に戻ってほっとしていた。「倒れていた死体がものすごくリアルで」

「映画の世界では、見掛けどおりのものなんて何一つないのよ」ヴィッキーはとても穏やかに言った。「もっとも、現実の世界でもそうじゃない？　覚えておくといいかもしれないわね」

エリザベスは凍りついた。ヴィッキーの言葉に警告のようなものを感じたのは、気のせいではないだろう。「ありがとう。覚えておくわ」

「ここは冷えるわね」ヴィッキーは向きを変え、搬入口のほうに戻りはじめた。「コートを持ってくればよかったのに」

エリザベスは置いていかれないように、急いでヴィッキーに追いついた。

「そんなに長く外にいるつもりじゃなかったから」

「なぜ外にいたの？」ヴィッキーが尋ねた。

「新鮮な空気を吸いたいと思って」エリザベスは見え透いた作り話にもっともらしい説明を付け加えた。「禁煙席にいたんだけど、ほら、喫煙席のそばだと空気が悪いでしょう」

「そうね、よくわかるわ。でも私だったら、いつまでも外にいないでしょうね。普段のミラー・スプリングスは犯罪なんてないも同然だけど、今週は外から人が大勢来ているのよ。何が起きるかわかったもんじゃないわ」

冷えきった夜の空気とは無関係に、エリザベスは背筋がぞくっとした。ひたすら意志の力で笑顔を保つ。「今夜は本当にいいアドバイスをいくつもくださって感謝するわ、ベラミーさん」

「気をつけていただければ嬉しいわ。アドバイスなんてしても無駄だし、いつもはしないのよ。でも、あなたの場合は例外だと思ったの」

「なぜですか？」

「よくわからないわ」ヴィッキーの笑顔は謎めいていた。「あなたのお友達、つまり、ジャック・フェアファックスに向ける、あなたの眼差しのせいかもしれないわね」

「どうしてそれが重要なの？」

「別に重要というわけじゃないわ。もう昔のことだけど、私も男の人をあんなふうに見ることができたら、と思ったものよ」

「あんなふうって？」

「彼を好きになってしまっていいのかどうか悩んでますって感じ」ヴィッキーはハスキーな声でまた笑った。「ちなみに、それに対する私のアドバイスは、やめておきなさい、よ」

エリザベスは歩道にあった小石に気づかず、つまずいてしまった。激しく息を吸い込み、バランスを取る。

「もしかして、近づかないようにしろってこと？」彼女は単刀直入に尋ねた。

ヴィッキーはじっと考えているような視線を向けた。「過去のある女に失うものはない。しかし、未来のある女は用心するに越したことはない」

エリザベスは立ち止まり、何も言わなかった。ヴィッキーは三段の階段を上って搬入口のドアを開け、振り返ることなくクラブの中に消えていった。

今のはいったい何だったの？　エリザベスは困惑した。しばらく閉ざされたクラブのドアを見つめていたが、すぐに寒さが身に染み、現実世界に引き戻された。階段のほうに歩きながら、タイラー・ペイジの件でヴィッキーに真相を迫るという壮大な計画もこれまでだと思った。

突然、クラブの裏口のドアが開いた。

「エリザベス？」暗がりからジャックの声が聞こえてきた。「こんなところで何やってるんだ？」

「そんなふうにガミガミ言わないで。今夜はものすごく怖い思いをしたんだから」

「どうしたんだい？」ジャックはすっと前に出て彼女の腕を取り、駐車場で行われている撮影の様子に目をやった。「あの連中は、何やってるんだ?」

「映画を撮ってるんですって。映画祭のコンテストか何かみたい」エリザベスはジャックをちらっと見た。「どうして私がここにいるとわかったの?」

「ヴィッキー・ベラミーが廊下で僕を呼び止めて、外の階段で君に会ったって教えてくれたんだ。新鮮な空気を吸いに来たらしいって話だったけど」

「実はちょっと違うのよ。最初にここに来たのはヴィッキーのほう。私は彼女のあとをつけてきたの」

「あとをつけた?」ジャックは何かを見極めるように、闇に包まれた景色に素早く目を走らせた。「何のために?」

「ちょっといい考えが浮かんだのよ。彼女をうまく誘導してタイラー・ペイジと関係していることを白状させられないか、って思ったの。でも、全然うまくいかなかった」

「それで?」

「代わりにこっちがヴィッキーから真っ当なアドバイスをたくさんいただいてしまったわ」

エリザベスはそっけなく言った。

ジャックはぽかんとしている。「アドバイス?」

「そう。それから、彼女は本当に面白いことを言ってたわ」

「どんなこと?」

「過去のある女に失うものはない。しかし、未来のある女は用心するに越したことはない」

「それのどこか面白いんだ？」

「そうね、まず第一に、これは『ファースト・カンパニー』の脚本にあるセリフそのものなの」

「だから？」

「つまり、ヴィッキーは、そのセリフが脚本からの引用だって私が気づくだろうと思ったわけ。実際、私に脚本を読んでみたらと勧めたのは彼女だったし」

ジャックはまじまじとエリザベスを見た。「で、結局、何が言いたいんだ？」

エリザベスは向きを変え、遠くで行われている撮影を眺めた。「彼女は私に警告しようとしたんじゃないかしら」

ジャックはしばらく黙り込んだ。

「何のために彼女はそんなことをするんだい？」彼は穏やかに尋ねた。

あなたのお友達、つまり、ジャック・フェアファックスに向ける、あなたの眼差しのせいかもしれないわね……。もう昔のことだけど、私も男の人をあんなふうに見ることができたら、と思ったものよ。

「さあ」エリザベスが言った。

「そうか。もしかすると、君の言うとおり、ヴィッキーがタイラー・ペイジのファム・ファタールなのかもしれないな。君に近寄るなと警告しようとしたとすると、彼女はこの件に深くかかわっていると思わざるを得ない」

「そうね」

「なぜ彼女は自分の正体を明かすようなまねをしたんだ？　それに、なぜ君を追い払おうとするんだろう？　この取引について何かしら知っているとすれば、君がエクスカリバーの財布のひもを握っていることも知っているはずだ」

「そうね」わからないことが多すぎる。

「それに、なぜ彼女は、『ファースト・カンパニー』のつまらないセリフが警告として効果があると思ったんだろう？」ジャックは立て続けに尋ねた。

「あまり頭のよくない、うぶな女性キャラクターが出てくるからじゃないかしら。その女性は、ファム・ファタールが必要としている男を好きになってしまうのよ」

「わかった、もう降参だ」ジャックは両手を挙げた。「で、その女はどうなるんだい？」

「殺されるのよ」

17

「やめて」エリザベスが両手を挙げた。「これ以上、言わないで。今夜はもう議論はたくさん。シアトルには戻らないわ。以上」

ジャックはラグの真ん中で、昨晩、エリザベスと愛し合った、まさにその場所で立ち尽くし、彼女がむやみやたらと部屋を歩き回る様子を眺めていた。彼女が通ったところには、目には見えないものの、怒りの跡がついているのがはっきりとわかる。

数分前に議論が一気に白熱したとき、エリザベスは胸の下できつく腕組みをしていた。しかし今は、動き回りながら両手を挙げたり、ぴったりしたベルベット・ジーンズの後ろのポケットに手を突っ込んだりと、ちっともじっとしていない。

ジャックは穏やかに、彼女をなだめるような理屈を取り繕おうとした。だがそれはうわべだけのことだ。心の裏側では、怒りと緊張と、不安にも似た落ち着かない感情がぐちゃぐちゃに入り混じっている。もし、彼女に何かあったら……。

彼はその続きを考えるのが嫌になり、途中でやめた。というより、エリザベスに万一のことがあったら自分がどんな反応をするのか想像がつかなかったのだ。もしかしたら、少し

——いや、相当取り乱してしまうかもしれない。

しかし、彼は急に思い直した。そんなことを考えても意味がない。明らかに過剰反応だ。フィルム・ノワールの脚本が現実になっているわけじゃあるまいし。これはハイテク産業の窃盗事件、つまり知的犯罪だ。この手の事件では人が傷ついたりはしない。あくまでも通常の事件なら。

しかし、やっかいなことにならないとも限らない。

「ヴィッキーは君を脅したんだぞ」ジャックはこのセリフをかれこれ三〇回ほど繰り返している。「深刻に受け止めるべきだ」

「脅してなんかいないわ」エリザベスはジャックに非難するような目を向けた。「そこまでは言ってない。ただ、私を遠ざけようとしただけよ。たぶん」

「それはおかしい。彼女がこの件にかかわっているとすれば、君の正体を知っているはずだ。君がオーロラ・ファンドの小切手帳を持っていること、君がクライアントに代わって、ソフト・フォーカスを手に入れるための大金を支払う可能性があることは、君がクライアントに代わってるはずだ。それなのに彼女はなぜオークションの前に君を脅して遠ざけようとするんだ？　もしも――」

ジャックは突然、話をやめ、そのことについてじっと考えた。

「それで？」エリザベスは部屋の反対側からジャックを見ていた。「もしも、何？」

「もしもヴィッキーがこの件にかかわっているとすれば、ドーソン・ホランドも共犯だと考えるべきだろう」

「おそらくそうね」

「よし、とりあえず、彼らはワンセットとしよう。そのうえで、考えられる線は少なくとも二つある。その一。ソフト・フォーカス盗難事件の裏で糸を引いていたのはヴィッキーとドーソンだった」

「それは、〝ヴィッキーはタイラー・ペイジのファム・ファタールだった〟という私の仮説とも合うわ」

「あるいは」ジャックはゆっくりと続けた。「その二。二人は僕らと同じ理由でミラー・スプリングスに来ている。それについて言えば、ヘイデンがここにいるのも同じ理由だ」

「つまり、彼らもオークションに招待されているってこと？」

「そのとおり。考えてもみろよ。ペイジが危険を覚悟でオークションに呼べる人間なんて、そうはいないだろう。彼は研究室勤めの孤独な男なんだ。盗んだ物を唯一安全に海外に転売できる手段として競売にかけようと思ったんだろうが、盗品でも目をつぶって大金を注ぎ込んでくれる投資家たちと付き合いがあるわけじゃない。そこで、そういう連中と同様、世知に長けていて、金儲けのすべを心得ている人間、つまりペイジに欠けているものを持つ人間に売ろうと思ったんだろう」

「ああ、そういうことね」彼女は唇をすぼめ、彼をじっと見つめた。「あなたと私のことなら、彼も当然知ってるわけだし」

「世知に長けた、金儲けのすべを心得た人間としてね」ジャックがぼそぼそと言った。

エリザベスはその言葉を無視した。「たぶんペイジは、あなたの因縁のライバルであるヘイデンのことも知っていて、彼がソフト・フォーカスの値を躍起になって競り上げてくれると思ったのかもしれないわ」

「そのとおり。そして、ペイジが最近、接触したことがわかっているもう一人の人物がいる。金をたっぷり持っていて、この手の取引に良心の呵責《かしゃく》などまったく感じない男。ドーソン・ホランドだ」

エリザベスが顔をしかめた。「だとしたら、今夜ヴィッキーが私に警告した動機もわかるわね。彼らがオークションでより安くソフト・フォーカスを手に入れるために、競争相手である私に手を引くよう暗に警告した――」

「ああ」ジャックはその点について考えた。「そう考えれば納得がいく。君のファム・ファタール説より、こっちの説のほうがいいと思うけどね」

「それは、あなたの心にロマンチックなところがないからよ」エリザベスは威圧するようにジャックをにらみつけた。「男が愛のために、タイラー・ペイジのようなリスクを冒すなんてこと、想像もできないんでしょう?」

彼女のとがめるような声にジャックはぎくっとした。「僕は現実的に考えようとしているだけだ」

「そうでしょうね」彼女はそこで急に言葉を切った。「今いちばん現実的な問題が何だかわかってる?」

彼は眉をすっと上げた。「注釈つきの問題リストを渡したほうがいいかい？」

「こっちはまじめに言ってるの。私たちの問題は、十分な情報がないことよ」

彼は高い吹き抜けの天井を見上げ、ここは我慢しなくてはと自分に言い聞かせた。「そんなこと、わかってる」

「ヴィッキー・ベラミーとドーソン・ホランドについて、もっと調べる必要があるわ」

「言っただろう。ホランドのことはラリーに調べてもらってる」

エリザベスは脇テーブルの電話に向かって歩いていった。「弟さんには金銭面から調べるように頼んだんでしょう？」

「僕が見る限り、今、問題になる要素はそれだけだからね」

「そうかもしれないし」エリザベスは受話器を取り、番号を押した。「そうじゃないかもしれない」

ジャックが腕時計をちらっと見た。「真夜中を過ぎてるんだぞ。誰に電話してるんだ？」

「アシスタントのルイーズよ。彼女はタブロイド紙の記者を二〇年やってたの。芸能界に色々なコネを持ってるのよ。だから誰か知ってるかも――」エリザベスは言葉を切り、電話に出た人物の声に耳を傾けていた。彼女の顔に一瞬、驚きの表情が浮かんだ。「ごめんなさい。番号を間違えたみたいです。ルイーズ・ラトレルさんのお宅にかけたつもりだったんですけど」

ジャックは窓辺に行き、ミラー・スプリングスのきらめく明かりを眺めた。

「ええ、待ってます」エリザベスは押し殺した声で言った。「ルイーズ？　今のはいったい誰なの？　市外に住んでる昔の編集者仲間が電話してきたって、どういうこと？　いくつの人？」

ジャックは肩越しにエリザベスの当惑した顔を見て、面白がった。

「まさか。もちろん、あなたが修道院暮らしをしてるなんて思ってないわ。ただ、電話に男の人が出るとは思わなかったの。それだけよ。とにかく、こんな時間にはね」エリザベスはジャックのほうに目を向けたが、見られていることに気づき、背を向けた。

「ああ、その件、あのね……実は違うのよ。ジャックは例のリゾート・ホテルの予約でちょっとトラブルがあって、ここに泊まってるんだけど――」

彼女は再びしゃべるのをやめて顔を赤らめた。電話の相手はおかしくてたまらないといった様子で甲高い笑い声を上げていたが、部屋の向こうにいるジャックの耳にも、それははっきりと届いていた。彼は独りでにやっとした。

エリザベスは咳払いをし、早口で話しはじめた。「ルイーズ、悪いんだけど、私は仕事のことで電話をしてるの。ヴィクトリア・ベラミーという三流女優と夫のドーソン・ホランドについて、情報を集めてもらいたいのよ。二人はずっと前から映画業界の末端をうろうろしていて、この小さな映画祭では大物扱いされてるわ」

ジャックは、彼女がルイーズとの話を終えて電話を切るまで待った。

「これで何か役に立つ情報が得られるはずよ」エリザベスは振り返り、ジャックと向き合った。「ルイーズは相手が誰であれ、どんな些細《ささい》なことだって掘り出せるの。昨日、思い出せばよかった」

「ま、それも悪くないね」

「悪くない？　ずいぶん熱烈なご支持だこと……」

「さっきの話に戻りたいんだけどな」

「どの話？」

「君のことだ。君が今、ミラー・スプリングスにいることについて」

エリザベスはソファーの背にもたれ、両手を腰にあててジャックに怖い顔をしてみせた。

「帰るように説得しようなんて思わないことね」

「エリザベス、ヴィッキーが君を脅してこの街から追い出そうと小細工を続けるんじゃないかと思う以前に、心配なことはたくさんあるんだよ。物騒なことになるかもしれない。僕は君を危険な目に遭わせたくないんだ」

「本当は、私がいるせいで余計、面倒なことになったと言いたいんでしょう」

彼は一方の手をめいっぱい広げた。「君と出会ってから、僕の人生はずっと面倒なことになってるよ」

「うまく乗り切ってきたように見えるけど」彼女は過剰なほど優しく言った。

「たぶんね。でも、今回は状況がますます厄介になってる」

「まあ、何とかするしかないわね。だって、私は今さら切り上げるつもりなんてないんだから」エリザベスは妙に考え込んだような表情を向けた。「それに、ヴィッキーは、今度はあなたを追い回すかもしれないわ」

ジャックがにやっとした。「ヴィッキーが僕を脅そうとするとでも思ってるのかい？」

「必ずしもそうじゃないわ」エリザベスはしばらくのあいだ、彼をまじまじと見つめた。「彼女がファム・ファタールになりきっているなら、あなたを脅すのではなく誘惑するかもしれないってこと」

ジャックは目をしばたたき、それから残忍そうに歯を見せて笑った。「その可能性を思うと、気が気じゃない？」

「ええ、そうよ」エリザベスはジャックをにらみつけた。「面倒なこととは、まさにそれなの。ヴィッキーがあなたを夢中にさせれば、私たちはそれこそ厄介な問題を抱えることになるわ」

彼は穏やかに笑った。「あり得ないね」

エリザベスが危険な笑顔を見せた。「ヴィッキー・ベラミーのような女性に言い寄られても、その気にはならないって本当に言える？」

「ああ、言えるさ。女性を取っ換え引っ換えするのは昔から苦手だった。ああいうことは見た目よりずっと難しいんだ。第一、僕は今、手一杯なんだから」

「私のことを言ってるの？」

「もちろんさ。ほかに女性がいるかどうか調べてみるかい？」

エリザベスは少しためらった。「やめとくわ」

「はっきり言ったと思ったんだけどな。この半年、僕はほかの女性とは付き合っていない」

彼女はジャックに背を向け、立ち上がって外の闇を見つめた。「あなたはエクスカリバーのことで忙しかったものね」

ジャックはエリザベスのぴんと伸びた美しい背筋をじっと眺め、彼女の堂々とした身のこなしに、磁石のように引きつけられた。「女と寝る時間も作れないほど忙しかったわけじゃない。そうしたいとか、やりたくてたまらないと思えばできたかもしれない。優先順位のつけかたぐらいわかってる。まず、解決しなければならない問題があった」

「なるほど」

「君はどうなんだ？」

「私もすごく忙しかったわ」彼女はとてもぶっきらぼうに言った。「仕事でディナーに何度か行ったくらい。そんなところよ」

ジャックはヘイデンにばかにされたときの言葉をふと思い出した。人の秘密をバラすなんて、あまり紳士的とは言えないものな。

ジャックは部屋を横切り、エリザベスのすぐ後ろで足を止めたが、彼女には触れなかった。

「ヘイデンに言われたんだ。この半年、君が誰とも関係を持たなかったのは僕のせいだとね」

「あなたのせい？」彼女はひどく憤慨して声を張り上げた。「あきれた。彼ったら、私が半年間、ずっとあなたのことが気になってほかの男性に本気になれなかった、なんて思ってるの？」

ジャックは、彼女のばかにしたような言い方にひるんだ。「そうじゃないよ。彼は君がパシフィック・リム・クラブで怒りを爆発させたあと、ある種の、その……評判を背負ってしまったと思ってるんだ」

「ふーん。怒ったら何をするかわからないって？」

「ヘイデンは、君に気があった男たちが、その評判にひるんで逃げだしてしまったとほのめかしていた」

エリザベスは鼻を鳴らした。しかも上品に。「私が、そんなことで簡単にひるんでしまう男とデートをしたがると本当に思っているの？」

ジャックは、彼女が傲慢そうに顎を上げる様子をじっと眺めて微笑んだ。彼女には生まれながらに堂々としたところがある……。

「いや」

「ねえ、私たち、ちょっと話が脱線してるわ。ヴィッキーとドーソン・ホランドの話をしていたのに」

「どうしても確かめておきたかったんだ」ジャックは率直に言った。

「いったい何を確かめる必要があるって言うの？」

「クラブであんなことがあったせいで、君の生活は本当に台無しになったのかい？」

彼女は深く息を吐き出した。「ジャック、うぬぼれるのもいい加減にして。信じようと信じまいと勝手だけど、いいこと、あなたが私を不感症だと世間に公表したあとも、勇気を奮い起こして私を誘ってくれた男性が一人や二人いたのよ。連邦準備銀行が金利をどうするとか何とか、仕事の話をしつつ、それ以上の関係になろうとしてるんだなとはっきりわかったわ」

ジャックは皮肉をあえて無視し、彼女のむき出しの首に指を走らせた。「それなら、なぜそれ以上の関係にならなかったんだい?」

「忙しかったのよ」彼女はゆっくりと振り返り、ようやくジャックと向き合った。その目には頑なな決意が宿っていた。「ヴィッキー・ベラミーの話を――」

彼はしぶしぶ手を脇に下ろした。「荷物をまとめてシアトルに戻るという話をする気がないなら――」

「言ったでしょ」エリザベスはきっぱり言った。「私はどこにも行かないわ。あなたには私が必要なのよ、ジャック」

ジャックは彼女を眺め、体中のすべてが彼女を意識しているのに気がついた。彼はとても慎重に彼女の首を両手で包み、親指で顎を少し上げた。

「確かに。その点に異存はない」彼はそっとささやいた。

エリザベスの目の中の何かが和らぎ、深みを増した。「そう、ホッとしたわ」彼女は唇を上に向け、キスを求めた。

今夜は二階に上がり、自分のベッドに行ってから、ジャックは彼女のジーンズを脱がした。その後、エリザベスが横で眠りに落ちたあと、ジャックは枕に仰向けにもたれ、一方の腕を頭の後ろにあてがい、さっきは口にしなかったもう一つの質問を無言で問いかけていた。

君には僕が必要かい？

ドーソンはブランデーグラスを二つ取り上げ、一つをヴィッキーに渡した。「そろそろ、我らがストーカーにもう一度、襲いに来てもらうかな」

「効果があるとは思えないわ」ヴィッキーが言った。「皆、ストーカーの件は全部、宣伝目的のやらせだと思ってるわ。昨日はスパのマッサージ師まで、あれは宣伝用の作戦なんじゃないのか、なんて私に訊いてきたもの」

「それは君が悪いんだ。やつが襲ってきたときに、ちゃんと恐怖におののくふりをしていないからさ」

ヴィッキーはグラスの中の液体をぐるぐる回した。「そうなのかもしれない。でも、もうこんなこと、やめたいわ。少なくとも、映画祭が終わるまではしたくないの。ドーソン、お願い。私にとって、この一週間はとても大切なの。今週は楽しみたいのよ」

ドーソンは気が進まなかったが、折れることにした。「それもそうだな。君にとっては大事な週だ。しばらくストーカーにご登場願うのはやめておくことにしよう」

ヴィッキーは輝かんばかりの笑顔を見せた。「あなたって本当に優しいのね、ドーソン」

ドーソンはヴィッキーを見た。今夜の彼女は白いドレッシングガウンを着ている。まるで中世の修道院からやってきた、けがれを知らないアコライト(礼拝儀式で司祭を助ける侍者)のようだ。彼女は私がこのゲームをどれほど気に入っているかわかっている。それなのに……。ヴィッキーは彼の性的嗜好《しこう》について、知るべきことはすべて知っていた。彼をよく観察し、彼がベッドで喜ぶ行為を知ることに専念してきたのだ。彼女なら申し分のない愛人になれただろう。だが、彼女は愛人ではなく申し分のない妻になった。彼の妻になったのだ。知り合いの男たちは誰もが彼をうらやんでいた。ヴィッキーを見た男の誰もが、彼女を自分のものにしたがった。しかし、ヴィッキーを満足させることができる限り、彼女は彼のものだった。

それなら、どうしてほかの女を必要とするのだろう? 顔も名前も区別のつかない女たちの体の中で過ごすとき、私は何を探しているのだろう? ヴィッキーほど完璧な女性はいないのに。もし自分の問題を精神科医に説明したら、医者から本当に頭がおかしいと診断されるだろう。

ヴィッキーはドーソンの前にひざまずき、微笑んだ。

彼女を包む白いガウンの生地が優美なひだを作り、彼の靴の先をかすめている。彼女はまつ毛の下から彼を見上げた。自分の好きな教師の前にひざまずき、彼しか伝えることのできない秘儀を一生懸命学ぼうとする女学生のように。

ドーソンは自分がだんだん硬くなるのを感じた。まるで、ヴィッキーに魔法をかけられたかのようだった。彼は何もしなくてよかった。いつも彼女が何もかもやってくれるのだ。アコライトごっこをしているときでさえ、主導権を握って攻めてくるのは彼女のほうだった。彼の立場に身を置きたくてたまらない男がいったいどれだけいるだろう？

ヴィッキーは指先をドーソンの膝に置き、彼の脚を広げた。そして彼のバスローブの前を開き、前かがみになって唇を開いた。

ほどなく、いよいよ激しいクライマックスに身をゆだねようとする寸前に、ドーソンは一瞬、目を大きく開き、ヴィッキーの金髪を見下ろした。自分がいまだにほかの女を必要とする理由が突然わかったのだ。

彼がほかの女を求めるのは、自信を取り戻したいからだった。時々、彼はベッドの上で、男女の基本的なスタイルで自分の男らしさを確認する癖があった。自分は今も主導権を握っている男だと身をもって示す必要があったのだ。

なぜなら、ヴィッキーと一緒にいるときは主導権が自分にないことがわかっていたから。見事に訓練された娼婦のように、彼女は何もかも与えてくれたが、自分自身は何一つ与えなかった。ドーソンは彼女を所有する権利は持っていたかもしれないが、本当の意味で自分のものにはできていなかったのだ。

ヴィッキーは頭がよかった。私より頭がいいかもしれない、と彼は少し不安に思うときさえあった。しかし、近頃、彼を最も当惑させていたのは、彼女が常に自分を抑えていることだった。彼女は決して飲みすぎたり食べすぎたりはしなかったし、セックスの喜びに心から身を任せることもなかった。今やドーソンは、彼女は不感症だとほぼ確信していた。彼の知る限り、ヴィッキーには映画に出たいという願望以外に弱みはなかったし、映画に対してさえ一線を画していた。演じることは彼女にとって重要ではあったが、キャリアのためにすべてをなげうつほど重要なものではなかった。ひょっとすると、彼女がハリウッドで成功しなかったのはそのせいだったのかもしれない。

時々、彼女がひどく怖くなる理由が今はっきりとわかった。目がくらむような事実に彼は打ちのめされていた。

エリザベスは高価なハンドメイド・ジュエリーを扱う小さな店の外の歩道に立ち、ショーウインドーの向こうにディスプレーされた一点物のネックレスを見るふりをしていた。彼女の注意は、ガラスにかすかに反射するヴィッキー・ベラミーの姿に向けられている。彼女は通りの反対側のブティックに入っていくところだった。

実際にやってみると、尾行は映画で見るよりもはるかに退屈な仕事だ、とエリザベスは思った。あるいは、ヴィッキーのその日の予定がかなり単調だっただけなのかもしれない。

しかし、文句は言えなかった。今朝、ヴィッキーを尾行しようと言い出したのはエリザベスだったのだから。ジャックはそんなことをしても時間の無駄だと忠告した。彼はミロ・インガーソルやラリーに電話を入れるためにコテージに残った。彼女が出かけるときは、ちょうどラリーとドーソン・ホランドの最近の仕事に関する話に没頭しているところだった。

玄関に向かうエリザベスに気づき、ジャックは電話に集中しつつ、右手で彼女を呼び止めた。そして受話器を手でふさぐと、「ばかなまねはするなよ」と忠告した。

エリザベスは顔をしかめ、外に出て自分の車に向かった。

街でヴィッキーを見つけるのは簡単だった。エリザベスは映画祭のスケジュールを調べ、自分のターゲットがパネリストになっている俳優向けのワークショップがあることに気づいた。だからただ待てばよかったのだ。

パネル・ディスカッションが終わると、ヴィッキーはすぐに街に出た。それから一時間が過ぎたが、彼女は相変わらず、ミラー・スプリングスのメインストリートに並ぶ流行のブティックやショップを見て回っていた。

小さなダウンタウンは、映画祭の試写会やワークショップの合間に出てきた人たちでにぎわってはいたが、ヴィッキーを見失わないようにするのはさほど難しくはなかった。真っ白なタートルネックに、流れるようなラインの白いワイドパンツを合わせ、白いロングコートの裾をさっそうとなびかせているヴィッキーは、黒とデニムの海の真ん中に立つ灯台のようだった。ただ注目されたいというのではないだろう、とエリザベスは思った。ヴィッキーは注目されることを必要とし、切望している。女優という自分の役になりきっているのだ。

それとも、人に尾行されやすいようにしているのかしら？

エリザベスはヴィッキーに集中するあまり、大柄ながっしりした男が間近まで来ていることに気づかなかった。

「リジー？　いやあ、なんてついてるんだろう。車で君のところへ行こうと思ってたところなんだ」

あまりにも聞き慣れた声にぎくっとし、エリザベスはヴィッキーに向けていた視線を素早く、自分の脇に立っている男に移した。そして彼の姿を目にした途端、心の中で小さなため息をついているのがわかった。

義理の兄メリックだ。彼の顔を見るたび、エリザベスは決まって温厚で愛想のいいセントバーナードを思い出す。彼にはどこか、すがすがしいくらい無邪気で、人の心を惹きつけるところがあった。ハンサムとは言えなかったが、その人懐っこい愛嬌《あいきょう》のある顔を目にするとついつい心を許してしまう。赤毛と楽しげな青い目は、彼を裏表のない正直な人間に見せていたし、それが彼の本当の姿であることもエリザベスにはわかっていた。

一方で、メリックはとても創造力に富む人だった。絶えることのない知恵の泉のように、彼の中から大胆な構想や計画があふれ出てくるのだ。そのうえ、愛情深い夫であり、三児の自慢の父親でもあった。

だから、彼が失敗ばかりしているのは本当に残念なことだ。エリザベスは愛情込めてそう思った。詰めが甘いのか、メリックは自分の素晴らしいアイディアをいざ実行に移そうとすると、必ず失敗してしまう。彼はエリザベスの姉ロウェーナと結婚してからの数年間で、少なくとも十数回仕事を変え、三回、自分で事業を立ち上げて失敗している。また、株でも大損をしていた。

そんな失敗ばかりでも、メリックは家族だ。だからこそ、エリザベスにとっては汚点なのだが……。

最初は驚いたものの、これも宿命だと彼女はあきらめた。

「メリック、ここで何してるの？」

「察しはついてるんだろう？」彼は口元をややゆがめて微笑んだ。口の左側より右側のほうが若干大きくカーブし、目元に少ししわが寄った笑顔。「君を見つけようと、ここまで来たんだよ、リジー。それはそうと、いつからフィルム・ノワールなんかに興味を持ったんだい？」

「あきれた」エリザベスは向きを変え、彼の顔を正面から見た。「私を追って、ミラー・スプリングスまで来たの？」

「着いたばかりなんだ」メリックは一方の手で顔をこすった。「長旅だったよ。夜の便でデンバーまで来て、そこからはレンタカーを借りて、山道をずっと走ってきた。君が泊まっているところを訪ねる前に、ここでちょっとコーヒーでも飲もうかと思ったんだ。で、カフェを出たら、運よく君を見つけたってわけ。車に戻ろうと思って歩いていて、偶然ここに立っている君の姿が目に入ったんだ」

エリザベスは、ダウンコートのポケットに突っ込んでいた手をぎゅっと握り締めた。「どうやってミラー・スプリングスの私の居場所を調べたの？」

「ルイーズに電話をして、住所を教えてもらったんだ」

「あとでルイーズに言ってやらなきゃ」

「いったいどうしたんだ、リジー?」メリックが首をかしげた。「この一カ月、僕を避けてたよね? 何度も電話したのに、一度も折り返してくれないしさ。それで、シアトルに来てみたら、君は留守で、こともあろうに映画祭に出かけたって言うじゃないか。しかも、ここでフェアファックスとかいう男と一緒にいるっていうのはどういうことなんだ?」

エリザベスは次々と向けられる質問に嫌気がさし、適当に答えた。「ジャック・フェアファックスっていうの」

メリックは赤い眉を寄せ、困ったように顔をしかめた。「付き合ってる男がいるなんて知らなかったよ」

「最近、あなたとは話をしていなかったものね。二人とも忙しかったから」

「彼は何者なんだ?」

「フェアファックスのこと? 肩書きは色々あるけど、一つ挙げるなら、エクスカリバー・アドバンスト・マテリアル・リサーチ社のCEO。オーロラ・ファンドはこの会社に多額の投資をしてるのよ」

メリックは驚いて目を大きく見開いた。「君はクライアントと寝てるのかい?」

エリザベスは歯ぎしりした。「〝クライアントと寝る〟なんて言い方はよして。安っぽい女みたいじゃない」

「ああ、ごめんよ、リジー。ただ、そういうのは君らしくないと思って。君がクライアントと、その……遊んでるなんて、ちょっとショックだったからさ」

「彼はクライアントというわけじゃないわ。まあ、厳密に言えばそうなんだけど」エリザベスは顎を上げた。「彼のことは仕事上のパートナーだと考えてるの」

「はい、はい、何とでも好きなように呼べばいいさ。それで、どこまでいってるんだい？　真剣に付き合ってるのか？　ロウェーナに話したら、質問攻めにされるだろうな」

「メリック、この件については本当に話したくないの。プライベートなことだから、どうぞ、お構いなく。用件が済んだら、さっさと帰ってちょうだいね」

メリックはがっかりしているように見えた。「用があるときしか、僕が会いに来ないみたいな言い方だなあ」

「私たちがまともなおしゃべりをするのは、あなたが自分の企画に援助を求めに来るときだけだもの」

「そんなことないよ。君だってわかってるだろう」メリックは必死に言い返した。「僕たちは家族じゃないか、リジー」

「ええ、そうね」エリザベスは悲しげに微笑んだ。「それで、今度は何なの？　断っておくけど、凍結メタン水和物の採掘技術には、もうこれっぽっちもお金を出すつもりはないわよ。海底にドリルで穴を空けるよりもずっと安く、牛のフンからメタンを採取できるんだから」

メリックは一瞬たじろいだ。青い瞳に、見慣れた輝きが表れている。「リジー、メタン水和物は未来のエネルギー源なんだ。天然ガスの宝庫だよ。僕が投資した会社は、ちょっと時代の先を行きすぎてたんだ。それだけのことさ。あと五年もしないうちに、この採掘技術を応用して、事業を成功させる人間が出てくるよ。そうしたら、僕たちは大儲けじゃないか」

「それを待ってるわ」

「実は、君を追いかけてきたのはそのためじゃないんだ」彼は早口で言った。「コンピュータ用のセキュリティ・ロックのアイディアが浮かんだから、それについて話したかったんだよね。まったく新しいアプローチなんだ。ソフトウェアじゃなくって、デバイスで処理する。これからは光学テクノロジーの時代だろう？　その中で最先端をいける」

「メリック、ごめんなさい……」エリザベスは爪先立ちになり、彼の広い肩越しに、向こうをのぞいた。「そこに立たれると、邪魔なんだけど」

エリザベスは、ブティックの玄関から出てくるヴィッキーに目を留めた。黒いサングラスを日の光にきらめかせヴィッキーは向き変えて、道路の縁石沿いに駐車してある白いポルシェ目指して歩道を歩いていった。

「今回はちゃんとしたビジネス・プランがあるんだ、リジー」メリックは構わず続けた。「コンピュータの専門家にも何人か話してみた。本物のハッカーやクラッカーたちにね。皆、僕のアイディアはすごくいいと言ってくれたんだよ。でも、バックアップが必要だから――」

「今ちょっと忙しいのよ、メリック」

「はっきり言おう」メリックはぴんと背筋を伸ばした。「これまでの僕の業績が芳しくないのは二人とも知ってのとおりだ。でも、ほかにもう相談できるところがないんだ。君が最後の望みなんだよ」

「あ、そう」エリザベスは彼をよけて歩きはじめた。「私がシアトルに戻ったころに電話をちょうだい。いいわね？」

通りの先でヴィッキーが白いポルシェに乗り込み、車を出してしまった。

「やられた」エリザベスがつぶやいた。

「リジー？」メリックが顔をしかめた。「どうかした？」

エリザベスは自分の車を止めてある場所まで走って戻り、ヴィッキーを追いかけようかと考えた。しかし、追いつく見込みはなさそうだ。ヴィッキーは帰る途中なのだろう。探偵として芽が出かかっていたのに。こうなれば避けられない運命に従うことにしようと思い、彼女は振り返ってメリックと向かい合った。

「いいわ、どこかで話しましょう」彼女は歩道を歩き始めた。

メリックの顔に表れていた不安はたちまち消え、安堵の表情へと変わった。そして――エリザベスには悪夢の再来だが――彼の底抜けの楽観主義がすぐに復活した。彼は興奮で目を輝かせ、彼女と並んで歩き出した。エリザベスはまたため息をのみ込んだ。彼のこの表情ならよく知っている。何もかも上手くいくと確信している表情だ。結局、彼女はオーロラ・ファンドの金でメリックを助けることになり、彼の無謀で非現実的な夢に付き合うはめになる。

「今回、オーロラ・ファンドにはほんの少し肩入れしてもらえればいいんだ」メリックはそう断言した。「元手だけ。ほかの投資家の注意を引けるだけの資金を出してもらえればいい。わかっているだろうけど、金が金を呼ぶんだよ。オーロラ・ファンドが取引にかかわっているとわかれば、ほかの投資家も一口乗りたいと思ってくれるだろう。アイディアは素晴らしいんだ。投資してくれたら損はさせないよ。でも事業を立ち上げて、軌道に乗せるまでに少し時間がかかるだろうけど」

「この前もそう言ったじゃない」

「わかってる。でも今度こそうまくいくよ。僕にはわかるんだ」

「この前もそう言ったじゃない」エリザベスは同じ言葉を繰り返した。ただし小声で。

車のフェンダーに男の影が落ち、メリックは眉をひそめながら顔を上げた。「どこかでお会いしましたか？」

「ヘイデン・ショーです」ヘイデンはメリックに笑いかけた。「君はさっき、エリザベス・キャボットと話していたようだね」

メリックは車のドアから手を離し、いぶかしげに振り向いた。「リジーをご存じなんですか？」

「僕もシアトルで会社を経営しているんだ。彼女と同じクラブの会員でね。君も彼女の友達なのかな？」

「義理の兄です。彼女の姉さんのロウェーナと結婚したもんで」メリックは片手を差し出した。

「メリックです。メリック・グレンヴィル」

握手をしながら、ヘイデンの顔に笑みが広がった。「奇遇だな。君も映画祭のためにここに来たのかい？」

「この映画祭に？」メリックは顔をしかめた。「まさか。日帰りでリジーに会いに来ただけですよ。今夜、フェニックスに帰らなきゃいけないんだ」

「一五分だけでいいんだけど、時間を取れないかな？　コーヒーでもごちそうするよ」

「ありがとう。でも、ちょっと急いでるんで。空港まで延々、運転してかなきゃいけないもんでね」

「そんなに時間は取らせないよ」ヘイデンは相手の肩をぽんと叩いた。「君も興味ある話だと思うよ」

「いったい何の話なんです？」

「義理の妹さんとジャック・フェアファックスの関係について」

メリックは顔をしかめた。「その男を知ってるんですか？」

「ああ。よく知ってるよ。それに、君の耳に入れておくべきかな、と思うことがいくつかあるんだ」

18

エリザベスがレストランに入ってきた。ジャックは腕時計に目を走らせ、顔をしかめた。約束の時間から二〇分遅れている。今まで遅刻したことなどなかったのに。いや、滅多になかったのに。

「どうしたんだい？」ジャックはボックス席から出て、彼女のコートを受け取った。「ヴィッキー・ベラミーをつけ回して、街で迷子になったのか？」

「シーッ」エリザベスは顔をしかめ、テーブルの反対側に腰を下ろした。「お願いだから、声を落としてちょうだい」

「あっ、悪い悪い」

「私が彼女を見張って時間を無駄にしたと思ってるんでしょう？」

「まあね。情報なら探偵ごっこをしている君より、ラリーからたくさんもらうつもりだから。で、どうして遅れたんだい？」

「ヴィッキーのせいじゃないのよ。義理の兄のメリックが突然、現れたの」

メリック・グレンヴィル。モーガン社がギャロウェイ社を吸収した際に失業した義理の兄。

くそっ、こんなときに勘弁してくれよ、とジャックは思った。

「グレンヴィルは、わざわざ君に会いにここまでやってきたのか？」ジャックは慎重に尋ねた。

「ビジネスの話がしたかったんですって」エリザベスは、神経が張り詰めているかのように少しぎくしゃくした手つきでメニューを開いた。「一時間半、メリックと話したのよ。彼はちょっと前に帰ったわ。飛行機の時間があるからって」

「で、何の用だったんだ？」

エリザベスの顎がこわばった。メニューから顔を上げようとしない。「プライベートな話をしたの。家族の問題よ」

「つまり、彼は金が欲しかったんだな」

「言ったでしょう。プライベートなことよ」エリザベスはぴしゃりと言った。

ジャックは手を伸ばし、彼女の手からメニューを取り上げようとしたが、エリザベスは手を離すまいとしている。だが、彼女はついに手を離し、彼と目を合わさざるを得なくなった。様々な感情が入り混じった彼女の表情が、彼は気に入らなかった。

「メリックに僕のことを話したのか？」ジャックはぶっきらぼうに訊いた。

「私と一緒にいることなら知ってるわ」

「ふざけないでくれ、エリザベス。僕がギャロウェイ買収を進めたコンサルタントだって彼に話したのか？」

エリザベスは手を伸ばしてメニューをつかみ、ジャックの手から引ったくった。「そんなこと、話題にならなかったわ」彼女はおいしい料理を見つけなくちゃとばかりに、前菜のリストに視線を落とした。

「つまり、話してないんだな。彼は、ギャロウェイを破滅させた男と君が寝ているとは知らないわけだ」

エリザベスはメニューから顔を上げなかった。「メリックには関係のないことだと思ったのよ」

「なぜ彼に僕のことを話さなかったんだ?」

「サラダにするわ。なんだか、あまりお腹が減ってないの」

ジャックはテーブルに身を乗り出した。「なぜ彼に僕のことを話さなかったんだ?」

エリザベスはメニューを閉じた。顔には何の感情も表れていない。「話せばメリックが動揺するのはわかっていたし、そんな気分じゃなかったからよ。もう話題を変えてもいいかしら? ラリーと話して収穫はあったの?」

「僕らのことをメリックに話すのが怖いんだろう? 僕が君を利用している、彼にそう決めつけられると思っているんだろう?」

エリザベスの目が怒りに燃えはじめた。「話題を変えたいと言ったでしょう」

「二人の関係をいつまで家族に秘密にしておけると思ってるんだ?」

「私は〝二人の関係〟なんて言い方はしないわ」

「じゃあ、何なんだ？」

彼女は目を細めた。「分類するなら、今のところ仕事の合間の情事といったところかしら」

「仕事の合間の情事だって？」怒りのあまり、ジャックは一瞬言葉が出なかった。「何だよ、それ。どういう意味で言ってるんだ？」

「まあ、ほかのいろんな情事とたいして変わらないと思ってるわ。行動範囲も期間も限られているんだから」

「二人の関係はとっとと燃え尽きてしまうだろうから、家族に僕のことを説明する必要はないと思ってるのか？　それが君の今後の予定というわけか」

「こんなことを話している場合じゃないでしょう」エリザベスは怒りをかみ殺すように言った。「私たちには優先すべきことがほかにあるのよ。忘れたの？　ラリーからどんな話を聞いたの？」

ジャックはエリザベスに認めさせたかった。二人の関係は、行動範囲も期間も限られてはいないと。そして、力ずくでも彼女に自分のことを家族に話させたかった。しかし、彼女の目に宿る断固とした決意を一目見て、今日はうまくいかないだろうと悟った。

ウェイターがやってきて、二人のオーダーを取った。ジャックは椅子に深く座り、深呼吸をしてソフト・フォーカスの問題に意識を集中させた。

ウェイターが下がると、ジャックはエリザベスと目を合わせた。「ラリーがドーソン・ホランドのビジネスの詳細について、さらに調べてくれた。ドーソンは金銭面で浮き沈みがあったみたいだな。でも、大金を注ぎ込む投資家にとって、それは珍しいことじゃない。いちばん興味深い話は、彼がこの一年で大損をしているということだ。一攫千金《いっかくせんきん》を夢見たのかどうか知らないが、国際ヘッジファンドに大金を注ぎ込み、それが行き詰ってしまったらしい」

エリザベスは思案している様子だった。「確かに興味深いわね。彼は損失を埋め合わせるためにソフト・フォーカスを利用しようと目論《もくろ》んだのかしら？」

「たぶん。でも、そうするには、ソフト・フォーカスを国外に持ち出さないといけない」ジャックは、ウェイターがテーブルに置いていったフォカッチャの山に手を伸ばした。

「言うまでもなく、タイラー・ペイジの行方はつかめずってことね？」

「ああ。あのゲス野郎は地上から姿を消してしまったみたいだ」

エリザベスが注文したニース風サラダと、サーモンのグリルを持ってウェイターが再びやってきた。ジャックはフォークを取り、サーモンを一口食べたが、その直後、エリザベスが固まっていることに気づいた。彼女の視線は、彼の背後のある一点に注がれ、口はかすかに開き、無言の叫びを上げていた。

瞬時に気持ちが高ぶり、ジャックはフォークを置いた。「どうした？　ペイジがいるのか？」

「違うわ。私――」彼女はそこで言葉を切った。「ジャック、待って。立ち上がっちゃだめ」

しかしジャックはすでに立ち上がり、誰がいるのか確認しようと振り返っていた。

ジャックは振り上げられたこぶしに向かってまっすぐ踏み出してしまった。しかし、瞬間的にこぶしの軌道を見分け、その動きに合わせて弧を描くようにして避けた。その結果、相手のこぶしは彼の顎をかすめ、空を切った。だがバランスを崩してしまい、彼は脇によろめいて、ボックス席の端に激しくぶつかった。

「メリック！」エリザベスは怒りと恐怖のこもった叫び声を上げた。「いったい何のつもり？」

エリザベスはこの男を知っている。最高だ。ジャックはそう思った。本能が自己防衛はするなと警告していた。やり返したりすれば、不当な攻撃を仕掛けているように見えてしまうだろう。それに、女性はこういうことを嫌がるのが常なのだから。彼は手を伸ばして座席の背をつかみ、大げさに体勢を整えてみせた。

周囲はびっくりして静まり返った。レストランにいた人々の目はすべて、三人に向けられている。

素晴らしい。またしてもレストランで大騒ぎか。なぜかジャックにはわかっていた。いわれのない攻撃を受けながら、報復に出る素振りも見せなかったというのに、エリザベスはまた彼を責めるのだろう。上気して顔を赤くした赤毛の大柄な男が目の前にぬっと立っており、ジャックはその男をじっと見た。メリックは荒い息を吐きながら、まだこぶしを握り締めている。ジャックがその背後にちらっと目をやると、レストランの入り口でヘイデンがうろうろしていた。

ヘイデンはジャックと目を合わせると冷ややかに笑い、中指を突き立ててみせた。それから向きを変え、外に出ていった。

「義理の妹に何をするつもりだ？」メリックは怒りに震える声で迫った。

ジャックは慎重に顎に手をやりながら、相手の質問に対して考えられる限りの答えを頭に浮かべてみた。「君がそんなことを訊くなんて、面白い偶然だな。実はちょうどエリザベスに、僕のことを家族に紹介するべきだと話していたところなんだよ」

「正体はもうわかってるんだぞ、フェアファックス。おまえはギャロウェイを潰《つぶ》したろくでなしだ」

エリザベスが立ち上がった。「メリック、お願い。もうそれ以上、言わないで」

「君はこいつが誰だかわかってるのか、リジー？」

「わかってるわ」彼女は半ば喉が詰まったような声で言った。「私たちはレストランのど真ん中で、皆に見られてるのよ。二人とも、もうそれ以上、何も言わないで。わかった？」

「ああ、僕はわかってるさ」ジャックが答えた。

メリックは唇をぎゅっと結び、今にも飛びかかっていきそうな自分を抑えつつ、見張るようにジャックをじっと見つめた。

ジャックは舌先で慎重に歯をチェックした。どの歯もしかるべき位置にしっかり収まっているし、血の味もしない。今日はついているみたいだ。

エリザベスはハンドバッグを開き、現金を一つかみしてテーブルの上に放り投げた。それからバッグのストラップを肩にかけ、二人の男の顔を交互に見た。「二人とも、出るわよ。私についてきて。それと、外に出るまでしゃべらないで」彼女はドアに向かって歩きだし、後ろはまったく振り返らなかった。

ジャックがメリックを見た。「お先にどうぞ」

メリックはためらったが、ぎこちなく向きを変え、かんかんに怒っているエリザベスを追って大またで出ていった。

人々の頭が三人の姿を追ってぐるりと向きを変えた。エリザベスとメリックは、入り口のそばに立っているウエイトレスには目もくれず、ドアを出ていった。ウェイトレスは自分の持ち場についていたのだろうが、まるで吸血鬼や悪魔を追い払うために使う聖書のように、メニューの束をしっかりとつかんでいた。

ジャックはウェイトレスが不憫《ふびん》になった。

「心配しなくていいよ」啞然《あぜん》としている彼女の前を通り過ぎるとき、そう声をかけた。「あれは一家の特徴でね。慣れるには、しばらく時間がかかるんだ」

ジャックがドアの外に出ると、エリザベスとメリックは歩道に立っていた。声は落としているものの、二人は言い争いをしており、その終わりの部分が聞き取れた。

「ショーが全部、教えてくれたよ」メリックは怒りで声がくぐもり、顔が引きつっていた。「フェアファックスは君をたぶらかしてエクスカリバーを支援させ、そのうえ、シアトルの住民の半数の前で君に恥をかかせたらしいね」

「半数というわけじゃないわ」エリザベスは厳しい口調で言い返した。

ジャックはエリザベスをちらっと見た。「それで事実をはっきりさせてるつもりなら、僕がメリックに説明するのがいちばんいいみたいだな」

エリザベスとメリックが振り返り、ジャックをにらみつけた。

ジャックはため息をついた。「君は帰ったほうがいいんじゃないか、エリザベス？　メリックと川沿いを散歩しながら、彼が納得するまで話し合っておくよ」

「だめよ、そんなこと」エリザベスが言った。「あなたたちを二人だけになんてできないわ。もうこれ以上、男どものばかげた騒動には耐えられないの。虚勢を張り合うのもいい加減にして」

「君の口からそんな言葉が出るとは笑えるな。シアトルの住民の半数の前で、ピッチャーにたっぷり入った水を僕の頭にぶっかけて、人をろくでなしのゴマスリ男と呼んだくせに」

エリザベスはジャックをにらみつけた。「あなたたちを二人だけにするつもりはないの、いいわね」

「殺し合いはしないと約束するよ」ジャックは彼女の車のドアを開けた。「さあ、乗って」

「帰るつもりはこれっぽっちもないわ」

「これは、僕とメリックだけで話さなきゃいけないことなんだよ」ジャックは辛抱強く言った。「君がいると話がややこしくなるだけだ」

エリザベスの目に一瞬、不安の色が浮かんだ。彼女はメリックの無表情な顔をちらっと見た。彼は何も言わなかった。

「いい考えとは思えないわ」エリザベスはあくまでも言い張った。

「信じてくれ」ジャックは穏やかに言った。

彼女は数秒ためらったあと、運転席に乗り込んだ。それからサングラスを取り出してかけ、ジャックに眉をしかめてみせた。

「ゆっくり運転するんだぞ。君はちょっと動揺してるから、慎重にね。いいね？」

「ちゃんと安全に運転できます」

「それを聞いて安心した」ジャックは車のドアを閉め、後ろに下がった。

エリザベスはキーを差し込むと、キーッというかすかな音とともに縁石から車を急発進させた。

ジャックはメリックを見た。「少し歩こう」


エリザベスは鍵の束を玄関のテーブルに放り投げ、ドアをバタンと閉めた。ストレスで叫んでしまわないようにするには、そうするしかなかった。こんな屈辱的なことって、ほかにあるかしら？

彼女は大またでキッチンへ入っていき、水道の蛇口をひねってやかんに水を注いだ。まるでクリスタルを取り戻すための試みをことごとく台無しにしてやろうと、何か悪い力が働いているようだった。あるいは、その力は彼女とジャックの関係を台無しにすることに専念しているだけなのかもしれない。いずれにせよ、結果は同じだった。タイラー・ペイジをつかまえてクリスタルを取り戻そうにも、ジャックとの関係に深く埋め込まれた厄介な問題を解決しようにも、道のりはかなり遠そうだ。

なぜメリックは、よりによってこの週を選んで、金をねだりに現れたのだろう？　エリザベスは、これも自分でまいた種かもしれないと思った。彼に折り返し電話を入れてからシアトルを発《た》つべきだった。彼女はやかんをコンロにかけながら、うめくような声を上げた。シビルおばさんなら、問題を避けようとした報いよ、と叱るだろう。

ポットに緑茶の茶葉を入れ、沸騰した湯を注いでいたちょうどそのとき、電話が鳴った。エリザベスは空いているほうの手を伸ばし、キッチンに置いてある子機を取った。

「もしもし？」

「ジャック・フェアファックスに代わってほしい」低い男の声がした。ひどく急いでいるようだった。「大事な用だと言ってくれ」

男の背後で複数の人の声がしている。映画のサウンドトラックに入っているような声だ。

「どなた？」

「いいから、彼に代わってくれないか？　彼と話があるんだよ。電話を入れることになってたんだ。ビジネスの話さ。わかるだろう？」

彼女はぴんときた。「ひょっとしてレオナルド・レジャーさん？」

電話の向こうで、一瞬、間があった。

「フェアファックスに話があるんだ」

「ジャックは今、留守よ。ご用件を伝えておきましょうか？」

「いや、それならいい。直接、話したほうがいいんだ。携帯にかけるよ」

「彼の車が戻ってきたみたい」エリザベスはよどみなく言った。「そのままお待ちいただけますか、レジャーさん？」

「もちろん」彼は反射的に答えた。「待ってるよ」

エリザベスは相手の正体を確かめることができ、にやっとした。彼女に探偵役はできないなんて、いったい誰が言ったのだろう。「ごめんなさい、レジャーさん。やっぱり彼の車じゃなかったわ」

「ちっ。わかった、携帯のほうにかけてみるよ」

電話を切る音が聞こえた。エリザベスは受話器を戻し、ティーポットをしばらく眺めていた。それから、レオナルドが電話を終えた頃を見計らい、カップにお茶を注いで再び電話に手を伸ばした。が、手が受話器に触れるか触れないかというところで再び電話が鳴った。ジャックからだと思い、彼女は急いで電話に出た。

「もしもし？」

「レストランであんなことになってしまい、すまなかった」ヘイデン・ショーが早口で言った。「まったく悪気はなかったんだ。それをわかってもらいたくてね」

「まったく悪気はなかったですって？」エリザベスは、新たな怒りで自分が大声を張り上げているのがわかった。「一〇〇パーセント悪気があったでしょう。それにしても、あなたとジャックはいったいどうしたって言うの？　あなたは愚かな人間じゃないでしょうに。なぜ、こんなばかげた復讐をして、自分の人生を台無しにしようとするの？　まったく信じられないわ」

「君はわかってないんだ、エリザベス」

「ええ、わからないわ！」彼女は一方的に電話を切った。

「ジョーからあんたがリジーにしたことを聞いたんだ」メリックは川べりに立ち、激しい流れをじっと眺めた。「新たにエクスカリバーへ投資させるため、あんたがどうやってエリザベスをだましたかをね。あんたは、欲しいものを手に入れるために彼女を誘惑した。彼女を利用しただけじゃなく、恥までかかせた。僕はあんたをぶちのめしてやらなきゃ気が済まないんだ」

「僕は彼女に嘘なんかついてない」ジャックが答えた。「それに、半年前、僕は彼女を誘惑したわけじゃない。真剣な交際だったんだ」

メリックは信じられないという様子で、ジャックに怒りの目を向けた。「何が真剣な交際だ！」

「確かに、時々先行きが怪しくなることもあるが、事実、僕らはまだ一緒にいるだろ」ジャックは毎月の役員会のことを思い浮かべた。「定期的に会ってるんだ」

「からかうのもいい加減にしろ。あんたは彼女を利用してるんだ。ガース・ギャロウェイと別れてからというもの、彼女は真剣な交際なんかしてないさ」

重苦しい不吉な予感が、一筋の雷のようにジャックを襲った。「ガース・ギャロウェイ？　ギャロウェイ社の最高財務責任者《CFO》のことか？　カミール・ギャロウェイの息子の？」

「ああ」メリックは両手をコートのポケットに突っ込んだ。「エリザベスは彼と婚約していたんだ」

「婚約？　カミール・ギャロウェイの息子と？」ジャックは頭がくらくらしてきた。何か悪い運命の輪のようなものにとらわれているようだ。ちょっと前進したかと思うと、そのたびに別の災難に直面してしまう。

「なるほど、そういうことか」ジャックはかろうじて答えた。

メリックは顔をしかめた。「どういう意味だ？」

「なんでもない。それで、彼女はなぜギャロウェイと別れたんだ？」

メリックがため息をついた。「二人にとって、あの敵対的買収のストレスがものすごく負担になったんだって、彼女は言っていた。あのときは確かにそうだった。あんたがギャロウェイを潰したあと、カミールは、財務面の弱点を放っておいたガースが悪いと言って責め立てた。ガースは怒り、落ち込み、自分の失敗をそこらじゅうの人のせいにした。挙句の果てにほかの女と寝るようになった」

「そうだったのか」ジャックは流れの速い川に目を向けた。「ギャロウェイがエリザベスと婚約していたとは知らなかった」
メリックはあざけるようにジャックを見た。「知ってたら、何か違ってたとでも言うの
か?」
ジャックはためらったが、ラリーのことを思い出し、首を横に振った。「いや」
「だろうな。結局、エリザベスは彼に浮気の証拠を突きつけ、婚約を解消したんだ」メリッ
クは不機嫌そうに、一瞬、言葉を切った。「そうしたらガースは、そもそも彼女と婚約した
のは、母親がその結婚を望んだからにすぎないと言いやがった。カミールは、オーロラ・フ
アンドを一族のグループ会社の一つにしたがってたんだよ。それが実現すれば、会社の財務
状況は半永久的に保証されると思ったんだな」
ジャックは体の中がぞくっとするのを感じた。「つまり、ギャロウェイは金目当てで彼女
と結婚しようと思ってたってことか」
「あいつはエリザベスを利用したかったんだ」メリックは淡々と言った。「あんたと同じよ
うにね。でも、ガース・ギャロウェイにもほめられるところが一つある。あいつは、友人や
仕事仲間が目の前にいる公の場で、彼女に恥をかかせたりはしなかった」
「エリザベスは彼を愛していたと思うか?」
「そりゃ、そうだろう」メリックは顔をしかめた。「婚約してたんだぜ」
「君がそう言うならそうなんだろう」
「もちろん、彼女は惚れてたさ」メリックはコートの中に隠れるように背中を丸めた。「最

終的には彼を吹っ切れたんだけど、しばらくつらかっただろうね。そうしたら、今度はあんたが現れ、またしても彼女の人生を台無しにしちまったんだ」

「信じようと信じまいと勝手だが、僕は彼女の人生を台無しにしようなんて思ったことはない」

メリックはむっつりした顔をジャックに向けた。「じゃあ、あんたと彼女はどういう関係なんだ?」

「この半年、それを理解しようとしてきたんだが」

「で、答えは出たのか?」

「いや」

「じゃあ、どう解釈すればいいのか手を貸してやるよ」メリックの声は妙に自信に満ちていた。「実に簡単さ。あんたは、エクスカリバーを動かしていくために、オーロラ・ファンドの支援を必要としている。だから、小切手を書いてくれる女性と寝てるんだ。だが、彼女の金が必要なくなったら、いったいどうなるんだろうな?」

「さあね」ジャックは、確かにメリックの言うとおりだと思った。彼女との、このかすかなつながりがなくなったとき、自分はどうするのだろう?

「さあね、とはどういう意味だ?」メリックがジャックを見つめ、一瞬、緊迫した空気が流れた。「あんた、何か隠していることがあるのか?」

「君には関係のないことだ」

「大ありさ。エリザベスは僕の家族なんだ。知る権利が――」

そこで携帯電話が鳴り、メリックを黙らせた。ジャックは邪魔が入ってくれたことに感謝しつつ、その小さな機械を上着のポケットから取り出した。

「フェアファックスです」

「レオナルド・レジャーだ。あんたが探してた男のことだけど。タイラー・ペイジってやつ」

ジャックが固まった。「何かわかったのか?」

「手掛かりはつかめたと思う」

「よし。それで、やつはどこだ?」

「今は言えない。今夜、俺のホテルへ来てくれ。一一時半ぐらいに。これから上映会にいくつか出ることになってて、そのあとは、俺の映画に投資してくれそうな人たちと飲まなきゃならないんだ」

「レジャー、次の作品に僕が金を出すことを期待するなら、今すぐ――」

「あいつが問題を起こしてるなんてひとことも言わなかったじゃないか」レオナルドの言葉には訴えるような響きがあった。「俺は、ある人たちを怒らせるわけにはいかないんだ。わかるだろう? ここではすごく慎重に行動しなきゃならないんだ」

「レジャー、聞いてくれ――」

「ミラー・スプリングス・リゾートの三〇五号室だ。一一時半に。わざわざ早く来ることはないぜ。どうせ俺はいないからな」

　電話が切れた。


「そんなの認めないよ、リジー」メリックは髪に指を突っ込み、いぶかしげに横目でジャックを見た。「こんなところに君を彼と二人きりにしておけない」

　ジャックはキッチンでコーヒーを淹れるのに忙しく、顔を上げなかった。

　エリザベスはメリックを安心させようと、精一杯笑ってみせた。「私のことなら、ご心配なく。自分の身は自分で守れますから」

　ジャックはその言葉に一瞬、手を止め、メリックをちらっと見た。「彼女の言うとおりにすることをお勧めするよ。彼女は大人だ。頭がいいし、自分のしていることはわかっている。それに、本当に頑固なんだ」

　メリックはまた髪に指を突っ込んだ。「何もかも、どうも嘘っぽいんだよなあ」

「本当のことを言えば、秘密は守ると約束してくれる?」エリザベスがメリックに尋ねた。

　ジャックは素早く警告するように彼女をにらんだ。「エリザベス――」

「いいのよ、ジャック」彼女は穏やかに返した。「さっき、あなたがメリックと二人だけで話したいと言ったとき、私はあなたを信じたのよ。今度はあなたが私を信じてくれなくちゃ」

　ジャックは黙ったが、もちろん、おもしろくはない。

メリックは、はやる思いでエリザベスのほうに向き直った。

「何かあるんだろう？　何なんだ？」

「何だと思ってるの？」エリザベスは穏やかに言った。「ビジネスよ。当たり前でしょう」

メリックの顔にぱっと安堵の表情が浮かんだ。「そのほうが納得がいく。君はとっても賢いんだから、まったくだらない男に惚れるなんてことはないとわかってたさ」

エリザベスは努めてジャックを見ないようにした。そして慎重に言葉を選んだ。「私の知性を信用してくれて感謝するわ、メリック」

「でも、このミラー・スプリングスで、いったいどんなビジネスをしてるんだい？　まさか映画祭に関係したことだなんて言わないでくれよ」

「間接的には関係あるわ」エリザベスはよどみなく言った。「私たちは、映画祭に参加している、ある人物と取引をまとめようとしているの。その人、今週はここで過ごしてるのよ。だから私たちもここに来てるの」

「ふーん」メリックは少し眉をひそめた。「もしビジネスなら、どうしてショーは、君たちが付き合ってるなんて作り話を僕にしたのさ？」

「ヘイデン・ショーは私たちの競争相手なの。私たちの邪魔をしたい理由があるのよ」

メリックはまたしても、いぶかしげに横目でジャックを見た。「じゃあ、どうして君とフェアファックスはここで一緒に泊まっているんだ？」

「この街は宿泊施設がひどく不足してるの」エリザベスはふと、最近、この言い訳を何度もしている、と思った。最初はルイーズ、今はメリックに。「いざ到着してみたら、ジャックが入れたはずの予約が入っていなくて、泊まるところがなくなってしまって。だからここを使わせてあげてるのよ。スペースはたっぷりあるから」

メリックは二つ並んだ寝室用のロフトに目を留めた。「これじゃあ、あまりプライバシーがないじゃないか」

「二人ともちゃんと気をつけてるさ」ジャックがキッチンから声をかけた。

メリックはジャックに顔をしかめてみせ、それからエリザベスのほうに向き直った。「どんな取引をまとめるんだ？　エクスカリバーとオーロラ・ファンドの両方がかかわっているんだろう？　ライセンス契約か？」

「そのようなものね」エリザベスは冷静に答えた。「それ以上は、本当に言うことができないの。大金が絡んでいるのよ。取引がまとまったら、オーロラ・ファンドは巨額の利益を得ることになるわ」

「そうか」メリックが納得しかねているのがはっきりとわかった。

エリザベスは徐々に大きくなる彼の不安につけこむことにした。彼女は露骨に、自分の腕時計に目をやった。「遅くなっちゃったわね、メリック。飛行機に間に合わせるつもりなら、今から長い道のり、運転しなきゃいけないわ。ロウェーナが待ってるんでしょう」

突然込み上げてきた不安で、メリックの目が翳《かげ》った。「わかってる」

「車まで送るわ」エリザベスは優しく言った。

彼女は部屋を横切り、玄関のドアを開けた。身を切るような冷気が部屋に漂ってきた。メリックは開いたドアを見たあと、ジャックに目を向けた。

「ビジネスなんだよな？」メリックが言った。そう納得したがっていることは明らかだった。

「エリザベスがそう言っただろう」ジャックはコーヒー・メーカーのスイッチを入れ、カウンターの縁に寄りかかった。「安心してくれていい」

「ほかに彼女があんたと一緒にいる理由はないんだな」声のトーンは落ち着いたものの、メリックは食い下がった。

「そうだ」ジャックの言い方には抑揚がまったくなかった。「ほかに彼女がここで僕と一緒にいる理由はない」

メリックはゆっくりと向きを変え、エリザベスの前を通ってドアの外に出た。

彼女はそのあとからデッキに出てドアを閉めると、メリックと並んで階段を下り、私道に止めてある車に向かって歩いていった。明らかに彼は不安に駆られて緊張している。

「大丈夫よ、メリック。何もかも上手くいってるわ」彼女は心の中で幸運を祈った。

「君がそう言うなら」彼は車の脇で立ち止まり、エリザベスを見た。「何かあればすぐに電話をくれるね？」

エリザベスは風に吹かれた髪を目から払いのけた。「ええ。そうするわ」

「ロウェーナと僕がついてるよ、リジー。いつもそばにいる。わかってるだろう？」

「わかってるわ」エリザベスは両腕をメリックの体に回し、きつく抱きしめた。彼は岩のようにがっしりしていて、金銭面のことに目をつぶれば、頼もしく感じられた。彼はいつも夢ばかり追っていて、頭は計画やアイディアであふれていたが、彼が思い描いたとおりに事が運ぶことは、おそらくこれからもないのだろう。だが、エリザベスが困ったときには、メリックがそこにいてくれることはわかっていた。そう、姉と同じように。

彼もお返しにエリザベスを抱きしめた。それは大きな、兄らしい、クマのような抱擁だった。それから、大きな手で彼女の肩を軽く叩き、車のドアを開けた。運転席に乗り込んだ彼はエリザベスを見上げた。

「事業計画の修正版をオフィス宛に一部、送っとくから」

彼女はため息をついた。「戻ったらすぐに目を通すわ」

メリックの目が楽観したように輝いた。「ありがとう。ロウェーナに、万事準備が整ったと伝えるよ」

エリザベスは自分に言い聞かせた。お金よりも大事なものがある。その一つが家族だ、と。

「来週、電話する」彼は車のドアを閉めてギアを入れ、私道を進んで三車線の道路に出ていった。

エリザベスは車が見えなくなるまで見守っていた。しばらくして後ろを振り返ると、ジャックが開け放した戸口に立っていた。

「メリックに金を出してやるつもりなんだろう？」彼は淡々と尋ねた。

「たぶんね」彼女は階段を上り出した。「そのことなら心配しないで。あなたには関係ないんだから。オーロラ・ファンドには家族ローン用の特別会計があるの。シビルおばさんはすごく先見の明があったってことね」

「君のしていることは彼のためにはならないよ。君が助けてばかりいると、彼はいつまで経っても仕事の仕方を覚えないだろう」

エリザベスは彼のそばをかすめていった。「言ったでしょう。あなたには関係ないわ」

ジャックは彼女に続いて家の中に入り、ドアを閉めてその前に立った。まるで、こうすれば彼女が逃げようとしても阻止できるといった様子で。

「ガース・ギャロウェイと婚約していたとは知らなかったよ」

彼女はキッチンに入ったところだった。「知ってたら、何かが違ってたって言うの？」

長い沈黙があり、彼女はようやくジャックをちらっと見た。

「義理のお兄さんにも同じことを訊かれたよ」

彼女は片眉を上げた。「それで？」

ジャックは答えなかった。

「違わないでしょうね」

彼女はみかげ石のカウンターの向こう側に回り、冷蔵庫を開けた。「サンドイッチでも食べない？　今日はランチにありつけなかったんだもの」

「エリザベス、ギャロウェイの一件に幕が下りたとき、僕はまだ君のことを知りもしなかった」

「そうね。でも、罪もない大勢の人たちが傷つくということはわかってたでしょう」

ジャックの顎に力が入った。「ビジネスではそういうこともある。君も知ってるだろう」

エリザベスは冷蔵庫からフェタチーズを取り出しながら、窓の外に目をやった。丘の斜面の木々に黄色く色づいた部分があることに気づいた。ポプラが黄葉《こうよう》しはじめている。あと少しで山々は燃え立つように金色に輝くのだろう。

「まったく。エリザベス――」

「ビジネスと言えば」彼女はナイフを手に取って言った。「私たちのビジネスについて話さない？　そのほうが過去を暴き立てるよりましだわ。レオナルド・レジャーはある人たちを怒らせたくないと言ってたんでしょう？　どういう意味だと思う？」

「わからない」ドアの前にいたジャックは守衛の持ち場を放棄し、カウンターの反対側に立った。それから、飲みかけのコーヒーを取り上げた。「それは今夜、彼に答えてもらいたいことの一つだ。エリザベス、君の義理のお兄さんのことだけど――」

「今日の午後、メリックがあなたを殴ったことは悪かったと思ってるわ」エリザベスは蛇口をひねってトマトを洗った。「あんなことをするなんて、まったく彼らしくないの。本当に優しい人なのよ。ひどく動揺していたに違いないわ。あなたは大丈夫？」

ジャックはためらい、その様子にエリザベスはかたずをのんだ。

しかしジャックはきっと、自分が勝ち目のないけんかをしていると悟ったのだろう。彼は非常に優秀な戦略家だ。引き時は心得ている。

「心配しなくていい。訴えるつもりはないよ」

「よかった」エリザベスは晴れやかに微笑んだ。「オーロラ・ファンドが入ってる保険が、その手の訴訟をカバーするかどうかわからないのよね。実のところ、あなたが訴えたら、うちは破産しちゃうかも」

ジャックはカップの縁越しに彼女をじっと見つめた。「そんなことをしようとは思わないさ」

「そりゃそうよ」彼女は丸々した赤いトマトをスライスしはじめた。「裁判で負けたら、オーロラ・ファンドはあなたやメリックにとって利用価値がなくなってしまうものね」

ジャックはしばらく黙っていた。

「ああ」彼はようやく口を開いた。「そうだな」

エリザベスは血が垂れるのを目にしたかと思うと、鋭い痛みを感じた。「あっ、やっちゃった」

「どうした？」

「ナイフで指を切ったの」

ジャックはカップを置き、カウンターの端をぐるっと回った。それから蛇口をひねり、彼女の手首をつかんだ。

「昔、こういう場面が書かれた本を読んだことがあるよ」彼はそう言って、彼女の傷ついた指を冷たい流水の下に持っていった。

「どんな場面?」

「ほら、お姫様が指を刺しちゃう場面だよ。血が滴り落ち、お姫様は魔法にかかってしまう。そして、カエルのキスで目覚めるんだ」

「カエル? 王子様じゃなくて?」

「君はおとぎ話について何も知らないんだな」ジャックは蛇口を閉めた。「カエルはお姫様にお返しのキスをしてもらって、ようやく王子に変身するんだよ」

19

「自然死《ナチュラル・コーズ》って、なんのことだよ？　ヴェルナ、君がやつを殺したんだぞ。平然と撃ち殺したんじゃやねえか」

「あなたの知ってるジョーイと私の知ってるジョーイが同じ人物なら、彼は殺されて当然だった。それが彼の身に起こり得る最も自然なことだったんだもの。わかるでしょ。それに、もう一つの道を選ぶくらいなら殺すほうがましだったのよ」

「えっ？　もう一つの道って何だよ？」

「彼と結婚すること。でも良心には勝てなかったわ」

「良心？」

「人を苦しめるのは私の信条に反するの。たとえ相手がジョーイみたいな男でもね」

スクリーンではモノクロの映像がだんだんフェードアウトし、『ナチュラル・コーズ』のクレジットが流れはじめた。そして、監督としてレオナルド・レジャーの名が現れ、混雑した劇場内にぱらぱらと拍手が起きた。

バルコニー席にいるエリザベスは、隣に座っているジャックのほうに体を寄せた。「この映画、全部キッチンで撮ったみたいね。ジョーイが殺されるトンネルの壁は、絶対に冷蔵庫のドアだと思うわ」

「限られた予算内でできるだけのことをしたと、レジャーをほめてやれるな」ジャックがそう言ったと同時に明かりがついた。

エリザベスは少しのあいだ、壮麗な円柱から突き出た、格調高い金色の彫像に目を留めていた。シルバー・エンパイア・シアターは、ヴィクトリア様式の貴重な建物を見事に修復した劇場だった。彼女が読んだパンフレットによれば、もともとはオペラハウスとして建てられたそうだ。費用は惜しまなかったらしく、赤いビロード張りの座席、真紅のカーテン、シャンデリア、それに凝った金細工で装飾されていた。

一八〇〇年代の後半、コロラド山脈から金や銀がきらめく川となって流れ出したころに劇場は建てられた。新興成金となった鉱夫たちはオペラハウス、劇場、スパといった文明の象徴に金を注ぎ込むことによって競うように富を見せびらかし、その一方であわてて教養を身に着けた。かつては金の採掘場で、今はスキー・リゾートとなっている街の真ん中に、壮麗なシルバー・エンパイア・シアターが立っている様子に、エリザベスは少し違和感を覚えた。しかし、この劇場にはある種の魅力があることは認めざるを得ない。

ジャックは周囲の凝った装飾など眼中にないらしく、座ったまま前かがみになり、バルコニーの手すりに両腕を載せていた。エリザベスは、彼が一階の客席から流れ出てくる人々を観察しているのに気づいた。まるで獲物が隠れ場から飛び出すのを待っているハンターのようだ。彼はレジャーの姿を捜していた。『ナチュラル・コーズ』の上映会でこの映画製作者を捜し出し、あとをつけてミラー・スプリングス・リゾートの彼の部屋まで行く、というのがジャックのアイディアだった。その晩、電話をかけてもレジャーとはずっと連絡が取れず、ジャックはだんだん落ち着かない気分になっていたのだ。

エリザベスも、レジャーの話を聞きたくてうずうずしていた。しかし、この二時間、自分でも説明のできない不安が心の奥底に広がっていたのも事実だ。ジャックのせいだわ、と彼女は思った。彼のことが心配で、本当に神経にこたえる。

もしタイラー・ペイジを見つけたら、ジャックはいったいどうするのだろう？　彼はどうやってソフト・フォーカスの引き渡しを迫るのだろう？　脅し？　暴力？　ジャックはときに威圧的になる。ペイジを死ぬほどおびえさせることもできるのだ。

「一一時よ」彼女はジャックにそっと念を押した。「あと三〇分しかないわ。ここでレジャーが見つからなくても構わないでしょう。もうすぐ情報を得られるんだから」

「彼のこういう根回しの仕方が気に入らない」ジャックは相変わらず、下にいる観客をじろじろ見ていた。「芝居がかっていて僕の好みじゃないね」

「レジャーはキッチンで映画を作ってるような人よ。そんな期待するもんじゃないわ」エリザベスは立ち上がり、コートを取りに行った。「さあ、行きましょう。車に乗って、ホテルまで走って、駐車して、彼の部屋を見つける頃には、ちょうど一一時半になるわ」

「それもそうだな」ジャックは下の観客から目を離さずに立ち上がった。「出よう」

二人は人の流れに加わり、ロビーへと通ずる赤い絨毯を敷き詰めた階段を下りていった。エリザベスは、ヴィッキー・ベラミーとドーソン・ホランドの姿を一瞬、垣間見た。二人ともエリザベスとジャックがいることに気づいてはいないようだった。

外の歩道では大勢の映画ファンが列をなし、別の参加作品である、『トゥルース・キルズ』という低予算映画の深夜上映を待っていた。映画特有の用語があちこちで飛び交っていた。

「……あいつのカメラ・ワークは完璧だぜ。特にハンディ・カメラの操作がさ。完璧なショットを瞬時に収められるんだもんな」

「……すごくいい脚本があるんだけど、まだスポンサーがつかなくて……」

「……排水溝のシーンのシンボリズムをまったく誤解しているよ……」

劇場周辺の人混みはすごかったものの、建物のひさしに灯《とも》るまばゆい照明を越えると、あっという間に人の数はまばらになり、二人はそのあいだを縫うように先を急いだ。しかし駐車場を歩いているとき、新たにまばゆい光の束とその周りにいるちょっとした集団がエリザベスの目に留まった。集中して何かに取り組んでいるという雰囲気がありありと伝わってくる。

「あの人たち、あそこで映画を撮ってるのよ。コンテストに参加してるグループに違いないわ」

「機材で出口をふさいでないといいんだが」ジャックはほとんど目を上げることもなく言っ

た。「誰かが駐車場で映画を撮ってるからって、レジャーとの約束をすっぽかすわけにはいかないんだ」

　エリザベスは撮影現場をさらによく観察した。「出口はふさがってないわ。その脇のスペースで撮影してる。きっと殺人ミステリーね。ほら、地面に死体があるもの」

「ここに来てから観た映画はどれも死体が出てくる」ジャックはポケットからキーの束を取り出した。「殺人がフィルム・ノワールの中心テーマなのかな？」

「当たり前でしょう。あなた、映画祭に来てから何も学んでないんじゃない？フィルム・ノワールの基本コンセプトは、現代の暗黒部分を描くことなの。だから、どの作品にも都会の退廃やあいまいなモラルが映し出されてるのよ。四〇年代のアメリカの映画製作者はごく自然にそういう作品を撮るようになっていたから、自分たちが一つのジャンルを生み出してるなんて気づかなかったのよ。だから、フランス人が〝ノワール〟という呼び名を付けたの」

「勘弁してくれよ」ジャックは車のドアを開け、彼女を中に押し込んだ。「フィルム・ノワールについての講義を受ける気分じゃないんだ」

「でしょうね」

　ジャックはドアを閉め、運転席側へ回って車に乗り込んだ。それからキーを入れると、無駄のない動きで車を出し、駐車場の出口に向かった。

　エリザベスは窓を開け、駐車場の突き当たりで行われている撮影を眺めた。舗道には人が手足を投げ出して倒れていた。黒いマスクをかぶった俳優が二人、〝死体〟を見下ろすように立っている。一人は金属パイプを持ち、もう一人は驚くほど本物そっくりな拳銃を握り締めていた。そして、ハンディ・カメラを持った男がその場を動き回り、女性が一人、効果音らしき音を立てていた。

「よーし、みんな」つばの長いキャップをかぶった太鼓腹の男が叫んだ。「もう一回やってみよう。今度は、カルヴィンが引き金を引く前に、殴る時間をもうちょっと長く取ってもらいたいな。相棒だったこの男に裏切られたうえ、妻を寝取られたと思ってるんだぞ。これは復讐なんだ。その感じを出してくれよ」

ジャックは駐車場から通りに出た。エリザベスは深く座り直し、窓を閉めた。

「撮影をするには、ここはちょっと冷えるわね」エリザベスが言った。

「僕が思うに、ああいうインディーズの連中は、映画作りが何よりも優先なんだよ」

エリザベスはそれについて考えた。「でも、自分の芸術に夢中になるアーティストには、何か人の心を惹きつけるものがあるわ」

「あれを芸術と呼ぶのか？」

エリザベスが笑った。『ダーク・ムーン・ライジング』とかいう映画のプロデューサーとして契約するつもりなら、もっと広い心で事に当たるべきだと思うんだけど」

「今週、映画製作はビジネスであって芸術ではないと、ここでしっかりと学んだんだ」

「へえ。クレジットに自分の名前が出るのを見れば、きっと態度がころっと変わるわよ」

「それはないな。でもエリザベス、僕の映画が完成したら、プレミアに一緒に行ってもらえるかな？」

招待を受け、エリザベスはなぜか不意を突かれた気がした。おそらく、ジャックの言葉が二人に将来があることをほのめかしているせいだろう。ジャックがそんな先のことを考えているとは思ってもみなかったのだ。それに、彼女もずっとこの話題を避けてきた。

エリザベスは咳払いをした。「普通は……映画を一本撮って上映するには、ものすごく時間がかかるものよ。小規模のインディーズ作品でもね。たぶんレオナルドは、次のネオ・ノワール映画祭まで作品を公開できないわ。つまり丸一年後ってこと」

「そうだな」ジャックはスピードを落として角を曲がり、ミラー・スプリングス・リゾートの駐車場へと入っていった。「じゃあ、約束してくれるね？」

彼は本気なんだ、とエリザベスは思った。彼は一年後のデートについて話しているのだ。今から一二カ月後に二人がまだ深い関係にあると思っている。彼女は自分の呼吸が浅くなっていることに気づいた。緊張や不安を感じると、いつもこうなってしまう。それに、おびえたとき、あるいは興奮したときにも……。

「どうなることかしら」彼女は静かに答えた。

ジャックは駐車スペースに車を入れ、落ち着いた動作で素早くキーを引き抜いた。「はっきり言っていただきたいもんだな」

「わかったわよ。約束するわ」彼女は苛立ちながらドア・ハンドルをぐいと引っ張った。

「あなたが本当に映画を製作したら、一緒にプレミアに行ってあげる」

「優しくしてくれよ」当てこすりを言うジャックの声はひどく暗かった。「そうしたら、端役で出してあげてもいいんだけど」

「このオファーには、プロデューサーと寝ることも含まれているのかしら？」

ジャックの目がきらっと光った。「もちろん」

「レジャーに会いに行きましょう」エリザベスは急いでドアを開け、外に飛び出した。

ジャックも車から降り、エリザベスと一緒に、ホテルのロビーの明かりのほうへ歩いていった。赤いシャツ、黒い蝶ネクタイ、黒いパンツという装いの若い男性がドアを開けてくれた。

ロビーには、フロント係を除けば、ほとんど人がいなかった。ジャックはホテルの館内電話でレジャーに連絡することはせず、そのままエレベーターを目指した。エリザベスは遅れないように歩くペースを上げなければならなかった。

二人でエレベーターに乗って三階まで上がり、静まり返った廊下に出るあいだも、ジャックはひとこともしゃべらなかった。レジャーの情報に相当、期待しているらしい。連鎖反応のようにエリザベスの血管にもアドレナリンが流れ出していた。だが、その感覚は彼女をひどく不安にさせた。タイラー・ペイジの手掛かりをつかめるかもしれないと思えば、わくわくしてもいいはずなのに。実際には、そんな興奮よりも、どんな危険があるかわからない、罠かもしれない、といった恐怖心のほうが大きく広がっていた。

「彼はペイジを見つけてくれたと思う？」三〇五号室を目指して廊下を歩きながら、彼女は尋ねた。

「役に立つ情報を提供してもらわないとな。ペイジを街で見かけた、なんてあいまいな話で僕たちの時間を無駄にしたら、一セントだって払ってやらん」

二人は三〇五号室の前で足を止めた。エリザベスは、中からかすかに漏れてくるテレビの音を耳にした。ジャックはドアをノックしようと片手を挙げた。

エリザベスが下のほうに目をやると、カード・キーがスロットから突き出ていた。「ジャック、待って」

ジャックは彼女の視線をたどり、キーを目にすると顔をしかめた。「なんでキーが入れっぱなしになってるんだ？」

「そういうこともあるわよ」彼女はごくりとつばをのみこんだ。「考え事をしていて、キーを差し込んだのを忘れてしまうことだってあるわ」

「そんなもんかね」ジャックはドアを三回、とても静かに、ゆっくりとノックした。

返事はなかった。

エリザベスは、先ほどから感じていた不安がさらに増し、みぞおちが締めつけられるのを感じた。「嫌な予感がするんだけど」

「そうだな」ジャックはいったんキーを抜き、すっとスロットに差し込んでロックを解除した。「僕も君と同じことを考えてたよ」

彼はドアを内側へ押し開いた。ちらつくテレビの画面が部屋に唯一の光を放っていた。エリザベスは、それまで見てきた映画のことは思い出さないように努めた。主人公の男女が真夜中に約束の場所にやってくると、相手は二人が到着する直前に殺されていた、といった展開を想像しないようにしたのだ。

テレビの音が先ほどよりも大きくなった。ビデオだ。彼女は流れてくる会話に聞き覚えがあるとすぐに気づいた。レオナルド・レジャーの『ナチュラル・コーズ』のセリフだ。

「……ヴェルナ、君を信じてたのに」

「大きな間違いね。私は頭のいい男に惹かれるの。私を信用するようなばかな男を好きになるなんて、あり得ないわ」

部屋を一通り見回したが、人がいないことは明らかだった。エリザベスは小さく安堵のため息をついた。それから、バスルームのほうに目を向けた。半開きのドアの奥の狭い空間は暗く、ここからでは何も見えない。

ジャックは壁のスイッチを押した。「レジャー？　いるのか？」

返事といえば、テレビの音だけだ。エリザベスはバスルームのドアをじっと見つめた。ジャックは彼女の視線に気づき、一歩前に出ると、脇の柱を回って小さな浴室の明かりをつけた。ドアを内側にそっと押すと、バスタブと便器と洗面台が現れた。

二人の小さな期待と大きな恐怖とは裏腹に誰もいなかった。エリザベスは深く息を吐き出した。

「どうした?」ジャックは硬い笑顔を見せた。「バスタブに死体があるとでも思ったのか?」

「あなたは思わなかったの?」

「その可能性は頭をよぎったよ。どうやら僕らはここ数日、映画を観すぎたみたいだな」彼はそばにあるクローゼットを開けた。服は一着もかかっていない。死体もなかった。

エリザベスはバスルームの中をさらに見回した。床に濡れたタオルが数枚落ちていたが、カミソリなどの男性が普通、旅行に携帯するものは何一つなかった。

彼女は寝室の奥に進み、ジャックがベッドの隣にあるタンスを開ける様子を眺めた。

「何か入ってる?」

「いや」ジャックが体を起こした。険しい表情をしている。「逃げられた。荷物をまとめて出ていったんだ。あんまり急いだもんでキーを抜き忘れていったんだな」

「問題は、その理由よね」

「やられたよ。理由はただ一つ——」ジャックは考え込むような目で部屋をじっと見つめた。「誰かほかのやつが、僕より高い金を出すと言ったんだ」

「……俺をはめたな、ヴェルナ」

小さな画面から聞こえてくる声が苛立たしかった。エリザベスがリモコンを探してあたりを見回すと、それはベッドの上にあるビデオテープのケースの脇に置いてあった。彼女はリモコンを拾い、テレビの音を消してから、プラスチックのケースをよく見てみた。

「彼、これを置いていったんだわ」彼女は引ったくるようにベッドからケースを取り上げ、中を確認した。テープをケースから取り出し、走り書きされたタイトルを見た。『裏切り』

ジャックが手を差し出した。「見せてくれ」

エリザベスはビデオを渡した。ジャックはそれを受け取り、ビデオデッキが入っている戸棚のほうに歩いていった。

「何してるの？」

「何って、テープを再生するんだ」

「いったい何のために？」

「部屋に残されていたものはこれだけだ。しかも、はっきり見えるところにあった」

エリザベスは、彼が入っていたテープを取り出し、彼女が渡したテープを差し込む様子をじっと眺めた。「レオナルド・レジャーはこのテープをあなたに見つけてもらいたかったってこと？」

「状況からして、そう考えるのが妥当だな」

ジャックは再生ボタンを押した。静かな機械音がし、テレビの画面に先ほどとは違う白黒の映像が現れた。

画像は不鮮明で、素人が撮ったことは一目瞭然《りょうぜん》だったが、エリザベスはすぐにその状況が理解できた。それはあるホテルの部屋のドアだった。どうやら安ホテルのようだ。絨毯が敷かれた廊下の一部が見える。エリザベスが画面をじっと見入っていると、メイドがカートを押しながらやってきて、閉まったドアの前を通り過ぎて消えていった。

それから、別の人物が視界に入ってきた。ヘイデン・ショーだ。

エリザベスは不吉な予感に緊張して、胃が急に締めつけられた。画面の中のヘイデンがポケットからカード・キーを取り出し、部屋のドアを開け、中に消えていく。

「ジャック、これはどういうこと?」

「まだわからない」ジャックは画面から目を離さなかった。「でも、面白い筋書きになってきたじゃないか」

もう一人の男があわただしくカメラのフレーム内に入ってきた。丸顔で背が低く、神経質そうな男だ。頭のてっぺんはすっかりはげていたが、残った髪を長すぎるくらい伸ばし、無造作なポニーテールにしていた。金色のメタルフレームのメガネがきらきら光っている。彼はだぶだぶの黒い麻のジャケットとパンツという格好で、ゴールドのチェーンをたくさん身に着けていた。手にはブリーフケースをしっかり握り締めている。

ジャックは軽く口笛を吹いた。「タイラー・ペイジだ」

エリザベスがじっと見ていると、ペイジはドアを二回ノックした。それとほぼ同時にドアが開き、ペイジが中に消えていった。

「あの野郎」ジャックの言い方はとても静かだった。「あいつがどこかでこの件に絡んでるのはわかってたんだ」

「ペイジのこと？　でも、彼がかかわっていることは、とっくに見当がついてたじゃない」

「ヘイデンだ」ジャックは不可解な表情で画面に見入っていた。「あいつが僕を憎んでいることは承知だ。ただ、これほどとは思わなかったよ」

裏切りを示す、こんな圧倒的証拠を目の前にし、エリザベスは何と声をかければいいのかわからなかった。腹違いとはいえ、血のつながった弟からこんな仕打ちを受けたとわかったら、どんな気持ちがするのだろう。それは想像するしかない。彼女はジャックの腕に触れた。彼は気づいていないようだった。

画面の上ではしばらく特に何も起こらなかった。しかし、カメラはまったく動かない。カメラマンは二人の男がホテルを出るところまでカメラに収めるつもりなのだろうか？

さらに一、二分が経過した。エリザベスはドアのほうをちらっと振り返った。

「人がいつ入ってきてもおかしくないわよ、ジャック。テープは持って帰って、残りはうちで見ることにしたら？」

「それもそうだな」彼はテープを取り出すため、テレビのほうに歩きだした。

停止ボタンを押そうと手を伸ばしたそのとき、画面に三人目の人物が現れた。

最初、エリザベスはその人物を見てもぴんと来なかったが、やがて、これは自分だと気づき、足元の床ががくんと抜け落ちたような気がした。そして、氷水に突っ込んだかのように両手が冷たくなり、ひりひりして痛いほどだった。

ホテルの例の部屋にやってきて二回ノックをする自分の姿を見たときは、ほとんど息ができなくなった。

まさか。あり得ないわ。

小さな画面の中で、部屋のドアが開いた。エリザベスは、ヘイデン・ショーとタイラー・ペイジが待つ部屋に自分が入っていく様子をじっと見つめた。

ビデオはそこでひどく唐突に終わった。

彼女は『裏切り』というタイトルを思い出した。

「もう、そう長くはかからないわ」彼女が熱のこもったハスキー・ボイスでそう言うと、彼は興奮し、背筋が少しぞくっとした。「そうしたら、私たち、ずっと一緒にいられるのよ。ねえ、考えてみて、タイラー。パリ、ローマ、マドリッド。世界は私たちのものよ」

「そうだね」タイラー・ペイジは片手で受話器を耳に当て、もう一方の手で袋からさらにポテトチップを取り出した。

家の中は暗かった。室内の唯一の明かりは、テレビに映し出されるビデオの映像だけだ。

彼はポテトチップをボリボリほおばりながら、ベティ・デイヴィスの『月光の女』を見ていた。悪役をやってるときの彼女は最高だ。

「タイラー？」

「ここにいるよ、エンジェル・フェイス」

テレビの画面では、デイヴィスが演じるレスリー・クロスビーが、嫉妬《しっと》に燃えて恋人を撃ち殺した。

「これが終わるまで、会うべきじゃないわ。いいわね？」

「ああ。わかってる」

「二人にとってつらいことだけど」

「そうだね。とてもつらいよ」そう答えたものの、彼はそんなやりとりに少しうんざりしはじめていた。この家に一生、独りでいたような、そんな気分になっていたのだ。

「じゃあね。愛してるわ」

「うん。僕も愛してるよ」彼は電話を切り、画面を見つめた。物語の展開はわかっていた。レスリー・クロスビーは法廷では無罪放免となるが、結局、死んでしまう。映画製作倫理《プロダクション》・規定《コード》の条件を満たす必要があり、レスリーは罪を償うはめになったのだ。

ペイジは、自分も最後には罪を償うはめになるのだろうかと考えた。

袋に手を伸ばし、再びポテトチップをかじりながら、彼はエンジェル・フェイスのことを考えた。彼女のために何もかも犠牲にした。女を手に入れるために、かつて大事にしていたものをすべて放棄した。これが終わったところで、もう後戻りはできない。

そう、後戻りはできない。彼の体に震えが走った。

後戻りはできないんだ！

心の奥底で、研究室での楽しい日々がもう恋しくなりはじめていた。研究室では、人生がとてもシンプルだった。皆、彼のちょっと風変わりなところを大目に見てくれたし、仕事の邪魔はせず、放っておいてくれた。また、小さな自分の家にはあった平和と静けさも恋しくなった。家では、流し台に汚れた皿をためようが、カーペットにパンくずを落とそうが、うるさく言う人は誰もいなかった。汚れた衣類を何週間も床に置きっぱなしにすることだってできた。

しかし〝彼女〟はそういう行儀の悪さを許さなかった。これが終わって、二人が晴れて一緒にいられるようになったら、彼は今以上に自分を偽らなければならなくなる。礼儀正しくて、自分の考えをはっきり言えて、潔癖なほど身だしなみに気を配る男にならなければいけないのだろう。それも永遠にだ。そう思うと頭がどうにかなりそうだった。

それだけのことをする価値はある、とペイジは自分を納得させた。彼にとって彼女は『ギルダ』であり、『ローラ殺人事件』のローラであり、『飾窓の女』であり、『湖中の女』だった。

しかし、彼女は時々、彼を震え上がらせることがあった。彼が数週間前に銃を買ったのは、ひょっとするとそれが理由だったのかもしれない。

エリザベスは、これ以上沈黙には耐えられそうになかった。息が詰まって苦しい。彼女は曲がりくねった狭い道路の景色から急に目をそらし、ジャックを見た。彼は運転に集中しているようだった。まるで、二人が一緒に使っているコテージに戻ることだけが重要なのだと言わんばかりに。

ホテルを出てからというもの、ジャックはずっと黙っていた。ひとことも発していない。とはいえ、口をきいていないのはエリザベスも同じだった。

だが、ショックはようやく治まってきた。それに代わって、激しい怒りがどっと込み上げてくる。今ならうまく言えそうだ。何としても誤解を解かなくては。

「何を考えているの？」

ジャックは、彼女が隣に座っていたことも忘れていたかのように顔をしかめた。一瞬、彼女のほうを向いたが、すぐに前方の曲がりくねった舗装道路に注意を戻した。

「僕らが見つけたビデオについて考えてた」

「具体的にどんなこと？」

「レジャーの部屋で僕らがあれを見つけるように仕組んだのは誰なんだろう、ということさ」

エリザベスは胸の下でしっかり腕組みをし、木々を見つめた。「ヘイデンとタイラー・ペイジ、それに私が共謀してソフト・フォーカスを盗んだと、あなたに思わせたかった人物がいるってことね」

「僕にもそこまでしかわからない」彼は速度を落として急なカーブを曲がり、途中からまた徐々に加速していった。「問題は、僕にその情報を知らせたかったのは誰か、なぜ今それをするのかということだ」

「偽の情報よ」エリザベスは落ち着いて言った。「わかってる。でも、おかげで、レジャーの部屋にビデオを仕掛けた可能性のある人物のリストは、あの映像が本物だった場合よりも長くなってしまったな」

一瞬、エリザベスは彼の言葉を聞き違えたのかと思った。彼女はシートベルトをしたまま精一杯体を動かし、彼のほうを向いた。「ちょっと待って。あなたはあのビデオを信じてないって言うの？」

「おいおい、勘弁してくれよ」ジャックは道路から目を離さなかったが、口元をゆがめ、冷たい笑みを浮かべた。「僕らの周りには、映画製作のプロや、あらゆるジャンルの映像やビデオの専門家が何百人といるんだぞ。それに、ミラー・スプリングスの周辺には、熱心な映画ファンがさらに何千人といるんだ。そのうちの誰かが、ビデオをでっち上げる方法を知ってたっておかしくないさ。もちろん僕は、あんなビデオは信じてない。どうせ合成だろ。よくできてたけど」

エリザベスの心を締めつけていた太い鎖は、突然ほどけてなくなったが、自分がその場に崩れ落ちなかったことに驚いた。まあいいわ。つまり彼は技術的な理由で、ビデオ証拠を却下した。だから何だって言うの？　彼はビデオを信じなかった。そこが肝心よ。

「わかったわ」彼女はほかに言うことが思い浮かばなかった。

ジャックは探るような目で、素早く彼女を見た。「大丈夫かい？」

「大丈夫よ」エリザベスは穏やかに答えた。「ものすごく」

「コテージに戻ったら、またラリーに電話してみるよ。そろそろ新しい情報も手に入れた頃だろう」

「私もルイーズに電話してみるわ」

「僕らの情報を全部書き出して検討すれば、何かわかるかもしれないし——」ジャックは言葉を切り、あきらめたように、つぶやきに近いうなり声を上げてアクセルから足をはずした。

「ああもう。またかよ。こんなのに付き合ってる暇はないんだ」

「どうしたの?」エリザベスが彼の視線を追っていくと、明るい照明と、細い舗道を部分的にふさいでいるバンが目に入った。

バンの運転席のドアが広く開いている。幾筋かのまぶしい光に照らされ、人がハンドルにだらりと覆いかぶさり、じっと動かずにいる姿が見て取れた。血が光を反射して光っている。大量の血が流れているようだ。

撮影現場の端には、機材が点々と置かれていた。エリザベスは、砂袋で固定されて立っている二台の照明を見た。スイッチが入っているのは一つだけだ。ほかにもケーブルが何本かと発電機があった。

肩にカメラを載せた男がせわしなく動き回っている。どうやら、アングルの調整をしているらしい。男はエリザベスに背中を向けていたが、光の輪に一瞬、足を踏み入れたとき、彼が腰まであるブラック・デニムのジャケットとブラック・ジーンズを身に着けていることがわかった。背けた顔は目深にかぶったつばの長い帽子で隠されている。どっしりした黒いブーツのヒールには、光沢のある半円形の金属の飾りがついていて、彼が動くとその部分がきらきら輝いた。

「死体も映画も、もうたくさんだ」ジャックは苛立ちをあらわにしながら、ブレーキをかけて車を止めた。

「たぶん、コンテストに参加してる人たちよ」

「こんなふうに公道をふさぐなんて、図々しいにもほどがある」

「ジャック、公平に考えなくちゃ」公平？　どうしちゃったの？　今夜の私はすっかり心が広くなっている。ジャックはレジャーの部屋で見たビデオを信じなかった。人生って捨てたもんじゃないわね。「こんなところに車が来るとは思ってなかったに違いないわ。しかも夜のこんな時間だもの」

「スタッフの人数がちょっと少ないんじゃないか？」ジャックはシートベルトをはずし、ドアを開けた。「二人しか見えないんだが」

彼は車から出て、バンのほうへ歩いていった。

エリザベスも助手席のドアを自分で開け、外に出た。

「あとどれくらいかかるんだ？」ジャックは撮影隊に近づきながら尋ねた。

カメラマンは振り向かなかった。背中を丸めてカメラに覆いかぶさったまま、車内の血まみれのシーンを撮るべくアングルの調整に集中している。「しばらくかかるよ。ヘッドライトを消してもらえるかな？　撮影が台無しになっちまう」

「悪かったな」ジャックが言った。「数分なら待とう。でもそれ以上は待てない。急いでるんだ」

「そんなこと知ったこっちゃない。こっちは映画を撮ってんだ」男は、砂袋で固定された照明と、慎重に配置されたバンのほうを身振りで示した。「この撮影の準備に、一時間もかかったんだぞ」

「あの照明を一つどかしてくれれば、バンをよけていくよ」ジャックはそう提案してみた。

エリザベスの中で、不安のさざ波が少しずつ広がっていく。「撮影をやらせてあげましょうよ、ジャック」彼女はせがむように言った。「数分くらいなら待っても構わないでしょう」

ジャックは立ち止まり、振り返って彼女をじっと見た。ヘッドライトのまぶしい光に照らされ、彼の警戒しているような、いぶかしげな表情がうかがえた。

「お願い」エリザベスはぴしゃりと言った。「車に戻って。彼らの芸術を邪魔したくはないでしょう？」

ジャックはためらったが異議は唱えず、「もちろん、芸術の邪魔をするつもりはないさ」と答えた。彼女は心からほっとした。

そのとき、ハンドルに覆いかぶさっていた俳優が頭を上げた。彼の表情は、頭と顔を覆う血糊《ちのり》メイクのせいでわからなかった。

「おい、女がいるじゃないか」彼が陽気に言った。「彼女を使おう。どうだい？　お嬢さん、映画に出たくない？」

エリザベスは、役者の道に興味はないわと言いかけた。が、カメラマンがカメラを置くのを見て、言うのをやめた。カメラマンは照明スタンドのほうに一歩近づいた。

「俺の機材に触ったら、警察を呼ぶからな」彼はジャックに向かって怒鳴った。

ジャックは肩越しに見返した。「君の機材に手を触れるつもりはないよ。何分かやるから、早く撮影を済ませてくれ」

「ああ、必ず終わらせるさ」カメラマンが急に走り出し、ジャックのほうに突進してきた。

「ベニー、来い！」

ベニーはバンからはい出て仲間のあとに続いた。

「ジャック」エリザベスが叫んだ。「後ろ！」

ジャックはすでに向きを変え、向かってくる二人の男と向き合っていた。

カメラマンはジャックのほうに手を伸ばし、短い弧を描きながら容赦なくこぶしを繰り出した。ジャックは横へ一歩踏み出してパンチを避けた。血まみれのメイクをした俳優がジャックの腕をつかみ、引き倒した。

あっさり倒れるジャック。わざとだ。エリザベスはすぐにわかった。ジャックは俳優を道連れにしていた。相手のほうが舗道に激しく打ちつけられ、ジャックはその上に覆いかぶさった。

「やつを押さえろ」二人の周りで、カメラマンが興奮した様子で声を上げている。「早くやつを押さえろ、早く！」

　エリザベスはバンのほうに走った。

「近寄るな」ジャックが彼女に叫んだ。

　彼女は目標に向かって走り続けた、カメラマンのそばを通り過ぎるとき、初めて男の顔をよく見た。そして、帽子のつばと濃い影が、彼のかぶっているスキーマスクを隠していたことに気づいた。

　カメラマンはブーツを履いた足でジャックを蹴りつけようとした。だが、ジャックが素早く転がって逃げたため、下にいた俳優が脇腹に一撃を食らってしまった。

「うおっ」俳優は悲鳴を上げ、脇腹を抱えた。

　エリザベスはジャックが体勢を整えたのを確認し、カメラマンのほうに近づいていった。そして、近くにあった照明スタンドに手を伸ばし、ひょろ長い金属の棒をつかんだ。

「俺のライト！」俳優が叫んだ。その声は、ジャックに向けられた一撃を受けてしまったときの悲鳴よりも切実に聞こえた。「俺のライトに触るな」

　エリザベスはスタンドをぐいと引っ張った。てっぺんに取り付けられた照明装置ががたがた揺れたかと思うと地面に落ち、舗道と接触して大破した。今やスタンドは武器と化し、エリザベスの手に握られていた。彼女は大きく弧を描いてスタンドを振り、乱闘現場に引き返した。

　俳優が悲鳴を上げ、泣き叫ぶような苦悶《くもん》の声がいつまでも響き渡った。

「俺のライトが！」

エリザベスは俳優を無視した。ジャックのほうを見ると、彼は肩をかすめた激しい一撃をかわしたところで、逆にカメラマンの手首をつかんで引き寄せ、股間を蹴り上げた。

カメラマンは前につんのめって腹ばいに倒れ、しゃがれたうなり声を上げた。

俳優と言えば、はエリザベスに悪態をついていた。彼女が振り返ると、俳優が突進してくるのが見えた。彼女は照明スタンドを再び振り回し、それが彼の腕に当たった。

「てめえ、俺のライトを下に置け」

彼はエリザベスの手から金属棒をつかみ取ろうとしたが、彼女は素早く後ろに飛びのき、それを長い剣のように振り回した。

「彼女に触るな」ジャックが俳優に向かって叫んだ。

そしてカメラマンに背を向け、俳優のほうに走っていった。

カメラマンはよろよろと立ち上がった。どうやら、もうたくさんだと判断したらしく、彼はバンの運転席目指して駆け出した。

「おい、待ってくれよ。ちくしょう」俳優は照明スタンドの奪還はあきらめ、ぐるっと向きを変えて、車の助手席のほうに一目散に走っていった。

ジャックは、そばを通り過ぎようとした俳優を引っつかんだ。

「やめろ、やめてくれ」メイクで作った血まみれの顔は、グロテスク極まりない悲惨な状態になっていた。俳優はジャックにしっかりつかまれ、半ばあきらめた様子だった。

バンのエンジンが大きくうなった。ヘッドライトが光を放ち、タイヤが舗道の上で鋭い音を立てる。バンは車体を傾けながら、後部ドアをガラガラ言わせて夜の闇に消えていった。

「あの野郎！」俳優はへたり込んだ。

その場はすっかり静まり返っていた。エリザベスは道路の白線の上で立ちすくみ、ジャックを見た。

「大丈夫か？」彼は短く尋ねた。

「ええ」彼女は自分がまだ金属棒を持っていることに気づいた。棒を持つ手が震えている。彼女はそれを慎重に道路の脇に持っていき、地面に置いた。「私は大丈夫よ。あなたは？」

「大丈夫だ」ジャックは自分がつかまえた男を見た。「いったいどういうことなのか説明してもらおうか。さもなきゃ、こっちは警察を呼ぶだけだ」

「何だって？」俳優は血糊の隙間から目を細めた。「警察？」

「ああそうだ」

「でも、あいつは警察沙汰にはならないって言ったんだぜ」俳優は不服そうな口ぶりになっていた。「これは知的犯罪ってやつだからって。もし失敗しても、誰も警察なんか呼ばないってさ」

「失敗って、具体的にどういうことだ？」ジャックが尋ねた。

俳優はふくれっ面をした。「知るかよ。オリーから、今夜、手を貸してくれたら五〇〇ドルやるって言われたんだ。それがこのざまさ。ライトが台無しじゃないか。修理するのに、五〇〇ドルじゃ足りねえよ」

エリザベスはゆっくりと前に進んだ。「オリーの苗字は何？」

「さあね。あいつはオリーで通ってるんだ」

「彼はどんな仕事をしてるんだ？」ジャックが尋ねた。

「スタントマンさ。でも仕事中に酒を飲んで、大手のスタジオから追い出された」

エリザベスはジャックの隣で立ち止まった。「あなたの名前は？」彼女は優しく尋ねた。

「ベニー。ベニー・クーパー」ベニーは彼女の顔を探るように見た。「ちょっとした警告をするはずだったんだ。わかるだろ？　この人をちょっと痛めつけて、荷物をまとめて街から出ていけって言うことになってたんだ。それだけさ」

「それだけ？」ジャックが尋ねた。「それがメッセージなんだな？　出ていけということが」

「そうだよ」ベニーは深いため息をついた。「でも、何もかも失敗さ。オリーは失敗しても、誰も警察なんか呼ばないって言ってたのによ」

ジャックは冷ややかに微笑んだ。「今日はついてるな、ベニー。オリーの言ったとおりだよ」

一五分後、ジャックは私道に車を止め、エンジンを切った。エリザベスはじっと座ったまま外に出ようとはせず、フロントガラスの向こうをぼんやり眺めていた。

「また警告されたわね。これもヴィッキー・ベラミーとドーソン・ホランドが仕組んだことだと思う？」

「たぶん」ジャックも車のドアを開けなかった。彼はエリザベスの隣で、考え込むようにコテージの玄関を見つめている。

「警察を呼ぶべきだったかもしれないわね、ジャック」

「そんなことをしたら」彼の言い方は実に淡々としていた。「何もかも台無しだ。関係者は皆、姿を消してしまうだろう。おそらく、タイラー・ペイジも。そうなったら、ソフト・フォーカスを見つけるどんなチャンスも逃すことになってしまう」

「そうね」

「どっちみち、今夜の件で警察にできることはそれほどない」ジャックの口調は相変わらず慎重だった。「僕らに被害届を書かせることくらいだ」

「それが済んで、警官が捜査を始めるころには、もう証拠なんか何も残ってないでしょうし」

「だろうね」

二人はもうしばらく黙って座っていた。

「驚いちゃうわね。明らかに暴行事件なのに、被害者の私たちが二人して、真夜中にこんなところに座って、警察に行かない理由をもっともらしく説明してるんだから」エリザベスがようやく口を開いた。

ジャックが車のドアを開けた。「だてにCEOとして会社を切り盛りしてるわけじゃないさ」

20

エリザベスは白いバスローブの襟を引き上げ、ガラスの引き戸を開けて夜の闇の中に出た。冷え切った空気に、彼女は息を止めた。爽快、さわやか、すがすがしいといった言葉も、これくらいの高度になると新しい意味を帯びるものだ、と彼女は思った。

エリザベスはホット・タブのほうに目を向けた。そこそこの月明かりがあるおかげで、ジャックの姿を見ることができた。彼はバスタブ内のベンチの一つに座って背をもたせかけ、カーブを描くバスタブの縁に沿って両腕を伸ばしていた。胸のあたりで湯が渦巻き、彼は上を向いて目を閉じていた。

「本当に大丈夫なの？」エリザベスは尋ねた。

「ああ」ジャックは目を開け、彼女を見た。「君のおかげでね。ライトを使ったのはいい作戦だったよ。あれがベニーの気を引いたのは間違いないからね。僕らは運がよかった」

「どうして？」

「オリーとベニーはどう見たって、三流の映画ビジネスにかかわってる三流の連中にすぎない。金で雇われたプロの殺し屋ってわけじゃないからさ」ジャックは脇腹に触った。

「病院に行かなくて、本当に大丈夫なの？」

彼はうんざりして、うめくように言った。「大丈夫だ」

「武道を習ってきたおかげね」

「僕が八歳のときに、父親が道場に申し込んだんだ。ラリーもそれぐらいのときに道場に入れられたって言ってたよ。だから、ヘイデンが八歳のときに、どこかの武道の師匠に弟子入りさせられてたとしても、何ら不思議はないね。父親は何をするにしろ、一定のパターンを守る傾向があったんだ。僕は長年、稽古を続けてきた。運動のためにね。実戦に使ったのは今夜が初めてだ」

「ヘイデンにも何か警告があったのかしら？」エリザベスは考え込むように尋ねた。

「それは……素晴らしい質問だ」ジャックはゆっくりと言った。「当然、別の線も考える必要がある」

「何ですって？」

「今夜、あの二人に僕を襲うようにけしかけたのはヘイデンかもしれない。あれは競争相手を打ちのめすための策略だったんじゃないかな」

「いやねえ。あなた、妄想に取りつかれてるわよ」

「ふん」

「ねえ、わたしの言うことをよく聞いて。タイラー・ペイジに会いに私がホテルの部屋に入っていくシーンを本気にしてないなら、ヘイデンがあの部屋に入っていくシーンを真《ま》に受けるのは理屈が通らないわ」

ジャックは目を閉じ、再びバスタブの縁に頭をもたせかけた。「君が絡んでいないからと言って、ヘイデンもそうだということにはならないさ」

「あなたは自分の個人的な感情に振り回されて、健全な思考方法を忘れちゃってるわ。ヘイデンがタイラー・ペイジと共謀しているなら、どうしてミラー・スプリングス・リゾートのあたりをうろついているのかしら？　ソフト・フォーカスを持って、いちばん早い便でアムステルダムやベルリンや中東に飛んでたっておかしくないのに」

「復讐は、自分が勝ったことを相手にわからせなきゃ、ちっとも面白くないんだよ」

「ヘイデンは窃盗にはまったくかかわっていないわ」エリザベスはバスタブの縁に腰かけ、湯の中に素足を入れてぶらぶらさせた。「彼は私たちと同じ理由でここに来てるのよ。オークションのためにね」

「そうは言い切れない」

「言い切れるわ。ヘイデンは到着した日と、私たちがザ・ミラーに行った晩、あなたが男子トイレで高尚な交渉をしているあいだに、私にこう持ちかけてきたの。入札が始まったら、あなたじゃなくて、彼を支援するためにオーロラ・ファンドのお金を使うようにって」

ジャックは目を細めた。「あいつめ。なぜ今まで話してくれなかったんだ？」

エリザベスは肩をすくめた。「あなたたちのあいだで燃え上がっている炎に、これ以上油を注ぎたくなかったのよ」

「僕に話すべきだった」

「経営者として自分で決めたのよ」

「まったく。エリザベス――」

「肝心なのは――」彼女はジャックの言葉をさえぎった。「ヘイデンがオークションのために来てるんじゃないとしたら、私にあんなふうに話を持ちかけてこないってこと。彼は入札のためにやってきたのよ」

ジャックはそれについてもっと議論したかったが、そうはせず、戦術を変えた。「先週の火曜日の晩、ヘイデンは君を食事に誘ってソフト・フォーカスに関する噂を聞いたと言ったそうだが、彼はどうしてそれを知ったのか、君に話したかい？」

「実は、ソフト・フォーカスがなくなった可能性があると知って呆然としてたの。だから細かいところまで話を聞いていたかどうか自信がないわ」彼女はヘイデンと食事をしたときの記憶を呼び起こした。「でも今思い返せば、匿名の電話を受けたとか何とか言ってたわね。それはほぼ間違いないわ」

「陳腐な言い訳だな。不可解なEメールやファックスとか、もうちょっとハイテクなやり方を考えつかなかったとは驚きだ」

エリザベスは肩をすくめた。「実際、どういう手段にしようかと考えた場合、相手にメッセージを伝えるには、やっぱり公衆電話を使うのがいちばん簡単で確実な方法だわ。声も簡単に変えることができるし」

「それもそうだな」

エリザベスはジャックを見た。「さっき、二人がつかんだ情報を全部まとめてみようと言ったでしょう。いいアイディアだと思うわ」

「僕もそう思う。でも、今夜はやめておこう。その課題に取り組む前に少し眠らないと」

「賛成ね」

彼は湯の中にさらに深く沈み込んだ。「そこに座ったまま、お湯の中でつま先をくるくる回してるつもりなのか？　それともお湯に入るつもりなのか？」

「それを決める前に、私の質問に答えてくれる？」

「理屈の通った説明がたくさん必要になる質問じゃなければいいよ。今は本調子とは言えないからさ」

「簡単な質問よ」エリザベスはいったん言葉を切り、気持ちを落ち着けた。「さっき、路上で暴漢に遭遇する前に言ってたわよね。私があのホテルでヘイデンやタイラー・ペイジと合流するビデオのこと、真《ま》に受けてないって。誰かがでっち上げた可能性があるから、ちっとも信用してないって」

「だから？」

「でも、ヘイデンとペイジが、あのホテルに集まって陰謀を企てていたかもしれない可能性については、すぐには退けなかった」

「だから？」ジャックはまた同じことを言った。

エリザベスはだんだん嫌になってきたが、彼女は訊かずにはいられなかった。「だから、ちょっと不思議に思ったのよ。どうして私にとって不利な証拠はさっさと退けてしまったの？」

「君がソフト・フォーカスを盗む計画を立てるとしたら、唯一の動機は復讐だろう」

今度は彼女が理由を尋ねる番だった。「だから？」

「共謀者がいるとか、大げさな隠蔽《いんぺい》工作をするとか、真っ赤な嘘をつくとか、慎重に計画して手の込んだ復讐をするなんて君らしくない」

「あら」エリザベスは言われたことをしばらく考えてみた。「じゃあ、私らしいやり方って？」

ジャックは目を開け、素晴らしい歯並びを少しのぞかせて、一瞬、にやっとした。「面と向かって、ずばり言いたいことを言うのが君のやり方だ。高級レストランで、僕の顔に水をぶっかけ、大勢の客の前で僕をろくでなしのゴマスリ男呼ばわりするのが君のやり方だ」

彼女はうなり声をあげた。「私はそのことを一生、背負ってなきゃならないのね？」

「僕が根に持っているうちはね」

「私の復讐の仕方は退屈で意外性がないと思ってるの？」

「君には退屈なところなんか一つもないよ」

「でも、意外性がないんでしょう？」彼女がしつこく迫った。

「いちばん魅力的なやり方だってことさ」

「そう言われて満足すべきなんでしょうね」エリザベスは彼の顔をじっと見つめた。暗闇の中、泡立つ水面の下を見ることはできなかった。「今度は水着をつけてるの？」

「面白いことを訊くね」

「着てないのね？」

「いざとなると、僕も意外なことはしない傾向があってね」

「でも、退屈じゃないわ」エリザベスは穏やかに言った。

彼女はバスローブの帯をほどき、着ていたものを肩から落とした。冷気が素肌を包むと、彼女は息を吸い込み、温かい湯の中に急いで滑り込んだ。

エリザベスが水中のベンチでジャックの隣に座ると、彼はゆっくりと微笑んだ。「ホット・タブで水着を着るのはやめたんだね」

エリザベスはジャックのむき出しの太ももに手を置いた。「意外性がなさすぎるのも嫌なのよ」

彼女は手でゆっくりと円を描きながら、彼の脚の内側を上までたどっていった。

ジャックはその手をつかんで水から出し、自分の口元に持っていった。半分閉じた目でエリザベスを見ながら、彼女の濡れた指にキスをする。ジャックの激しい欲望を感じ取り、彼女の体の内側は突然、バスタブの湯よりも熱くなった。

ジャックはエリザベスの親指をそっとくわえ、それから指の関節を少しかじった。彼女はかすかにため息をつき、彼にぴったりと体を寄り添わせた。ジャックは彼女の手のひらを渦巻く水の下にゆっくりと引き戻し、その指を曲げて彼自身をつかませた。

ジャックはすっかり興奮し、張り詰め、硬くなっていた。エリザベスは彼をつかんだ手にそっと力を込めると、彼の体に震えが走った。

「いちばん意外性がないのは、君に対する僕の反応だな」ジャックは彼女の唇に向かってつぶやいた。「ごく自然に、いつもこうなってしまうんだ」

エリザベスは彼を迎えるべく口を開き、彼はそこを奥深くまで味わった。しばらくすると、彼女はジャックの戦法を使ってみようと思い、彼の下唇をかんだ。その優しい攻撃に、彼はしばらく耐えていたが、やがてうめき声を上げ、わけのわからないことをつぶやき、彼女を引き寄せて自分の両脚の上に載せた。そして思う存分、熱烈なキスをすると、彼女の体にとても心地よい衝撃が走った。

エリザベスは身をよじり、ジャックをゆっくりとなで、濡れた肩にそっと爪を立てた。彼女は自分の腰の下でジャックが激しく反応しているのを感じ取ることができた。彼はエリザベスの太ももに自分を押しつけていた。

ジャックの手が彼女の背筋からヒップへと滑り落ち、指が秘部に当てられた。親指と人差し指を入れて優しく押し開くと、エリザベスの体に歓喜のエネルギーが勢いよく流れ出した。熱い液体が湧き上がる。抑えることも、止めることもできない歓喜。気づいたときにはもう、彼女はクライマックスを迎えていた。

「ジャック」

「力を抜いて」彼はエリザベスの首にキスをしながら、さらに奥まで進んでいった。「もっと楽しませてあげるから」

延々と続く廊下も、交差する通路も、結局は窓もドアもない壁に突き当たってしまう。そんな夢に割り込んできたのは、耳障りな非常ベルの音だった。

非常ベルは余計だ。気が散って、事態を何もかも悪化させるだけだ。

そんなけたたましい音を立てて警告しなくたって、彼女は危険を察知していた。二人がともに危険にさらされていることは嫌というほどわかっている。彼女は集中しなければならなかった。明確に、論理的に考える必要があった。でも、耳元でこんな忌々しいベルが鳴っているのに、どうやって考えろというのだろう?

エリザベスは突然、目覚め、窓から差し込む曇り空の鈍い光に目を細めた。手探りで電話を見つけ、受話器を耳に当てた。

「もしもし?」

「あらあら、今朝の誰かさんはご機嫌斜めなのね」ルイーズの陽気な声がした。

「子供扱いするのはやめて、ルイーズ。そんな気分じゃないのよ」エリザベスは、ジャックの片脚が両ふくらはぎのあいだに滑り込み、彼の腕が巻きついてくるのを感じた。しっかりしなきゃ。あれはただの夢だったのよ。「何かわかったの?」

「まだ、何とも言えないわ」ルイーズははぐらかした。「大したことじゃないかも。でも、この数年、映画祭巡りをしている人を知ってるっていう人が何人かいて、話を訊けたの。最近は映画祭なんか、どこでもやってるのね。昔はカンヌやサンタフェぐらいだったけど、今じゃ、映画館のある街ならどこもかしこも映画祭をやってるわ」

「ルイーズ、要点を話してくれない？」

「いいわよ。つまりこういうこと。ドーソン・ホランドは長年、映画業界の末端をうろついてきた男なの。野心のある女優と寝るのが好きでね。再婚したっていうのに、いまだにそうなのよ」

「何ですって？」エリザベスは枕を支えにして、素早く体を起こした。「ヴィッキー・ベラミーと結婚しても、ほかの女と寝てるっていうの？」

「そう。でも、特にお気に入りがいるわけじゃないわ。毎回、相手が違うの。何て言うか、あの男はやりたがりなのよ。でも、一夜のお楽しみやお祭り騒ぎの相手として気持ちを引きつけた女性でも、彼が本気になることはないみたい。まあ、彼なりに誠実さを示してるんでしょう」

「ヴィッキーに対して誠実ということ？」

「とにかく、この一八カ月はそうね」

「あの二人、結婚してまだたった一年半なの？」

「そうよ」

「ふーん」ヴィッキーはほかの女性の存在を知っていたり気にしていたりするのかしら、とエリザベスは思った。「ホランドについて、ほかにわかったことはある?」

「まあね」ルイーズはもったいぶって間を置いた。「彼はヴィッキー・ベラミーと出会う前に二回結婚してるのよ」

「それぐらい知ってるわ。そんなに珍しいことでもないでしょう。特に彼のお仲間のあいだではね」

「でも、奥さんを二回亡くしてることは知ってる?」ルイーズは穏やかに言った。

エリザベスは、ジャックが自分をじっと見つめていることに気づいた。言うまでもなく、彼はちゃんと会話の流れをつかんでいる。

「自然死なの?」エリザベスは慎重に尋ねた。

「いいえ。自動車事故よ。最初の奥さんが亡くなったのは二〇年近く前になるわ。二番目の奥さんは八年前に崖《がけ》から落ちて亡くなったの。で、本当に面白いのはここから。ホランドは二回とも多額のお金を受け取ってるの。最初の奥さんは数千というハイテク株を彼に遺《のこ》したんだけど、その株はたまたま、奥さんが亡くなる数カ月前に急騰してたのよ」

「二番目の奥さんはどうなの?」

「これが妙な話でね」ルイーズが素っ気なく言った。「彼は奥さんに多額の保険をかけてたの。亡くなる直前にね」

エリザベスの電話を握る手に力が入った。「でも、調査はあったんでしょう?」

「もちろん。私の情報源によれば、保険会社は調査員を派遣したんだけど、何も立証できなかったんですって。保険金は全額支払われたわ」

エリザベスはぞっとした。「ヴィッキーには自分の財産はあるの？」

「いいえ。調べた限りじゃ、親譲りの財産はないわ。それにね、白状すると、彼女のことはあまり探り出せなかったんだけど、自分の財産を持っているような気配はまったくなかったわ」ルイーズは、ノートをさらに何ページかぱらぱらとめくった。「でも、ドーソン・ホランドがヴィッキーに保険をかけているかどうか調べたら面白いんじゃないかしら」

「ぞっとする考えね」

「ドーソン・ホランドは根っからの変態よ」

「亡くなった奥さんたちのことが本当なら、もっとひどいかもしれない」

「さっきも言ったけど、どちらのケースも証拠がないのよ。でも、私の情報源は、〝偶然以上のものがあるだろう〟って言ってたわ」ルイーズが言葉を切った。「とりあえず、私がつかんでいることはこれで全部よ。もっと調べてほしい？」

「ええ、お願い」エリザベスはぼんやりジャックの肩を叩いた。「何かほかにわかったことがあったら、すぐに電話して」

「そうするわ」ルイーズはいったん言葉を切った。「それで、ろくでなしのゴマスリ男とはどうなってるの？」

エリザベスは自分の顔が赤くなるのがわかり、ジャックの視線を避けて窓の外を一心に見つめた。「大丈夫、上手くやってるわ」

「彼、そこにいるのね？　ベッドで一緒にいるんでしょう？」

「ルイーズ、私、急いでるの」

「訊くのは気が引けるんだけど、昔のジャーナリストとしての本能がそうしろと言うのよね」ルイーズは咳払いをした。「ベテランのゴマスリ男とそんなことをして、何か特別にいいことでもあるわけ？」

　エリザベスはあわてて受話器をガチャンと置いた。

　ジャックは気遣うように、いぶかしげな顔で彼女を見た。「それで？」

「ドーソン・ホランドがヴィッキー・ベラミーに保険をかけているかどうか、ラリーはネットで調べられるかしら？」

「たぶん」ジャックは片肘を突いて身を起こした。「何がわかったんだ？」

「すごく嫌な予感がするの」


　二時間半後、ジャックは受話器を置き、エリザベスを見た。その厳しい顔に、クールな抜け目のない表情が浮かんでいる。

　エリザベスが自分のコーヒーを手に取った。「ラリーは何て言ってた？」

「君の予感は正しかったってさ」ジャックはカウンターの向こうに回り、自分でコーヒーを入れた。「ドーソン・ホランドは、四カ月ほど前、ヴィッキー・ベラミーに多額の保険をかけている」

エリザベスはぞくっとした。「ホランドの前の奥さんが二人とも怪しい死に方をしていることは確認できたのかしら?」

「最初の奥さんの死因は事故で、それ以外の原因を指す記録はなかったそうだ」ジャックがコーヒーを一口飲んだ。「それに、保険会社は二番目の奥さんが死んだときにも金を全額支払ってる。表向きには、不正行為とわかるような証拠はいっさいない。でも……」

「でも?」

ジャックは穏やかに続けた。「でも、二回とも奥さんが亡くなる前の数カ月のあいだに、ホランドは金銭面でひどい損失を出してる。最初に損失を出したときは、妻から相続した株のおかげで埋め合わせをすることができた。二回目の損失から抜け出せたのは、二番目のホランド夫人にかけておいた保険のおかげだ」

エリザベスはジャックと目を合わせた。「この前ラリーが電話をくれたとき、ホランドがこの数カ月、ひどくお金に困っているという話をしてなかった? ヘッジファンドで大損したとか何とか言ってたわよね?」

「そうだな」ジャックの眉がすっと上がった。「何を考えてるんだ?」

エリザベスはしばらく黙ったまま、頭に浮かんだばかりの考えに思いを巡らせていた。

「一つの警告が次の警告を呼ぶということよ」

21

ヴィッキーは、浴室から出てくるドーソンを鏡越しに眺めた。最近施した美容整形の効果が、彼の体から徐々に消えはじめている。すでに顎のラインはシャープさを失っていた。相変わらず、すらりとはしているものの、専属トレーナーについてどれだけトレーニングしたところで、若い頃の強靭《きょうじん》で健康的な肉体は取り戻せそうになかった。ここのところ、年齢から来るたるみが急に目立つようになっていた。

ヴィッキーは不思議だった。ほかの女たちは彼のどこがよかったのだろう？ 今のところ、ドーソンの金を手にできるほど彼と長く付き合った女性は一人もいない。彼女たちは、〝映画に出してあげよう〟という彼のあいまいな約束を本当に信じていたのだろうか？ そんなに愚かだったのだろうか？

ヴィッキーは彼女たちを責めることはできなかった。自分も初めはしばらく彼を信じていたのだから。でも今では真実を理解している。出会ったころのドーソンも、大物と呼ばれるに足る金は持っていたが、ハリウッドで勝負することに本当に関心があったわけではなかった。あくまでも映画ビジネスの末端に留まっていただけだ。そうすれば、気持ちを若返らせてくれる若手女優や、女優志願のかわいい女の子たちにいつでも手を出せるからだ。だが、今のドーソンは大作に多額の金をかけるようなリスクは決して冒さないことを、ヴィッキーは知っていた。

それに最近では、リスクを冒そうにも、そんな金すらなかった。ドーソンは自分の資産に関しては秘密主義を貫いており、ヴィッキーは細かいことをすべて把握しているわけではなかったが、彼女もばかではない。彼が金に困っていることくらいは知っていた。そして、かなりの確信をもって、彼は立ち直ると思っていた。とにかく、彼には何でも金にしてしまう才能がある。しかしその一方で、ヴィッキーはこうも思っていた。彼は魅力と実績で今の状況をなんとか凌いでいるだけなのではないか。

だが、彼女にはわかっていた。ドーソンが財力を回復したあとも、自分には『ファースト・カンパニー』のような低予算映画のつまらない役しか回ってこないだろう。ひょっとすると、そんなことは最初からわかっていたのかもしれない。現実を見据えて生きていることがいつも彼女の自慢だった。しかし、演じたいという欲求に関して言えば、自分が夢を描いてしまっていることを認めざるを得なかった。

仕方がない。人には皆、弱点があるものだ。

ドーソンの場合、それはおつむの弱い、かわいらしい女だった。彼が無意味な浮気を彼女に隠そうと骨を折っていることがヴィッキーには滑稽だった。しかし、そんな彼が妙にいじらしくも思えた。おそらくドーソンは、ほかの女の存在がばれたら、ヴィッキーは出ていってしまうと思っているのだろう。

その点は何も心配はいらないと、彼を安心させるわけにはいかなかった。それは、ドーソンに対する多くの支配力を放棄してしまうことになるからだ。人間関係において、唯一ものを言うのが支配力だ。彼女はとうの昔にその教訓を学んでいた。

「明日は特別な晩になるな」ドーソンはもう一つの鏡の前で、黒いシルクのシャツの襟を直した。「わくわくするかい？」

「少しね」

彼はヴィッキーに向かって微笑んだ。「リラックスして臨めばいい。君が勝つに決まってる」

「本当にそう思う？」

「疑う余地もないさ」彼はくっくっと笑い、鏡から目を離した。「『ファースト・カンパニー』は最優秀作品賞をもらえないかもしれないが、審査員も君の演技を見逃すわけにはいかない。君は本当に素晴らしかったからね」

「あなたのおかげよ」

ヴィッキーは化粧台の椅子から立ち上がり、クローゼットへ歩いていった。そうすることで、ドーソンの穏やかな笑顔を見ずに済む。

彼女は、こういう笑い方をするときのドーソンの顔が嫌いだった。父親を思わせる笑顔だったからだ。ヴィッキーの寝室にやってきた晩の翌朝、父親は彼女にこういう笑顔を見せていた。かつて彼女を骨の髄までぞっとさせた笑顔。この笑顔が消えてなくならない限り、彼女の凍った心が決して溶けることはないとわかっていた。

ヴィッキーはアイス・ブルーのブラウスと淡いブルーのパンツを取り出した。服選びにひたすら集中したおかげで、ドーソンの穏やかでハンサムな顔に父親の笑顔が重なることはもはやなかった。大変な労力は要したものの、彼女はなんとかそれをやってのけた。毎度のことではあったが。

「今日の予定は?」ドーソンは夫らしく、意味もなく尋ねた。

「スパに行こうと思ってるの。マッサージを受けて、温泉に入りたいから」彼女は振り返り、晴れやかな笑顔を見せた。「ドーソン、明日の夜のことだけど――」

「君が勝つに決まってる」

ヴィッキーは面白がっているように、彼をちらっと見た。「審査員を買収したなんて言わないでね」

「そんなことをする必要はないさ」ドーソンは優しく言った。「『ファースト・カンパニー』を見て君の素晴らしさがわからないとしたら、審査員は恐ろしく頭が鈍いに違いない。明日は白とシルバーのドレスを着ていくのかい?」

「ええ」

「よし。あのドレスは君によく似合ってるよ」

ヴィッキーはためらいがちに言った。「ドーソン、オリーにストーカーのまねはやめるように言ってくれたんでしょうね？　明日の晩だけは、ペンキをひっかけられるのは嫌よ」

「もちろん、ちゃんと言ってあるさ」ドーソンは微笑んだ。「宣伝もいいが、彼に君の大事な夜を台無しにさせるわけにはいかないからな」

「ありがとう」ヴィッキーはリラックスした様子でドーソンのそばに行き、その唇に軽く、挑発するようにキスをした。

ヴィッキーは、自分は素晴らしい女優だと思った。残念なのは、その素晴らしさをほかにわかってくれる人がいないことだ。

どれほど素晴らしいかと言えば、たとえばドーソンとのセックス中、彼の顔に時々父親の面影を見ても、ぞっとする思いを隠しておくことができた。だからこそ、彼女は誘われる側ではなく、いつも誘う側に回っているのだ。ゲームをコントロールしている限り、支配権を握っているのは彼女のほうだった。

支配力がすべてだ。これさえあれば、確実に生き残っていける。

ジャックは、ドーソン・ホランドのデスクにきちんと並べられた物をじっと見ていた。革の表紙がついたメモ帳の脇に、ゴールドで縞模様を施した太めのペンが置いてある。そのシンプルな仕事場にはノート・パソコンと電話もそろっていた。

ジャックは、ホランドの家を調べるという計画を独りで実行に移した。エリザベスが彼の企てを知ったら、反対したに違いない。だが、素晴らしい糸口がつかめる見込みはほとんどなかった。パソコンから何の情報も得られないとわかった今となっては、なおさらだ。これで少なかった選択肢は、ますます少なくなった。しかし、タイラー・ペイジがオークションを開くまで、じっと待っているつもりはまったくない。

ジャックはいらいらしながらノート・パソコンを見つめていた。先ほどデータの一部だけでもコピーしようとしたが、パソコンはパスワードで保護されていることがすぐにわかった。残念ながら、ラリーを連れてくるわけにもいかなかったので、この手の問題は処理できなかったのだ。

ジャックはデスクの引き出しの取っ手に手を伸ばした。そのとき、車が私道に入ってくる音が聞こえた。

一五分前、ヴィッキーとドーソンが別々の車で出かけるのを、ジャックは近くの木立の奥から眺めていた。おそらく、二人のどちらかが忘れ物でもして戻ってきたのだろう。

ジャックは車が止まる音を耳にした。

まずい。警察が来てもうまく対処できる自信はあったが、エリザベスに不法侵入で逮捕された経緯を弁解するのかと思うと、やはりつかまるわけにはいかなかった。

彼は寝室の南側の壁に並ぶ窓を目指して部屋を突っ切り、ブラインドの隙間から外を見下ろした。私道には使い古しの小型トラックが一台止まっていた。ヴィッキーの白いポルシェでも、ホランドの最高級ＳＵＶでもない。

トラックから中年の女が一人降りてきた。女は鍵の束を持って、家の脇にある勝手口へと急いでいる。家政婦だな、とジャックは思った。

彼は小さく、安堵のため息をついた。

それから、しんと静まり返った家に家政婦が入ってくる音がし、その後、彼女が階段のところにやってきた気配がした。

こんなときに限って。

ジャックは素早く部屋を見渡した。隠れられそうな場所は一つもない。クローゼットとバスルームは危険すぎるし、ベッドの下には十分なスペースがない。

確かテラスがあるはずだ。そこから地面に下りる手段はなかったが、ひさしの下に物置があることは知っていた。家政婦が二階に上がってきても、物置には来ないだろう。運がよければの話だが。

彼はガラスの引き戸の取っ手をつかみ、ドアを引っ張って開けた。それから、用心しながらテラスに出ると、再びドアを閉めた。

ジャックは物置にたどり着いた。ドアは閉まっていたが、鍵はかかっていない。慎重にドアを開け、目を凝らして中をうかがった。床に巻かれたホースが置いてあり、その脇に、折りたたみ式の長椅子とじょうろがあった。隠れるスペースは十分ある。

彼はするりと物置の中に入り、ドアを閉めた。闇に包まれ、彼は立ったまま耳を澄ませた。

家政婦は家に長くは留まらなかった。少しすると、小型トラックは車道を走り去っていった。

物置のドアを開けてテラスに出ようとしたそのとき、ジャックのランニング・シューズが何かをかすめた。

ちらっと下を見ると、ホースの脇にペンキの缶が積んであった。

赤いペンキだ。

エリザベスはクッションの入ったラウンジチェアの脇で立ち止まった。「ご一緒してもいいかしら?」

マッサージを終えたばかりのヴィッキー・ベラミーは頭にタオルを巻き、厚みのある白いバスローブを着ていた。目を開けると、エリザベスが見下ろすように立っていたが、それを見てびっくりしたとしても、顔には出さなかった。

「ええ、どうぞ」

「どうも」エリザベスは、スパの軽食カウンターで買ってきたフルーツ・スムージーを置き、ヴィッキーの隣のラウンジチェアに腰を下ろした。

エリザベスは素早くあたりを見渡し、近くに人がいないことを確認した。ずらりと並んだタイル張りの温泉プールは、運よく、その時間はひっそりとしていて、優美に修復されたスパには客が少ししかいなかった。ほとんどの人は、エリザベスやヴィッキーと同様、バスローブをまとっていた。そのほかに、深いバスタブの階段に座っている人がいる。その奥では、白い制服を着た従業員が、各種マッサージ、泥パック、フェイシャルを提供する様々な施術室のあいだを忙しそうに行ったり来たりしていた。

「この前の夜、ザ・ミラーの外で、私に警告しようとしていた印象を受けたんだけど」エリザベスが話しはじめた。「違ったかしら?」

ヴィッキーは目を閉じた。「好きに解釈してもらって構わないわ」

「そう。じゃ、直感に従うことにするわ。あなたは私に近寄るなと警告しようとした。つまり、私が誰だか知ってるのね」

「あなたはオーロラ・ファンドの代表」

「そして、あなたはドーソン・ホランドの妻」エリザベスは静かに言った。

「夫がそれと何の関係があるの?」

「ご主人は、ジャックや私と同じ理由でここに来ているんだと思うわ。おそらく、あなたの目的も同じ。私たちは皆、オークションに参加するためにミラー・スプリングスにやってきた」

「何の話だかさっぱりわからないわ。私は映画祭のために来てるのよ」

「ねえ、結婚生活を上手く送れない男っているでしょう。ドーソン・ホランドはその手の男だって聞いてるんだけど」

ヴィッキーはようやく目を開け、値踏みするような、猫のような目でエリザベスを見据えた。「私と出会う前に彼が二回結婚していたのは知ってるわ。あなたが言いたいのはそのことかしら。彼が浮気してるのもちゃんと知ってるのよ。でも、そんなこと、私は気にしてないわ。それに、あなたには関係のないことよ」

「ご主人の前の奥さんが二人とも自動車事故で亡くなっていて、亡くなるたびに彼が大金を手にしていたことは知ってる？　保険会社が二番目の奥さんの死に不審を抱いていたことも聞いてるかしら？　数カ月前に、ご主人があなたに多額の保険をかけていたことは？」

ヴィッキーの美しい仮面がはがれかけた。「なぜ私にそんな話をするの？」

「さっきも言ったけど、あなたが私に警告してくれたからよ。お礼代わりにと思って。確かに、私はあなたのように、それとなく上手に警告することなんてとてもできないわ。だって私には台本がないんだもの。アドリブでやってるの」

ヴィッキーはしばらくエリザベスを見つめていた。それから冷ややかに微笑んだ。「あなた、ジャック・フェアファックスと寝てるのね」

「それがどうかしたの？」

「私にはどうでもいいことよ」ヴィッキーは再び目を閉じた。「でも、あなたの判断力を疑うわね。それにドーソンのことで私にちょっとした警告をしようとした理由や動機もね。フェアファックスがあなたに何をしたか知ってるわ。ドーソンが教えてくれたの。フェアファックスはシアトルで経営している小さな会社を救うため、あなたをだまして財政支援を引き出したんですってね？」

「ドーソンはシアトルでの出来事も知ってるの？」

ヴィッキーは微笑んだが、目は開けなかった。「どうやら、ある種の仲間内では誰でも知ってる話みたいよ」

エリザベスは、スパの客が一人階段を下り、顎まで浸かりそうなほど深くて広い、透き通った温泉プールに入っていくのを眺めた。ミネラル豊富な温泉の匂いがかすかに香り、列柱のある、大きな部屋を満たしている。そして、水が滴り、跳ねる、軽やかな音が白と青のタイル張りの壁に静かに反響していた。

「だから、あの晩、私に警告したの？」エリザベスはやっと口を開いた。「男にまんまとだまされ、利用されているから、私が気の毒だと言うのね？」

「エリザベス、うぶなところはとても魅力的かもしれないけど、あとで高くつくわよ。一生かけても取り返せないくらい」

22

彼はカード・キーをスロットに差し込もうとしたが上手くいかず、三回目にしてようやく解錠できた。暗くなったホテルの部屋に入り、そのままミニバーに向かう。ミニチュア・ボトルのスコッチを取り出したとき、自分の手がまだ震えていることに気づき、胸くそが悪くなった。

「ちくしょう」

ゆっくり蒸発していくアドレナリンのせいで、いまだに不愉快なちくちくする感覚があった。彼の心は氷のように冷たくなり、頭がくらくらした。

危ないところだった。本当に危機一髪だった。おかげでしばらく悪夢に襲われそうだ。例の車は目と鼻の先を走り去った。彼の頭の中では、そのとき耳にした吸い込まれそうな風の音がまだ聞こえていた。もしもあの瞬間《とき》、後ろを振り返っていなかったら……。

武術を習っていてよかった。稽古《けいこ》で得た反射神経が救ってくれた。もしも習っていなかったら、とっさに反応できなかっただろう……。

終わったことについて考えるのは嫌だったが、彼はその記憶を頭から追い払うことができなかった。シルバーのレンタカーの窓にはスモークフィルムが貼られていて、運転していた人物の顔は見ることができなかった。しかし、そんなことはどうでもよかった。このミラー・スプリングスでシルバーのレンタカーに乗っている人物は誰だかわかっている。

彼はスコッチを飲み干し、窓辺に行った。そして、木がうっそうと生い茂る渓谷をじっと見つめながら、アルコールが内臓の氷を溶かしてくれるのを待った。

やはり、母親の言っていたことは正しかった。腹違いの兄は俺をひどく嫌っている。しかし今日の夜まで、まさか殺そうとするほど憎んでいるとは思いもしなかった。


「信じられない！」エリザベスは、自分とジャックの寝室用ロフトを隔てている踊り場を猛スピードで突っ切ってきた。「頭がどうかしてるんじゃないの？　二人の家に行ったですって？　しかも寝室を物色したですって？」

「そんなに言わなくてもさ」ジャックはクローゼットを開け、新しいシャツを取り出した。

「そのときは、いいアイディアだと思ったんだ」

ショックと怒りで言葉が出てこない。エリザベスは彼をじっと見続けた。こんな状況でなければ、ジャックの着替える様子に見とれていただろう。シャツを脱いだ姿がこれほどそそる男性は、今までお目にかかったことがない。しかし今日の午後、自分がスパでヴィッキーと一緒にいたところに、彼が不法侵入を犯していたと知り、ショックのあまり彼のあらわになった胸を見ることはもちろん、ほかのことも何もかも忘れてしまった。

「逮捕されてたかもしれないのよ」彼女が出し抜けに言った。

「それはどうかな」ジャックは肩をすくめてシャツに腕を通し、ボタンをはめはじめた。

「僕ら同様、ホランドはこの件に警察を巻き込みたくないはずだ」

「そうは言いきれないわ」エリザベスは、自分がいつの間にか両手を振り回していることに気づいた。いい徴候ではない。「ジャック、もう、あんまり心配させないで」

「落ち着けよ。何もなかったんだから」

「そうかしら？　少しもリスクがなかったのなら、どうして前もってその計画を話してくれなかったの？」

ジャックはシャツの袖口をまくりながら彼女をちらっと見た。「君が怒るとわかってたからさ」

「当たり前じゃない。危険すぎるわ、ほんとにもう。しかも、何にも見つからなかったんでしょう。まったくの無駄骨よ」

「そうでもないさ」ジャックはムッとした顔をしてみせた。「さっきも言っただろう。赤ペンキを見つけたんだ」

「たいしたお手柄ね」彼女が言い返した。「赤ペンキのストーカー事件は宣伝目的のやらせだろうって、前から思ってたじゃない。あれは窃盗事件とは関係ないわ」

「そうかもしれないし、そうじゃないかもしれない」

エリザベスは腕組みをし、ジャックをにらみつけた。「どういうこと？」

「証拠はない。だが、ドーソンが三番目の妻を殺そうとたくらんでいるなら、彼女をストーカーの被害者にすることは、問題を解決する一つの手段かもしれないと思えるんだ」

エリザベスはつばをのみ込んだ。「あなたの言うとおりだわ。確かに、必然性ができるものね」

「うん」ジャックは彼女のほうに歩いていった。「ドーソンの前妻が気の毒な運命をたどった話をしたとき、ヴィッキーは何て言ってた？」

「あわてた様子はなかったわ」エリザベスは顔を背けた。「男のことになると、私はあまり利口じゃないと思ってるみたい。そんな話をしてたわ」

ジャックはエリザベスの背後にやってきて、両手を彼女の肩に置いた。「君が僕と一緒にいるからそんなことを言ったのかい？」

エリザベスは咳払いをした。「大筋はそんなところ」

「君はどうなんだ、エリザベス？」ジャックの声はとても淡々としていて、抑揚がまったくなかった。「まだ、半年前に僕が君をだました、君を利用したと思っているのかい？」

彼女は彼の手の重みと熱をひしひしと感じながら、まっすぐ前を見つめていた。「今はそういう話をしている場合じゃないわ」

「ガース・ギャロウェイを愛していたのか？」

「ガース？」思いがけない質問にびっくりして、エリザベスはジャックの手の下から急に抜け出ると、ぐるりと向きを変えた。「彼がこの件に何の関係があるって言うの？」

「義理のお兄さんが言ってたよ。君はギャロウェイを愛してたのに、例の買収のあと、母親を喜ばそうと思って結婚を申し込んだにすぎないと彼から言われたそうだね。カミール・ギャロウェイはオーロラ・ファンドを自分のグループに加えたがっていたとメリックが言ってたけど」

エリザベスがうめくように言った。「メリックのおしゃべり」

「本当なのか？」

「そんなこと、どうでもいいでしょう？」

「よくないよ。大事なことなんだ」

エリザベスはいぶかしげにジャックを見つめた。「どうして？」

「二年前の出来事が君をどれほど傷つけたんだろう、そのせいで君はどれほど僕に腹を立てているんだろうと思うからさ」ジャックは彼女をじっと見つめ、視線をそらさなかった。「ヴィッキーに僕と寝ているのはあまり利口じゃないと言われたようだけど、君はそれを認めているんだろうかと思ってね。それに――」

そのときジャックの携帯電話が鳴り響き、話がさえぎられた。一瞬、彼はいらいらした表情を見せた。それから、テーブルの端に置かれた電話に手を伸ばした。

「フェアファックスだ」彼の言い方は無愛想だった。視線はまだエリザベスの顔に注がれている。

相手の話を聞き、ジャックの表情が固まった。彼は何も返事をしなかった。数秒後、電話を切り、そこに立ったまま彼女を見つめていた。

エリザベスの心に不安がよぎった。「どうかしたの？」

「ヘイデンだった」ジャックは深く息を吸った。「僕に殺されかけたと言ってきた。話から察するに、今日の夕方、僕に変装した誰かが彼を車でひこうとしたらしい。時間からして、ちょうどホランドの家からこっちに向かっていたころだ」

「こんなことをしても時間の無駄だ」ジャックはエリザベスのあとからエレベーターを降りながら言った。

「ぶつくさ言わないで」彼女は先に立ち、ヘイデンの部屋を目指してホテルの廊下を進んでいった。「無駄かどうかわからないでしょ。あきらめないで、だめもとでやってみるの。ちゃんと説明すべきよ」

彼女はヘイデンの部屋の前で足を止め、ドアをノックした。その後ろで、ジャックは怖い顔をしてぬっと突っ立っている。

ヘイデンがドアを開けた。不機嫌で腹を立てているのは一目瞭然だった。だが、廊下に立っている人物に気づく前から不機嫌だったらしい。エリザベスはそんな印象を受けた。

ヘイデンはうんざりしたような眼差しをジャックに向けていたが、やがて、これ見よがしに無視し、エリザベスを見つめた。

「こんなところで何をしてるんだ？」ようやくヘイデンが口を開いた。

息がアルコール臭い。飲んではいるが、まだ酔ってはいないのを彼女は見て取った。

「そろそろ三人で話し合うべきじゃないかと思って」

「君となら喜んで話をさせてもらうが」ヘイデンは間延びした言い方をした。「条件がそろえばね。でも、ジャックに話すことはこれっぽっちもないね」

エリザベスはドアに手を置き、内側にぐっと押した。「カモにされたくなければ、あなただって私たちに協力しようと思うわ」

ヘイデンはたじろぎ、顔をしかめた。「カモにされるって、どういうことだ?」

「私たちを罠にはめて楽しんでいる人がいるのよ」エリザベスが言った。「つまりね、犠牲者はあなただけじゃないの」

彼女は勢いそのままに部屋に入った。ジャックは無言で彼女のあとに続き、ドアを閉めた。

「座って」エリザベスは二人の男に言った。「二人とも、大人として行動する努力をしてちょうだい。ヘイデン、私たち、あなたに訊かなきゃいけないことがあるの」

ヘイデンは手足を投げ出して椅子に座り、反抗的な態度を見せた。「俺が知ってることや、知るようになった経緯を、なんであんたたちに話さなきゃならないのかわからないね」

ジャックはひとことも口を利かず、何でもないような顔をして窓の外を見つめているだけだった。

エリザベスはため息をついた。想像していたよりもはるかに難しい状況だ。彼女はただ、自分の家族関係がこれほど手に負えない状態でないことに感謝した。彼らを見ていると、メリックなんて、健気《けなげ》でとてもかわいい存在に思えてくる。

「警告を発している人物がいるの」エリザベスはまっすぐにヘイデンをとらえ、本題に入った。「あなたも今日、警告を受けたみたいね。私たちも昨日の晩、同じ目に遭ったのよ」

「いったい何の話だ?」ヘイデンはつぶやくように言った。

「暴漢が二人、道で待ち伏せして、あなたのお兄さんと私を襲ったの」

「腹違いの兄だ」ヘイデンは反射的に言った。「そんな話、どうやって信じろと言うんだ?ぴんぴんしてるじゃないか」

「これは事実よ」エリザベスはぴしゃりと言った。「ジャックの言うことは信用できなくても、私の言うことなら信じられるでしょう」

「そうかな? 証拠でもあるのかい?」

エリザベスはひたすらヘイデンを見つめた。彼にも顔を赤くするぐらいのたしなみはあったようだ。彼女は部屋の隅にルーム・サービスのトレイが置いてあることに気づいた。トレイには大きなポットに入ったコーヒーとサンドイッチが載っている。彼女はミニバーの上で未使用のカップを一つ見つけると、狭いスペースを横切り、自分でコーヒーを注いだ。

「僕らはこう考えてるんだ。例のオークションのためにミラー・スプリングスに来ている誰かが、一部の競争相手を脅そうとしている」窓辺にいるジャックが言った。

「誰かって、あんただろう?」ヘイデンの顎に力が入った。「車を使うとは驚いたよ、ジャック。次は銃にしたほうがいいぜ。ひき逃げは大抵、証拠が残るからな」

「本当に僕がおまえをひこうとしたと思っているなら、警察に行けばいいだろう」ジャックが返した。

「何を証拠に？」ヘイデンがうなるように言った。「俺は何一つ証明できない。あんたはそれを承知なんだ。でも俺は車を見た。シルバー・グレイだったよ。あんたが運転してるレンタカーだ」

「今週、この街にはシルバー・グレイのレンタカーが二、三〇〇台は走ってるよ」

「やめて」エリザベスがカップをどんと置いた。「こんなばかげたなじり合い、もうたくさん。ヘイデン、今日の午後あなたの身に降りかかったことが何であれ、ジャックは関係ないわ」

「そうかな？」ヘイデンは、詮索するような目で彼女を見た。「午後はずっと、こいつと一緒にいたのかい？ こいつが四時頃、どこにいたか証明できるのか？」

ジャックはエリザベスのほうを向き、ほらねと言いたげににやっと笑ってみせた。彼女はジャックが何を考えているのかわかった。四時なら、彼女はスパから戻ってくる途中で、ジャックとは一緒にいなかった。彼は独りでホランドの家から車で戻ってくるところだったのだから。

「ジャックとは一緒じゃなかったわ」エリザベスは静かに認めた。「でも、私にはわかるの。彼は絶対に、あなたが言ってるようなことをする人じゃないわ」

「どうしてそう断言できる？ こいつが君にしたことを忘れたのか？」ヘイデンが尋ねた。

「いったい何なの？　頭がどうかしているんじゃない？」エリザベスは、ヘイデンの恨みがこんなにも深かったのかと驚き、彼を鋭く見つめた。「大人になりなさいよ。そりゃあ、ビジネスのことになると、ジャックはちょっと冷酷になるかもしれないけど――」

「ちょっと、か」ヘイデンは短く、鋭い笑い声を上げた。「何言ってんだ？　こいつがギャロウェイにしたこと、それに半年前こいつが君にしたことを考えてみろ。こいつのでまかせを真《ま》に受けるなんて、信じられないね。エリザベス、君は頭のいい人だと思ってたんだけどな。少なくとも、過ちから学ぶだけの判断力は持っていると思っていたのに」

「私も、あなたはとても賢いから、過去の怒りや恨みに任せて事実から目をそらすなんてことはしないと思ってるのよ」エリザベスはやり返した。「もちろん、ジャックがギャロウェイに対してやったことは気に入らないわ。でも今は、彼がどうしてそうしたのか、理由がわかったの。弟のラリーのためにしたことだって。同じ状況に置かれたら、私も似たようなことをしていたかもしれない」

　ジャックは驚いた様子で振り返った。だが、ちらっと彼女を見ただけで、すぐに視線をそらした。

「どういうことか、よくわからないな」ヘイデンが再び間延びした言い方をした。「君はガース・ギャロウェイと婚約していたが、あの乗っ取り騒動のストレスで破談になった。それなのに何とも思わないのか？」

「ガースは……私が思ってたような人じゃなかったの。彼の母親がオーロラ・ファンドを自分のグループに取り込みたいと思ってて、それで私と結婚しようとしただけなのよ」

ヘイデンは鼻を鳴らした。「どうせ、ジャックがそう言ったんだろう」

「違うわ」エリザベスは静かに言った。「ガースが自分で言ったのよ。彼はその点について、本当にはっきりしていたわ」

短い、気まずい沈黙が流れた。ヘイデンは不満そうに口をゆがめた。

「すまない」しばらくして、ヘイデンは謝罪した。「そういう嘘をつかれたときの気持ちはよくわかるよ。嘘にまんまと引っかかってしまったときの気持ちも。僕も本当にこう思ったんだ。ジリアンが――。いや、何でもない。もう、そんなことはどうでもいい」

「あなたの言うとおりよ。もう、どうでもいい。大切なのは、あなたが自分の人生で上手くいかないことを何もかもジャックのせいにするのをやめて、現実と向き合うようにすること。今、私たちは問題を抱えているの。最初に考えていたよりも、事態はずっと深刻になりかねないわ」

ヘイデンはむっとした顔でエリザベスを見た。「ひき逃げ事故で殺されそうになるより深刻なことって何なんだ？」

ジャックはついに窓から顔を背けた。「実際にひき殺されるかもしれない、ってことだ」

ヘイデンは目をしばたたいた。「何だよ、それ。脅す気か？」

「いや」ジャックは静かに言った。「脅してなんかいない。本当に命を狙《ねら》われる危険すらある、と言ってるんだ。エリザベスと僕は、ドーソン・ホランドがこの街に来ているのはオークションのためだと考えている。それが本当だとすれば、僕らは全員、競争相手ということになる。何をされるかわかったもんじゃない。彼が遺産や保険金を手に入れるため、二人の前妻を殺害したと確信してる人たちもいるくらいなんだからな」

「ドーソン・ホランドだって？」ヘイデンは信じられないといった様子でジャックをじっと見つめた。「この映画祭にかかわってる男のことか？　彼がソフト・フォーカスを手に入れるためにここにいるなんて、どうしたらそんな考えに行き着くんだ？」

「ホランドの奥さんが私にヒントをくれたのよ」エリザベスが答えた。

ヘイデンは顔をしかめた。「サンプルやオークションのことを実際に口にしたのか？」

「そうじゃないわ。でも、今すぐ立ち去るのがいいんじゃないか、って私にアドバイスしてくれたのよ。そしてゆうべ、私たちが道で足止めを食らったあと、暴漢の一人が、自分は〝ちょっとした警告〟をするために雇われたと白状したの」

「そんなのでたらめだ」ヘイデンは椅子から体を持ち上げた。「まったくのでたらめだ」

「その警告に加え――」ジャックは冷静に言った。「エクスカリバーの研究室が破壊された事件と窃盗事件がつながっている可能性がある」

「どうつながるんだか、さっぱりわからないね」

「〝明日の先導者〟が犯行声明を出していないんだ。今まで彼らは、破壊行為をすれば自分たちがやったと言いたがるのが常だった。だから僕らは、あの不法侵入には何か別の理由があるんじゃないかと思った。ソフト・フォーカスが消えてから数時間内に侵入されたってことは、あの破壊行為は、盗みから注意をそらす目的で行われたと考えるのが妥当じゃないかな」

ヘイデンは顔をしかめた。「陰謀マニアみたいな言い方になってきたな」しかし彼も今は、ジャックが言ったことについて、しぶしぶながら考えているようだった。

「それと、私たちには納得のいかない問題がもう一つあるの」エリザベスはゆっくり落ち着いた口調で言った。「ある男が死んだのよ」

彼女の言葉にヘイデンはぴくりとした。「いったい何の話をしてるんだ?」

「研究室が荒らされた晩、ライアン・ケンドルというエンジニアが殺された」ジャックが代わりに答えた。「警察は、ドラッグの取引絡みで殺されたと思っている。だが、彼はエクスカリバーで正体を隠して働いていたことがわかった」

「ドラッグの世界にかかわってたからだろう」ヘイデンは懸命に自分を抑えながら、ぼそぼそと言った。「前科があったのかもしれない。履歴書をでっち上げるなんて、よくあることだ」

「細かい事柄を多少ごまかすことはあるだろう。でも素性を全部でっち上げることはない」

「あり得るさ」

ジャックは肩をすくめた。「そうだな。それもあり得る。それに、ケンドルとタイラー・ペイジとの直接的なつながりがないことも認めよう。ケンドルはペイジと同じ研究室に勤務したことさえないからな。でも、この偶然の一致が気に入らないんだ」

エリザベスはいちばん近くにある椅子の後ろに立ち、背もたれを両手でつかんだ。「ここで重要なのは、この事件は、普通のハイテク知的犯罪の域を超えてエスカレートしている可能性があるということよ。だから、私たち三人は協力すべきなの。知恵を持ち寄って」

ヘイデンは苦虫をかみつぶしたような顔でエリザベスを見た。「いい加減にしてくれ。君には取引を持ちかけたが、ジャックにまで話を広げるつもりはないぞ。絶対に」

「こっちも、おまえと協力しようとは思ってないよ」ジャックが返した。「でも、おまえはここにいる。つまり、おまえも巻き込まれてるってことだ。この件で知っていることを話してくれ、ヘイデン」

ヘイデンはためらい、肩をすくめた。「こんなこと思っちゃいないが、仮にあんたを助けたいと思ったとしても、できないんだよ。役に立ちそうなことは何一つ知らないんだ。俺は電話でオークションに招待されたからここにいる。それだけさ」

「こっちに来てから、誰かコンタクトを取ってきたの？」エリザベスが問いただした。

「一度ね。着いた日の晩に。オークション予定日の直前にまた連絡すると言われた。それっきりだ」ヘイデンの口がにっと笑った。「つまり、今日、誰かが俺をひき殺そうとするまではね」

「何度も言うが、それは僕じゃない。でも、ヘイデン、おまえに警告しておくぞ。万が一にも、おまえがあのサンプルを手に入れるようなことがあったら、おまえを訴えて何年も法廷に縛りつけてやるからな。たとえ、それで身銭を切るはめになってもだ。おまえの研究所で、ヘイデンはいかにも満足げな笑みを見せた。「ジャック、あんたはわかってないな。俺はソフト・フォーカスなんて、まったく興味ない。ここへ来たのは、ソフト・フォーカスをあんたの手からできるだけ遠ざけ、ヴェルトランとの取引を台無しにするためだ」

エリザベスが顔をしかめた。「ヴェルトラン向けのプレゼンについても知ってるの？」

ジャックはヘイデンに一歩近寄った。「誰から聞いた？」

「オークションに来いと電話してきたやつだ。俺がオークションに必ず参加するように、エサとして情報を教えたんだろう。重要なのはタイミングなんだ。そうだろう？　プレゼンの日までにソフト・フォーカスを取り戻すことができなければ、プロジェクトは全部中止したほうがいいってことになる」

「タイラー・ペイジだ」ジャックはちらっとエリザベスを見た。「プレゼンの日程を知ってる可能性があるのはあいつだけだ」

「彼が盗んだことは、最初からわかってたじゃない」エリザベスが言った。「驚くことじゃないわ」彼女はヘイデンを見た。「もう一つ訊きたいことがあるの。どこかのホテルで、タイラー・ペイジと会わなかった？」

「会ってない。どこであれ、そいつと会ったことはない。例の電話を受け、エクスカリバーの緊急リサーチ・プロジェクトで使われるサンプルが行方不明になったと聞かされるまで、そんなやつが存在することさえ知らなかった」

エリザベスはジャックのほうを向いた。彼は肩をすくめたが、何も言わなかった。

彼女はヘイデンを見た。「今、自分がしていることをよく考えてみて。あなたが私たちのヴェルトラン向けのプレゼンを邪魔すれば、傷つくのはジャックだけじゃないわ。エクスカリバーも潰《つぶ》れてしまうのよ。罪のない多くの人が失業するわ。そして、社員の家族も大変なことになるのよ」

「知ってるかい？」ヘイデンが小声でつぶやいた。「卵を割らなきゃ、オムレツは作れないんだぜ」

「まったく、なんて嫌なことを言うの？」エリザベスはハンドバッグを手に取った。「ジャックの言ったとおりだわ。あなたは復讐するという思いに取りつかれてるあまり、大切なものを忘れて、ばかげたひどいことをしてるのよ。そして、自分のお兄さんのことを冷酷だと言って責めてる。厚かましいにもほどがあるわ」

「一度ならともかく、二度もだまされてるのに、どうして君はそんな男をかばうんだ？」ヘイデンが迫った。

「私とジャックの不仲は、ギャロウェイの買収に端を発しているわ」エリザベスは厳しい口調で言った。「二年前の出来事は腹立たしかったし、彼のやり方も気に入らなかった。でも、彼の動機は理解できるわ」

「それは大儲けすることさ」ヘイデンがゆっくりと言った。

腹立たしいのを通り越したと言わんばかりに、エリザベスは両手を宙に投げ出した。「言ったでしょう。ジャックは弟のラリーのためにやったのよ」

ヘイデンの表情が再びこわばった。「君はそんな作り話にまんまと乗せられたのかもしれないが、俺は違う」

「受話器を取って、ラリーに本当のことを尋ねてみたら？」エリザベスは怒りをかみ殺しながら言った。そして、ジャックを見た。「こんなのもうたくさんだわ。行きましょう」

「ああ、そうしよう」ジャックは彼女のあとからドアに向かった。

どちらもヘイデンを振り返ることなく廊下に出た。二人は無言でエレベーターを待ち、ドアが開くとエリザベスが乗り込み、ジャックも続いた。

彼女は何かを決心したように、閉まったドアを見つめていた。「私のせいね」

「君のせい？」

「ヘイデンと言い争ってしまったこと。ごめんなさいね。ちゃんと話せばわかってもらえるって、本気で思ってたのよ。彼があそこまで……頑固だとは知らなかったわ」

「そう言っただろう」

「ええ。何度か話してくれたわよね」

ジャックはゆっくりと息を吐いた。「あいつは心の底から僕を憎んでるんだ」

「確かに彼の心は復讐に蝕《むしば》まれていて、それを晴らそうと、あなたに狙いを定めて感情をぶつけているわ。でもね、本心からあなたを憎んでいるわけじゃないと思うの」

「君は時々うぶなところを見せるけど、それがとても魅力的だと言われたことはない？」

「今日の午後、ヴィッキーに言われたわ。彼女には、不幸を招く欠点に映るようだけど」

ジャックはゆっくりと微笑み、指先で彼女の顎をつかむと、身をかがめて素早く激しく、飢えたようなキスをした。おかげで彼女は少し息が切れてしまうほどだった。エリザベスは目を見開き、ジャックを見つめた。

「何のまね？」

「さっきあの部屋で、僕を擁護してくれたお礼だ」

エリザベスは顔を赤らめた。「ばかなこと言わないで。今日の午後、ヘイデンを脅そうとして車でひきかけたなんて。あなたがそんなことするはずない。わかってることでしょう」

「ありがとう」ジャックの目が少し光った。「でも、どうしてそんなに確信が持てるんだい？　僕と一緒にいなかったのに」

「そんなことをするのは、あなたらしいやり方じゃないわ」彼女はそっけなく言った。「あなたなら、正面から彼に立ち向かうだろうし、実際にそうしたわ。脅迫めいた戦略を使うなんて。まして体を傷つけたり、それ以上の結果を招くような手段なんか……」

「僕らしいやり方じゃないって？」

「何がそんなにおかしいの？」彼女は強い調子で言った。

「別に。例のビデオを見たあと、僕が似たようなことを言ったっけな、と思い出しただけさ」

再び沈黙が流れた。二人がロビーを突っ切り、ホテルの駐車場に出るまでのあいだ、エリザベスはひとことも発しなかった。彼女は車に乗り込み、ジャックが運転席に着くまで待った。

「ガース・ギャロウェイのことだけど」エリザベスが静かに言った。

ジャックはイグニッションに手を置いたまま動きを止め、彼女の様子をちらっと見た。しかし彼の目はサングラスの奥に隠れていた。「彼がどうかした？」

エリザベスは前方に駐車してある車の列を見つめた。「実際には、あなたがギャロウェイに攻撃を仕掛ける以前から、ガースと私は上手くいってなかったの。私が思うに、彼は……。ううん、もう、どうでもいいことね」

「君は、彼がほかの女と付き合っていることを知ってたんだね？」

「ええ」エリザベスは咳払いをした。「私が言いたいのは、会社が乗っ取られなかったとしても、婚約は解消していただろうってこと。避けられない運命だったけど、それを先延ばしにしてたの。会社が攻撃されているあいだは、ガースとカミールを見捨てたくないと思ったから。とにかく、そんなことをするのはよくない気がしたのよ。彼らは我が家の昔からの友人で、私はずっと前から二人と知り合いだったから」

ジャックはハンドルの上で両手を握り合わせ、ボンネット越しに外を見つめていた。「君は僕の質問に答えてないよ。彼を愛していたのかい？」

「彼に抱いていた気持ちが何であれ、それは嘘と誤った判断に基づく感情だった。私の判断が間違ってたのよ。前にヴィッキー・ベラミーが言ってたけど、映画の世界にしろ、現実の世界にしろ、何事も見た目とは違うものなのね」

ジャックは不意に座ったまま体をひねり、彼女の肩をつかんで引き寄せた。「とぼけるなよ。君は彼を愛していたのか？」

彼女はすっかり身動きが取れなくなり、息をしようにもままならなかった。「最初はってこと？　そうね、愛していたわ。これが聞けて満足？」

ジャックの顎がこわばった。エリザベスは彼のサングラスに映る自分の反応を見た。

「いや、僕が聞きたかったのは違う答えだ。でも、本当のことを知る必要があった」

「もうやめて」彼女は優しく命令した。

「え？」

エリザベスは指先で彼の引き締まった顎に触れた。「あなたが現れる前に、ガースは自ら私の愛情を捨てたの。あなたはギャロウェイにあんな仕打ちをしたものだから、責任を感じていることがいくつかあるんでしょう。でも、私の婚約が破談になったのは、あなたのしたこととは関係ないもの。だから、私の最愛の人を破滅させてしまったと責任を感じる必要はないのよ。いいわね？」

「最愛の人だったのか？」

「いいえ」彼女は少しためらった。「そう思い込んでいるうちはよかったけど、今、思い返してみれば、最愛の人じゃなかったわ」

ジャックはしばらく身動きをせず、そこに座ったままサングラス越しに彼女をじっと見つめていた。

「ギャロウェイとの取引をもう一度するはめになったとしたら、僕は同じことをするだろうって、前にも言ったよね」ジャックはエリザベスがわかってくれていることを確認するかのように言った。

「わかってる。弟のラリーのためにね」

ジャックはもっと何か言いたかったようだが、気が変わったらしく、頭を下げて彼女にキスをした。

それは、今までとは違うキスだった。エリザベスがそれまで彼にしてもらったどんなキスとも違うキス。そこには、心の奥深くにずっと押し込められていた強い願いのようなものが感じられた。セックスを求めるキスではない。何かほかの、それ以上のものを求めている。赦《ゆる》し、だろうか？

それが何であれ、エリザベスは彼の強い想いを感じ取り、その力に抵抗することはできなかった。彼女はジャックの肩に両腕を置き、お返しのキスをした。それは、いつも彼のキスが引き起こす興奮と情熱に満ちたキスとは異なる、穏やかな、優しいキスだった。彼がこの抱擁に求めていると思われる赦しを、彼女はキスに込めた。

ジャックはエリザベスをぴったり包み込み、きつく抱きしめた。かなりの時間が経ってから、ようやく彼女を解放し、彼はキーを回して駐車場から車を出した。

彼は何も言わなかったが、その顎がいかめしい、こわばったラインを描いているのを目にし、エリザベスは自分が失敗したことを悟った。彼女からもらいたかったものが何であれ、彼はそれを得られなかったのだ。

ジャックの求めていたものが赦しでなかったならば、彼はあのキスに何を求めていたのだろう？

翌晩、エリザベスは八時少し前に二階席の最前列に座り、映画祭の授賞式にやってきた観客を眺めた。授賞式に出席することにしたのは彼女のアイディアだった。タイラー・ペイジは、自分の映画やヴィッキー・ベラミーが賞を取るところを見るために、この会場に来るはずだ。ジャックも、ペイジがこのイベントのために隠れ家から出てくる可能性はあると認めていた。

エリザベスは、隣の通路側の席に腰かけているジャックをちらっと見た。彼は、見た目はカジュアルだが、仕立てのいいジャケットと、黒のプルオーバーとパンツを身に着けていた。その装いは、劇場に続々とやってくるほかの男たちと似てはいたが、大部分の人たちと違って、彼は本当に権力と支配を振っている人物のように見えた。金持ちに見えるとか、業界の実力者らしく見えるといったことではない。それは、ジャックが放つ威厳に満ちたエネルギーがもたらす印象だった。その印象が、彼を危険にも、説得力のある人物にも見せていた。

昨日、ホテルの駐車場で交わしたキスについて、エリザベスは相変わらず、ジャックは何を求めていたのだろうと考えていた。だが、今は彼に尋ねることはできない。というのも、ジャックははっきり、タイラー・ペイジを見つけだす任務しか頭にないと言っていたから。ほかの観客がチケットを手に通路を進んでいくあいだ、エリザベスはジャックの硬い横顔をまじまじと眺めた。その晩、シルバー・エンパイア・シアターに向かって車を走らせているときも、ジャックはずっと黙り込んでいた。車を巧みに操り、いつもの非の打ちどころのない正確さで、曲がりくねった狭い道を進んでいたが、エリザベスは彼の中に冷ややかな決意を感じ取っていた。ヘイデンとの口論でジャックの心が乱されたことはわかっていたが、冷たい、よそよそしい彼に戻ってしまったことにエリザベスは少々驚いていた。

前と同じね。この半年、彼女は何度もこういう態度を目にしてきた。

「一晩中そんなムードでいるつもり？」彼女は愛想よく尋ねた。

「状況次第だ」

「状況って？」

「タイラー・ペイジが現れるかどうかによる」

「ペイジが現れるかどうかわからないから、ずっと苛立ってるわけじゃないでしょう？」彼女は念を押した。「昨日ヘイデンと話してから、あなたはずっと不機嫌じゃない。その話はしたくないの？」

ジャックは顔をしかめ、しばらく彼女のほうを見ていた。彼の目が一瞬、驚いたように光り、彼女はどきっとした。

「ああ、そうだよ」

エリザベスはため息をついた。「お決まりのパターンね」

ジャックはあざけるように横目で彼女をちらりと見た。「男という生き物は、と言いたいのか？」

「いいえ、いかにもあなたらしいと言ってるの。あなたは自分が考えていたとおりに物事が進まないと、いつもそういう態度を取るでしょう」

「どういう？」

「そ、そういう態度よ」彼女の目の前で真っ赤な点がちらついた。それは自分の爪だった。ジャックのせいで、また手を振り回してしまった。彼女は心情を暴露している動きに気づき、両手を急いで膝の上に置いた。「すっかりよそよそしく、用心深くなったでしょう。だから、意味のある会話を続けるのが難しくなっちゃったじゃない」

「そうだったのか？　僕らが意味のある会話をしていたとは気づかなかったよ」

心の中に飛び散った怒りの火花を、エリザベスは冷たい微笑みで覆い隠した。「セラピストがあなたたち兄弟の関係を分析すれば、大いに楽しめるでしょうね」

「僕らを診るセラピストなんていないだろうね」

「どうして？」

ジャックは微笑んだが、面白がっている様子はまったく感じられなかった。「ヘイデンも僕も、大枚をはたいて人に自分の分析をしてもらおうなんて思わないからさ。それに、ただで診てくれる優秀なセラピストにはお目にかかれない。そうだろう？」

「そうね。患者が分析結果に関心がないとわかれば、なおさら診てくれないわよ」

観客への説明によれば、授賞式で流される『ファースト・カンパニー』のフィルム・クリップは、終盤に登場するシーンだった。ドラマチックな照明が、ヴィッキー・ベラミーの蜘《く》蛛《も》女ぶりを生き生きと見せていた。『ギルダ』のリタ・ヘイワースとも、『三つ数えろ』のローレン・バコールにもおよばないものの、悪くはない、とエリザベスは思った。残念ながら、セリフも『カサブランカ』というわけにはいかなかった。

「でも、俺はあいつを殺してない。エデン、頼むから、警察に真実を話してくれ」

「ハリー、真実は絶対に話さないことにしてるの。私はシンプルに生きたいんだけど、真実って、いつも事を複雑にさせちゃうでしょ」

クリップが終了すると、熱狂的な拍手が起こり、ジャックはそれに乗じてエリザベスのほうに体を傾けた。

「時間の無駄だ。やつは来てない。劇場の座席を一つ残らずチェックしたがいなかった」

「どういうこと？」エリザベスがささやいた。「来ないはずないじゃない？　『ファースト・カンパニー』が最優秀作品賞を取るとは思ってないかもしれないけど、ヴィッキーはどうなの？」

「言っただろう。君はペイジが愛情の虜《とりこ》になっているという説に肩入れしすぎてたんだ」

「今だって、この近辺にいると思ってるわ」彼女はあくまでも言い張った。

「授賞式はもう終わりだ。あとは最優秀主演女優賞と最優秀作品賞の発表しか残っていない。ペイジがここにいるとすれば、おそらく客席の明かりがつく前に劇場を出ようとするだろう」

「なら、そろそろ予備のプランを実行しなきゃ」エリザベスは勢いよく言った。「行くわよ」

ジャックは一瞬ためらったものの、しぶしぶ立ち上がった。エリザベスはコートを取りに行き、その後、彼の後ろから暗い通路を進んでいった。ほどなく、二人は赤と金で彩られた豪華な二階のロビーに出た。案内係が二人ほどうろうろしているのと、ワインバーの奥でウェイターが暇そうにしているのを除けば、そこはがらんとしていた。

「本当にやるのか？」ジャックが尋ねた。

「ほかに選択肢があるわけじゃないでしょう」彼女が念を押した。

「わかったよ。君はこっちの出口を見張ってくれ。僕はもう一つの出口を見張る」

彼はトイレにでも行くような素振りで左側へ歩いていった。エリザベスは逆方向の女子トイレへと急いだ。

ぼんやりと照らされた廊下に出ると、エリザベスはそこをひたすら進み、〝御婦人用〟と書かれたドアの前を通り越して非常口までやってきた。ドアに警報機がついていないとわかり、彼女はほっとした。

エリザベスはちらっと振り返り、肩越しに誰にも見られていないことを確かめてからドアを開けた。贅《ぜい》を凝らしたヴィクトリア朝風のロビーとは違って、吹き抜けの階段は完全に実用的な造りになっていて、味気ない蛍光灯の明かりがコンクリートの階段を照らし出している。エリザベスは手すりをつかみ、〝出口〟と書かれたドアを目指し階段を駆け下りた。そして、ドアを押し開けた途端、彼女の周囲を冷たい夜風が吹き抜けた。

外に出た彼女はコートの中で身を縮め、すみやかに通路を進んで劇場の裏手に向かった。そこに到着すると、狭い駐車スペースが目に入った。一本の街灯が建物の裏を照らしている。ジャックはその街灯が放つ弱々しい黄色い光の中に一時的に踏み入ると、片手を挙げてエリザベスの姿が見えていることを知らせた。そして、再び建物の反対側の暗がりに戻っていった。

エリザベスはコートの襟を立て、相手を待つ覚悟を決めた。どうってことないわよ、と彼女は自分に言い聞かせた。彼女が劇場のこちら側の非常口で待ち、ジャックが反対側の出口で待つ。こうすれば、裏口から出てくる者を一人残らずチェックできる、というわけだ。初め、ジャックはこの計画にちっとも乗り気ではなかったが、互いに呼ばれればすぐに助けに行けるところにいるんだからと彼女に説得され、しぶしぶ同意したのだ。しかし、いざ実行している今も、こうして見張っていても時間の無駄だと思っていた。

時はいらいらするほどゆっくり過ぎていった。エリザベスはコートの中でさらに縮こまり、手袋をはめた手をポケットの中で握り締めた。ついに劇場の中で万雷の拍手が沸き起こり、その鈍い、くぐもった音が聞こえてきた。最優秀主演女優賞の発表だ。エリザベスは、ヴィッキーは見事受賞できたのだろうかと考えた。

次は最優秀作品賞だ。

数分後、古い劇場内に再びくぐもった拍手の音が響いた。エリザベスは期待感で緊張し、通路に目を凝らした。タイラー・ペイジが授賞式に来ているとすれば、セレモニーが終わった今、人目につかぬよう急いで立ち去ろうとするに違いない。運がよければ、劇場脇の出入り口に姿を見せるはずだ。エリザベスはドアをじっと見つめ、そこが開くのを待った。

劇場内で、またしても拍手の音が低く響いた。授賞式が終わったらしい。それでも、裏口はまだ開かない。エリザベスはいらいらしてきた。ペイジの動機について、彼女は自分の分析に自信を持っていた。彼は自分にとってのファム・ファタール、ヴィッキー・ベラミーへの愛情ゆえに、サンプルを盗んだのだ。愛する女性の大事な夜を見逃すはずがない。

劇場から人々が帰りはじめ、正面玄関付近から笑い声や話し声が聞こえてきた。しかし、エリザベスがいる側の非常口はぴくりとも動かなかった。

気配を感じて振り返ると、ジャックがこちらに向かってくる姿が目に入った。コートの襟を立て、そこに顔をうずめている様子は、『マルタの鷹』のハンフリー・ボガートのようだった。

「降参かい?」

「まだよ。たぶんペイジは、劇場に人がいなくなるまで待ってるのよ。男子トイレか物置に隠れているのかもしれないわ」エリザベスはポケットから片手を出し、追い払う仕草をした。

「持ち場に戻って」

「認めろよ。やつは来なかったんだ」

「私はまだ――」背後の暗闇でオートバイのエンジン音がとどろき、彼女は急に言葉を切った。

エリザベスとジャックは、とっさに音がしたほうを振り向いた。一筋のヘッドライトが夜の闇を貫き、劇場裏の側道を、オートバイが全速力で飛ばしている。オートバイは向きを変え、彼らがいる狭い駐車場に入ってきた。

「何なんだ？」ジャックはエリザベスの腕をつかみ、壁際の暗闇の中へ引っ張り込んだ。

「動くなよ」彼はそっと耳打ちした。

彼女は言われるがまま、ジャックの腕の中でじっと立ち尽くしていた。

オートバイは、二人が身を潜めている深い暗がりを勢いよく走り過ぎた。ライダーは彼らに気づかなかったらしく、建物の右側に続く細い通路を進み、劇場の正面玄関へと向かった。オートバイのスピードはそれほど速くなかったが、エンジン全開で爆音を響かせていた。

何事もなくオートバイが行ってしまうと、エリザベスは、ジャックが自分をつかんでいた手を離すのがわかった。二人は一緒に通路に出て、オートバイが大きな音を立てながら通りへ向かう様子を眺めた。

非常口の黄色い電球の下をオートバイが通過したとき、エリザベスは息をのんだ。ライダーの顔をほぼ隠している黒いヘルメットに淡い光が反射し、不気味に輝いた。黒のレザー・ジャケットについた金属の鋲《びょう》と、見覚えのある黒のレザー・ブーツの金属の飾りが一瞬、きらっと光った。

「ジャック」エリザベスはジャックの腕をつかんで前にぐいと引っ張り、オートバイのあとを追った。「この前の夜、あなたを襲った男だわ。オリーよ。バンで逃げたほうの男」

「どうしてわかる？」

「ブーツよ。行きましょう。何かありそうな気がする。ヴィッキーが巻き込まれるに違いないわ」

ジャックは言い返さなかった。二人はオートバイを追いかけて通路を走った。エリザベスは走りながら、密かにハイヒールに悪態をついていた。

オートバイは明るく照らされた劇場の正面玄関に到着すると、スピードを落とした。エリザベスは、ライダーが片手を挙げるのを目にした。彼は手袋をはめた手で何かを握り締めている。円筒形の物だ。

そのとき、ヴィッキー・ベラミーが現れた。彼女の白とシルバーのドレスは、玄関のひさしの下で明るいライトに照らされて輝いていた。その少し後ろで、ドーソンが誇らしげに微笑んでいたが、彼は立ち止まって黒っぽいコートを着た男に話しかけた。

オートバイの男が腕を振り上げ、物を投げる動作をすると、液体が宙に弧を描いた。

「このあばずれ女、売春婦、恥知らず！」

ヴィッキーが悲鳴を上げた。怒りと恐怖が混じり合った金切り声が頂点に達したそのとき、赤いペンキが彼女のドレスにはねかかった。

「頼む、誰かそいつを止めてくれ！」ドーソンが叫んだ。

どうにかできる人がいるわけないじゃない、とエリザベスは思った。それは、あっという間の出来事だった。劇場に集っていた大勢の人たちは唖然《あぜん》とし、オートバイのエンジンをふかし、猛スピードで闇に消えていった。ライダーはオートバイを目で追った。

エリザベスは足を引きずりながら走ってきたが、ジャックの脇で立ち止まり、荒い息をした。

人々のつぶやく声や叫ぶ声にかぶさるように、ヴィッキーが大げさに泣き叫ぶ声が聞こえてきた。「ドーソン、何なの、この仕打ちは？　どうして彼は私を嫌うの？　どうしてあんなひどいことを言うの？」

ドーソンは、ヴィッキーを守ろうとする自分をアピールするかのように彼女の肩を抱いた。「もう一度、私から警察に相談してみよう。何か手立てを講じてくれるはずだ。あいつが何者であれ、頭がいかれてるし、危険だ。それにどんどんエスカレートしてる」

ジャックは食器棚からコニャックのボトルを取り出した。そして、エリザベスが擦り傷だらけになったハイヒールを蹴るようにして脱ぎ捨て、暖炉の前のソファにどさっと座り込む様子を眺めた。ほっそりした黒いドレスの裾が、太ももまでまくれ上がっている。彼はふと、彼女はとても美しい脚をしていると思った。優雅な曲線を描いている、とてもセクシーな脚。黒いストッキングをはいていると、いつにも増してそう思えた。

考えてみれば、ジャックは自分が脚フェチだと思ったことは一度もなかった。

エリザベスの脚に見とれていた彼は、コニャックのボトルのネック部分をグラスの縁にぶつけてしまい、カチャンという鋭い音に一瞬ひるんだ。不器用だな。

最近、もやもやした感情が入り混じり、ジャックの思考プロセスを混乱させていたが、理解できると思える感情がようやく浮かび上がった。それは暗闇に差す一筋の光のように彼をわくわくさせた。そうだ、セックスだ。単純明快じゃないか。

ジャックはドレスの裾に隠されている太ももまで視線を走らせた。体内の血が熱くなる。

エリザベスににらまれながら、彼は二つのグラスにコニャックを注ぎ終えた。先ほど彼女から、ずっと不機嫌でいるつもりなのかと文句を言われたことを思い出した。セックスは単純明快などと言うのはもうやめておこう。彼は小さく不満の声をあげた。エリザベスと一緒にいると、何もかも複雑になってしまう。

「さっき劇場の外で起きたことだけど、あれは絶対におかしいわ」エリザベスが言った。

「この状況そのものがおかしいんだ」ジャックはグラスを持って、みかげ石のカウンターを回り込んだ。「何をやっても結局上手くいかず、登場人物に次々と災難が降りかかり、どんどん泥沼にはまっていく。そんな映画に出演してる気分だよ」

「その気持ち、わかるわ」彼女の視線は、コーヒー・テーブルに置いてある脚本へと移っていった。「『ファースト・カンパニー』のストーリーとちょっと似てるわね。でも、私が言ってるのは、今夜のヴィッキーの反応がちょっと妙だったということよ」

ジャックはソファーの脇で足を止め、彼女にグラスを手渡した。「なんでそう思ったんだい？ 僕にはものすごくわかりやすい宣伝手段に見えたけどね。熱狂的ファンの犠牲になった美人スターって感じでさ」

「彼女が最初に上げた悲鳴、あれは本物よ」

「彼女は女優だぞ」

エリザベスは両手で持ったコニャックのグラスを回し、それをじっと見つめた。「あの叫び声は真に迫ってたわ。でも、すぐに女優らしい口調に戻ってしまった。〝どうして彼は私を嫌うの？ どうしてあんなひどいことを言うの？〟ってセリフはわざとらしかったわね。それに、ストーカーのやることがエスカレートしてるから、また警察に相談しようと言ったドーソンなんて、もっといんちき臭かったわ」

ジャックは鼻を鳴らした。「いわゆるストーカーの件で、ドーソンが警察に連絡していない可能性は高いね。もし警察に言っていれば、今頃オリーは失業してるだろ。彼はつかまらないでいられるほど賢くも、敏捷《びんしょう》でもないからな」

「それに、ストーカー事件が宣伝目的のやらせだという噂が本当なら、ドーソンは警察に深入りしてほしくないはずよ。でもね、私が言いたいのはそういうことじゃないの」

ジャックは、彼女がひどく心配しているかのように眉を寄せたことに気づいた。「ストーカー騒動は、ドーソンが三番目の妻を殺そうとしている計画の一部なんじゃないかと思ってるんだね？」

エリザベスはソファーに座ったまま、落ち着かない様子で体をよじった。「ヴィッキーは、今夜は赤ペンキをかけられることはないと思っていた。そんな印象を受けただけよ。どうしてかしらね？　結局、彼女もストーカー事件の計画に絡んでたってことよね。あの二人は前もって、どう振る舞うか決めてたはずよね？」

「最大の宣伝効果を狙おうと思えばそうするだろうね」

「ねえ」エリザベスはグラス越しにジャックの目を見た。「今夜は何か手違いがあったんじゃないかしら。ヴィッキーはすぐに立ち直ったけど、ストーカーに襲われるとは思ってなかったのよ。きっとそうに違いないわ」

ジャックは劇場の正面玄関で起きたことを思い返してみた。ドーソンは妻を守るように抱きかかえ、近くにいる人に聞こえるように、ストーカーのやることがどんどんエスカレートしていると言っていた。「でもドーソンは最初から知っていた……」

「そう」

二人はしばらく顔を見合わせていたが、ジャックがゆっくりと息を吐いた。

「でも、君はヴィッキーに警告したんだろう？　これ以上、君にできることはないよ。それにドーソンのことも、僕らの勘違いという可能性もある」

「わかってる」エリザベスはソファーの端できちんと座り直し、グラスをテーブルに置いた。

「気になることがほかにもあるの。私は今も、タイラー・ペイジは彼のファム・ファタールに熱烈に惚れ込んでると思ってるわ。ソフト・フォーカスのオークションが終わって、ヴィッキーに駆け落ちするつもりがないとわかったら、いったいどうなるのかしら？　だって、彼女が哀れなドクター・ペイジのために何もかも投げ捨てるとは思えないんだもの」

ジャックはうめくような声を上げた。「あんな、つまらないろくでなしのことが心配になってきたなんて言わないでくれよ。僕らがこんな窮地に陥っている元凶はあいつなんだぜ。忘れたのか？」

エリザベスはますます不安そうな顔をした。「ペイジが激しい情熱を抱いていることははっきりしているわ。ヴィッキーに断られても、素直に受け入れられない気がするの。彼女のためにこれだけの犠牲を払ったんだから、なおさらよ。そうしたら、彼は……手に負えなくなるかもしれない」

「どんなふうに？」ジャックはそっけなく尋ねた。「彼が警察に知らせるって言うのか？　それはあり得ない。この事件にかかわってるほかの人間同様、彼も警察を巻き込むつもりはないはずだ。事件が公になれば、自分が刑務所行きになるからな」

「でも、どうしてもペイジは愛の犠牲者に思えてしまうのよ」

「犠牲者？　あのくそったれはソフト・フォーカスを盗んだんだぞ」ジャックはマントルピースにグラスをドンと置き、そのまま部屋を突っ切ってエリザベスのほうに歩いてきた。「同情するなら、僕らにしてもらいたいね。もし、やつも、あの忌々しいクリスタルも見つからなければ、エクスカリバーは倒産しちまうんだぞ。そうなったら、僕のプロとしての評判は水の泡と化し、オーロラ・ファンドは大損だ」

「もちろん、ビジネスやお金に関することはちゃんとわかってるわよ」彼女はぎこちなく答えた。「そういう問題じゃないの」

「そういう問題だ」ジャックはエリザベスの肩をぐっとつかみ、立ち上がらせた。「いちばん大事な目的を見失っちゃだめだ。今はそんな場合じゃない」

「わかってるってば」

彼女の目に浮かんだ不安がジャックをいらいらさせた。「頼む。タイラー・ペイジのことで、ばかなことを言ったり、感傷的になったりしないでくれよ。それから、ヴィッキー・ベラミーのことも。あの二人は自分たちで勝手にどうにかすればいいんだ。君に同情してもらう資格なんかないんだよ。わかってるのか？」

「何を？」

「君には、人に同情する悪い癖がある。ペイジ、ヴィッキー、義理の兄さん、カミール・ギャロウェイ、それからヘイデン。それに昨日の午後、君は駐車場で僕にも同情していた。そのリストはどこまでいったら終わるんだ？」

たちまちエリザベスの顎が上がった。「あなたでおしまいよ」彼女はぷいっと顔を背けた。「私が世界でいちばんのお人よしだと思ってるんだろうけど、どうしてそんなふうに考えるようになったのか想像できるわ。私があなたと寝てるからでしょう？」

ジャックは身をこわばらせた。「それとこれとは関係ないだろ」

「全部、関係あるわよ」勢いよく振り向いた彼女の目は怒りに燃えていた。「私を意気地なしとか、大ばか者とか、あるいはその両方だと思ってるんでしょう？」

「何だよ、まったく。そんなこと言ってないじゃないか。わかってるくせに。僕はただ、君の〝かわいそうな人リスト〟に載りたくないだけさ」

エリザベスは目をしばたたいた。ジャックは一瞬、彼女が何か投げつけてくるのではないかと思ったが、次の瞬間、戦いの炎は唐突に鎮火した。その代わりにエリザベスは、むっとした、考え込むような表情を見せた。どっちがましなんだろう？　彼にもよくわからなかった。戦いの炎なら理解できるが、今の表情はもっと複雑で、それゆえ、もっと危険だった。

エリザベスは腕組みをした。「私が意気地なしでも、大ばか者でもないと思うなら、どう思ってるわけ？」

ジャックの血が凍りついた。何がいけなかったのだろう？　彼はまたしてもその場の支配権を失おうとしていた。彼女とビジネス以外のことを話そうとすると、どうしていつもこんなふうになってしまうのか？　彼は話を元に戻すすべを探し求めた。

「クリスタルを取り戻すことに失敗したら僕がどうするつもりか、前に話しただろ？」

「あなたは、手遅れになってもタイラー・ペイジを追うと言ったわ」

「そう。その点ははっきりしている。でも、僕らはどうなるんだ？」

エリザベスは暖炉の前でじっとしていた。「どんな結果になろうと、私がそのあともこの関係を続ける気があるのかどうか訊きたいの？」彼女は片手をひらつかせた。「どうしても？」

「そうだ」彼女を見つめているあいだ、彼は心をぐるぐる巻きにされ、神経がまいってしまいそうだった。「僕が訊きたいのはそういうことだ」

エリザベスは暖炉の炎から目を離さなかった。「その答えを出すのはちょっと時期尚早だと思わない？　これからどうなるかなんてまだわからないでしょう」

はぐらかすなよ。そんなことを言われたら、こっちはどう答えればいいんだ？　ジャックは話を前に進めようとしたが、一歩進むごとに深みにはまっていった。「僕は、二人は互いに惹かれ合っていると思う。この半年、僕らはその気持ちをこらえてきたんだ」

エリザベスの口元がゆがんだ。「この一週間は、こらえていたとは言えないけどね」

「この数日、僕らがしてきたことこそ、半年もの時間を無駄にしてきたいい証拠じゃないか。認めろよ」

彼女は片手をマントルピースに置いた。口紅のように赤い爪が、揺らめく光に照らされてルビーのようにきらめいた。「ねえ、ソフト・フォーカスが行方不明になってから二人のあいだに起きたことを考えてみたんだけど」

ジャックの心に希望の炎が灯《とも》った。彼はエリザベスのほうに一歩近づき、足を止めた。

「僕もだ」

エリザベスは考え込むようにジャックを見つめた。「私たちは、かなり異常な状況に投げ込まれているし、二人とも今週は相当なストレスにさらされているわ。私たちは、一つの空間を共有せざるを得なくなった、健康的な独身の男女で、共通の目的を達するために協力してる」

「訊いたら後悔するってわかってるんだけど……君は何が言いたい？」

エリザベスはマントルピースを爪でコツコツ叩きはじめた。「私が言ってるのは、この数日間に起きた、ありとあらゆる出来事のせいで、二人とも、うわべだけの縁に惑わされている可能性が高いってこと」

「これをそんなふうに呼ぶのか？　うわべだけの縁だって？」

エリザベスは唇をとがらせた。「結局、ものすごく不自然な状況に置かれた場合、体にとってセックスは緊張を和らげるための自然な方法なのよ。私にはわかりきったことに思えるけど」

「不自然なことなんか何もないさ」ジャックの顎に力が入った。「もちろん、うわべだけってことも決してない」

「この数日間の二人の関係は深読みすべきじゃないと思うの」

「一週間限りの情事だって言うのか？」

「ほかに何て言えばいいの？」エリザベスはくるっと向きを変え、ジャックと向き合った。「わからないの？　お互いの本当の気持ちなんて、シアトルに戻ってからじゃないと確かめられないわ。これがどういうことなのか結論を下す前に、普通の付き合いをしてみる必要があるのよ。ミラー・スプリングスでの出来事は、旅先でよくあることかもしれないでしょう」

一晩中、彼の心を蝕んでいた激しい感情が再びあふれそうになった。ジャックはもう一歩、彼女に近づいた。「僕はもうわかってる。普通の生活に戻るためにどんな道をたどろうと、シアトルに帰ってからも二人の関係を続けるべきだ」

「あまり焦らないほうがいいわ。お互いにプレッシャーをかけるのはよしましょう」

「なぜ？」

彼女は不可解な表情を浮かべてジャックを見た。「そうね、一つには、男選びに関して、私にはあまり芳しい実績がないからよ」

「やっぱり。君は僕に対する自分の気持ちを信じてないんだ」ジャックはゆっくりと微笑んだ。「君がこんなに臆病《おくびょう》だったとは驚きだ」

エリザベスの目の中で怒りが燃え上がった。「この関係が一週間限りのものなのかどうか確かめたいってだけなのに、よくも臆病者呼ばわりしてくれたわね」

ジャックは彼女を抱き寄せた。「エリザベス、何を怖がっているんだ？」

「何も怖がってなんかないわ」彼女は両手で彼の肩を押し、距離を保とうとした。「あなたとのことで、これ以上、間違いを犯したくないだけよ」

「半年間、僕らは針の詰まったホチキスみたいに行き詰まっていた」

「あら、ロマンチックなたとえだこと」

ジャックは彼女の言葉を無視した。「僕らは今、ベッドを共にしている。僕にとってはとても心地いいことだ。こんなふうに考えて、どこが悪いって言うんだい?」

「どこも悪くないわ。今週に限ってのことならね」彼女が言い返した。「確かに、心地いいかもしれない。でも、ソフト・フォーカスの件に決着がついたらどうするのかさっさと決めろ、なんて急かされるのはごめんだわ。あまり危険なまねはしたくないの」

「いつになったら気づくんだ? 僕らの関係はこんなに進んでしまった。君だって僕と同様、もうあと戻りはできないんだ」

エリザベスが口を開いた。ジャックは彼女が議論を続けようとしていることに気づいたが、自分にはもう言うことがなくなっていることもわかっていた。彼は素早く唇を奪い、彼女の憤然とした抗議をふさいでしまった。

エリザベスは押し殺したような、苛立った声を出した。

「わかった、わかったってば」ジャックは彼女の口に向かってつぶやいた。「今週以降のことについては、もう何も言わない。成り行きに任せるし、おとなしくするよ」

エリザベスは再び彼の腕に頭をもたせかけた。「本当にそうしてくれる? この話題は口にしないでくれるのね?」

「一週間限りの関係かもしれない。でも、この半年のことを思えば、最高の一週間だ。たとえ、クライアントの唯一の有形事業資産を失って、自分のキャリアをふいにするはめになってもね」ジャックは彼女のドレスのファスナーを下ろした。「つまり、この六カ月がいかに悲惨だったかってことなんだけど……」

「さっき針の詰まったホチキスって言った?」しばらく経って、彼女がつぶやいた。

「僕はCEOだ。脚本家じゃない」

23

エリザベスはまだジャックを信用していなかった。あるいは、自分の気持ちを信じていないだけなのかもしれない。どっちにしろ、結果は同じだ。彼が問題を抱えていることに変わりはなかった。

ジャックは、雲で覆われた山の夜明けが放つ鈍い光を眺められるよう、枕を叩いて頭の後ろに当てた。エリザベスは隣でぐっすり眠っていて、かわいい、魅力的な尻が彼の腰に当たっていた。ジャックは彼女を臆病《おくびょう》者呼ばわりしたが、本当はどういうことなのかわかっていた。二人のあいだに緊張感があるのは彼のせいであって、彼女のせいではない。半年前、愚かなことをしてしまったのは彼なのだから。

結局、ジャックは自分の望みを叶えた。つまり、エリザベスとベッドをともにする次のチャンスを手にした。

今度は慎重にやらなくては……。

エリザベスは、彼と関係を持つことは構わないと思っていた。少なくとも、一週間限りの関係なら。だが、それ以上のことを約束するつもりはないようだ。少なくとも、今はまだない。突然、ジャックはシアトルに戻ってからの自分を思い浮かべてみた。その幻想の中のエリザベスは彼に対する自分の気持ちを見極めようとしながらも、ほかの男とデートをするつもりでいた。

彼が仕事をしていない時間はめったにないものの、この半年、そういう時間が訪れるたびに寒々とした気分に陥っていた。今、再びその気分に襲われようとしている。しかし、今回は道場に逃げるわけにもいかない。解決すべき問題は、自分のすぐそばに横たわっているのだから。

ジャックはなんとかして彼女にわからせなければならなかった。二人の関係は続ける価値がある、本気になる価値があるということを。

彼は心の中で二、三歩下がり、ビジネスの問題を考察するときと同じように今の状況をとらえようとした。戦略が必要だ。戦略を練るのは、自分の得意とするところじゃないか！

そのとき、電話の音が頭の中で渦巻く思考に割り込んできた。鳴ったのは、ジャックの携帯電話ではなく、備え付けの電話だった。彼が受話器に手を伸ばすと、エリザベスが隣でかすかに体を動かした。

「フェアファックスだ」

「エリザベス・キャボットさんをお願いします」

その低い、官能的な声の主が、ジャックには一瞬わからなかった。だが、すぐにぴんときて、彼は急に体を起こした。「ヴィッキー・ベラミー？」

短い間があってから、彼女の声がした。「エリザベスと替わっていただけるかしら?」

「ああ、もちろんだとも」ジャックはエリザベスを優しく揺すった。「君に電話だ」

彼女は目を開け、あくびをした。「誰から?」

彼は受話器を手でふさいだ。「ヴィッキー・ベラミー」

彼女は受話器を引ったくった。

「エリザベスよ」

エリザベスがヴィッキーの話を聞いているあいだ、ジャックは沈黙に耳を傾けた。見ていると、彼女の驚きの表情は、冷静で何の感情も読み取れない表情へと変わっていった。

「大丈夫、上手くやってるから」彼女は歯切れよく言った。「本当に、皆が思っているほど私はうぶじゃないのよ。それで、私に何をしてほしいの?」

また沈黙があった。

「わかったわ」エリザベスはジャックのほうを向いた。「大丈夫、彼はそんなことしないわよ」

そして、また沈黙。

「ええ、もちろん。行くわ」エリザベスは受話器をジャックに返した。

彼はそれをテーブルの端にぽんと置いた。「彼女、何の用だって?」

エリザベスはくしゃくしゃになったシーツの中で体を起こし、膝を抱えた。「話があるんですって、個人的に。私と会うことはドーソンには知られたくないそうよ」

ジャックの全身に期待がみなぎった。「そんなこと、いったいどうやって？」

「手はずは整っているみたい」エリザベスは考え込むように言った。「電話をかけてくる前に、かなりの時間をかけて計画したという印象を受けたわ。いったい何事かしら？」

「面白いことになりそうだ」ジャックは新しい展開に奮起し、毛布を跳ねのけて立ち上がったが、思い出して尋ねた。「最初に電話に出たとき、ヴィッキーは何て言ってたんだい？」

「え？」エリザベスは心ここにあらずといった声で答え、バスローブに手を伸ばした。

「君は〝なんとかするわ〟と答えただろう。何を質問されたんだ？」

「別に。たいしたことじゃないわ」エリザベスはバスローブのベルトを結び、彼を振り返ることなくバスルームへ向かった。「あなたと寝るなんて、自分のしてることがわかってるのかですって」

　彼女はバスルームの中に消えていった。ジャックは閉まったドアをしばらく見つめていた。

大丈夫、上手くやってるから……。


シルバー・エンパイア・シアター内に人気《ひとけ》はなく、各通路の端に設置された照明灯だけが、ほの暗い光を放っていた。頭上は闇に包まれ、凝った装飾を施した天井も、細かな部分までは見えなかった。傾斜したフロアにビロード張りの座席が整然と並び、その様子は、頭部のない、ばかでかいロボットの大群が隊形を組んでじっとしているかのようだ。濃い闇に包まれた深紅の分厚い幕は、真夜中のとばりを思わせた。幾重にも折り重なったビロードのひだがステージを覆い、スクリーンを隠している。

「観客もなく、スクリーンに何も映っていないと、別世界ね」暗闇のどこからともなく、ヴィッキーの声がした。

通路の最上段で身構えていたエリザベスは、もう一人の女性の声を耳にし、少しびくっとした。そして劇場の奥をじっと覗き込み、早く目を薄暗がりに慣らそうとした。

「ポップコーンの匂いがしないと、同じ場所とは思えないわ」エリザベスが言った。

「匂いだって、しているように思わせることができるのよ。映画に登場するほかのすべてのものと同じようにね」端の席に座っていたヴィッキーが物憂げに立ち上がった。淡い、青みがかかった灰色のパンツスーツを着た彼女は幽霊のように見えた。「私が言ったこと、覚えているでしょう、エリザベス。映画でも、現実の世界でも、外見どおりのものなんて、ほとんどないわ」

「ビジネスも似たようなものね」エリザベスはゆっくりと通路を下り始めた。「でも、私をここに呼び出したのは、お互いの仕事に関する意見交換をするためじゃないんでしょ？」

「ええ、そうよ」ヴィッキーはかすかに微笑んだ。「私が理解しているところでは、オーロラ・ファンドは昔から、女性が興したベンチャー企業に資金援助をしているのよね」

「ここ数年、手を広げてはいるけど、あなたの言うとおりよ。おばのシビルは、資金源を確保できない女性起業家に資金援助をする目的で会社を始めたの」エリザベスは、ヴィッキーの二列手前まで来たところで足を止めた。「起業の資金援助を頼みたくて電話をしてきたの？」

「ええ、そんなところかしら。実は転職しようと思ってるの。映画界から足を洗うつもり」

「え？　それはびっくりだわ」

「そろそろ先に進むべきなの。それは誰よりもよくわかってるわ。チャンスなんて、とうの昔に逃してしまったもの。ハリウッドで使ってもらうには歳を取りすぎているし、インディーズ映画はもうたくさんなの」

「演技の仕事をきれいさっぱりやめてしまうつもり？」

「そんなことできるもんですか」ヴィッキーは短く、とげとげしく笑った。「私はこれまでずっと演技をしてきたのよ。演技をすることしか知らないの。でもカメラの前で演じることはもうないわ。『ファースト・カンパニー』が最後の作品になるでしょうね」

「わかったわ。それで、オーロラ・ファンドに新しい仕事の資金援助をしてほしいのね？」

「そうじゃないの。最初の準備費用の一部だけでいいのよ。この日が来ることは、前からわかってたわ」ヴィッキーは少しためらった。「こんなに早くやってくるとは予想してなかったけど。もうちょっと先のことだと思ってたから」

エリザベスの体に寒気が走った。暗闇の中、ヴィッキーの表情を読み取ろうとしたが、うまくいかない。「で、これからどうするつもり？」

「姿を消そうと思って」

エリザベスは自分の口があんぐり開くのがわかった。「姿を消す？　いったいどうして？」

「潮時なのよ」ヴィッキーはビロード張りの座席の列をつくづく眺めた。「昔は、私のような女は女山師って呼ばれていたの」

「聞いたことがあるわ」

「もちろん、これは遠回しな言い方ね。本当はセックスを手段に目的を遂げようとする女、という意味だったの。そういう女は、男を誘惑して、罠におびき寄せ、いいように操るのよ。まるで、男は下半身でしかものを考えない、愚かで単純な生き物だと言わんばかりに」

「ファム・ファタールね」

「そう。お気楽だと思ってるんでしょう？」ヴィッキーの目は氷のように冷ややかだった。「でも、私の経験からして、口で言うほど簡単なことじゃないのよ。まず第一に、完璧な演技ができなくちゃいけないの。つまり、偽りの生活をするにはアカデミー賞ものの演技をする必要があるのよ」

エリザベスはうなずいた。「わかるわ。一日中、偽りの生活をすることは難しいもの」

「大変なのは、本当はセックスをするたびにトイレに飛び込んで吐いてしまいたいのに、それをカモに悟られないようにすることなのよ」

「そうね。それが人間関係を難しくすることは想像がつくわ。さっき、姿を消すとか何とか言ってたけど……」

「私には素晴らしい生存本能があってね。この数カ月、その本能がずっと私に語りかけていたの。そろそろ先に進むころだって。『ファースト・カンパニー』のことがなければとっくにそうしてたわ。あれが最後の作品になるとわかっていたから、インディーズ映画界でどの程度、受け入れられるか見届けたかったの。でも、ゆうべのことがあって、もうこれ以上待てないと悟ったわ。運が続いていたから調子に乗りすぎたのよ」

「ゆうべ？　授賞式のあと、赤ペンキをかけられたことを言ってるの？　あれは単なる宣伝目的のやらせかと思ったわ。あのストーカーは本物だったということ？」

「ストーカーの件はドーソンのアイディアよ。ああいうことをすれば、映画祭のあいだ、私が注目を集めるだろうって。でも、ゆうべの襲撃は知らされてなかったの。これから、もっとああいうことが起きる気がするわ。そこまでやるのかってところまで」

「何ですって！」エリザベスはヴィッキーを見つめた。「どこかの狂人が、あなたを本気で追い回そうとしてる。そう思ってるのね？」

「狂人……」ヴィッキーは一瞬、面白がっているような言い方をした。「そうね、もし――」

彼女は言葉切り、肩をすくめた。「どうでもいいわね」

「ヴィッキー、いったいここで何が起きてるの？」

ヴィッキーは気を取り直したらしく、突然ビジネスライクになった。「ドーソンは私の宣伝を担当しているの。さっきも言ったけど、ストーカーのアイディアを思いついたのは彼よ。彼がすべての事件の筋書きを書いて、失業中のスタントマンを雇って計画を実行させたというわけ」

「オリーって図体の大きい男でしょう。かかとに金属の飾りがついた黒革のブーツを履いてるやつじゃない?」

「彼のこと、知ってるの?」ヴィッキーは目を細めた。

「この前の夜、道でオリーと仲間の男に遭遇して、ひと悶着《もんちゃく》あったのよ。警告を伝えるためにやったと仲間の男が言ってたわ。それで、私たちはドーソンの差し金だろうと思ったの」

「そして、あなたたちは警告を無視した」ヴィッキーがくすくす笑った。「オリーは、警告は伝えたとドーソンに言ってたわ。でも、話はそれだけじゃなかったみたいね。あなたが彼の名前を知ってるくらいだもの。彼らがドジを踏んだと知ったら、ドーソンは面白くないでしょうね」

「さっき、ゆうべのストーカー事件は予定外だったと言ったわね?」

ヴィッキーはふっくらした唇をキッと結んだ。「ドーソンはいつものように襲撃を計画したのよ。でも、私には前もって話しておいてくれなかった」

「なぜ?」

「私がストーカー慣れして、反応に信憑性《しんぴょう》がないって彼に言われたの。だから、不意を突いてやれば、私の演技がよくなるだろうと思ったんですって」

エリザベスは顔をしかめた。「ちょっとびっくりする話ね。あいつにペンキをかけられたときの気持ち、お察しするわ」

「うまく対処したと思いたいわ」ヴィッキーはそっけなく言った。「でも、知らせておいてくれなかったドーソンにものすごく腹が立った。彼は、襲撃はないって私に言ってたのに。

あのあと、この前、あなたがスパで言ってたことをやっと思い出したわ。私、ちょっと調べてみたの。それで、ドーソンがシナリオを書き直したんじゃないかと思いはじめたところ。彼は別のエンディングを用意したのかもしれない」

エリザベスは深く息を吸った。「ドーソンはあなたに保険をかけていたのね？」

「ええ」ヴィッキーの声は歯切れがよく、無感情だった。「企業方針でね。受取人はホランド・グループよ。でもホランド・グループというのはドーソンその人のことだから。あなたと話したあと、インターネットで調べてみたわ。そうしたら、あの人の二人の前妻について、あなたの言ったとおりだったとわかったの。ドーソンは正式に容疑をかけられたわけじゃないけど、噂や疑惑がたくさん出てきたわ」

「で、昨日の事件のあと、あなたはもう彼を信用できないと思ったのね？」

ヴィッキーは耳障りな声で軽く笑った。「もともと私はどの男も信用していないわ。女山師にとって、それは自殺行為よ」

「それもそうね」

「決めたの。私は出ていくわ。でも、事はそう簡単にいかないのよ。最近、ドーソンはだんだん私を束縛するようになって、彼の目の届かないところへはあまり行かせてくれないの。今だって、彼は私がスパにいると思ってるわ。彼から離れて、あなたとこっそり会えるだけの時間を作ろうと思ったら、それしか口実が浮かばなかったんだけど」

「私に何をしてほしいの？」

「仕事として取引してもらえないかしら？　オーロラ・ファンドへの申し込みだと思ってもらっていいわ」

「続けて」

「売りたい情報があるの」

エリザベスは息をのんだ。「どんな情報？」

「もうすぐオークションにかけられることになっている物があるんだけど、それの出所に関する深い事情と言えばいいかしら」

エリザベスは思い出したように息をした。「それで？」

ヴィッキーはクールな訳知り顔をした。「このミラー・スプリングスでドーソンがやってる映画以外のビジネスについて、知ってることは何でも話すわ。といっても、たくさんあるわけじゃないの。でも、あなたや、お友達のジャック・フェアファックスにとって役立つことは多少あると思う。少なくとも、何の覚悟もなしにオークションに臨まないで済むわ」

「覚悟が必要だと思ってるの？」

ヴィッキーはぞっとするような笑顔を見せた。「そうね、ドーソンを相手に戦うつもりなら。何がオークションにかけられるのか知らないけど、ドーソンはそれを手に入れるためなら手段を選ばないわ」

「お金が必要だから？」

「お金じゃないわ。何か知らないけど、彼は出展品そのものが欲しいのよ。深い泥沼から逃れるためにね」

商談に臨む前に、事前情報が多すぎて困ることはないのだから、とエリザベスは自分に言い聞かせた。「転職資金として、オーロラ・ファンドにいくら援助してほしいの？」

「安心して。とんでもない額をふっかけるつもりはないから」ヴィッキーの口がゆがんだ。「フロリダまで行けるだけの現金はちゃんとお財布に入っているわ。でも、そのあとのことをちょっと助けてほしいのよ」

「まさか、国外に出る気なの？」

「私は女山師としてたくさんのことを学んできたわ。そのうちの一つは、どこで、いかにして新しい身元を手に入れるかということ。でも、それにはお金がかかるわ」

「別人になりすまして身を隠す必要があると思ってるの？」

ヴィッキーはしばらく目を閉じていたが、やがて目を開け、エリザベスを見つめた。「例の保険が存在する限り、ドーソンに見つかるわけにはいかないとだけ言っておくわ」

「わかった。その新しい身元を手に入れる資金をオーロラ・ファンドに援助してもらいたいのね？」

「投資だと思ってちょうだい」

エリザベスはその提案について二秒ほど考えた。いや、考えるまでもなかった。「いいわ。商談成立よ。ドーソンがミラー・スプリングスでやってるビジネスについて、知ってることを教えて」

「私が主に知っているのは、ドーソンが切羽詰まっているということ」ヴィッキーは単刀直入に言った。「そうなるとあの人は危険よ。彼は何カ月か前に、ちょっと感じの悪い海外投資家たちをだましたの。彼らは、お金を取り返すのに裁判に訴えるような人たちじゃないわ。私の言いたいこと、わかるかしら？」

エリザベスはぞっとした。「わかるわ」

「ドーソンはその状況について、私と話し合ったことはないし、私も彼の問題に気づいていることは絶対に悟られないようにしてきたの。でも彼は、ハイテク分野のとても価値がある物を売って金にするからと約束して、多少、時間稼ぎをしたみたい。それに、何が起きるにしても、今週このミラー・スプリングスで結論が出ることになるはずよ」

「警告のことだけど」エリザベスが言った。「オリーがジャックとヘイデンに警告を送ったのは、あなたじゃなくて、ドーソンの指示だと思っていいのかしら？」

「もちろん、私は誰にも警告なんかしてないわ」

「レオナルド・レジャーのホテルの部屋にあったビデオテープはどうなの？」

ヴィッキーはやや好奇心をそそられたような顔をした。「ビデオテープって？」

「いいわ、気にしないで」あれもきっと送り主はドーソンに違いない。ライバルのあいだに争いの種をまこうとしたのだろう。「タイラー・ペイジについては何か知ってる？」

「大の映画好きということ以外は何も知らないの」ヴィッキーはエリザベスをじっと見据えた。「でも、ここに来てからドーソンがずっとペイジを探していることは知ってるわ」

エリザベスは緊張した。「見つけたの？」

「いいえ。ペイジは、皆が欲しがってる、そのハイテク製品を盗んだ人物なのね？」

「ええ」エリザベスは顔をしかめた。「あなたがそう言うってことは、ドーソンがあなたに、ペイジを誘惑してあれを盗ませろと頼んだわけじゃないのね？」

ヴィッキーが笑った。彼女が心から面白がっているように見えたのはこれが初めてだ。

「まさか。さっきも言ったとおり、ドーソンはこの件に私を巻き込んではいないわ。撮影現場で何度かペイジに会ったけど、『ファースト・カンパニー』の話しかしてないし。私と彼の関係はその程度のものなの」

「ペイジが、あなたのためにソフト・フォーカスを盗んだと思い込んでいる可能性はあるかしら？」

「彼が私に熱を上げていたかどうか訊いてるの？　それならノーよ」

「本当に？」

ヴィッキーは楽しんでいるようだった。「信じて、エリザベス。男が私に興味を持っているときといないときの区別はつくわ。ペイジは持ってなかったわね」

「そう……」ヴィッキーがタイラー・ペイジのファム・ファタールだという仮説は消えた。

「ライアン・ケンドルという名前に何か心当たりはある？」

「いいえ」ヴィッキーは間を置いた。「そんなはずはないって言いたいの？」

「それもわからないの」エリザベスは白状した。「エクスカリバーの研究室が荒らされたことについては、何か知ってる？」

「いいえ」

「私が知りたかったのは、そんなところかしら。お金はいつ、どうやって受け取りたい？」

「フロリダの口座番号と、希望の金額を書いてきたわ。私が姿を消したという話を耳にしたら、すぐに送金して」

エリザベスはヴィッキーをじっと見つめ、折りたたんだ紙を受け取った。「発表でもあるの？」

ヴィッキーがくすっと笑った。「もちろん、それを期待してるわ。注意しててね。そういう噂を聞いたら、私が言ったことを思い出して。映画では、見た目どおりのものは何もないってことをね」

「覚えておくわ」エリザベスはためらってから言った。「あと一つだけ訊かせて」

「早くしてね。スパに戻らなきゃいけないの」

「あの晩、クラブの外で、どうして私に近づくなと警告したの？」

「一〇年に一度くらいかしら。抑えようのない、おかしな衝動に駆られて、いいことがしたくなるの。特にこれといった理由はないわ」

「どうもご親切に」

「今回はエネルギーを温存しておくべきだったわね。シアトルに戻るべきだと、それとなく匂わせたのに、聞いてもらえなかったんだもの。おかげで一〇年後は、衝動を抑えられるかもしれないわ」

「ヴィッキーは女優だぞ、エリザベス」ジャックが言った。「ドーソンに言われて、君にそんな話をしたに決まってるじゃないか」

エリザベスはジャックにたしなめるような目を向け、声を落とすよう無言の警告をした。ごく可能性は少なかったが、誰かに話を聞かれていないかどうか彼女は周囲を確認した。ごく少数の人たちがギャラリーに展示された名作映画のポスターをぶらぶら回っており、その大半は細長い部屋の突き当たりにいた。

エリザベスは向きを変えて、目の前の壁に飾られた額入りのポスターを再び眺めた。ポスターにはかつて機械折りされた際にできた折り目が残っている。『飾窓の女』というタイトルが、主演のエドワード・G・ロビンソンとジョーン・ベネットの絵の下に、けばけばしい黄色の筆記体で書かれていた。

販売用にずらりと展示されたフィルム・ノワールのアートワークを一目見ただけで、こういった古い映画の宣伝用ポスターやロビー・カードを作っていたアーティストたちが、派手な黄色いインクを特に好んで使っていたことがよくわかる。それ以外に目立つ色と言えば、濃い赤、紺、黒。重苦しいほど強い色調と、気骨とサスペンスに満ちた絵が相まって、名作のポスターに独特の表情を与えていた。描かれているモチーフで何よりも目立つのは、銃、危険な女、それに一九四〇年代の帽子を目深にかぶり、冷たい瞳を隠した男だった。額の脇に価格を書いた紙が貼ってあり、これらの作品が高価なコレクターズ・アイテムであることを示していた。

劇場を出てから一〇分後、エリザベスは、エスプレッソ・バーで待っているジャックを見つけた。彼女はすぐさま彼をギャラリーに引っ張っていき、ヴィッキーと会って聞き出した話を伝えた。ジャックは耳を傾けていたものの、どう見てもあまり納得はしていないようだった。

エリザベスは苛立ち、彼をにらみつけた。「どうしてドーソンは自分の取引について、あんな手の内をさらすようなことをヴィッキーに言わせるの？　彼女の話から判断すると、彼は違法な取引をしてるみたいよ」

「僕らを追い払うための新たな手段にすぎないさ」ジャックは辛抱強く言った。「物騒な海外投資家連中に命を脅かされてるなんて話は、ちょっと信じがたいね」

「姿を消すというヴィッキーの計画はどうなの？」

「君をペテンにかけて、金を巻き上げようとしてるんだろう」

「ジャック、彼女は本当のことを言ったのよ。私にはわかるわ」

ジャックは顔をしかめた。「いいかい、僕が言っているのは、ドーソン・ホランドと同じくらいヴィッキー・ベラミーを信じるわけにはいかないってことさ。彼女はいつも何かたくらんでいるような女なんだ。君が今、話してくれたことから判断するに、彼女は自分のために少し余分な金を手に入れようとしてるのさ」

エリザベスは下唇をかんだ。「あなたは本当に、彼女が私をペテンにかけようとしてると思ってるのね？」

「ああ」ジャックは『過去を逃れて』のポスターに描かれた、ロバート・ミッチャムの人生に疲れたような険しい顔に注意を向けた。「まさにそういうことだ」

「私にはわからないわ」エリザベスは黄色い背景をバックに、なまめかしい誘うようなポーズを取るリタ・ヘイワースが描かれた『上海から来た女』のタイトル・カードの前に移動した。「ヴィッキーは国外へ脱出するつもりなんだと思う」

「彼女は君から金をかすめ取るつもりなんだ」

「そんな否定的にならないで。ストーカー事件や、あなたとヘイデンがオリーから受けた警告について彼女が話してくれたことは全部、納得がいくでしょ？」

「だから何だって言うんだ？　おそらくヴィッキーとドーソンは、大半のことは僕らに見抜かれてると思ったんだろ。それに、たとえ彼女が正直に話したんだとしても、僕らがタイラー・ペイジとクリスタルを見つけるのに役立つ確実な情報はまったくくれなかったじゃないか。君はそこに注目すべきだ」

「それは、彼女がペイジの居場所もクリスタルのありかも知らないからよ」エリザベスはショルダーバッグのストラップを指でとんとん叩いた。「でもね、一つだけ、つじつまが合わないことがあるの」

「君が言ってた、ヴィッキーはペイジのファム・ファタールだったという説だろう？」

「そう」エリザベスは、額に入った『三つ数えろ』のロビー・カードをじっと眺めた。宣伝用に作られたものとはいえ、ハンフリー・ボガートとローレン・バコールの相性の良さがはっきりと表れている。「自信あったのに――」

「こう考えたら？」ジャックが言った。「ヴィッキーは信用できないという僕の考えが正しいとすれば、彼女がペイジをそそのかして、クリスタルを盗ませたとする君の説はまだ有効だよ」

「でも、私は彼女の言葉を信じるわ。つまり、この件には結局、女は絡んでなかったってことになるけど」エリザベスは、ライアン・ケンドルが死の直前に女と言い争っているところを耳にした人がいるという話を思い出した。「ケンドルとの線は消えたわね」

「どうせ、元から薄い線だったからな」ジャックは自分の主張を繰り返した。「警察は最初から、彼は麻薬取引絡みで殺されたと確信していた。でも、研究室が破壊されたこととクリスタルは太い線でつながってる気がするんだ。ペイジは、僕が警察沙汰にしたときのために、あんなふうに混乱させようとしたんだろう」

「ヴィッキーはどちらの事件についても知らなかったわ」

「ふん、驚きもしないね」

エリザベスは物思いにふけりながら、『拳銃貸します』のヴェロニカ・レイクを見つめた。劇場を出てからずっと感じていた不安がますますひどくなった。「一つだけ、確かなことがあるわ。もうすぐ何かしら答えが出るはずよ」

「どういうことだ？」

「もしヴィッキーが突然、姿を消したら、自分のために新しい人生を築くつもりだと言ってた彼女の言葉に嘘はなかったんだとわかるわ」

「オーロラ・ファンドに金を出してもらってってことか」ジャックはそっけなく言った。

「それなら信じられるな」

「どうして、その部分だけうのみにするわけ？」

「ラリーの話によれば、ドーソンがまたしても破産の危機にあるというのは本当らしい。夫が自分にかけた保険金を狙《ねら》ってると思ってなかったとしても、ヴィッキーは今よりいい状況を求めただろう」


遠くでくぐもった雷のような音が響き、エリザベスは目が覚めた。突然のことで、全身にぴりぴりした感覚が残った。彼女はベッドの中で体を起こし、瞬きをしながら窓の外に広がる灰色の夜明けを眺めた。夢に浸りきっていた脳は、どこにも嵐は来ていないという事実を把握するのにしばらくかかってしまった。

ジャックはすでにベッドから出て、窓のほうに歩いていた。

「何なの？」エリザベスが尋ねた。

「爆発のような音だったな。ここからじゃ何も見えない」彼はくるっと向きを変え、カーキ色のズボンをはくと、階段のほうへ向かった。

エリザベスはベッドからはい出てバスローブをつかみ、急いで彼を追いかけた。彼が一階の引き戸を開けて外のデッキに出たところで、彼女も追いつき、あとに続いたが、露に濡れた冷たい木の板に素足が触れると、一瞬たじろいだ。

「あそこだ」ジャックは、遠くで空に向かってもくもくと立ち上る煙を指差した。

エリザベスは懸命に目を凝らした。「いったい何かしら?」

「よくわからないけど、あの様子だと、車が道路からはずれて渓谷に落ちたんだろうな。それで炎上したんだ。今は低木が焼けているんだろう」

「ああ、なんてこと……」彼女はつぶやいた。

遠くでサイレンの音がした。

ジャックがエリザベスに腕を回し、二人は煙が夜明けの空に向かってらせん状に上っていく様子を眺めた。

エリザベスは腕に鳥肌が立ち、ちくちくするのがわかった。自分を抱きしめるように縮こまり、寒さを追い払おうとしたが、効き目はなかった。

「大丈夫?」ジャックが静かに尋ねた。

「ええ」しかし、ちくちくする感覚は消えなかった。

しばらくして、二人は黙って向きを変え、家の中に戻った。室内が冷え切っていたので、ジャックはガス・ストーブに火をつけた。

一時間後、シャワーを浴びて着替えを済ませたエリザベスは、朝食用にバナナをスライスしていたが、いったん手を止め、地元のニュースを聴こうとラジオをつけた。アナウンサーは──スキー場の積雪情報を伝えるほうが慣れているのだろう──ひどく動揺しているようだった。

「……爆発によって発生したやぶ火事は、間もなく消し止められました。グレシャム署長によれば、被害者は車から投げ出され、川に流された模様。現在、捜索が行われていますが、渓谷の流域は水の流れが速く、作業は困難を極めるだろうと当局は発表しています。車は、ヴィクトリア・ベラミーさんが所有する白いポルシェと判明。ベラミーさんはこの数週間、ストーカーにつきまとわれていたらしく……」

エリザベスはラジオを切ると、カウンターのスツールにどさっと座り込み、手に持ったナイフをぼんやりと見つめていた。

「ジャック」

「ここだよ」彼はシャツのボタンをはめながら階段を下りてきた。シャワーを浴びたばかりで髪がまだ濡れている。「どうした?」

「今、ニュースで聞いたの。谷に転落した車はヴィッキーのポルシェだって。遺体を捜索しているところだそうよ。皆、彼女は川に投げ出されたと思ってるわ」

ジャックは最後の一段で立ち止まった。「本当に?」

「ええ」

「面白いじゃないか」ジャックは部屋を突っ切り、エリザベスの隣のスツールに腰かけた。

「彼女、本当に実行したんだろうか? 失踪劇《しっそう》を上手くやってのけたのかな?」

「それか、ドーソンが彼女を殺したかのどちらかね。もしかしたら、彼女は長く待ちすぎたのかも。調子に乗りすぎたって言ってたもの」

ジャックは考え込んでいるようだった。「ドーソンが殺したんじゃないと思うな」

「どうして? 前の二人の奥さんのときと同じような事故なのよ」

「だからこそ、彼の仕業じゃないと思うんだ。ドーソンは頭の切れる男だ。前回、保険会社に怪しまれてるんだから、三番目の妻も同じような状況で死んだとなると、自分に多くの疑いがかかることぐらい先刻承知さ。今、彼が最も避けたいのは、警察につきまとわれて、ヴィッキーの死についてあれこれ詮索されることだ」

エリザベスは気を取り直した。「そうね。ソフト・フォーカスを見つけようとしているんだから、そのあいだは警察に邪魔されたくないはずよね」

「それと、もう一つ。もし彼が殺したんだとしたら、おそらくストーカーに襲われたように見せるはずだ。何もかも、そういうエンディングとつじつまが合うように演出してきたんだ。車に赤ペンキをちょっと引っかけておくだけでよかったはずさ」

「ニュースでは、赤ペンキの話は出なかったわ」エリザベスは心からほっとして、いつの間にかかなり上機嫌になっていた。「ジャック、あなたって最高よ」

彼はかすかに微笑んだ。「君の良き相棒ヴィッキーは、去り際に、とてもありがたいことをしてくれたのかもしれないな」

「どういうこと？」

「あれがヴィッキーの自作自演なら、彼女はドーソンにすぐ疑いがかかる確実な方法を選んだことになる。彼がもう警察を相手にしているとなると、違法なオークションに参加することは難しくなるだろう」

「彼女は、映画にしろ、現実の世界にしろ、何事も見た目どおりではないことを忘れちゃいけないって言ってたわ」エリザベスは微笑み、スツールから飛び下りて電話をつかんだ。

「ちょっと失礼。ルイーズに電話しなきゃ」

ジャックは座ったままスツールを回転させ、彼女がプッシュボタンを押す様子を眺めた。

「マイアミの口座に送金するつもりなのか？」

「ええ、そうよ」

「まったく。これは詐欺なんだぞ、エリザベス」

「契約よ。約束は守らなくちゃ」彼女はルイーズが電話に出るのを待ちながら、彼をじっと見つめた。「ジャック、ほかの人たちはともかく、あなたならわかってくれるでしょう。忘れたの？　あなたはエクスカリバーとの契約を反故《ほご》にしてくれなかった人よ。私がパシフィック・リム・クラブで、神様やありとあらゆる人たちの前で、あなたに水をぶっかけたあとでもね」

24

「ベラミーさんは、体のお手入れには大変気を遣ってらっしゃいました。それはもう、私が保証しますわ」マッサージを担当する女性は、手のひらの付け根でエリザベスの肩をぐっと押した。「ここにいらっしゃるお客様の大半は、温水プールに浸かってマッサージを受ければ、筋肉がほぐれ、体力はすぐに回復すると思っておられます。大抵の方は、ここを出られたあと、リクライニング・チェアに直行です。そしてリモコン片手にテレビを鑑賞ですよ。でも、ベラミーさんは違います。毎回、エクササイズで汗を流していらっしゃいました。それに、食事にも気をつけてらっしゃいましたよ」

マッサージ師は温めたオイルをさらに手のひらに注いだ。腰のマッサージが始まると、エリザベスはうめき声を上げそうになったが、何とかこらえた。彼女は地元のゴシップ情報を集めようと思い、このスパに予約を入れた。しかし、いざマッサージ台の上に寝そべると、ああ、私にはマッサージが必要だったんだと悟った。確かに、ここへ来てからというもの、緊張の連続だった。

「あなたはいつも彼女を担当していたの?」

「そうです。ベラミーさんは、この街にいるときはいつも私を指名してくださいました」マッサージ師はため息をついた。「亡くなったなんて、信じられません」

「まだそうとは言いきれないじゃない？」エリザベスは慎重に言った。「遺体が見つかってないらしいし」

「流されてしまった遺体を回収するには、しばらくかかりますよ」

「ひどい事故ね」

「さてと」マッサージ師は、今度は力強くもみほぐすように手を動かしながら声をひそめた。「警察署で通信指令係をしてる友人がいるんです。エセルっていうんですけど。彼女が言うには、署長のグレシャムは、あれは事故ではないと確信してるそうなんです」

「何ですって」マッサージ師がさらに力を加えたため、エリザベスは息を鋭く吐き出した。「警察はストーカーの仕業だと思ってるのかしら？」

「ここだけの話、ストーカーなんていなかったんです。あるとき、ベラミーさんがこっそり話してくれました。あれは宣伝目的のやらせにすぎないって。警察もばかじゃありません。ホランドの話では、署長もあれはただの宣伝行為だと思っていたみたいです。そもそも、ホランドが警察に訴えてきたことは一度もなかったそうですからね」

「じゃあ、グレシャム署長はどう思ってるのかしら？」

「確かなことは言えませんが――」マッサージ師はエリザベスの尻をぽんぽん叩いた。「今ちょうど、署長がドーソン・ホランドを探しているところだとか。訊きたいことがいくつかあるみたいですよ。どうも、ホランドの前の奥さんが二人、同じような状況で亡くなってるらしいんです。もちろん、全部エセルから聞いた話ですけどね」

マッサージをする握りこぶしの下で、エリザベスの体がたわんだ。彼女はマッサージ台に開けてある小さな穴に顔を入れ、呼吸をしようとした。「署長がホランドを探してるって、どういうこと？　ホランドがミラー・スプリングスのどこに住んでるかなんて、皆、知ってるじゃない」

「まだご存じないんですか？　ドーソン・ホランドの家政婦をしているメアリー・ベスの話ですが、今朝早く、グレシャム署長が奥さんが亡くなったことを知らせにやってきたそうです。署長はその件についていくつか訊きたいことができたみたいで、二時間後もう一度ドーソンを訪ねたんですが、そのとき、家はもぬけのからだったそうですよ。つまり、ドーソンは荷物をまとめて街を出たらしいんです」

四五分後、エリザベスはけだるそうにコーヒー・ショップに入ると、ジャックに優しく微笑みかけた。そして、カウンターで注文してきたハーブティーの入ったポットとカップをテーブルに置いた。

「いったいどうしたんだい？　顔色がとってもいいじゃないか」

「スパでマッサージをしてもらって、温泉に浸かってきたの。本当に、こういうことはもっと頻繁にやるべきね。とってもリラックスできたわ。それに色々、話が聞けたし」

エリザベスがカップにお茶を注ぐ様子を、ジャックはちらっと見た。「カフェインは入ってないんだろう」

「そうよ。カフェインなんかいらないわ。せっかくの心地いい余韻が台無しになっちゃうもの」

ジャックは椅子にゆったりともたれた。「それで、何かわかったのかい？」

「まず最初に、ドーソン・ホランドが姿を消したわ。署長のグレシャムは、ミラー・スプリングスとデンバー間の警察当局に、ドーソンの車を捜すように手配したそうよ」

「君を待っているあいだに、それぐらいの情報は手に入った。ゴシップ集めなら、僕のほうが一歩リードしてる。カウンターの子が、もう街中の噂になってると言ってた。今日の午前中にドーソンそっくりな男がデンバーで飛行機に乗ったそうだ」

「でも、どうして警察は急に関心を持ちはじめたのかしら？　グレシャム署長の反応も素早かったでしょう」

ジャックはかすかに笑った。「噂では、ヴィッキーのポルシェが転落した直後、警察に垂れ込みがあったそうだ。二人の前妻が亡くなった経緯を調べてはどうかと言ってたらしい。もちろん、彼に事故当時どこにいたのか尋ねたうえでね」

「きっとヴィッキーよ」

「僕もそう思う」

エリザベスはハーブティーをすすった。「ラリーは、例のマイアミの口座を確認できたのかしら？」

「君が来るちょっと前に彼と話したんだが、今のところ、金はまだ口座に残ってるそうだ」

「おそらく彼女は足取りがつかまれないようにマイアミまで遠回りをしたのよ。何度も乗り継ぎをしてるのかもしれないわね。あるいは、途中で天候が悪くなったとか。きっと、何らかの理由があって、まだお金を引き出してないんでしょう」

ジャックは一瞬ためらった。彼女のはかない自信を壊したくなかったのだ。「別の理由があって、ヴィッキーは金を引き出さなかったのかもしれない。たとえば……本当に死んでしまったとか」

エリザベスの赤みを帯びた頰がぴくっとした。「もしそれが本当なら、警察に言う必要があるわ。私たちが知ってることを全部話さなきゃ」

ジャックはしばらく考え、首を横に振った。「かもしれない。でも、まだやめておこう。グレシャムはもうドーソンを捜しはじめている。ヴィッキーが金を引き出して国外に出るために、あと数時間、猶予をあげよう」

エリザベスはカップの縁越しにジャックを見た。「あなたがこの件をどう考えようと、一つだけ確かなことがあるわ。ドーソンが消えれば、オークションはとても小規模なものになるでしょうね。私たちの知らない人間が現れでもしない限り、タイラー・ペイジに残された入札者はたった二人。あなたとヘイデンだけよ」

その晩、七時一五分に電話が鳴り、ヘイデンはびくっとした。気がつくとすでに日が暮れており、彼は少々驚いた。だいぶ前から暗闇の中に座っていたことになる。ラリーと話を終えてからずっとそうしていたのだ。

「もしもし?」

「オークションは今夜九時に開始する。住所を言うからよく聞いてくれ。それと、遅れた場合は入場をご遠慮いただく」

耳の中で、電話を切る不愉快な音がした。ヘイデンはゆっくり電話を置いた。それから、もうしばらくのあいだ、ホテルの暗い部屋の中で座って考え事をしていたが、やがて、再び電話を取り、プッシュボタンを押した。

シルバー・エンパイア・シアターから通りを隔てた駐車場にゆっくり車を入れたそのとき、ジャックの携帯電話が鳴った。エリザベスは座ったままくるっと彼のほうを向き、興奮で目を大きく見開いた。

「ジャック?」

「落ち着けよ」彼はエンジンを切り、電話に手を伸ばした。「誰からだっておかしくないだろう。この番号を知っている人間はたくさんいるんだから」そう言って彼は電話に出た。

「フェアファックスだ」

「オークションへの呼び出しを受けたところだ」声の主はヘイデンだった。

ジャックはハンドルに載せた一方の手をぎゅっと握り締め、シルバー・エンパイア・シアターの明るい照明に目をやった。八時半から『ファースト・カンパニー』のワールド・プレミアが予定されており、エリザベスが早めに行ってタイラー・ペイジを待ち伏せしようと言って聞かなかったのだ。

「なぜ僕に教えるんだ?」ジャックが尋ねた。「電話は来たのか?」

ヘイデンはその質問には答えなかった。

「いや」

「場所はループ・ロード。三〇分ぐらいかかる。九時からだ」

「もう一度訊く。なぜ教えてくれるんだ?」

「オークションがなくなると困るからだ。それにあんただって、自分の財産を買い戻すチャンスはそう何度もあるわけじゃないんだぞ」

電話が切れた。

「どうしたの?」エリザベスが心配そうにジャックを見ていた。

「ヘイデンのところにペイジから連絡があったそうだ。オークションは今夜九時から行われるらしい。場所はループ・ロード。車で三〇分ぐらいかかる。ヘイデンがそう言ったんだ」

「どうして、あなたのところには電話が来ないのかしら?」

「さあね。値段を釣り上げる入札者がいなければ、オークションなんかほとんど成り立たないじゃないか」彼はぼんやりしながら携帯電話を後部座席に置き、劇場入り口のひさしを明るく照らす照明を見つめた。「『ファースト・カンパニー』は三〇分後に始まる」

「ええ、わかってるわ。ペイジを見張る計画は忘れて。彼が来ないことははっきりしてるもの。オークションは彼が仕切るはずなんだから」

ジャックはエリザベスのほうに顔を向けた。「おかしいと思わないか？　何もかも注ぎ込んだというのに、タイラー・ペイジは自分の映画のプレミアを見逃しても構わないというのか？」
一、二秒、エリザベスは何も言わなかった。それから彼女の目が大きく見開かれた。「何を考えてるの？」
「最初から君の言うとおりだったのかもしれないな。きっと、この脚本にはファム・ファタールが存在するんだ」

ヘイデンはドアを開け、廊下に立っているジャックとエリザベスを見て顔をしかめた。

「これは何のまねだ？」

「ちょっと寄って、おまえを拾ってからオークションに行こうと思ってね」ジャックが言った。「皆、同じ場所に行くんだから、車は一台だっていいだろう。今さらだが、ちょっとした兄弟意識だと思ってくれ」

「ふざけるな」

「実際、二人とも、まったくふざけた事態に遭遇しかけているしな。ほかの選択肢を考えてみるか?」

ヘイデンが顔を背ける瞬間、エリザベスは彼の目に疲れ果てたような苦痛を見て取った。

「嫌だね」

「昔からおまえは物事の全体像を見るのがあまり得意じゃなかったよな。よくCEOになれたもんだ」

「そんな話をして何になる? 今夜は予定があるんだ」

「わかってるさ。オークションに参加するんだろう?」

「実は、そっちじゃなくて、映画を見に行こうと思ってたんだ」

エリザベスはヘイデンをまじまじと見つめた。「どういうこと?」

「ソフト・フォーカスに入札するのはやめる」ヘイデンは椅子にどさっと腰かけ、半開きの目でジャックを見た。「ジャック、あれはあんたのものだ。せいぜい頑張れよ。それに、あまり面倒なことにはならないだろうし。ドーソンと俺が抜ければライバルはいなくなるんだから」

ジャックは慎重にドアを閉めた。「どうして抜けることにしたんだ?」

エリザベスがゆっくりと微笑んだ。「ラリーに電話したんでしょ? それでジャックを見る目が変わったのよ」

ヘイデンはまったく関心がないとばかりに肩をすくめた。「とにかく、あのサンプルが上手く機能する可能性は低い。金は節約しといたほうがいいと思ってね」

ジャックはエリザベスをちらっと見てから、ヘイデンのほうに顔を向けた。「何なんだ?」

「ヘイデンは彼なりの言葉で、気が変わったと言ってるのよ。つまらない復讐のために、ソフト・フォーカスを追いかけるつもりはもうないんだって」

ジャックは呆然とし、何か珍しいものでも見るようにヘイデンのほうへ向き直った。

ヘイデンはまたしても大げさに肩をすくめてみせた。「さっきも言っただろう。あんたの手に渡らないように大金をはたいたところで、ソフト・フォーカスにはそれだけの価値がないかもしれない。というか、ペイジだか誰だか知らないが、電話をしてきたやつは細かい技術的なことは何一つ話してくれなかったから、実のところ、どう利用すればいいのかよくわからないんだ」

エリザベスは満足そうに微笑んだ。「いいのよ、ヘイデン。タフガイを演じる必要はないわ。全部わかってるのよ。あなたがこんなことをするのは、ジャックに復讐したところで、過去を変えられるわけじゃないと悟ったからなんでしょう。あなたのご両親のあいだに起こったことはジャックのせいではないわ。彼に罪はないとわかってるのよね」

ヘイデンは不満そうな声を出した。「罪がないわけじゃない。でも、君の言っていることは正しいと認めよう。ジャックの仕事の評判を傷つけたからといって、何も変わりはしないんだ。明日の朝、帰ろうと思う。ミラー・スプリングスでずいぶん時間を無駄にしてしまったよ」

ジャックは考え込み、ヘイデンを見つめた。「今夜、おまえがオークションに現れないと、すごくがっかりする人間がいると思うんだがな」

「タイラー・ペイジか？」ヘイデンは硬い表情のまま短く笑った。「いいか、ソフト・フォーカスを取り戻すのに、あいつに金を払う必要はないんだぜ。そもそも、あいつがあんたから盗んだんだから。そんなやつはこらしめてやればいいんだ」

「ループ・ロードでおまえを待っているのはタイラー・ペイジじゃないと思う」ジャックはポケットから携帯電話を取り出した。

エリザベスがジャックをちらっと見た。「何してるの？」

「そろそろ警察の出番だと思ってね」

ループ・ロードをはずれたところにぽつんとあるそのコテージは、一階建ての丸太小屋で、部屋は一つしかなかった。何年も人が住んでいないらしく、廃屋の様相を呈している。ヘッドライトが正面玄関に通じる階段の手すりを照らし出し、それを見たジャックは、手すりはずいぶん前に壊れてしまったのだろうと思った。庭には雑草が生え放題だ。

壁の一面は石造りの暖炉になっていたが、使われている様子はなく、ほかに暖をとっている様子もない。また、正面に唯一ある窓からは灯《あか》り一つもれていなかった。

「クレイマーじいさんの家だ」グレシャム署長はそう言ってパトカーを降りた。「誰も使わなくなって、もう何年にもなる」彼は懐中電灯のスイッチを入れ、ジャックのほうを向いて顔をしかめた。「誰もいないみたいだが、君の言ってることは確かなんだろうな？」

「わかりません」ジャックは上着のポケットに手を突っ込み、明かりの消えた家を眺めた。「でも、ほかに事実と合致する説明が思い浮かばないんです」

「事件が起きた時点で警察に連絡すべきだったな」グレシャムはぶつぶつ文句を言い、玄関の階段のほうへ歩いていった。「まったく、企業の重役ってやつは。いつだって警察より上手く問題を解決できると思ってるんだ」

ジャックは、もう一台の車から降りてきたヘイデンとエリザベスを見た。エリザベスは肩をすくめ、ヘイデンは眉をすっと上げたが、何も言わなかった。

三人はグレシャムのあとから、のろのろと玄関に向かった。グレシャム署長はやせた小柄な男で、権限や統率力を感じさせる。田舎警官かもしれないが、自分のやるべきことはわかっている。ジャックはそう思った。

グレシャムは、本部から呼び出され、一連の事件に関してジャックから説明を聞いてほしいと言われたときも乗り気ではなかった。だが時間を無駄にすることなく、迅速にこの件の責任を引き受けたのだった。

グレシャムは懐中電灯の柄でコテージの玄関のドアをノックした。

返事はなかった。

ジャックはヘイデンとエリザベスと一緒に立っていた。彼らは、グレシャムがもう一度ノックをする様子を眺めた。

「やっぱりあんたの思い違いだろう」ヘイデンがジャックに向かってこっそり言った。

「だといいんだがな」

グレシャムはノックするのをやめ、汚れた窓のほうに回った。そして、暗い部屋の内部に懐中電灯を向けた。

「そうか」グレシャムが静かに言った。「こんなことをする必要はなかったな」

彼は玄関に戻り、ドアノブを回した。ドアが内側に開き、小さな暗い部屋の中に懐中電灯の光が差し込んだ。

その光が、床の上に投げ出された手をちらっと照らし出した。手のひらが上を向いている。それから、光は赤い血が染みついたブロンドの髪をかすめた。あたりに重く漂う死臭。その女性は額の一部が銃弾によって損傷していたが、誰であるかは疑いようもなかった。

エリザベスは押し殺したような叫びを上げ、口に手を当てて、血まみれの光景からあわてて顔をそらした。ジャックは彼女の肩を抱いた。

「ああ、なんてこった……」ヘイデンが今にも倒れてしまいそうな声を出した。「ジリアンだ。ジャック、あんたの言ったとおりだった」

「いや、ちょっと違う」ジャックは床の遺体を見つめながら、口で呼吸をしようと努めた。

「彼女が死んだのは予定外だ」

25

それから数時間後、ヘイデンはミラー・スプリングス・リゾートのバーにいた。奥のボックス席に前かがみで座り、両手でスコッチのグラスを持っている。「あの電話をかけてきたのは、たぶんペイジだ。ジャック、あいつは俺が死体を見下ろして立っているところへ、あんたが到着するようにしたかったのさ。完璧な計画だったかもしれないな。離婚調停を巡って妻と口論になり、カッとなった夫が妻を殺す。計画どおりにいってれば、嫌疑はあいつじゃなくて俺のほうに向けられてた」

「それは——」ジャックが話しはじめたが、何か考え込んでいる様子だった。

「ちくしょう」ヘイデンの必死な声がジャックの言葉をさえぎった。「今夜あんたが俺の部屋に来て、ばかげた憶測を聞かせてくれなかったら、俺は今頃、警察で殺人容疑を晴らすはめになってた」

ジャックは首を横に振った。「オークションについては、あのときすでに行くのをやめたと言ってたじゃないか」

ヘイデンは顔をしかめた。「それもそうだな。でも、あれは土壇場で言ったことだ。結局どうしてたかはわからない」

エリザベスが首を横に振った。「どっちにしろ、タイラー・ペイジはあなたを殺人犯に見せるようなお膳立てはしてないと思うわ。グレシャムたちもそう思ってるみたいだけど。もし本当に彼がジリアンを殺したのなら、きっと激情に駆られてやったのよ。おそらく、オークションを実行したあとも、ジリアンにはペイジと駆け落ちするつもりなんて全然なかったんでしょう」

ジャックは彼女を見た。「本当に、君はどこまでもロマンチックだな」

「いつも言ってるでしょう。ペイジは情熱の人であって、冷酷な策士じゃないのよ」

「彼が何者であれ、たぶんもう、ミラー・スプリングスを離れてしまっただろう。でも、逃げたホランドと違って、ペイジはすぐに見つかってしまうと思う。彼には、警察から長いこと身を隠しておくために必要なスキルもノウハウもないからな」

ヘイデンはジャックのほうを向いた。「盗みを企て、オークションを計画したのがジリアンだと、どうしてわかったんだ?」

「この事件にはどこかで女性が絡んでいると、ずっと言い張ってたのはエリザベスでね」

「最初はヴィッキー・ベラミーだと思ったわ」エリザベスはミネラル・ウォーターをすすった。「でも、考えが変わったの。今夜、ジャックが思いついた仮説を聞いたとき、私はヴィッキーのファム・ファタール説はないと思ったのよ」

ジャックはヘイデンを見た。「タイラー・ペイジは几帳面なタイプの人間じゃないんだ。

だから、誰であれ、盗みを企て、ペイジにミラー・スプリングスで姿を隠していろと強いたのは、細かいことをきちんと整理するのが得意な人物だ。僕はしばらく、ドーソン・ホランドは単なる入札者の一人ではなく、それ以上の存在なんだろうと思っていた」

「ドーソンがヴィッキーを利用してペイジをそそのかし、例のサンプルを盗む気にさせたと思ったのか？　オークションを計画したのもあいつだと思ったんだな？」

ジャックはうなずいた。「グレシャムにも言ったとおり、ホランドはこの数カ月で何度もペイジとコンタクトを取っていた。それに、ラリーによれば、ホランドには動機がある。でも、どうもしっくりこなかったんだ。ホランドはものすごく抜け目のない男だし、コネにも恵まれている。だから、わざわざ時間を無駄にしてアメリカ国内でソフト・フォーカスを売ろうとするはずがない。ホランドがあれを実際に手に入れたら、ヨーロッパに高飛びするだろうと思ったのさ。ヨーロッパのオークションなら、儲けは天井知らずだからね」

「それにヴィッキーは、ホランドはビジネスでミラー・スプリングスに来ていると、おおむね認めていたの。彼女は、ホランドがハイテク関連の製品を手に入れて、それを外国人投資家グループに売るつもりなんだと思うと言ってたわ」

「つまり、ホランドは一入札者にすぎなかった。となると、タイラー・ペイジを動かし、オークションを計画しそうな人物は、もうあまり残っていない。今夜、おまえから電話をもらって、オークションに関する指示があったと聞き、オークションが『ファースト・カンパニー』のプレミアをやってる最中に行われるとわかったときにピンときたんだ」

「ジリアンか？」ヘイデンが尋ねた。

ジャックはうなずいた。「ジリアンなら、エリザベスの説にも僕の説にも上手くはまる。父親を通じてハイテク業界にコネを持つファム・ファタールというわけさ。彼女は頭がいいから、ソフト・フォーカスの噂を聞き、その可能性を理解できた。そして、エクスカリバーにスパイを送り込むにはどうすればいいか、色々と考えたんだろう」

「そのスパイがライアン・ケンドル？」ヘイデンが尋ねた。「グレシャムに彼のことを話していただろう？」

「おそらくケンドルが、クリスタルをいちばん楽に盗めそうなのはペイジだと報告したんだろう。ジリアンはペイジのことを調べ、彼が大の映画好きだと知った。そして、彼に狙いを定めたんだ」

「でも、どうして彼女はソフト・フォーカスを盗むことに、そんなにこだわったんだ？」ヘイデンが尋ねた。「俺じゃなくて、あんたを傷つける行為じゃないか」

「まだわからないのね」エリザベスは静かに言った。

「わかるって、何を？」

「今となっては、誰にも証明できないけどね」ジャックが続けた。「でも、エリザベスも僕も、今夜、おまえのところに先に電話があったのは、ジリアンがおまえを殺すつもりだったからだと思ってるんだ」

「ああ、なんてことだ」ヘイデンの目が、そうだったのかと言わんばかりに翳《かげ》った。

「ジャックには、あとから電話を入れるはずだったんでしょうね」エリザベスが言った。「ジリアンの目論見《もくろみ》は、銃を持ってあなたの死体を見下ろすジャックを警察が発見する、というものだったのよ」

ヘイデンはエリザベスをじっと見つめた。「確かにジリアンは俺を憎んでた。俺が離婚を望み、それは〝パパ〟のお気に召さないことだったからだ」

「それに僕のことも憎んでいた。父親の思いに反して、僕が義理の息子になることを拒否したからだ」ジャックがつけ加えた。

ヘイデンは左右のこめかみをさすった。「俺を殺して、あんたに罪を着せるつもりだったんだな……」

「新聞の見出しが目に浮かぶと思わない？　〝兄弟の長年の反目、殺人で終止符〟」エリザベスが指を鳴らした。「これで、彼女はいとも簡単に二人に復讐を果たす。一人は死んで、一人は殺人の罪で刑務所行き」

ヘイデンは見てわかるほど体を震わし、スコッチをもう一口飲み込んだ。「結婚してすぐ、ジリアンには深刻な問題があると気づいたんだ。実を言うと、少し気味が悪かった。でも、離婚の申請をしたあとでさえ、まさか彼女に人が殺せるとは思わなかった」

「まさにファム・ファタールね」エリザベスが言った。「本物だわ」

ヘイデンは一瞬たじろいだ。「認めたくはないが、ジャック、あんたは彼女のことで俺に警告しようとしてくれてたんだな」

ジャックは何も言わなかった。

「ジリアンはタイラー・ペイジを利用したのよ」エリザベスが穏やかに言った。「チェスの駒みたいに、強い情熱も感情も持ってないもののように扱ったの」

「で、結局、彼に殺されてしまった……」ヘイデンは静かに言った。

エリザベスはコテージの玄関を通るとき、肩越しにちらっと振り向いた。「ジリアンがおかしくなってること、気づいていたの？」

「いや」ジャックは部屋を横切り、ガス・ストーブのスイッチを入れた。「どこかネジがゆるんでて、それが父親のリングステッドと関係していることはわかってたけどね」

エリザベスはクローゼットにコートを掛けた。「彼女との関係はどうやって終わらせたの？」

「僕はかなり上手くやったつもりだった。リング社で君のパパの代わりを務めることなんて絶対にできない、とはっきり伝えた。僕はしがないコンサルタントにすぎないから、お役に立てないとか、弱音みたいな理由をいくつも挙げたんだ。そして、ジリアンが自分のほうがよっぽど上手くやれると思いはじめた。ちょうどその頃、たまたまヘイデンが彼女の周囲をうろつくようになった。彼は、僕が野心にも将来性にも欠けるという印象を彼女の中に強く植えつけたんだ。やがて二人の距離が縮まり……」

「ジリアンは、ヘイデンのほうがいい夫になりそうだと判断してパパに紹介した、というわけね？」

「そういうこと」ジャックは暖炉の前で椅子にどさっと座り、両脚を投げ出した。「ヘイデンが彼女との結婚を真剣に考えていると気づいたとき、僕はもう少し考えたほうがいいんじゃないかと言った。でも、かえって彼らの結婚を早めただけだった」

「人ってそうなのよね。不思議だわ」

「そうだな。君と僕だってそうさ。なんとも不思議な関係じゃないか」

エリザベスは彼と向かい合って座った。「でも全然、退屈しないわ」

「確かに」ジャックはかすかに微笑んだ。「全然、退屈しない」

沈黙が流れた。エリザベスは、暖炉の炎がパチパチ鳴る音にしばらく耳を傾けていた。それから手を上に伸ばし、髪留めをはずした。

「二人とも眠らなきゃ」彼女が言った。「もう寝ましょう」

ジャックは、彼女の髪が肩に落ちるさまを見つめた。「うん、わかってる」

エリザベスは向きを変え、炎を眺めた。「終わったのよね？」

「もう警察に任せたからな」ジャックは片手で顔をこすった。「グレシャムの言ったとおりだ。最初からしかるべき筋に助けを求めるべきだった」

「ヴェルトラン向けのプレゼンまでにペイジを見つけてくれると思う？」

「たぶん」彼は一瞬、躊躇《ちゅうちょ》した。「でも、見つけたところで、エクスカリバーにはメリットがないけどね。おそらくクリスタルは証拠として押収され、戻ってくるまでに何カ月もかかるだろう。その頃にはもう、会社は倒産してるよ、きっと」

エリザベスはためらい、それから思い切って言ってみることにした。「ずっと考えてたんだけど」

「何を？」

「私たちのこれからのこと」

ジャックはかすかに笑った。「食うのに困ることはないさ」

「わかってる。あなたは自分の面倒は自分で見られるから」エリザベスはジャックを見た。

「でも、オーロラ・ファンドの管理職になること、考えてみてくれない？」

「仕事をくれるのか？」

「まあ、そういうことね」

「君のところで働くってこと？」彼はとても慎重に尋ねた。

「いいじゃない。あなたなら、うちにぴったりよ」

「オーロラ・ファンドは二人体制の会社だ。君とアシスタントのルイーズのね。どうして、僕がぴったりなんだ？」

「あなたは、小さな新設企業や問題を抱えた会社を分析する経験を積んでるわ」エリザベスはあわてて言った。「きっと、資金援助の候補者を的確に評価してくれるでしょう。あるいは、新しい部署を一つ増やしてもいいのよ。新規事業への資金提供に加えて、事業の立ち上げやコンサルティングもできるようにね」

「面白い考えだな」

「君の下で働くってことか」ジャックは思案ありげに言った。

エリザベスはだんだん苛立ってきた。「何よ？　私から指図されるのは我慢できないと思ってるの？」

「まあね」

彼女の中でプライドがもだえていた。「興味がないなら、そう言いなさいよ」

ジャックは椅子の肘掛けに両腕をぽんと載せ、手を合わせた。「興味があるのは、もうちょっと永続的なことだ」

エリザベスは彼をにらみつけた。「ちょっと、オーロラ・ファンドは永続的な会社よ。私が経営を引き継いだ頃と比べて、今はずっとしっかりした会社になってるわ。ソフト・フォーカスの件に関係なく、この四半期は黒字を計上する予定よ」

「そりゃ、よかった」

「ジャック――」

彼はエリザベスの目を見据えた。「終身雇用の話をしたいわけじゃない。僕は結婚のことを言ったんだ」

エリザベスはしばらく息を止めた。「結婚？」

「君に雇われるより、君と結婚するほうに興味がある」

彼女はつばをのみ込み、さらにもう一度のみ込んだ。「私たちには時間が必要だということにしたと思ったけど」彼女はようやく押し殺したような声を出した。「焦らないということで意見が一致したでしょう」

「それは君の考えであって、僕の考えじゃない。半年前から自分が何をいちばん望んでいるかわかっていた」

エリザベスは、彼のきらめく瞳をじっと見つめた。「そうなの？」

ジャックは椅子をぐっと押して立ち上がると、ソファーのほうへ歩いていき、彼女をすくうように抱き上げた。「そうだ」

「でも――」

「いちかばちか」ジャックは彼女を抱いたまま階段のほうに歩きだした。「君が勇気を奮い起こして僕と結婚してみると言うなら、僕も君に雇われる気があるかどうか答えてあげるよ」

「ばかげた取引だわ。自分だってわかってるんでしょう」エリザベスは彼の肩をつかんだ。「お願いだから下ろして。今夜は大変な目に遭って疲れきってるはずよ。私を運んで階段を上がれるような状態じゃないわ」

「見ててごらん」

「男らしさを誇示してる場合じゃないでしょう」

「ほかにアピールできることがあるわけでもないんでね」彼は二階にたどり着き、右に折れて自分のロフトに入っていった。「どっちにしろ、僕は君とベッドに行きたかったんだ」

「セックスじゃ、何も解決できないわよ」

「うん。でも君がどうするか決めるのを待つあいだ、二人で楽しく過ごすのに役立つってことは認めるべきだ」

「私はまじめに話し合おうとしているのよ」

「セックスのほうが面白い」

ジャックはベッドまで歩いていき、両腕を広げた。エリザベスはキルトの上にどさりと落ち、目にかかった髪をどけて見上げると、彼はすでにシャツを脱いでいた。

「結婚のこと、本気で言ってるの?」エリザベスは小声で言った。

「ああ」ジャックはベルトのバックルをはずした。

ジャックは服を脱ぎ終わり、エリザベスは彼を見つめながら、徐々にうっとりした気持ちになっていった。彼は完全に勃起し、それは硬く、重くなっていた。彼がベッドに片膝を突いたとき、エリザベスは自分の中にいつもの興奮が湧き上がるのがわかった。

ジャックはエリザベスに覆いかぶさった。

「でも、セックスだって、ものすごく本気だよ」

「それはわかるわ」エリザベスはささやいた。そして、ジャックの体に腕を回して自分のほうに引き寄せた。二人のあいだにはたちまち激しい感情が燃え上がり、彼女はその中に逃避できたことにほっとしていた。

しかし、彼が太ものあいだにゆっくりと体を入れ、彼女をマットレスに押しつけたときも、エリザベスにはわかっていた。私は返事を先延ばしにしているだけ……。

結婚？

ジャックと？

それからしばらくして、ジャックはごろっと仰向けになると、片方の腕をエリザベスに回した。「今夜は話しておきたいことがもう一つあるんだ。正直に言わずにはいられないから言うんだが、プロポーズを受け入れる前に、僕について、もう一つ知っておくべきことがある」

エリザベスはうめくような声を上げ、肘を突いて体を起こした。「心の準備をしとくべき？」

「かもね。この一週間、君が思い違いをしていた、ちょっとしたことをはっきりさせておくべきだと思ったんだ」

エリザベスは目を大きく見開いた。「言わないで。当ててみせるわ。実はあなたには財産があるんでしょう？　私に内緒にしてたけど、実は大金持ち。だから、ソフト・フォーカスが見つからなくても、仕事上の評判が水の泡になっても、別に構わないんだわ」

「残念ながら、その点には何の誤解もなかったな」ジャックはそっけなく言った。「僕は大金持ちなんかじゃない」

「あら。それじゃあ、ミラー・スプリングスにやってきた初日の晩に言ったことは嘘だったの？」

「あれは嘘ではなく、ちょっと気の利いた、その……作戦だ」

「作戦って？」

「ミラー・スプリングス・リゾートの予約が入ってなかったことだよ」

エリザベスはジャックの胸に手を当てた。「いいわよ。最悪の事態は覚悟してたわ」

ジャックはもっと楽な姿勢で枕に寄りかかり、半分閉じた目で彼女を見つめた。

「コネがあるって話をしただろう。部屋を予約するために使ったコネは切れてたわけじゃない。ホテルに到着したとき、僕の予約はちゃんと入っていた。でも、フロント係に部屋はいらないって言ったんだ。フロント係は僕の後ろに並んでた人にその部屋を提供した。その人は予約を入れずに来ていたから、ものすごく感謝してたよ」

エリザベスは彼の胸を指でトントン叩いた。「そのあと、ここの玄関の階段に現れて、泊まるところがないと泣きごとを言い、中に入れてくれと頼み込んだのね」

ジャックは顔をしかめた。「頼み込んだ覚えはないけど」

「似たようなものでしょ」

「まあね」ジャックもそれは認めた。「今、思えば、とんでもないリスクを冒したもんだ。君を説得し、ここに泊めてもらえるとちゃんとわかるまで、本来なら予約はキャンセルすべきじゃなかった」

エリザベスは唇をとがらせた。どうやら、彼の告白についてあれこれ考えているらしい。

「私がまんまとだまされたと確信できるまで予約にしがみついていたなら、抜け目のない百戦錬磨のCEOがいかにもやりそうなことだったけど」

「どうしてあんなことをしたのかな」

エリザベスは彼の胸を叩くのをやめ、取り澄ました笑顔を見せた。「私にはわかるわ」

「本当に？」ジャックは彼女の頭の後ろに手を当てた。「教えてくれよ」

エリザベスは咳払いをした。「この数カ月のあいだで気づいたんだけど、あなたは本当は、古風でロマンチックな人なのよ。間違いないわ」

彼女の髪に触れていたジャックの手が止まった。彼女を見つめていたが、あまりにもびっくりして、しばらくしゃべることができなかった。それから、彼は笑い出した。

激しく笑いすぎて、ベッドから落ちなかったのが不思議なくらいだった。ようやく笑いが収まると、彼はエリザベスの意見に対し、自分の評価をひとことでまとめた。

「思い違いだ」

「本当のことよ」自分の言ったことに懐疑的な反応を示されても、彼女はまったく動じていないらしい。「あなたは、少々色あせたよろいに身を包んだ騎士なのよ。だから、父親が傷つけた人たちへの罪滅ぼしをしなくちゃいけないような気持ちになるの。儲けにならない、小さな、問題を抱えた会社のコンサルタントを引き受けるのが何よりの証拠。それに、危機に直面した会社と契約をする前に、辞めるときは高額の退職金を受け取れるようにしてくれと要求したりもしない。無情な大企業じゃなくて、歴史や家族の遺産を受け継ぐ同族会社の仕事を選ぶのよ」

ジャックはにやっと笑った。「話を整理させてくれ。つまり、ミラー・スプリングスにやってきた最初の晩、君と一緒にいられるかどうか、一か八かやってみようと思ったのは、僕にそんなロマンチックなところがあるからだって言うのかい?」

「そうよ。あなたが、こんなばかげたリスクを負う理由を説明するなら、まさしくそれよ」

「本当にそう思ってるみたいだな」

「ええ。だからこそ、私はあなたのプロポーズを受けることにしたのよ」

ジャックの体から、滅多に得られない、ある種の極めて貴重なエネルギーが噴き出した。これをビン詰めにすれば、世界一の金持ちになれるだろう、と彼は思った。しかし彼のすぐ内側で、そのエネルギーは血管を勢いよく走り抜け、何とも言い難い、この上ない喜びが新たにどんどん生み出された。金持ちになるために、この喜びを売る必要はない。彼の心はもうすっかり満たされたのだから。

「ちょっとした秘密を教えてあげる」エリザベスは頭を傾け、彼女の唇がジャックの唇を軽くかすめた。「あなたを家に入れるなんて、私もひどくロマンチックだったわね」

「どういうこと?」

エリザベスはにこっと微笑んだ。「ドアを押さえて、あなたを招き入れたとき、あなたの話は真っ赤な嘘に決まってると思っていたからよ」

ジャックの血管に熱いものが押し寄せた。性的な興奮ではないと思ったものの、それもどこかで入り混じっているような気がした。でも何か別のものだ。もっと、計り知れないほどながら、中に入れてくれたのだ。

ジャックはもう一方の手を彼女の髪に差し入れ、指先にそっと力を込めた。「どうやら、ここにいる隠れロマンチストは僕だけじゃないようだな。エリザベス、君を愛してるんだ」

「私もよ」エリザベスは彼にキスをしだしたが、やがて動きを止めた。その目は急に、何かを思案しているような表情を見せた。

「どうした？」

「こうしてると、この前の問題を思い出すわね」

「終わったことだ。でも、あれはそんなに前のことじゃないし、正直言って、僕は問題とも思っていない」

「そんなふうににやにやするのはやめて」エリザベスは、しわくちゃになったシーツの真ん中でゆっくり体を起こした。「重要なことよ。たぶん」

ジャックは両手を頭の後ろに持っていった。「何か言いたそうだね」

「ホテルの予約にまつわる、あなたのちょっとした駆け引きの話を聞いて、ふと思ったの。タイラー・ペイジはミラー・スプリングスにいるあいだ、どこに泊まっていたんだろうって。グレシャム署長が、ジリアンはデンバーから車を運転して、日帰りの予定で来ていたようだと言ってたでしょう？」

「それで？」

「でも、私たちはずっと、ペイジがこのミラー・スプリングスにいると思い込んでいた。彼はできるだけ映画祭の会場に近いところにいたがるだろうと思ってたでしょう」

「ひょっとすると思い違いをしていたかもしれないな」

エリザベスの目がきらっと光った。「してなかったかもしれない」

ジャックはゆっくり起き上がった。「何が言いたいんだ？」

「ペイジは日常生活の細々したことをきちんとするのが苦手だった。その点は皆、意見が一致してるでしょう。身元を偽るなんて、もっと面倒くさくて彼の手には負えないわよ」

「きっとジリアンが代わりに全部やっていたんだろう」

エリザベスはシーツの下で手をぎゅっと握り締めた。「ここで初めてヘイデンに会った日、あのホテルでどうやって部屋を確保したのかと訊いてみたの。彼は、支配人と知り合いで、ちょっとコネを使ったんだと言ってたわ。すごくさりげなく、ついでみたいに言ったのよ。彼はどこかで支配人に会ったことがあるのかもしれない」

「ホテルの上のほうのスタッフは定期的に異動があって、しょっちゅう、あっちの施設、こっちの施設と動いているんだ」ジャックがゆっくりと言った。

「でも、ヘイデンがこのミラー・スプリングスで支配人と出会った可能性もあるでしょう。つまり、彼がここに来るのは初めてじゃないってことよ」

「ここは、冬場はスキー・リゾートとして人気があるからな。ヘイデンはスキーをするし」ジャックはそこで言葉を切った。「ジリアンもそうだ」

「ジャック、もしも――」

「ちょっと待った」ジャックはテーブルの端にあった電話をつかんだ。それから、引き出しの中をかき回して、ミラー・スプリングスの電話帳を探し出した。「電話一本で、この件には何とか終止符が打てるかもしれない」

ジャックはリゾート・ホテルの電話番号を調べ、プッシュボタンを押した。呼び出し音が何度か鳴ったあと、ヘイデンが電話に出たが、半分寝ているような、酔っているような声が聞こえてきた。

「僕らが帰ったあとも、相当飲んだみたいだな」ジャックが尋ねた。

「今さら兄貴面しようなんて思ってるなら、あきらめたほうがいい。それに、飲んで当然だろう。ひどい夜だったんだ」

「まあ、それは否定できないな」ジャックが言った。「すぐにまたベッドに戻してやるから。こっちの質問に答えてくれたらな」

ヘイデンがうなった。「俺の命を救ったからって、真夜中だろうが、気が向いたら俺をたたき起こせるなんて思うなよ。迷惑だ。俺に芽生えた兄貴への感謝の心なんてこんなもんさ」

「ヘイデン、聞いてくれ。おまえは支配人と知り合いだから、そのホテルに部屋が取れたとエリザベスに話しただろう?」

「ダグラス・フィンリーのことか。いいやつだぜ。それがどうかしたのか?」

「前にもそこに泊まったことがあるのか？」

「ない」

「くそっ」ジャックの期待はぺしゃんこになったが、エリザベスの視線をとらえ、もう一押ししてみようと思った。「フィンリーとはどうして知り合ったんだ？」

「実は、本当に知ってるというわけじゃないんだ。少なくとも、直接の知り合いじゃない。義父の名前を出して、そのコネを利用した」

「フィンリーはジリアンの家族とは知り合いなんだな？」

「ああ。でも、彼は離婚のことは知らなかった。おそらく知ってたら、部屋は用意してくれなかっただろう。こんな話をしていったいどうなるって言うんだ？　こっちは寝たいんだよ。さっき、ジリアンの父親から電話があった。リングステッドは今、チューリッヒから戻ってくるところだ。一家の顧問弁護士もこっちに向かってる。明日は両方の相手をしなきゃならないんだぞ」

「あともうちょっと付き合ってくれ」ジャックは言った。「ジリアンの家族はこの界隈で休暇を過ごすということなんだな？」

「身近な家族じゃなくて、彼女のいとこの一人が、ここから数キロ行ったところに家を持ってる。ジリアンと一、二度利用したことがあるよ」

ジャックは受話器を握り潰さなかったことに驚いた。「彼女のいとこがこのあたりに家を持ってるんだな？」

「ああ。でも最近は、離婚のことやら何やらで、リングステッド一族にとって俺は歓迎されざる人物になってる。別荘のカギを貸してくれと頼んでも無駄だから、その代わりに、このホテルで運試しをしてみたんだ」

26

その家は道路から離れた位置にあった。隠れるように聳《そび》え立っているという感じだ。長い私道の突き当たりまで車を進め、角を回ったところで、ようやく姿を現した。エリザベスは身を乗り出し、ヘッドライトが建物を照らし出す様子を見ていた。室内は暗く、敷地内の駐車場に車は一台も止まっていない。

「ペイジがここに滞在していたとしても、とっくにいなくなっているだろう」ジャックはエンジンを切り、懐中電灯を手に取った。「でも、ひょっとすると、彼が向かった場所を知る手掛かりが何か見つかるかもしれない」

エリザベスは車のドアを開け、不安げにジャックをちらっと見た。「私たちが相談もなくここに来ていると知ったら、グレシャム署長はあまり気分がよくないでしょうね」

「ヴィッキーの自動車事故やら、ジリアンの殺害やら、グレシャムは今のところ手一杯だ。それに、また無駄骨で終わるかもしれない。何か役に立つことが見つかったら、彼に連絡しよう」

「そうね」彼女は滑るように車から降り、ドアを閉めた。そして、ダウンのロングコートのボタンをかけてから、わかってると言わんばかりの顔で、車の屋根越しにジャックを見た。「二人でペイジを追いかけることになったらってことね」

「ペイジがヨーロッパにいるなら、どっちみちグレシャムにできることは何もない。でも僕らの場合、ペイジが外国市場でソフト・フォーカスを売り払う方法を見つける前にあいつをつかまえれば、できることがあるかもしれない」

エリザベスは頭を横に振りながら、彼のあとについて家のほうに歩いていった。「ジャック、あなたのそういうところにも感心しちゃうわ。絶対にあきらめないのね」

「あきらめるという選択肢は、普通、戦略的には上等な手段とは言えないんだ。マイナス効果しかないからね」ジャックは革の手袋をはめた。「はっきり言って、行方不明の研究サンプルを見つけることなんて、グレシャム署長にしたら優先順位は高くない。彼は二つの殺人事件を追っている。目下、エクスカリバーの盗難品は、彼のリストの下のほうにあるんだ。ヴェルトランへのプレゼンの前にあのクリスタルを取り戻して恩恵をこうむるのは君と僕だけで、グレシャムにとっては意味がない」

「念を押されなくてもわかってます」エリザベスは、コートのポケットから手袋を出してはめた。それから、裏のデッキに通じる階段を駆け上がり、ジャックがドアや近くの窓の鍵を確かめる様子を眺めた。

「こういうの、何て呼ぶか知ってる?」

「不法侵入?」ジャックは引き続き、デッキの角を回って進んでいった。「初めてすることじゃないだろう。もう慣れてもいいころだな」

「シアトルでペイジの家を調べたときは鍵を持っていたし、半合法的な、筋の通った口実があったわ。今回のはちょっと、言い訳しにくいかも」

「必要とあらば、僕が何とかする」

「一人前のCEOみたいな言い方ね」

「上手いことを言って切り抜けるんだ」

「さもなければ無理に説得してでも欲しいものを手に入れるのよ」エリザベスが言った。「ただし、こっそりと」


彼女は、熱くなったり冷たくなったりする手の感覚を意識しないようにして、ジャックのあとについていった。彼は大邸宅を囲む広いデッキを半分回ったところだった。ジャックに続いて角を回ると、彼女の目に入ってきたのは、一階と二階をつなぐ正面の壁の全体像であり、そこは床から天井まである巨大な窓になっていた。内側からなら、山の広大な景色が望めそうだ。しかし、彼女が立っている場所からだと、暗いガラスは通り抜けることのできないバリアのように立ちはだかって見えた。


ジャックはいちばん近いところにある掃き出し窓に向かった。エリザベスは自分の小さな懐中電灯でデッキのあちこちを照らした。その光の筋は、業務用サイズのステンレス製アウトドア・グリル、二脚の長椅子、テーブル、そしてホット・タブをかすめていった。

「ミラー・スプリングスではホット・タブが大人気みたいね。どこの家にもあるもの」

「最近、あれのよさを体験したら、僕もすごく欲しくなったよ。帰ったら設置しようかと思ってるんだ」ジャックは次の窓に移動した。

「あなた、マンション住まいでしょう」

「君のところなら大丈夫だろう。寝室のバルコニーはどうだろう?」

エリザベスは顔をしかめた。「どうして私の寝室にバルコニーがあるって知ってるの?」

「うちの窓から見えるんだ」

「嘘よ。双眼鏡でも使わなきゃ見えないわ」

ジャックはそれには答えなかった。

「もしかして、半年間、私を見張ってたの?」

「よくは見えなかったよ」彼はエリザベスを安心させるように言った。「木が邪魔してね。庭師に言って、バルコニーの植え込みは刈り込んでもらったほうがいいかもしれない。ちょっと伸びすぎてると思わないか?」

エリザベスは怒るべきなのか喜ぶべきなのかわからず、うなり声を上げた。そして、ジャックに植え込みが邪魔にならない位置を教えてあげようとしたとき、彼女はアウトドア・グリルの蓋が開いていることに気づいた。その脇に延びる油で汚れたスチールのカウンターの上に、たくさんの調理器具が散らばっている。

「最近、誰かがグリルを使ったのね。見て、道具がこんなにたくさん。それに、カウンターの上はぐちゃぐちゃだわ。もしかして――」エリザベスは突然言葉を切り、ホット・タブの縁に突き出ている黒っぽいものに目を凝らした。最初は、誰かがデッキに靴を片方、忘れていったのだろうと思った。

男性の靴だ。

靴の上にはズボンが見える。「ちょっと、ジャック来て!」

ジャックは三歩でデッキを突っ切り、彼女の隣で立ち止まった。彼は自分の懐中電灯をホット・タブの脇に向けた。

「しまった、遅かった」

ジャックは、靴から懐中電灯の光をはずさないようにしながら、小さなプールの縁まで歩いていった。

「ああ、神様」エリザベスがささやいた。「また死体ではありませんように」

彼女はゆっくりと前に進んだ。靴から顔を背けてしまいたいのに、そうすることができない。まるで、激しい衝動に突き動かされているかのようだ。

彼女はグリルの脇で足を止めると、片手を伸ばしてカウンターの伸長部分をつかんで自分を落ち着かせた。指が、汚れたままの調理用フォークの柄に軽く触れる。

ホット・タブはカバーがはずれていたが、作動していなかった。モーターの音も聞こえず、内部の照明もついていない。水面は静かに月明かりを反射していた。

ジャックはホット・タブの縁に沿って進み、一見、しわくちゃな衣服の山のような物に懐中電灯を当てた。

エリザベスの目に入ってきたのは、骨ばった指をしたやせた手、それに、傷ついた頭から今もにじみ出ている血。男の顔が自分のほうを向いていなかったのが唯一の救いだった。ライトの先で何かが光る。長椅子の脇のデッキの上に、ステンレスのしゃれたカクテル・シェーカーが転がっていた。エリザベスは、シェーカーの蓋が取れていることに気づいた。死んだ男は、マティーニを作っていたときに襲われたのだろう。

「ああ、なんてこと」彼女は懐中電灯を下げた。その光が、デッキの上で黒っぽい金属の物体を照らし出した。「ジャック……?」

ジャックは、男の手から落ちたらしいその銃をちらっと見た。「そういうことか」

エリザベスが振り返って死体を見ると、頭の下から大きな黒い染みが広がっていた。それはカバーのないホット・タブからはねた水である可能性もあった。だが、彼女はそうじゃないと気づき、吐き気をもよおした。

ジャックはかがんで男の首の脈を確かめ、エリザベスはその様子を呆然と見ていた。

「ペイジなのね?」彼女が小声で言った。

「ああ」ジャックは立ち上がり、ジャケットのポケットに手を突っ込んで携帯電話を探った。「彼は街から出られなかったんだな」

「きっと、ジリアンを殺したあと、恋する男の自責の念から自殺したんだわ。哀れな人ね。ジリアンは本当に彼のファム・ファタールだったのよ」

日よけの下の暗がりから、黒い人影が現れ、三本目の懐中電灯の光がちらちら光った。エリザベスは悲鳴を上げそうになったが、声が出なかった。というのも、息をつくこともできなかったからだ。

「自殺じゃないと思うがね」ドーソン・ホランドが言った。「この間抜けなろくでなしは、ソフト・フォーカスを渡そうとしなかった。〝ジリアンに裏切られた、おまえにクリスタルは渡さない〟何度も同じことばかり言いやがって。実はな、こいつは図々しくも私に銃を向けたんだ。だから殺すしかなかった」

「なぜ、いつまでもうろうろしてるんだ？」ジャックの声は驚くほど淡々としていた。彼は死体のそばで、しゃがんだままの姿勢でいる。「ジリアンの死、行方不明の妻、そのうえまた殺人となると、説明するのがちょっと大変なんじゃないのか？」

「人に説明してやるために、いつまでもここにいるつもりはないんだよ」

「あなたがジリアンを殺したのね」エリザベスがささやいた。「結局、タイラー・ペイジじゃなかったんだわ」

「あの女は私におかしな態度を取りだした。復讐する、復讐すると、何度もわめき散らしやがって」ドーソンは懐中電灯の光をエリザベスの目にじかに当てた。

エリザベスはレーザーでも浴びたかのようにふらふらっとあとずさりした。そして、グリルにぶつかってよろめき、バランスを取ろうとして必死で手探りした。カウンターの上の器具類がガチャガチャと大きな音を立てる。重たいフライパンがデッキに落ち、二回バウンドした。ジャックは彼女から決して目を離さなかったが、言葉は発しなかった。

ドーソン・ホランドはにやっと笑い、懐中電灯を再びジャックに向けた。「彼女は苛立っているようだな」

「あなたと話してると、どんな頭のいい人間だっていらいらするわ」エリザベスが返した。

「で、君は頭のいい人間ってことなのかね？　賢い女性には、実にわくわくさせるところがある。美しさも兼ね備えている場合は特に魅力を感じるね。でも、結局そういう女は信用できないんだ。いつも自分の計画ってものがあって、それが彼女たちを危険な存在にしている」

「危険と言えば——」ジャックがさりげなく切りだした。「このところ、本当に不運続きだったな。まず、ヴィッキーに逃げられ、保険金目当てで殺そうにも、それが不可能になった。次に、ジリアンはソフト・フォーカスを海外に売るビジネスよりも復讐に取りつかれてしまった」

「ジリアンは取引をすっかり台無しにした」ドーソンの顔は激しい怒りで引きつっている。「金には関心がなかったんだ。ばかげた復讐がしたかっただけなんだよ。私を利用したんだ」

エリザベスは恐る恐るドーソンを観察した。「ジリアンとはどうして知り合ったの？」

「数カ月前、彼女はセドナの映画祭にやってきた。そして自分から声をかけてきたんだ。事前に色々調べていてね。私が何者で、海外投資のベンチャー・ビジネスに興味があることを知っていた」

「彼女が必要としていたのは、タイラー・ペイジがどうしてもやりたがっていることを叶えてくれる人だったのね」エリザベスが言った。「自分の映画をプロデュースすることがペイジの夢だったから」

ドーソンは唇を引き結んだ。「さっきも言ったが、彼女は私を利用したんだ。最初は理想的なパートナーのように思えた。うるさい連中を黙らせるため、私にはソフト・フォーカスが必要だったし、ヴィッキーにかけた保険で儲ける準備もしていた。だから、ミラー・スプリングスに来れば一石二鳥だと思ったのさ」

「でも、結局、ジリアンは協力してくれなかったんだな？」ジャックが尋ねた。

「あのいかれた女は身を隠し、ペイジもかくまってしまった。私はどっちも見つけることができずにいた」ドーソンの声が高くなった。「それから、あんたとヘイデン・ショーが現れたんだ。脅して追い出してやろうと試みたが、二人とも言うことを聞かなかったな。そして、あんたはレジャーを送り込んでペイジのことを嗅《か》ぎ回った。だからレジャーを買収したんだ」

「あのビデオはどこで手に入れた？」

ドーソンがにやっと笑った。「ジリアンが数週間前に作らせた。万が一のためだと言ってな。彼女は、うまくいかなかった場合、ほかの人間に容疑が向けられる証拠を作っておきたかったんだ。私にコピーを持っていろと言うから、そうしたよ。念のためにね」

「警察は、あなたがアムステルダムに向かってると思ってるわ」エリザベスが言った。

「ヴィッキーが事故を装ったあと、私は失踪したふりをしなきゃならなかった。それで今朝、空港でアムステルダム行きの航空券を買ったんだ。でもそのあと、レンタカーを借りてここに戻ってきた。それから、ショーのホテルの部屋に盗聴器を仕掛けたのさ。だから、彼がジリアンから連絡を受けたことがわかった。そこで私は例の場所に先回りして、ジリアンと対面したというわけさ」

「彼女はペイジをどこにかくまったか話したのか?」ジャックが尋ねた。

「あのいかれた女は、ついに復讐が果たせるってことですごく興奮してた。で、面と向かって私を嘲笑い、ソフト・フォーカスはくれてやると言った。そしてペイジをかくまってる場所までしゃべったよ」

「それで、あなたはジリアンを撃ち殺し、ここにやってきたのね」エリザベスが小声で言った。

「ペイジはここを出ようとしていた」ドーソンは顔をしかめた。「あの大ばか野郎は、こっそり劇場に行って、『ファースト・カンパニー』の試写を見るつもりだったんだ。信じられないだろう。大金を手にするチャンスを危険にさらしても、自分の映画を見に行きたいなんて」

「あなたはここにやってきて、ペイジにソフト・フォーカスを渡せと迫った。けど、彼はそれを拒否した。ジリアンがあなたと共謀して自分を裏切ったと思ったからよ」エリザベスが言った。「そして、彼の判断は正しかった」

懐中電灯の光の奥で、ドーソンは暗い怒りの仮面をかぶっていた。「あの大ばか野郎は、

〝ソフト・フォーカスはおまえの目の前にあるが、絶対に見つからない〟と何度も言いやがった」

「それでも、あんたは見つけられると思ったんだな？」ジャックは硬い笑顔を見せた。「どれくらい探したんだ？」

「この忌々しい家を引っかき回して、もう何時間も探してる」ドーソンの声には失意に満ちた激しい怒りが感じられた。「そのホット・タブの中まで探したさ。ヤツはよく見えるところにあると言い、俺はその言葉を本気にした」

「でも、時間がなくなってきたんだろ？」ジャックが言った。「警察に見つからなくても、海外投資ビジネスのお仲間に見つかるだろうからな。どこまで逃げるつもりなんだ？」

「この山を出さえすればいい」ドーソンの頬が神経質そうに引きつった。「ミラー・スプリングスを出てしまえば、私は自由になれる。新しい身分証明書を用意してあるんでね。しばらく姿を消していればそれでいいのさ」

「ここを出る前に、警察に見つかるわよ」エリザベスが言った。

「そうは思わんな」ドーソンは冷ややかに笑った。「だが、万が一のことを考えて、人質を取っておくつもりだ。保険だよ。ご存じのとおり、私は昔から大の保険信奉者でね」

エリザベスは息を吸い込んだ。「私がついていくと思っているなら――」

「わかってるじゃないか」ドーソンは懐中電灯を持った手を動かした。「こっちへ来い。早く、ぐずぐずするな」

「ソフト・フォーカスはどうする？」ジャックが尋ねた。「あきらめるつもりなのか？」

「損失の少ないうちに手を引けと戦略リストに載ってるだろう、フェアファックス」ドーソンはもう一度懐中電灯の光をエリザベスの目に当てた。「さあ、こっちに来い、エリザベス。さもないと、フェアファックスを撃つぞ」

彼は本気だ、とエリザベスは思った。ホランドはためらうことなくまた人を殺す。彼女はゆっくりとドーソンのほうに歩いていった。

「急ぐんだ。フェアファックスは一つだけ正しいことを言った。私には時間がない」彼女との距離が二、三〇センチほどまで迫ると、ドーソンはジャックに向けていた銃をエリザベスのほうに向けた。「よし、今度はフェアファックスの番だ。ちょっとでも動いてみろ。遠慮なく彼女を撃つ。わかったな？」

「ああ」ジャックは穏やかに言った。「わかったよ」

「私の車は、ここからそう遠くないところの脇道に止めてある」ドーソンはエリザベスにずっと銃を向けていたが、ジャックから目を離すことなく指示を出した。「行け、エリザベス。ゆっくりとだ」

彼女は動こうとしなかった。「私が車を取りにいったら、すぐにジャックを殺すつもりなんでしょう？」

ドーソンはそのとおりと言わんばかりに微笑んだ。「君は本当に賢い女だ。こんな状況じゃなければ、二人で上手くやれたかもしれないな」

「長くは続かないわ」

「そうだな。長くは続かない。さあ、行くんだ。さもないと、彼が死ぬところを見るはめになるぞ。君はそんな場面はお気に召さないと思うんだがな」

エリザベスはジャックを見た。彼は相変わらず、死体の脇でしゃがんでいる。そこからペイジが落とした拳銃までの距離は二メートルもあった。

「ジャック？」

「大丈夫だ、エリザベス。君はやるべきことをすればいい」ジャックは一瞬ためらった。

「でも急ぐんだ、いいね？」

「わかってるわ」彼女は向きを変え、来た道を戻るようにデッキをぐるっと歩いていった。

ドーソンは相変わらず彼女の頭に銃を向けていたが、ずっとジャックを意識していた。先ほどグリルにぶつかったとき、エリザベスは落とした調理用フォークを袖の中に押し込んで隠していた。そして今、その柄の部分を握っている。彼女は袖からフォークを引っ張り出した。

ちょうどそのとき、ドーソンは銃口を彼女からはずし、ジャックのほうに向けた。エリザベスはその動きに気づいていた。

狙《ねら》いを定めている暇はない。エリザベスは夢中でフォークをドーソンに突き刺した。フォークの歯が彼のズボンの布を破るのがわかり、次の瞬間、肌と筋肉が抵抗する気持ちの悪い感触を覚えた。

ドーソンは痛みと怒りに震え、悲鳴を上げた。

「この野郎」

銃声が鳴り響き、彼女は一瞬、耳が聞こえなくなった。閃光《せんこう》が走り、ドーソンの懐中電灯がデッキに落ちて転がった。ジャックがドーソンに突進し、エリザベスは二人が衝突する様子を見たというより、感じ取った。二人の男はデッキに勢いよくぶつかり、振動が走った。

エリザベスはそこから必死ではい出し、よろよろとあとずさりをして手すりにぶつかり、くるっと向きを変えた。

ホット・タブの暗がりから、血まみれの亡霊が起き上がった。タイラー・ペイジがゆっくりと体を起こしたのだ。彼は片手をさっと伸ばし、やみくもに何かを探し回った。彼の指が銃にかかる。ペイジは銃をつかみ、取っ組み合う二人の男のほうに向けた。腕がひどく震えている。

「おまえは私から彼女を奪った」ペイジは震える声であえぎながら言った。「彼女はおまえとぐるになって私を裏切った」

「ジャック！」エリザベスが叫んだ。「伏せて」

ジャックがちらっと視線を上げる、そこにペイジの姿を見て事態を瞬時に理解した。そして転げながらドーソンから逃れ、あわてて射程外に出た。

「やめろ」ジャックが叫んだ。「大丈夫だ。彼は――」

しかし、時すでに遅し。再びすさまじい銃声が響き、閃光が走った。そして、ドーソンはデッキの上でぐったりと動かなくなった。

「エンジェル・フェイス」タイラー・ペイジがささやいた。「私の美しいエンジェル・フェイス」

彼は後ろ向きに倒れ、再び動かなくなった。

そして、あたりはすっかり静まり返った。

「エリザベス？」

「私は大丈夫」彼女はタイラー・ペイジを見つめている。「てっきり死んでるのかと思ったわ」

「いや、意識を失ってたんだ。ドーソンが撃った弾は頭の脇をかすめたんだな」ジャックはドーソンの横にしゃがみ、脈を確かめた。「ドーソンもまだ生きてる。携帯電話、持ってる？」

「ええ」気を紛らわすことができるのはありがたい。エリザベスはコートのポケットから小さな電話を取り出し、緊急連絡をすべくプッシュボタンを押すことに一生懸命集中した。オペレーターが出るまでのあいだは永遠のようにも思えたが、ようやく電話がつながり、エリザベスは今の状況を詳しく伝えた。

電話が終わってふと見ると、ジャックはホット・タブのほうに戻っていた。彼女が見守る中、彼は身をかがめ、デッキに落ちていた銀色の入れ物をすくい上げた。

エリザベスはゆっくりジャックのほうに歩いていった。遠くから、泣き叫ぶようなサイレンの音が聞こえてきた。

「そのカクテル・シェーカー、どうするつもり？」

「これはカクテル・シェーカーじゃないんだ」彼は懐中電灯をその物体に当てた。「一種のハイテク魔法瓶でね。エクスカリバーの研究室で、ソフト・フォーカスの輸送用に開発されたものなんだ」

エリザベスはそれをじっと見ていたが、突然、その場に釘づけになった。「空っぽだわ。ペイジはドーソンを困らせようと思って、クリスタルを森に捨てちゃったのかしら？」

「『ファースト・カンパニー』を別にすれば、クリスタルの開発はペイジが人生で手にした唯一の大きな実績なんだ。彼がそれを台無しにするとは思えないな」ジャックはホット・タブの中を思案顔でじっと見つめた。「ペイジはドーソンに、クリスタルは目の前にあると言った。おそらく彼の言ったことは本当だ」

ジャックはコントロール・パネルのところへ行き、スイッチを入れた。すると、ホット・タブで水中ライトが灯《とも》った。

エリザベスはホット・タブの縁から中をのぞき込んだ。「ペイジがここに放り込んだと思ってるの？　でもドーソンはタブの中も見たと言ってたわ」水中照明のおかげでタブの中ははっきり見える。ベンチのほかには何も見当たらない。

「ドーソンはハイテクの専門家じゃない。おそらくジリアンは、クリスタルを盗むつもりだと彼に言ったんだろう。それを聞いた彼が、ソフト・フォーカスは水晶の塊のようなものだろうと思ったのは当然のことだ」ジャックは魔法瓶を逆さにし、小さな接合部をひねった。

「実際、水晶の塊なんだ。まあ、そのようなものさ。でも、水の中に入れてしまうと、また形状が変わるんだ」

エリザベスは突然、理解した。「あ、そうようね。新しいタイプのコロイド・クリスタルなんでしょう？　粒子が液体の中で分散するのよね。だから、ペイジは魔法瓶に入れて持ち運んでいたのね」

「特定の条件下じゃないと、塊にはならないんだ。ソフト・フォーカスにはユニークな特性がいくつもあるんだよ」

サイレンが近づいてきている。エリザベスは渓谷に目を走らせ、カーブで点滅している光をちらっと見た。

「せいぜいあと一〇分よ」エリザベスが言った。「警察が到着すれば、この家は犯行現場になってしまうわ。しらみつぶしに調べてソフト・フォーカスを探すなんてことは許してもらえないでしょう」

「僕の考えが正しければ、一〇分もかからないよ」

ジャックは容器の底にあった物を外に出した。小さなビニール封筒が手のひらに落ちた。彼は封筒を開け、中身をホット・タブに放り込んだ。

「今のは何なの？」エリザベスが強い口調で尋ねた。

「触媒さ。本当のコロイド・クリスタルと違って、ソフト・フォーカスの場合、粒子を凝集させて半固体にするのに、こういうものが必要なんだ。長くはかからないよ。ペイジがあのサンプルをホット・タブに放り込んだとすれば、早く形になるだろう」

エリザベスは一心に見つめた。最初は何も見えなかった。それから、ベンチの上にブルー・グリーンのガラスの破片のような物がきらめくのが見えた。

「ほらね」ジャックの声には満足感が入り混じっていた。彼はシャツの袖をまくり上げた。

「あともう二、三分で全体が現れる」

目に見えない状態で浮遊していた微粒子は、触媒によって誘発された力に反応して集結し、クリスタルの塊はみるみる大きくなっていった。

けたたましいサイレンの音が響き渡る。一台目の車が角を回り、別荘に通じる私道に入ってきた。

「これぐらいだな」ジャックはむき出しになった腕を水に突っ込み、ベンチからクリスタルをすくい上げた。

彼はそれを手のひらに載せたまま、しばらくあやすように揺すり、懐中電灯の光をその中心部に当てた。

エリザベスは息をのんだ。まるで、あり得ないほど見事な輝きを放つダイヤモンドの奥をのぞき込んでいるような気がした。ソフト・フォーカスはブルー・グリーンの炎のようにきらめき、かすかに振動しながら美しく輝いていた。

「見事なものね」彼女がささやいた。

「しかもこれは僕らのものだ」

サイレンが突然やんだ。車のドアが次々と勢いよく閉まり、後ろのデッキでバタバタと足音がした。

ジャックはソフト・フォーカスを握り、さりげなくポケットに入れた。

「もし何か訊かれたら、こう言うよ。ペイジが盗んだクリスタルは、実物そっくりに作ったダミーだった。幸いにも、本物はエクスカリバーの研究室にちゃんとある、ってね」

「そんな話、通じると思ってるの？」

「言っただろう。優秀なＣＥＯは何事も上手いこと言って切り抜けるんだ」

27

タイラー・ペイジは痛ましい姿で病院のベッドに横たわっていた。頭には包帯が巻かれている。すぐ近くのスタンドから点滴の管が下がり、中の液体がぽたぽたと落ちて彼の血管へと流れていく。鼻の上にはゆがんだメガネが斜めに乗っかっていた。彼は悲しげな、あきらめたような表情でジャックを見上げた。

「今さらお詫《わ》びをしても手遅れなのは承知です、フェアファックスさん。それでも、今回の件で、私がどれほど申し訳なく思っているかお伝えしたくて。いったい、どうしてあんなことができたのか自分でもわからないんです」

エリザベスはジャックの目にばかにしたような表情を見て取り、素早くベッドに近づいた。

「ジャックはわかってるわ、ドクター・ペイジ。恋の虜《とりこ》になってしまったのよね。しばらく自分を見失っていた。誰にだってそういうことはあるでしょう」

ジャックは天井を仰いだ。

タイラーはがっかりした表情をエリザベスに向けた。「彼女は本当に美しかった。彼女のような美しい女性は普通、私のような男など相手にしてくれません。でも彼女は違った。彼女のおかげで、私は自分がいい男に思えたし、きりっとした、何でもできる男に思えたんです。彼女といると、私はボガートやミッチャムやグラントになれたし、彼らのいいところをすべて兼ね備えたような人物になることができた」

「ジリアンは君を利用したんだ」ジャックが無愛想に言った。

エリザベスはベッドの反対側からジャックに向かって眉をひそめた。「そんなこと、くよくよ悩んでもしょうがないわ」

「利用されたのはわかってます」タイラーが答えた。「でも、彼女がソフト・フォーカスを盗み出してほしいと頼んできたのは、彼女自身の目的を果たすためであって、私と二人で南の島に逃げるためじゃなかったんだと気づいたときには……すでに手遅れだったんです。何もかもが悪夢に変わりました。もう、どうにもできなくなっていたんです」

「僕に連絡しようとは思わなかったのか？」ジャックは同情のかけらも見せずに尋ねた。

「ジャック」エリザベスが静かに口を挟んだ。彼女は警告の気持ちを込めて言ったが、ジャックは視線を動かさなかった。

「どうにもならない気がしたんです」タイラーは弁解した。「彼女の罠にはまってしまって。グレシャム署長からジリアンが死んだと聞いて、私はひどくほっとしたんです。やっと自由になれた、彼女の手中から逃れられたと思いました。彼女の手中から逃れられたと。今思うと、自分がいかに臆病《おくびょう》だったかと情けなくなります」

「あなたは絶対に臆病なんかじゃないわ」エリザベスがきっぱりと言った。「あなたを殺そうとしたドーソン・ホランドに立ち向かったじゃない。とても勇気のいることだったでしょう。実は、あなたはものすごく勇敢なのよ」

ジャックは眉をすっと上げたが、何も言わなかった。

タイラーははかない望みを込めて彼女を見た。「本当にそう思われますか、キャボットさん?」

「ええ。それに、ほかの人たちだって皆、そう思ってるわ」エリザベスは苛立った顔でジャックを見据えた。「そうよね、ジャック?」

「ああ、もちろん」ジャックはそう言ったと同時に、口元を少しゆがめた。「要するに、そういうことだ。ドーソン・ホランドに公然と反抗するなんて、たいした度胸だよ、タイラー」

タイラーは赤くなった。「それはどうも。それで、あの、ホランドさんは……?」

「死んだのか、だろ?」ジャックはうなずいた。「ああ、一時間前、手術中に死んだ」

「そうですか」タイラーは枕の上で肩をいからせた。「私はその件でも、裁判にかけられることになりますね」

「それはないと思う」ジャックはあっさり言った。「グレシャムは、これは明らかな正当防衛だと確信している。ホランドは僕らを殺そうとしたんだ。そうだろう?」

エリザベスは、白一色のベッド越しにジャックの目をまっすぐ見た。タイラーが意識不明の状態から目を覚まし、とどめの一発を撃ったのは、ジャックがすでにホランドを叩きのめしたあとのことだった。だが、エリザベスもジャックも、それをグレシャムに説明する必要があるとは思わなかった。些細《ささい》なことだ、とジャックは言っていた。どうでもいい些細なこと。

「署長は僕らのやったことが何もかも気に入らないみたいなんだ」ジャックが続けた。「でも、誰も刑務所送りにはならないよ」

タイラーはどうしてと言わんばかりに目をぱちぱちさせた。「でも罪の償いは必ずしなきゃいけません」

「エクスカリバーは告訴しないわ」エリザベスが言った。

タイラーは再び目をしばたたいた。「どういうことですか？　私は大事な研究プロジェクトの成果を盗んだんですよ」

「エクスカリバーは今回の事件には目をつぶることにしたんだ」ジャックは淡々と言った。「特に、君の盗んだものがただのダミーで、原物はずっとエクスカリバーに保管してあったことを考えるとね」

タイラーは口をぽかんと開けた。「しかし――」

「先月、新しいセキュリティ・システムを導入したんだ」ジャックが続けた。「この件を知ってるのは僕とミロだけだ」

「でも――」

「確認しておくが」ジャックは意味ありげに、冷静な表情で相手を見た。「僕はこの会社の

CEOなんだがね」

その言葉の意味がようやくわかってきたのか、タイラーの顔が明るくなった。「それを聞いて本当に安心しました。本当に……先を見越した、賢い選択ですね、フェアファックスさん」

「ああ、そう思うだろう？」

「こんなに嬉しいことはありませんよ。私のしたことで、エクスカリバーに長期にわたる悪影響はないのですね？　よかった。エクスカリバーはいい会社ですから。インガーソル家の皆さんはいつだって私によくしてくださいました。お会いできなくなるのは寂しいですよ」

「ずっと会えないわけじゃないさ」ジャックが言った。「ここから解放されたら、すぐ研究室に復帰してもらいたい」

タイラーはジャックをじっと見つめた。「エクスカリバーでまた働かせていただけるんですか？」

エリザベスが微笑んだ。「会社はあなたを必要としているの、ドクター・ペイジ。パトリシア・インガーソルが取り組んでいたコロイド・クリスタルに関する理論を本当に理解しているのは、あなただけなんだから。あなたがいないと、会社は困ってしまうのよ」

「困る……」タイラーはぼうっとしていた。「私がいないと……」

「本当よ」エリザベスはジャックのほうを見た。「そうよね？」

「ああ。本当に困るんだ」

「気づかなかった……」タイラーは不思議そうな目をして、急に言葉を切った。「今まで、私がいないと困るなんて言ってくれる人は一人もいませんでしたから」

エクスカリバー社の重役室に漂う緊張感は相当なものだった。エリザベスはその中で息ができている自分に驚いた。そして、ほかの役員たちの不安そうな顔をさっと見回した。インガーソル家の面々がオフィスにそろっている。椅子にどさっと座る人。コーヒーをごくごく飲んでいる人。そわそわ歩き回る人。皆、最初は幸福感に浸って興奮していたが、今は深い絶望を味わっている。

エリザベスは彼らを責めるわけにはいかないと思った。グレイディ・ヴェルトランと彼のスタッフを招いてのプレゼンテーションは三時間も前に始まった。それまでのところ、研究室からの報告は何もない。時間が経過するにつれ、緊張感がどんどん高まってきているように思えた。

「上手くいってないのよ」アンジェラが窓の前で急に立ち止まった。「ソフト・フォーカスがペイジの言ったとおりに機能していれば、今頃、何か連絡が来てるはずでしょう。現実を認めたほうがいいわ。私たちは破産したのよ」

「パトリシアがあれだけの年月を費やしたことが何もかも泡と消えたか」ミロのおじ、アイヴァが吐き捨てるように言った。

アンジェラは険しい顔をしている。「私にはわかってたわ。うちの全財産を一つのプロジェクトに注ぎ込むなんて、そんなことをジャックにさせるべきじゃなかったのよ。私はそう忠告したのに。それなのに……」

ミロのおばドロレスが皆をにらみつけ、「私たちにどうこうできたことじゃありませんよ」と言い返した。「この会社は潰《つぶ》れるところだったのよ。ジャックは私たちの唯一の希望だったの」

エリザベスは窓から顔を背け、インガーソル家の会話に入った。「皆さん、落ち着いて。研究室で何か問題があったのなら、今頃、ヴェルトランの人たちは帰ってますよ。でも彼らはここにいます。駐車場のリムジンが見えますから。つまり、まだ希望はあるということです」

「おしまいだ」アイヴォが嘆いた。「もう破産するしかない。何カ月前に会社をたたんでしまえばよかったんだ」

エリザベスが反応する間もなくドアが開いた。全員が振り向き、重い足取りで部屋に入ってくるミロを見つめた。ジャックは彼の一歩後ろに控えている。二人ともまったく無表情だ。

ミロは立ち止まり、親戚《しんせき》たちと向き合った。彼はしばらく何の感情も示さなかった。

それから、彼は突然、少年のように思いっきりにこっと笑ってみせた。そして窓を振るわせるほど大きな声で叫び、こぶしを突き上げた。「やったよ。ソフト・フォーカスはちゃんと動いた。タイラー・ペイジの言ったとおりにね。完璧だった。ジャック、皆に報告してよ」

ジャックは部屋の奥にいるエリザベスと目が合い、ゆっくりと満足げに微笑んだ。私と愛し合っているときの笑顔みたい、と彼女は思った。

「それで?」彼女が促した。

「戻ってくるのが遅れたのは、研究室を出る前に、グレイディ・ヴェルトランがどうしてもサブ・ライセンス契約を結んでおきたいと言ったからなんだ。僕らは、弁護士が全員のサインを集めるまで待たなきゃならなかった」

「でかした」アイヴォが飛び上がった。「でかしたぞ。やったな」

「やったのはジャックだよ」ミロはにやっと笑い、ジャックの背中を何度も叩いた。「ジャックが上手くやってくれたんだ」

「二人でやったんだよ」ジャックがミロの肩をぽんと叩く。「プレゼンのあいだ、君は落ち着いていた。相当な神経の持ち主だな」

ミロはにやにやするのをやめられないらしい。

「信じられない」アンジェラがささやいた。彼女の目には希望と安堵の光が灯《とも》っていた。

「動いたのね?」

「完璧にね」ミロは、腕を組んでデスクの縁にさりげなく寄りかかっているジャックから目を離し、咳払いをした。

エリザベスは、平静を装っているこの若者を観察した。彼の姿は、エグゼクティブらしい冷静さを漂わせるジャックの謎めいた雰囲気に驚くほどよく似ていた。彼女は笑顔を見られないように再び窓の向こうへ目をやった。ミロは覚えが早い。最高の指導者から学んでいるのだから、それも当然だ。

「コロイド・クリスタルの基本的特質に関するパトリシアおばさんの理論は正しかった」ミロが言った。「その理論を実現化できると言ったタイラー・ペイジも正しかった。つまり、これは皆が信念を貫き通した結果なんだ」彼はジャックにうなずいてみせた。「あなたとオーロラ・ファンドのおかげで、エクスカリバーは、光ベースの次世代コンピュータ・テクノロジーの分野で主役になれそうですよ」

エリザベスは食器棚のところへ行って扉を開け、三時間近く前に入れておいた銀のシャンパン・クーラーを二つ取り出した。それぞれにシャンパンが一本ずつ入っている。氷はとっくに溶けていた。

「お祝いをしなくちゃね」彼女はそう言って、ジャックとミロを見た。「お二人に主役を務めていただきたいわ」

「うわあ、すごい」ミロの冷静さは、現れたと思った途端に消えてしまった。「シャンパンだ」

「それはいいアイディアだ」ジャックはデスクから体を起こし、部屋を横切ってきた。そしてボトルを手にし、コルクを抜きながらエリザベスを見た。「君は何も心配してなかったんだね？」

エリザベスが微笑んだ。「ちっとも」

「それは奇遇だな」彼は穏やかに言った。「僕もそうなんだ」

エリザベスが彼の目の奥をじっと見つめると、そこにはこの上ない幸福な表情があった。彼女は自分の目に映る同じ表情を彼も見ているとわかっていた。それがソフト・フォーカスの件とはいっさい関係がないことも、二人はもちろん承知していた。

気持ちのいい音とともにコルクが抜けた。全員が嬉しそうに笑っている。

ミロがなみなみと注がれたグラスを掲げた。「ソフト・フォーカスに！　それから、もう一つ乾杯したいことがあります。ジャックとエリザベスに！　お二人が末永く幸せに暮らせますように」

28

彼女は遅れてやってきた。

パシフィック・リム・クラブのレストランに入った瞬間、彼女の目に自分を待っている彼の姿が映った。彼が座っているのは、あのときのボックス席だった。二人が最初の一夜を過ごした翌日、彼が待っていたあの席だ。まったく、ジャックったら。彼女は心の中でそうつぶやき、一人微笑んだ。

支配人のヒューゴが急いで出迎えにやってきた。「これはこれは、キャボット様。フェアファックス様がお待ちでいらっしゃいます」

「そのようね」

ヒューゴはエリザベスを席に案内した。席に向かう途中、彼女はいくつもの顔が振り返ることに気づいた。それらの笑顔を垣間見た彼女は、軽いデジャヴを味わっているのは自分だけではないと思った。二人であのスリル満点の場面を演じて以来、彼女とジャックがここでランチを取るのはこれが初めてだった。

エリザベスは、彼の目が面白がっているように光るのを見て取り、ジャックは難所を通り抜けてくる私を見て楽しんでいると確信した。エリザベスがテーブルまでやってくると、ジャックは立ち上がり、君は僕のものだと言わんばかりに彼女の唇に軽くキスをした。

「遅刻だよ」

エリザベスは彼の言葉を無視し、ヒューゴに微笑んだ。「ありがとう」

「どういたしまして」ヒューゴはにこっと笑った。「ご婚約、心よりお祝い申し上げます。金曜日に当方でパーティをのお手伝いをさせていただけるということで、楽しみにしております」

「私たちも楽しみにしているわ」

ヒューゴは再びにこっと笑い、奥に下がっていった。

エリザベスは、横目で見ているほかの客など気にかけないことにした。彼女はクッションの上にハンドバッグを置き、ボックス席に滑り込んだ。ジャックは彼女の向かい側に腰を下ろした。

「僕がどうして、ここで打ち合わせをしたいと言い出したのか不思議に思ってるんだろう？」

彼女は意味ありげにレストランをちらっと見渡した。「ここじゃないと私に言えないことがあるからじゃないの？」

ジャックはにやっと笑った。「わかったよ。この観客の前でこの場面を演じ直さずにはいられなかった。それは認める。僕はきちんと決着をつけたかったんだ」

「今のところ、すごく上手くいってるわよ。少なくとも、私はあなたに氷水を浴びせてないしね」

「確かに、今のところは上手くいってる」

エリザベスはグリッシーニを取った。「それはそうと、ヴィッキーから婚約祝いが届いたわ」

「冗談だろ？　何を送ってきたんだ？」

「『ファースト・カンパニー』のサイン入りポスター。額に入れてオフィスに飾ろうと思って」

「今朝、ペイジに会ったよ。興奮してた。映画が海外で配給されることになるみたいで、ビデオ化も決まったんだってさ。もちろん金にはならないんだろうけど、とにかく、世の中には出るわけだからね」ジャックは体をそらし、彼女をじっと見据えた。「先にオーダーする？　それとも今すぐ仕事に取りかかる？」

「ジャック、私を脅す気？」彼女はメニューに手を伸ばした。「いったい、これはどういうことなの？」

「ミラー・スプリングスにいるとき、僕に仕事の話を持ちかけただろう？」

「そういえば、確か、返事はまだだったわね」

「あれから色々考えたんだ」

エリザベスはゆっくりとメニューを下ろした。「本気で言ってるの？　オーロラ・ファンドで働きたいってこと？」

「そういうわけじゃない。でも、提案をしてくれたときに君の言ったことがずっと頭から離れなかった」

「何だったかしら？」

「君は、僕がオーロラ・ファンドにぴったりの人材で、新しい部署を作ってもいいと言ったんだ。君はベンチャー・キャピタルを必要としている小さな会社を探しているし、僕は問題を抱える小さな会社を再生させることを専門にしている。提携して、パッケージでのサービスを提供するってのはどうかな？」

エリザベスが微笑んだ。「私には魅力的な提携に思えるけど、正直なところ、ちょっと驚いているの。あなたは、私から指図されるのは我慢できないんだろうと思ってたから」

「それは本当さ」彼は座ったまま前に乗り出し、テーブルの上で両手を組み合わせた。そして、彼女の目をまっすぐとらえた。「僕は君を愛してる。こんな気持ちになったのは生まれて初めてだ。でも、仕事の話はやっぱり別で……君に雇われるつもりはないんだ。悪気があって言ってるんじゃないよ。単に人から指図されるのが苦手というだけなんだ。だから、実はもう一つ別のやり方を考えてる」

「そんなことだろうと思った。落とし穴があるんでしょう？」

「落とし穴じゃない。一つの選択肢だよ。僕はジョイント・ベンチャーにするのはどうかなと思ってるんだ。フェアファックス・コンサルティングとオーロラ・ファンドは、それぞれのビジネスの独自性は維持しつつ提携し、しかるべきプロジェクトを取り扱うようにする」

「なるほど」エリザベスは彼の提案についてじっくり考えていたが、そこへ携帯電話が低い音で鳴りはじめ、思考は中断された。彼女はハンドバッグを開き、中に手を突っ込んで、その小さな機械を引っ張りだした。「もしもし」

「リジー？」彼女の耳の中で、いつもと変わらないメリックの陽気な声が響いた。「今週、君をつかまえようと思って何度も電話したんだよ。僕のビジネス・プランに目は通してくれたのかい？」

エリザベスは小さくうなり声を上げそうになったが、何とか我慢した。「ざっとは見たんだけど、最近ちょっと忙しくて。婚約パーティの準備やら何やら色々あって、まだ――」

「わかってる、わかってる。いやあ、おめでとう。でも、僕のプランのことだけどね、今回のはすごいんだよ、リジー。そういう予感がするんだ」

「さっきも言ったでしょう。メリック、細かいところはちゃんと見てないの」エリザベスは、ジャックの目がきらっと光るのを見て取った。メリックのビジネス・プランの件でジャックと話し合ったことはなかったのだ。彼はなぜ話してくれなかったのかと思っているに違いない。明らかに不満そうな顔をしているジャックに苛立ち、エリザベスはつい安請け合いしてしまった。「でも、あなたの直感を信じるわ。すぐにあなたの口座に資金を振り込むから」

「いやあ、リジー、嬉しいな」例によって、メリックの熱意は瞬時に広がった。「本当に素晴らしいよ。後悔はさせないからさ。今度は上手くいく。まあ、見ててくれよ」

「電話を貸して」ジャックがテーブルの向こうから手を伸ばし、エリザベスの手から素早く電話を奪い取った。

エリザベスは彼をにらみつけた。「何するの?」

彼女はかっかしていたが、ジャックはお構いなしだった。「メリック?　ジャック・フェアファックスだ。ああ、わかってる。僕はすごく幸運な男だよ。ところで、君のビジネス・プランのことだけど。オーロラ・ファンドとフェアファックス・コンサルティングはジョイント・ベンチャーを設立するんだ。資金提供を受けるなら、コンサルティングも受けてもらうことになるよ」

エリザベスは開いた口がふさがらなかった。彼女はジャックの手から電話を奪い取ろうとした。「ジャック、待って。その件はまだちゃんと話し合ってないじゃない」

ジャックは彼女の手の届かないところに電話を掲げ、メリックとしゃべり続けた。「僕はエリザベスと一緒に仕事をすることになる。雇われるわけじゃないよ。共同事業だから。まだ契約書にサインはしてないんだけどね」

「細かいことについても話し合ってないでしょう」エリザベスは立ち上がり、再び彼の手から電話を力ずくで奪おうとした。「こんなんじゃ、なかったことにするわ」

ジャックは顎を上げ、通路を挟んだボックス席にいる三人の企業幹部のほうを示した。エリザベスがそちらにちらっと視線を走らせると、三人は期待に満ちた目で彼女を観察していた。

「同感だ」ジャックが言った。「スキルと隙間市場の素晴らしい組み合わせだ。ありがとう。僕もものすごくいいアイディアだと思ったよ」

エリザベスは怒りで顔を真っ赤にし、仕方なく椅子にどかっと腰を下ろした。ジャックが話を締めくくっているあいだ、彼女は赤いマニキュアをした指でテーブルをコツコツ叩いていた。

「じゃあ、そういうことで」ジャックがようやく言った。「また連絡するよ」

彼はエリザベスに電話を返した。「ほら、僕らのジョイント・ベンチャーのクライアント第一号だ」

彼女はジャックをにらみつけた。「ちょっと早まったんじゃない？　こういうのがあなたのビジネスのやり方だって言うなら、私たちのジョイント・ベンチャーは、あなたが思っているほど順調にはいかないような気がするわ」

「オファーを取り消すのかい？」

「私のもともとのオファーは――」彼女はとても穏やかな言い方で彼に念を押した。「あなたがオーロラ・ファンドで働くってことであって、ジョイント・ベンチャーじゃなかったはずよ」

「僕が君から指示を受けるような関係はごめんだと言ったから、君は不機嫌になってるんだな」

エリザベスは反論しかけたが、少しためらい、仕方ないわねといった様子で笑い出した。

「まったく。夢みたいなオファーだと思ったのに」

ジャックはにやっと笑った。「オファーよりも、夢みたいな二人の時間はお望みじゃないのかい？　夜まで待っててくれる？　実はマッサージの本を買ってあるんだ。もし効き目がなかったら、何か別の方法を考えて君を楽しませてあげるよ。でも忘れないでほしい。これは夢なんかじゃなくて、約束だ。だから必ず守ってみせる」

ジャックの目に宿る愛の光に照らされ、エリザベスは徐々にほのぼのした気持ちになってきた。このぬくもりは本物だ。この愛情は一生尽きることはないのだろう。

「何を考えてるんだい？」

「私たち、出会えて幸運だったってこと」

「そうだね」ジャックはそう言って微笑んだ。「そして、僕らはハッピー・エンドを手に入れたんだ」

訳者あとがき

数々のミステリ・ロマンスを世に送り出してきたベストセラー作家、ジェイン・アン・クレンツが満を持してライムブックス初登場です。ファンの皆さんには説明するまでもないと思いますが、クレンツはこれまで、主にシアトルを舞台に様々な職業で活躍する女性を描いてきました。今回の『ダークカラーな夜もあれば』（原題 Soft Focus）でも、ヒロイン、エリザベスはシアトルで投資会社を経営するキャリアウーマンです。彼女は投資先企業の雇われCEO、ジャックといい雰囲気になり、一夜をともにします。しかし、その翌日、かつて旧友の会社を強引に買収し、友人を死に追いやる原因を作った張本人がジャックだったと知ります。ショックと激しい怒りから、彼女はレストランでコップに入った水を投げつけるようにジャックの顔にかけて絶縁宣言するも、契約の都合上、二人は一緒にビジネスを進めなければなりません。ギクシャクした二人は、顔を合わせることすらできる限りお互いに避けながら仕事に取り組みます。ところが、ある日、とんでもない事件が起こります。事件をきっかけに二人の関係は……これ以上は、やはり申し上げてはいけませんね。みなさま、二人の関係を思う存分楽しんで下さい。クレンツらしい仕掛たっぷりのそれはそれは面白い展開です。

さて、この物語ではキーワードとして「フィルム・ノワール」という言葉が繰り返し出てきます。第二次世界大戦中やそれ以降の不安な世相、ペシミズムを背景にアメリカで作られた犯罪映画を指す言葉です。ハンフリー・ボガート主演の『マルタの鷹』『三つ数えろ』あたりは日本でもよく知られていますね。ヒッチコック監督の『めまい』などもフィルム・ノワールとして数えることがあるようです。普通の犯罪映画やギャング映画とどこが違うのかといえば、光と闇のコントラストが強調されている点と、男を翻弄し、破滅させる運命の女「ファム・ファタール」が登場する点でしょう。そして、本書に登場する男性陣も、それぞれのファム・ファタールに振り回されることになるのです。また、ライアン・ケンドルが女を待つ場面、ジャックとエリザベスが同じタクシーに乗り込む場面、ジャックとヘイデンがホテルの部屋で対峙する場面、ドーソンとヴィッキーの寝室の場面などに、フィルム・ノワールの雰囲気を意識した描写が見られます。

ここでちょっと豆知識を。物語の終盤でエリザベスとジャックがフィルム・ノワールのアートワークを見ながら会話をする場面がありますが、ギャラリーに展示された「ロビー・カード」というのは、かつて映画館のロビーに宣伝用として貼られた一種の小型ポスターです。映画の名場面を抜粋する形で八枚程度のセットになっているのが普通で、特にセットの一枚目は「タイトル・カード」と呼ばれ、希少価値があるようです。

脱線しましたが、物語の主な舞台となるコロラド州にはコロラド・スプリングスを始め、

○○スプリングスという地名が多く見られ、その名のとおり、温泉を楽しむことができます。大自然に囲まれたリゾート地は、フィルム・ノワールを地でいく事件の舞台としては一見、似つかわしくないように思えますが、夜の暗闇の中、かすかな光に照らし出される山々や深い渓谷の不気味さ、ホット・タブの水面のゆらめきなどは、陰影を強調したフィルム・ノワールの雰囲気を醸し出していると言えるのではないでしょうか？

この作品では、エリザベスとジャックの関係もさることながら、主役と脇役の関係もなかなか魅力的です。特に、エクスカリバー社の若き後継者ミロに対し、ジャックは弟子を鍛え、見守る師匠のような接し方をしており、物語が終わっても、この師弟関係はその後どうなったのだろう、ミロはどう成長したのだろうと気になってしまいます。その一方で、ジャックは弟のラリーにいつも痛いところをつかれており、頼もしいジャックと、ちょっと情けないジャックのギャップにニヤリとさせられるでしょう。また、やり手のキャリアウーマン、エリザベスもアシスタントのルイーズには頭が上がりません。彼女の遠慮のない突っ込みに、さすがのエリザベスもたじたじですが、そんな二人のやり取りには、信頼関係の深さが表れています。さらに、困り者の義兄メリックに半分うんざりしながらも、手を差し伸べるエリザベスには、人情家としての一面がうかがえるでしょう。ジャックもエリザベスも、困った人を助けずにはいられないのです。フィルム・ノワールの退廃的雰囲気とともに、こうした人間関係の温かみも同時に味わえる点が、この作品の魅力となっているのでしょう。

ライムブックス

ダークカラーな夜もあれば

著　者　ジェイン・アン・クレンツ
訳　者　岡本《おかもと》千《ち》晶《あき》

2007年3月20日　初版第一刷発行

発行人　成瀬雅人
発行所　株式会社原書房
〒160-0022東京都新宿区新宿1-25-13
電話・代表03-3354-0685　http://www.harashobo.co.jp
振替・00150-6-151594
ブックデザイン　川島進（スタジオ・ギブ）
印刷所　中央精版印刷株式会社

落丁・乱丁本はお取り替えいたします。
定価は、カバーに表示してあります。
 ISBN978-4-562-04319-4　Printed in Japan

良質のロマンスを、あなたに

ロマンティック・ヘヴン

スーザン・エリザベス・フィリップス
数佐尚美訳
定価1000円

有名な元一流スポーツ選手のボビーに恋をした、「見た目」は冴えないグレイシー。小さな町で過ごすうちにボビーはグレイシーの魅力に気付き、やがて2人は…。

あなたがいたから

スーザン・エリザベス・フィリップス
平林祥訳
定価980円

世界的に高名な物理学者ジェーンと超一流スポーツ選手キャルが一夜の出来事で結婚。2人の「事情」を知らない周囲は大騒ぎ。愛のない結婚のはずが…。

キスミーエンジェル

スーザン・エリザベス・フィリップス
数佐尚美訳
定価980円

人を愛せない冷酷なサーカス団の鞭使いアレックスと結婚させられたデイジー。過酷な移動サーカス生活でも愛と笑顔を忘れない彼女と過ごすうちに彼の心は…。

あなたのとりこ

ローリ・フォスター
平林祥訳
定価860円

個性豊かな仲の良いOL3人組が繰り広げる恋のゲーム。少しの勇気と冒険心があれば、どきどきするような恋ができる?! 彼女たちのホットな恋の行方は…?

価格は税込です